中华多民族文化凝聚与全球传播省部共建协同创新中心、成都大学文明互鉴与
"一带一路"研究中心重点项目资助（批准号：WMHJ2023B01）

成都大学文学与新闻传播学院硕士点建设项目经费资助

中国文学与文化研究丛书

神圣空间与诗歌语境

——正一道视域下的宋元明清诗歌题材研究

严铭　严晴　著

四川大学出版社

SICHUAN UNIVERSITY PRESS

图书在版编目（CIP）数据

神圣空间与诗歌语境 ： 正一道视域下的宋元明清诗
歌题材研究 / 严铭，严晴著． — 成都 ： 四川大学出版
社， 2023.10
（中国文学与文化研究丛书）
ISBN 978-7-5690-6460-5

Ⅰ．①神… Ⅱ．①严… ②严… Ⅲ．①古典诗歌－诗
歌研究－中国－宋元时期②古典诗歌－诗歌研究－中国－
明清时代 Ⅳ．① I207.22

中国国家版本馆 CIP 数据核字（2023）第 216056 号

书　　名：神圣空间与诗歌语境——正一道视域下的宋元明清诗歌题材研究
　　　　　Shensheng Kongjian yu Shige Yujing——Zhengyidao Shiyu xia de
　　　　　Song-Yuan-Ming-Qing Shige Ticai Yanjiu
著　　者：严 铭 严 晴
丛 书 名：中国文学与文化研究丛书

丛书策划：张宏辉　欧风偃
选题策划：于　俊
责任编辑：于　俊
责任校对：吴连英
装帧设计：李　野
责任印制：王　炜

出版发行：四川大学出版社有限责任公司
　　　　　地址：成都市一环路南一段 24 号（610065）
　　　　　电话：（028）85408311（发行部）、85400276（总编室）
　　　　　电子邮箱：scupress@vip.163.com
　　　　　网址：https://press.scu.edu.cn
印前制作：四川胜翔数码印务设计有限公司
印刷装订：成都市新都华兴印务有限公司

成品尺寸：170 mm×240 mm
印　　张：17.25
字　　数：291 千字

版　　次：2023 年 12 月 第 1 版
印　　次：2023 年 12 月 第 1 次印刷
定　　价：72.00 元

扫码获取数字资源

四川大学出版社
微信公众号

序　言

党的十八大以来，我国将文化建设提升到一个新的历史高度。2016年7月1日，习近平总书记在庆祝中国共产党成立95周年大会上的讲话中，将文化自信和道路自信、理论自信、制度自信并列为中国特色社会主义"四个自信"。习近平总书记多次强调，文化自信，是更基础、更广泛、更深厚的自信，是更基本、更深沉、更持久的力量，要坚定文化自信，推动中华优秀传统文化创造性转化、创新性发展。

正一道作为中华本土孕育的教派，链接着中国人的精神与文化、社会与历史，对中国古代的政治、经济、哲学、文学、音乐、艺术、医学、药物学、养生学、化学、天文、地理以及社会心理、社会习俗、思维方式、民族性格、民族凝聚力的形成和发展，都产生过不同程度的影响，是中华传统文化的有机组成部分。在长期发展过程中，正一道对中国古代诗歌、小说、戏曲、音乐、绘画等文学艺术领域的渗透广泛深刻，极大地丰富了中国文学的题材和文化内涵，留下了大量的经典作品。

进入21世纪，有关宋元明清文学与道教的研究渐成热点，研究成果丰硕。如詹石窗的《道教文学史》《论道教对宋诗的影响》《南宋·金元道教文学研究》、苟波的《道教与明清文学》、王水照的《宋代文学通论》、张振谦的《北宋文人与茅山宗》《试论北宋文人游仙诗》《宋代文人"谪仙"称谓及其内涵论析》《宋代文人与道士交往的方式与原因》《论〈黄庭经〉对陆游的影响》《苏轼与〈黄庭经〉》、沈杰的《宋代道教文化情趣的演变》《试析宋代文人神仙诗咏的心灵世界》、卢晓辉的《宋代游仙诗研究》、苏振宏的《艺术—审美视阈中的北宋道教与文学》、刘建明的《论道教与宋濂及其诗文创作》、郭彤彤和汪超的《虚靖天师张继先诗主题初探》、王飞的《论陆游诗中的道教思想》、杨丽静的《从杨维桢看元代道教与元诗》、姬沈育的《虞集道教文学作品探微》、舜臣和何云丽的《论江右文化对虞集的影响》等。从研究视域上看，这些成果对于影响文学的道教没有区分正一、全真两大派别，往往笼统而论。对研究内容的着眼点多以宋代为主，关注苏轼、陆游等名家；即使是研究明清文学，也多关注明清小说、戏曲中的游仙内容；对明清诗歌与正一道关系的研究极少。从研究方法上看，大多数研究仍以"影响"与"接受"为切入点，寻找道教的影响因子；极少从美学、心理学的视角进行研究，而从文本细读、信仰的力量以及文献考证角度研究明清道教与诗歌关系的，就少之又少。

本书本着传播和弘扬中华传统文化的宗旨，从空间生产的视角研究诞生于巴蜀大地的正一道空间的神圣化与宋元明清诗歌语境之间的关系，通过文本细读和诗歌分析的方式来审视宋、元、明、清时期蜀人（包括蜀地或寓蜀文人）创作大量神仙题材诗、服食题材诗、宫观题材诗的现象，探讨这四个时期文人的心理诉求和精神的寄托皈依，展示他们的人生观、生活观、自然观和社会观，表现他们在特定时代下独特的生命境界和从信仰和追奉中悟得的面对生活的智慧，阐明正一道的思想精神作为一个宗教总体如何被中国古代诗人赋予特殊性的空间，即写作与想象的，以文本为基础的亲历经验的空间。他们用生花妙笔不遗余力地描述仙境的超验性和神圣性，表达一种性命和心身的拯救与超越，使道教的神仙思想和精神在诗的世界里得到了较广阔的书写和诠释，为中国神仙系统理论的构建，为丰富中国诗歌的文化内涵做出了历史性的贡献。这种研究思路，具有一定的理论和实际应用价值。

全书分为三编共十二章论述。

第一编分 2 章 6 节，主要论述正一道传播空间的圣化现象。

第一章论述正一道名称的确立与传播空间的圣化。阐述五斗米道诞生时就有"正一盟威之道"之说，到宋徽宗朝将道教视为"正教"，南宋时期出现龙虎山天师正一派，至元成宗大德八年（1304），敕封张陵第三十八代后裔张与材为"正一教主"，正一道的名分正式确立。早期的正一道因被朝拜、祭拜、传说、御定封赐以及醮颂和题咏凭吊，在鹤鸣山、青城山、老君山以及两晋以后的茅山、龙虎山、阁皂山和武陵之地得到传播和圣化。

第二章从思想、修道方术、传播延展、文化贡献等方面论述正一道的发展空间。

第二编分 2 章 6 节，概述宋代以前的神仙、服食、宫观题材诗。

第三编分 5 章 12 节，阐明正一道营造的神圣空间为宋元明清诗歌提供的独特语言表达模式和抒情环境，主要论述宋元明清文人的神仙、服食和宫观题材诗。通过文本细读、含意分析并结合时代局势的变化，阐述四个时期文人孜孜不倦寻求性命和心身的拯救与超越，使道教的神仙思想和精神在诗的世界里得到了较广阔的书写和诠释。

就神仙题材诗来看，北宋神仙题材诗反映了北宋文人神仙观的复杂性。北宋文人对神仙观念表现出比较复杂的心情：或信奉道教神仙观念，相信有仙境，有凡仙相遇、畅游仙境之事；或对神仙世界持质疑的态度；或视之为梦幻，追求梦中游仙；或探寻仙踪圣迹以抒感慨、寄情思。南宋神仙题材诗寄托了南宋文人的特殊情感，主要表现为借仙境表达向往之情，以消解苦闷，驱去俗累；借探寻仙踪圣迹寄托情怀，慰藉心灵等。金元诗人描写仙境的用意，不仅仅是追求精神独立和自由洒脱，更多的是表现出对仙境的迷恋和向往之情；借探寻仙踪圣迹，寄托情怀，抒发感慨。明清文人笔下的神仙世界有人间化和世俗化倾向，包括寓仙境于自然山水之间；通过游览道观和仙踪圣迹，体会游仙带来的心灵上的慰藉和对尘世俗念的超越。

对于服食题材诗，宋人常借服食题材写自己炼丹药和服食药饵的经历，追忆、怀念前人制炼丹药或种药的往事。金元时期文人的诗作中几乎不言自己炼丹和服食的经历，大多是在写探寻仙迹，或是在题诗、赠诗中关注丹井、丹房遗迹，回忆仙人炼丹往事，或借采药、服药事，表达怀念或向往之情。明代服食题材诗大多关注仙人、道人炼丹的修为，包括帝王对炼丹的关注、赞赏和神往，文人对炼丹修道的赞誉和羡慕。此外，还有明清文人对三山（茅山、龙虎山、阁皂山）炼药圣迹的探访和书写。

从宋元明清文人宫观诗的抒写语境来看，主要包括宫观题壁，描写宫观的环境景物；以游宫观为契机，借助想象营造仙境，抒写游仙体验，表现宫观道人修行境界，纪念在宫观修真的仙人或道人；借游宫观，寻求慰藉，寄寓人生感慨等方面。

第四编分 3 章 8 节，主要论述在道教光辉沐浴下，武陵地区桃源空间的圣化以及宋元明清文人对武陵桃源洞天仙境、炼丹题材以及宫观的书写情况。

第一章论述因自然的毓秀，文人的妙笔渲染，信仰群体的夸饰和社会力量的加持，武陵桃源成为道家三十六小洞天中的第三十五洞天。

第二至三章论述宋元明清文人抒写桃源洞天仙境，是为了求洒脱、证前缘，寻求精神慰藉，而记写炼丹遗迹多以抒发感慨为主。

本书在学术思想方面，兼具借鉴和立异创新的特点，既吸收了一些前人的研究成果、研究方法，又突出了超越前人、标新立异的地方。除了研究目的新，其他的创新点主要体现在三个方面。

一是研究视角新。从空间生产的视角研究诞生于巴蜀大地的正一道空间的神圣化与宋元明清诗歌题材之间的关系，阐明正一道的思想精神被中国古代诗人赋予一种特殊性的空间，即文人亲历经验所施展的空间。

二是选材方面有新看点。前人对明清时期神仙题材诗、服食题材诗和宫观题材诗进行系统研究的极少，本书对这些方面的探讨具有一定的开创性。同时，本书将蜀地或寓蜀文人纳入研究对象，将宋元明清诗人的抒写语境与茅山、龙虎山、阁皂山和武陵地区的正一道文化融为一体，彰显正一道的思想精神对文学的赋能。

三是表述上有新意。用"神仙题材诗"这一概念不单指与仙人同游、游仙境等方面的诗，还包括慕仙羡仙、追仙学仙方面的诗。对于"服食题材诗"的问题，前人多从道教的养生术的层面探讨，极少将"服食"题材与诗歌联系起来研究。本书将服食题材诗作为一个题材类型，论述道教的服食对文人诗歌创作的影响。

前人习惯将道教与文学的结合称为道教文学，其实道教文学的内涵和外延要厚实宽广得多，常常是多学科交叉互摄的结晶。本书通过对宋元明清诗歌的分析，呈现了一个由文学、宗教学、心理学、社会学交融的神圣空间，正是有了这样的空间，中国诗歌才异彩纷呈，极大丰富了中华文化的百花园。

目　录

第三编 宋元明清时期的神仙、服食与宫观题材诗

第四编 神圣空间与宋元明清文人
书写武陵洞天的语境

第一编　正一道传播空间的圣化

　　道教是产生于中国的传统宗教，形成于东汉，是古代的神仙思想、道家学说、鬼神祭祀以及占卜、符箓、禁咒等综合起来的产物，所谓"道家之术，杂而多端"。道教组织形式最初为民间教团，包括五斗米道、太平道等。南北朝时，北魏嵩山道士寇谦之改革旧天师道，创立北天师道，使道教由民间宗教变为官方宗教；南方庐山道士陆修静改革道教的管理制度和等级制度，整理三洞经书，编制斋戒仪范，形成南天师道，道教形式得到完善。唐以后，南北天师道与上清、灵宝等各宗派逐渐合流，至宋金元时，道教发展为正一道、全真道、真大道、太一道、净明道等流派。自明清以后，道教唯存全真、正一两大派，流传至今。鲁迅先生曾言："中国根柢全在道教，此说近颇广行。以此读史，有许多问题可以迎刃而解。"[①] 正一道诞生于巴蜀大地，链接着中国人的精神与文化、社会与历史，对中国古代的政治、经济、哲学、文学、音乐、医学、药物学、养生学、化学、天文、地理以及社会心理、社会习俗、思维方式、民族性格、民族凝聚力的形成和发展，都产生过不同程度的影响，是中国古代文化遗产的一个有机组成部分。本书从空间生产的视角研究正一道空间的神圣化与宋元明清诗歌语境之间的关系，通过文本细读和诗歌分析的方式来审视宋、元、明、清蜀人（包括蜀地或寓蜀文人）创作大量神仙题材诗、服食题材诗和宫观题材诗的现象，探讨这四个历史时期文人的心理（宗教心理、社会心理）诉求和精神的寄托

---

① 《鲁迅书信集》上卷，人民文学出版社 1976 年版，第 18 页。

皈依，展示他们的人生观、生活观、自然观和社会观，表现他们在特定时代氛围下独特的生命境界和从信仰、追奉中悟得的面对生活的智慧。第一编概述正一道名称的确定及其发展空间。

第一章　正一道名称的确立与传播空间的圣化

张道陵在四川鹤鸣山创立的"五斗米道"实为俗称，其正式名称乃是"正一道"。正一道创始时主要流行于民间，早期经过鹤鸣山、青城山、老君山三山传播空间的圣化以及两晋以后以茅山、龙虎山、阁皂山三山和武陵地区为代表的空间圣化后，从蜀地一隅走向中原大地，由民间走向朝堂，成为立根于中华大地、影响中国社会近两千年的本土宗教。

第一节　蜀地道情浓——正一道名称的确立

汉代是道教的创建时期，这是由当时的客观历史条件决定的。一是社会基本矛盾的激化，使宗教的产生成了客观的社会需要。二是汉代统治思想的宗教化。秦末农民起义颠覆了秦王朝，迫使继起的汉王朝统治者不得不确定休养生息方针，实行约法省禁与清静无为相结合的"黄老政治"。同时鉴于历史上"圣人以神道设教而天下服"的经验，借鬼神威力，加强文武并用的长久之术，宗天神学与谶纬神学广泛流行，并与传统的鬼神崇拜、神仙思想、阴阳数术逐步合流，所有这些因素都为道教的产生提供了有利的条件。

一、正一道的确立

东汉顺帝时，沛国丰人张道陵入蜀学道，造作道书，祖孙三代传习其道，于公元 141 年在鹄鸣山（今四川省成都市大邑县鹤鸣山）创立了五斗米道。他尊奉老子为教主，自称是教首，以老子《道德经》为主要经典，宣扬长生成仙和忠孝仁义等思想，用符水替人治病，其道术主要有召神劾鬼、符箓禁咒等。五斗米道的名称，由入道者均须交纳五斗米供道或用五斗米谢师而来。卿希泰《中国道教史》认为，"五斗米道"实为俗称，《三国志·张鲁传》说"从受道者出五斗米，故世号'米贼'"，《华阳国志·汉中志》载"其供道限出五斗米，故世谓之'米道'"，《水经·沔水注》提及张鲁"至行宽惠，百姓亲附，供道之费限五斗"①。从道教方面的情况来看，张道陵一系的正式名称乃"正一道"，其道书归入正乙部。陈国符在《道藏源流考》中指出："《正一经》，张陵一派所传经箓也。"《云笈七签》卷六云："正一者，真一为宗，太上所说。《正一经》天师自云：'我受于太上老君，教以正一新出道法。谓之新者，物厌故旧而盛新，新出名异实同。学正除邪，仍用旧文，承先经教，无所改造，亦教人学仙，皆用上古之法。'王长虑后改易法师，故撰传录文，名为《正一新出仪》。……《正一经》云：《正一法文》一百卷，今孟法师录亦一百卷，凡为十帙。未知并是此经不耳。斯经所明，总述三乘之用。故此经云：《正一》，遍陈三乘。王长所撰《新出之仪》四十卷，但未有次第。长既随师升玄，于时多承口诀，祇录为卷名，未诠次第也。其源流者，《玉纬》云：昔元始天王以开皇元年七月七日丙午中时，使玉童传皇上先生白简青箓之文，自然得乎此法。虚无先生传于唐尧，又后圣帝君命小有天王撰集宣行。青童云：自尔之后，得此文者乃七千人。皆飞龙玄升，或沦化潜引，不可具记。得道者藏文五岳，精思积感，先得此文。此文极妙，得之随缘。文来或出河洛，或戒经方，依因结果也。汉末有天师张道陵，精思西山，太上亲降，汉安元年五月一日，授以三天正法，命为天师；又授正一科术要道法文。其年七月七日，又授《正一盟威妙经》、三业六通之诀，重为三天法师正一真人。按《正一经治化品目录》云：《正目经》九百三十卷，符图七十卷，合千卷。付天师《正一》百卷即在其内。"② 这是北宋前期有关正一经流传的文献。

历代道教徒称张道陵之道为"正一盟威之道""正一道""天师道"。《隶续》卷三载《米巫祭酒张普题字碑》云："熹平二年三月一日，天表（卒）鬼兵胡九□□，仙历道成，玄施延命，道正一元，布于伯气。定召

① 卿希泰《中国道教史》第1卷，四川人民出版社1996年版，第157页。
② 《道藏》第22册，文物出版社、上海书店、天津古籍出版社1988年版，第37页。

祭酒约施天师道，法无极才。"① 是说祭酒张普与其徒众盟誓，约施天师之道法。其中就有"正一""天师道"等表述。张道陵的《正一法文经章官品》中就有"正一""天师"之名，如"主行来出入"条："明星玉女千二百人，白衣，主将正一，远行万里，不逢祸害厄难，主之。""主治男女解罪"条："天仓君一人，官将一百二十人治天溜室，主天师连历，当下此神，兆民病不欲□者，医治之。"② 这里的"正一"，指正一道徒。2000年8月初，鹤鸣山天谷洞道士谢清亮在整修洞路时发现了一块古朴的石刻，其上题名为"正一盟威之道"，左下落款为"张辅汉"。"张辅汉"是张道陵的字，显然石刻的作者就是张道陵。用其字而不署其名，此乃汉代碑刻的通例，有关专家认为此石刻确为汉代张道陵所撰。由此可见，张道陵所创道教本名"正一盟威之道"，简称"正一道"。葛洪《神仙传》也载：道陵与弟子入蜀，"住鹄鸣山，著作道书二十四篇，乃精思炼志。忽有天人下，千乘万骑，金车羽盖，骖龙驾虎，不可胜数。或自称住下史，或称东海小童，乃授陵以新出正一盟威之道"③。宋徽宗将道教视为"正教"，南宋时期出现龙虎山天师正一派，而得到官方文书认定的是在元代中后期。经过南宋、金、元时期各符箓道派思想的交参和组织会归融合，以元成宗大德八年（1304）敕封张陵第三十八代后裔张与材为"正一教主"，"主领三山符箓"为标志，正一道的名分正式确立④。

二、《太平经》与正一道的关系

东汉灵帝（167—189年在位）时，钜鹿（今河北平乡）人张角创立太平道，奉《太平经》为主要经典，以"中黄太乙"为奉祀的最高天神。张角自称"大贤良师"，以跪拜认错、符水咒语为人治病的方式传教。中平元年（184），张角以太平道之名发动黄巾起义，声势浩大。东汉王朝采取了一系列的军事、政治措施，对起义进行了镇压，使太平道组织受到严重破坏，从此渐渐消亡。

太平道所奉《太平经》即《太平清领书》，共170卷。该书论述了天

---

① 《道藏》第28册，文物出版社、上海书店、天津古籍出版社1988年版，第554页。
② 《道藏》第28册，文物出版社、上海书店、天津古籍出版社1988年版，第549页。
③ 葛洪《神仙传》，谢青云译注，中华书局2017年版，第170页。
④ 宋濂等《元史·释老传》，中华书局1976年版，第4526页。

地人和万物的起源及其相互协力的生存法则，描绘了公平、大乐、无灾的太平世道蓝图，提出了"乐生""好善"的传教依据，强调了敬奉天地、忠孝、慈仁、诚信等准则。《太平经》和太平道宣扬的很多宗旨与五斗米道（正一道）的宗教特征很接近，如都反对"贼盗"和"欺诈"，追求"长生""度厄"以及"首过""医疾""收万精魅"等，特别是驱使鬼神、劾鬼疗病，都继承了汉代方士的道术。《太平经》多次提到"天师""天师道"。卷四十《乐生得天心法》中天师告真人曰："人最善者，莫若常欲乐生……是以圣人治，常思太平，令刑格而不用也。"① 最后真人说："愿得天师道传弟子，付归有德之君能用者。令阴阳各得其所，天下诸承负之大病，莫不悉愈者也。"② 这里提及的"天师""天师道"和"天平道"不一定确指早期道教的两大派别，但《太平经》的思想无疑是早期道教观念体系的重要组成部分。

第二节　传播空间的圣化

　　空间是与时间相对的一种物质客观存在形式，根据宇宙大爆炸理论，从奇点爆炸之后，宇宙的状态由初始的"一"分裂开来，从而有了不同的存在形式、运动状态等差异，物与物的位置差异度量称为"空间"，空间由长度、宽度、高度、大小表现出来。

　　自有人类社会以来，人类发现和发明了各种空间。在中国古代，盘古开天辟地的神话以及《周易》所反映的商周人对空间的认识理解，具有鲜明的感性色彩。盘古不仅分开天地，创造了天地广阔空间："天地浑沌如鸡子，盘古生其中。万八千岁，天地开辟，阳清为天，阴浊为地。盘古在其中，一日九变，神于天，圣于地。天日高一丈，地日厚一丈，盘古日长一丈，如此万八千岁。天数极高，地数极深，盘古极长。后乃有三皇。数起于一，立于三，成于五，盛于七，处于九，故天去地九万里。"（《艺文类聚》卷一引徐整《三五历纪》）也是天地之间万事万物的缔造者。而

---

① 王明《太平经合校》，中华书局1960年版，第80页。
② 王明《太平经合校》，中华书局1960年版，第82页。

《易纬·乾凿度》将《周易》八卦与东、东南、南、西南、西、西北、北、东北八个方位联系一起，认为"震生物于东方，位在二月；巽散之于东南，位在四月；离长之于南方，位在五月；坤养之于西南方，位在六月；兑收之于西方，位在八月；乾剥之于西北方，位在十月；坎藏之于北方，位在十一月，艮始终于东北方，位在十二月"①。《周易》中有的卦辞也流露出明确的方位感，如《坤》卦的卦辞有"……西南得朋，东北丧朋"，《蹇》卦的卦辞有"利西南，不利东北"，《解》卦的卦辞中有"利西南，无所往"，《升》卦卦辞中有"南征吉"等表述。这种方位意识正是空间意识的外显。所以托马斯·马卡卡罗的《空间简史》认为中国人的空间观念在商朝时期就形成了，"商朝的君主们确立了一种以天为基础的神权政治，天就是苍穹，代表着至高无上的、秘不可知的神力。而在人间，所有的一切都建立在以四个方位为基础的方形空间内"②。在西方，人们认为空间不仅是天地四方，容纳宇宙万物的广垠空域，也容纳一切思想、感觉与身体，甚至将空间变成了精神之物。事实上，人类的早期对于空间的概念主要停留在肉眼可见的维度上。因受欧几里得理论的限制，人们认为空间存在于每个人的骨骼中，是固有的；空间可以通过感官被即刻感知，如手的抓握和人体的运动，以及视觉的穿透力。……他们仰望天空，尽管当时的天空对他们来说尚且遥不可及，但他们已经开始意识到，天空和人类赖以生存的陆地有着密不可分的联系③。1974 年法国亨利·列斐伏尔退休前出版了他一生中影响最大的著作《空间的生产》。该书将空间分为绝对空间、纯粹空间、自然空间、物质空间、精神空间、抽象空间、具体空间、差别空间、共享空间、社会空间、文化空间、认识论空间、家族空间、生活空间、男性空间、女性空间、现实空间、国家空间、政治空间、感觉空间、真实空间等多类，并认为"哪里有空间，哪里就有存在"，"空间从来就不是空洞的，它往往蕴含着某种意义"④。在列斐伏尔的核心主张中，空间概念链接着精神与文化、社会与历史，它重构了一个复杂的过程，即发现—生产—创造。其中，"发现"指新的或未知的空间、大陆或宇宙空间

---

①　安居香山、中村璋八《纬书集成》，上海古籍出版社 1994 年版，第 45 页。
②　托马斯·马卡卡罗《空间简史》，四川文艺出版社 2019 年版，第 26 页。
③　托马斯·马卡卡罗《空间简史》，四川文艺出版社 2019 年版，第 2 页。
④　侯斌英《空间问题与文化批评》，四川文艺出版社 2010 年版，第 24 页。

的发现,"生产"指社会的空间化、组织化特征的生产,"创造"包含各种作品的创造、风景、具有纪念碑意义和装饰风格的城市等。正一道的诞生和发展就经历了这样一个空间的复杂过程,这个过程是逐步的、原发性的,但遵循普遍的共时性形式的逻辑。

从宗教的角度看,宗教徒只能生活在一个神圣的世界中,因为只有在这样的世界中他们才能参与存在,才能享有一个真实的存在。人类对宗教空间的体验具有多样性,对于一个地理空间来说,神圣的闯入不仅把一个固定的点具体化成一个世俗空间的无定形的流变状态,而且促成了空间层次的突破,在超越凡俗境界联系的确立中,创造了一种宇宙信仰中心。

一、早期传播空间的圣化

由于张道陵修道成仙,又"受于太上老君,教以正一新出道法"[1],故其修真的活动空间很容易出现显圣物而被朝拜、祭拜、传说、御定封赐以及醮颂和题咏凭吊,从而得到充分的圣化。张道陵活动的范围主要在成都及周围蜀郡一带。据传,在张道陵创教之前,鹤鸣山一直是异人青睐之处。鹤鸣山即"鹄鸣山",位于今四川省成都市西部大邑县城西北的鹤鸣乡三丰村,系邛崃山脉东麓青城山区的南侧支峰,这里山势雄伟,林木繁茂,双涧环抱,形如展翅欲飞的立鹤,故而得名。从自然地理空间角度看,这里松柏成林,苍翠欲滴,山涧溪流,泠然有声,是那些远离尘世,或是面临生存的焦虑,厌弃红尘者的修炼佳地。自然空间因其自然属性和独特性而充满神秘力量。传说先秦的广成子(马成子)和西汉的周义山都在此跨鹤飞升。有隐士老聃后人李催隐居于此山,养鹤为伴,弈棋悟道。张道陵创教之后,鹤鸣山就成为"道教的仙都""道教祖庭"。鹤鸣山天柱峰顶,相传为张道陵修道和感降老君之处。过去有太清宫,其后山的迎仙阁前方有一戒鬼坛,据说是张道陵作法处,山麓至今尚存三官庙[2]。历代均有著名道士曾在此修炼,如唐末五代的杜光庭、北宋的陈抟(希夷先生)、明代著名道士张三丰等都在此修道。一些皇帝也曾到鹤鸣山祭祖,

---

[1] 《道藏》第22册,文物出版社、上海书店、天津古籍出版社1988年版,第37页。
[2] 卿希泰《中国道教史》第1卷,四川人民出版社1996年版,第166页。

如明成祖朱棣曾亲手书写御旨交给龙虎山道士吴伯理，让他到鹤鸣山迎请仙道张三丰，后来吴伯理在鹤鸣山的山麓处修建了迎仙阁；明代嘉靖皇帝御定鹤鸣山为举行全国性祈天永命大醮的五大醮坛之一。唐求、杜光庭、文与可、陆游、杨升庵等诸多名流都曾游览此山，咏题抒怀，借用自然界和世俗精神生活的语汇描述那令人敬畏的神秘和神圣之物。鹤鸣山由此也成为孕育宗教情怀的摇篮，成为中国道教的圣地。

不仅如此，距鹤鸣山仅 30 公里的青城山因张道陵曾在此结茅传道、羽化山中而成为道教十大洞天之一、五大仙山之一、中国道教名山。天师洞及其降魔石成为显圣物，意味着神圣对这个空间的切入。唐僖宗曾命人在青城山修灵宝道场罗天大醮，设醮位 2400 个。唐末五代，一些著名道门人物曾都出入蜀中，如彭晓、陈抟等游青城山，杜光庭、谭峭等皆终老于青城山。杜光庭隐居青城山白云溪，整理和撰写了大量道书，后人在白云溪畔建"杜光庭读书台"，供人凭吊。北宋时，第三十代天师张继先曾来青城山朝拜，在常道观再兴天师道脉。明朝末年，战乱不断，道士逃散。清康熙八年（1669），武当山全真道龙门派道士陈清觉来青城山主持教务，使局面得以改观。现在的青城山道教所传属于全真道龙门派丹台碧洞宗。而距离鹤鸣山 50 多公里的新津老君山世称天社山，又名稠粳山，因老子隐居此山而改名老君山，因张陵曾修道于此而成"二十四治"之一（新津境内有四个治——稠粳治、平冈治、平盖治、本竹治。稠粳治刚设立之时，治所十分简陋，仅筑一个简易的土坛，在其上盖建草屋，仅供太上老君像。祭酒和男官、妇官一起传播道义，并为下层人民治病、驱邪，在农民受到土豪欺压之时，祭酒出面调解甚至挺身对抗。一时间，稠粳治成了新津乱世人的归属之一，道民日渐增多）。《方舆胜览》载："天社山一名稠粳山，为老子隐居之所……山有仙草名稠粳，服之可以长生。未审何状，咸谓洞出烟云，必降甘澍，县志以为八景之一。"[①] 老君山诸峰拱卫，云缠雾绕，森森古柏参天蔽日，环境清雅，是川西道教圣地。如今，每年农历二月十五日的"老君庙会"是四川地区最为盛大隆重的老君庙会。方圆十余里的人们纷至沓来，朝拜、敬香、祈福、还愿，人与大自然的亲密交融，绘成了一幅生机勃勃的宗教风情画卷。

---

① 祝穆《方舆胜览》，中华书局 2003 年版，第 929 页。

此外，始建于 1800 多年前东汉顺帝时期的宜宾真武山道观，既是中国道教著名发源地之一，又是道教祖师张道陵传道之地。真武山道观经晋、唐、宋、明清时期的改建和扩建，一度成为我国西南道教文化传播交流中心，在四川素有"北青城，南真武"之称；2003 年经宜宾市人民政府批准开放，现在规模宏大，建制精美，信众游人汇集，香火旺盛。

神圣建构了世界，确定了秩序。鹤鸣山、青城山、老君山、真武山四山在巴蜀大地上形成川西、川南特有的自然空间和宗教空间，它们链接着精神与文化、社会与历史，山上殿堂楼台错落有致，在同源的信奉中确立方向性的目的，而对正一道的神圣形式或形象进行唤起、传播和推广。

二、两晋以后以"三山"、武陵为代表的空间圣化现象

两晋以后，因道门内部分化而形成多种宗派，各派祖师或名流隐修一方，讲经传道，经过信众的崇奉、统治者的优礼和文人吟咏渲染的助力，使所居之地洋溢着浓郁的宗教气氛，展示出地理空间的神圣性。阁皂山、庐山、茅山、王屋山、天台山、嵩山、华山等山以及武陵山区都因道教的影响力而被圣化，成为名山圣地。其中，最突出的是茅山、龙虎山、阁皂山和武陵山区。它们在宗教的空间里，既是绿水青山，也是"金山银山"。这里先论及"三山"空间圣化的情况，有关武陵之地的探讨部分详参本书第三编。

茅山，古称句曲山，位于今江苏省句容市与常州市交界处，山势秀丽，林木葱郁，自古就有九峰、十九泉、二十六洞、二十八池之美景。因茅盈、茅固、茅衷三兄弟在此修行成道、德润百姓、定证仙籍而受纪念，改句曲山为茅山。又因东晋杨羲在此受到一组降自上清天神明的访问，接受开派祖师魏存华的道法而使茅山成为上清派的本山、正一道的重要圣山，被尊为"第一福地、第八洞天"。自六朝至北宋，《上清经》的盛行使茅山奉道者人数剧增，上清派成为广泛传播江南各地的大道派。上清派的第三代宗师许谧、第四代宗师许翙、第八代宗师孙游岳、第九代宗师陶弘景皆居茅山传道，茅山因此成为上清派的本山，上清派也因此被称为茅山宗。陶弘景对茅山宗的建立贡献巨大，他整理的《真诰》成为唐代文人寻找神仙观念真谛的经典。"北宋朝廷确认茅山与龙虎山、阁皂山为'三山符箓'，即三山授箓宗坛，只有这三座圣山才有资格授箓，但其中茅山

'上清宗坛'出现的时间最早。东汉张道陵创天师道时自称'正一盟威之道'。至唐代，上清派中人也自称'正一'。三洞经箓的授受，也可以'正一'为名。'正一'已可作全部道法和一切法箓的总称。"① 茅山理所当然是正一道的重要圣山，受到历代帝王的垂青和文人学者的关注，如宋哲宗和宋徽宗赐茅山高道刘混康（1036—1108）九老仙都郡玉印、合明天帝敕玉符、宗坛玉圭等，永乐十六年（1418）明成祖驾幸茅山。历代文人所写有关茅山诗文碑记不可胜记，经过历代的圣化，茅山声名远播，成为中国道教最早的圣山之一。

阁皂山旧隶新淦，在今江西省樟树市东南 20 公里，属武夷山西延之支脉，因灵宝派开派祖师葛玄在此修道传法而成道教圣地。《阁皂山志·山考》载："周回延亘余二百里，跨乐安、新淦、丰城三县……形如阁，色如皂，故名。"② 这里峰峦叠嶂，古木参天，为灵异所栖。东汉建安七年（202），葛玄在此采药炼丹、布道行医，使阁皂山名播天下。《阁皂山志·山考·辑补》载："葛玄曾来至阁皂山，乃登东巘高峰之上而望焉。曰：'形阁色皂，土良水清，此真仙人之住宅，吾金丹之地得之矣。'遂于东峰建坛，祭炼多年。后虽离去，吴嘉禾二年复回，于东峰之侧建卧云庵，筑坛立灶居其中，修炼九转金丹。赤乌七年八月十五日飞升（据《真仙通鉴》），一云尸解（《神仙传》）。"③ 唐道士杜光庭《洞天福地岳渎名山记》谓天下有七十二福地，"阁皂山第三十三，在吉州新淦县"。唐仪凤年间（676—679），唐高宗封阁皂山为"天下第三十三福地"。宋时，山上的宫观道院达千余间。周必大、白玉蟾、刘辰翁、朱熹、杨万里、刘克庄等名流文士都有诗文记写此山。

龙虎山，原名云锦山，位于今江西省鹰潭市西南 20 公里处，以丹霞地貌著称。这里群山连绵，草木葱茏，一条泸溪河缓缓流淌，将两岸的丹崖景观如珍珠项链般串联起来，群峰因为有了水的环绕而柔和温婉。山立水边，水绕山转，苍翠古朴。东汉中叶，正一道创始人张陵曾在此炼丹，传说"丹成而龙虎现"，云锦山因此改名龙虎山，经历朝历代崇奉和圣化，

---

① 刘大彬《茅山志》，江永年增补，王岗点校，上海古籍出版社 2016 年版，前言第 3 页。
② 明俞策《阁皂山志》，清施闰章修订，傅义校补，江西人民出版社 1996 年版，第 1 页。
③ 明俞策《阁皂山志》，清施闰章修订，傅义校补，江西人民出版社 1996 年版，第 4 页。

成为中国"道教第一名山"。自东汉和帝永元二年（90）张道陵入云锦山炼"九天神丹"，至建安二十一年（216）张陵四世孙张盛由汉中返回龙虎山，得祖师丹灶故址，建传箓坛，奉正一经为经典，创立龙虎宗正一天师道。正一道的思想体系、教义教规、典章制度的发展、完善和广泛的社会影响，都立足于龙虎山，经久不衰。北宋真宗大中祥符八年（1015），真宗皇帝赐封第二十四代天师张正随"真静先生"，蠲其田赋，准其世袭，从此开"天师世袭""世封"之始。这一制度历经宋、元、明、清朝代，直至光绪三十年（1904）覃恩诰赠第五十、六十、六十一代真人为光禄大夫止。天师之位世代相传，绵延 1800 年。明嘉靖五年（1526），明世宗敕命中官吴猷同江西抚按重建"大真人府"，增造"万法宗坛"，将原龙虎山的"正一玄坛"、茅山的"上清法坛"、阁皂山的"灵宝宗坛"、西山的"静明宗坛"统一并入"万法宗坛"，由张天师主管道教事。历明、清两朝，直到 1925 年以后才一度衰微。在鼎盛时期，龙虎山曾建有 91 座道宫、81 座道观、54 座道院以及 24 殿、36 坛，被称为"神仙所都""人间福地"。其中天师府、上清宫、正一观、兜率宫等宫观历史悠久，宗教影响力深远，为历代文人、信众探访和神往的圣地。

第二章 正一道的发展空间

正一道的发展空间不仅指正一道传播、延展、影响的地理空间和政治空间，也包括正一道的思想空间和道修方术空间。

第一节 传播、延展和影响的空间

一、从民间到上层社会，从蜀地一隅到中原大地

正一道创立之初，只限于民间传教。张道陵奉老子为教主，以老子《道德经》为主要经典，其道术主要是召神劾鬼、符箓禁咒等，以长生成仙为最高目标。当时，张道陵还设立了二十四治（教区）进行传教。二十四治绝大部分都在巴蜀境内，阳平治、鹿堂山治、鹤鸣神山太上治、离沅山治、葛璝山治在蜀郡界，更除治、秦中治、昌利山治、真多治、隶上治在广汉郡界，涌泉山神治在遂宁郡界，稠粳治、北平治、本竹治、平冈治、平盖治在犍为郡界，蒙秦治在越巂郡界，云台山治在巴西郡界，浕口治、后城治、公慕治在汉中郡界，主簿山治、玉局治在成都南门左，北邙山治在东汉都城雒阳，阳平治在今四川省彭州市，鹿堂治在今四川绵竹，鹤鸣山治在今四川省成都市大邑县。此外，还设有八品游治，分别为峨眉治、青城治、太华治、黄金治、兹母治、河逢治、平都治、青阳治。据传，这些治多是神仙修道度世之处。

使五斗米道（正一道）获得较大发展空间的是张道陵的孙子张鲁。张鲁于汉末在巴、汉一带建立起了政教合一的地方政权，统治巴、汉将近30年。他规定初入道者为祭酒，各领部众，统领部众多的为治头大祭酒。张鲁的道法大致与其祖父相同，教民诚信，不欺诈，有病者忏悔自己的过

失。又在道路两旁建立义舍，内置米（义米）肉（义肉）供行路人取用，取食者应量腹取足，如果过多则鬼道能使其得病。对犯法之人，先原谅三次，仍不改正才用刑。犯有小过错的人，则罚修路百步。禁止酿酒，春夏季节禁止猎杀（杀生）。另外，张鲁还设有专为信徒讲解《道德经》的"奸令祭酒"和为请求治病者主持祈祷仪式的"鬼吏"。张鲁的传教活动得到了汉族和少数民族的拥护，扩大了道教的势力，直到公元215年，张鲁归降曹操，拜将封侯，五斗米道得到合法传播。其后，随着道众的大量北迁，五斗米道（正一道）遂发展至中原地区。

在两晋时，随着道教传播的地理空间扩大，正一道教内部日益分化，而且整体上有向上层化发展的趋势。首先体现在一部分道教信徒借统治者的利用和扶植之机积极参与统治阶级内部的政治权力之争，甚至发挥着极其重要的作用。其次表现为大批出身于高门世胄的士族投身道教，成为信徒。这些社会上层士族生活腐朽，精神空虚无聊，又有贪图永享世间幸福生活之欲。而道教宣扬的通过方术修炼能长生不死、升天成仙的思想正迎合他们的想望。同时，道士追求闲散避世，隐逸养性，清虚无争，洒脱逍遥，也与他们所追逐的悠游自在的雅趣相合。上层人士的大量入道不仅丰富了教徒成员的构成，而且由于他们都是掌握文化知识资源的群体，他们的思想观念也自然会被带入道教，引起道教内部在思想上和组织上的变化，开始出现对道教理论进行探讨的苗头，道书的撰写日益增多，新的道派也相继涌现。当时最有影响力的是上清派和灵宝派，它们从不同的空间改造、丰富了正一道的内涵。上清派的开派祖师魏华存在阳洛山道成功满之后，开始讲经传道，主要传习《上清大洞真经》《黄庭经》等经典。在修行方术上，特别重视通经、思神、服气、咽液等，也兼习金丹、符咒。灵宝派的开派祖师葛玄传《洞玄灵宝经》，相传他曾在江西阁皂山修道，常辟谷服食，擅符咒诸法，奇术甚多。其教义的光大者则是南朝时的陆修静，在庐山筑精庐修道。灵宝派的修炼方法主要是符箓科教，注重斋仪，同时也讲思神和诵经，强调济世度人。

南北朝时期，在华山、嵩山修道多年的寇谦之（365—448）和以庐山为大本营传道的陆修静（406—477）对旧天师道进行改革，废除张道陵、张鲁时期的租米钱税制度和房中术，在天师道原有的各种斋仪基础上，吸取佛教的修持仪式及儒家的封建礼法，以"劝善戒恶"为宗旨，以成仙得道为根本，广制规诫、斋醮仪范，使改革后的天师道变成了符合封建统治阶级需要的官方宗教。寇谦之在华山、嵩山修道多年，在崇奉道教的魏太武帝拓跋焘和宰相崔浩的共同支持下，自称于嵩山遇太上老君降临，授给他天师之位及《云中音诵新科之诫》20卷，命令他对张道陵、张鲁的五斗米道进行改革。这当然是他编造的神话。陆修静以庐山太虚观为大本营研经传道授徒长达7年之久，为正一道势力的发展和影响的扩大做出了极大贡献。齐梁时，隐居茅山的道士陶弘景（456—536）对茅山宗的建立起了决定性的作用。陶自幼好神仙，辞禄位入茅山，"立馆，自号华阳隐居，始从东阳孙游岳受符图经法，遍历名山，寻访仙药"①。吸收儒、释两家的思想来改造和充实正一道教的神仙学说、修炼理论，搜集整理所传杨羲、许谧旧籍，增删、诠次，编成今本《真诰》，大力传授弘扬上清经法，使茅山成为上清派的活动中心和代表，被称为茅山宗。

从隋唐到北宋，茅山宗一直在各道派中占有主流地位。在隋代，茅山宗的第十一代宗师王远知（528—635）在茅山教团已是"山门著录三千许人"②，得到隋炀帝的礼重，《上清经》被确认为上品道法；至唐代，茅山宗的道徒王远知、王轨（580—667）、潘师正（585—682）、司马承祯（646—735）、吴筠（？—778）、李含光（683—769）等，都得到李唐王朝统治者的尊崇，在全国建立了京畿、嵩山、王屋山、茅山、天台山、蜀中等几个大的传道点，传授经戒的程序以上清品位为最高。中唐时期，茅山宗成为对文人和文学创作影响巨大的道派。

北宋时，茅山宗仍是各道派中的主流，其组织严密，传系清晰，高道众多，与统治者关系密切。宋徽宗利用道教神化皇权，编造"天神下降"神话，以道教教主自居，由道箓院正式册封为"教主道君皇帝"，并将道教视为"正教"，下令天下必须归于"正道"。南宋时期中国南方出现了以巫术为其重要思想渊源之一的正一、上清、灵宝三大符箓道派，以传统的龙虎山天师（正一）、茅山上清、阁皂山灵宝等"三山符箓"为主。元成宗大德八年（1304）敕封张道陵第三十八代后裔张与材为"正一教主"，

---

① 姚思廉《梁书》卷五一《处士传》，中华书局1973年版，第742页。
② 江旻《唐国师升真先生王法主真人立观碑》，载于《全唐文》卷九三三，上海古籍出版社1990年版，第9618页。

"主领三山符箓"①。正一道正式成立。

元代以后，持符咒等方术的各派（包括天师派、灵宝派、上清派，宋元之际衍生出的神霄、清微、净明等道派）逐渐统一，统称正一道。自明清以后，道教唯存全真、正一两大派，流传至今。

正一道主要特点有四。其一，以《正一经》为共同奉持之主要经典，主要法术为画符念咒、祈禳斋醮、驱鬼降妖，以长生成仙为最高目标。其二，必以张道陵后嗣为首领。自第三十八代天师张与材成为"正一教主"，后继的历代天师都沿袭此职。张与材于仁宗延祐三年（1316）卒，其子张嗣成获封为第三十九代天师，袭领江南道教，主领三山符箓；之后第四十代张嗣德、第四十一代张正言皆相继受命任正一道首领。明清以后，"天师"封号被取消，称"大真人"，"正一教主"之名也非出自皇帝敕封，但是在教内，仍将张道陵的子孙视为首领。其三，内部组织由原有新旧各符箓派整合而成，较为松散。合而为一后，原有小宗派或因传承乏人而彻底融入大宗；或仅奉"天师"为大宗主，而自家小宗传承如旧。其四，正一道士可不住宫观，也允许娶妻生子。

二、明中叶以后政治空间受到压缩，以至于衰落

明中期以前，正一道的发展空间和影响仍然很大，几乎始终处于隆盛的地位。明太祖朱元璋充分利用宗教的力量为自己谋取利益。在征战江南时，凡危难之时大多离不开道士的参与和帮助，如《明史》记载的道士周颠、张中等都曾为朱元璋的重大军事行动出策效力。登基后，朱元璋尤重视正一道的社会作用，认为："教与正一，专以超脱，特为孝子慈亲之设，益人伦，厚风俗，其功大矣哉！"（《大明玄教立成斋醮仪范·御制序文》）洪武元年（1368），朱元璋授予正一道第四十二代天师张正常"正一教主、护国阐祖通诚崇道弘德大真人"之号，赐银印，秩二品，俾领道教事。洪武五年（1372），加赐张正常"永掌天下道教事"诰，不久即命取消天师称号，称"大真人"，爵位仍视二品。张正常以擅长符水治病术闻名，羽化于洪武十年（1377）。洪武十三年（1380），其子张宇初嗣位袭封正一教第四十三代大真人，领道教事。此后明朝历代天师都沿例袭封大真人，掌

---

① 宋濂等《元史·释老传》第 15 册，中华书局 1976 年，第 4526 页。

管天下道教。朱元璋对道教的重视奠定了明王朝的崇道之风。明成祖朱棣利用道教徒、方士巩固其统治地位，继续实行尊崇正一道的先帝成法。敕令第四十三代天师张宇初重编《道藏》，其后历代天师前赴后继，直至正统九年（1444）始获刊行，十年竣事，命名为《正统道藏》，计四百八十函，五千三百零五卷。明神宗万历年间，第五十代天师张国祥又奉命续补《道藏》三十二函，名《万历续道藏》。

明中叶以后，正一道进入衰落时期。嘉靖时，第四十九代天师张永绪"嘉靖末卒，无子。乃去真人号，改授上清观提点，秩五品，给铜印"（《明史》卷二百九十九《方伎》）。至第五十二代张应京，由明入清。清初顺治、康熙、雍正三朝，为笼络汉人计，续封第五十二代张应京至第五十五代张锡麟"正一嗣教真人"、光禄大夫，对正一道教加以扶持保护。其中，雍正是清代最为优待和重视道教的皇帝，主张利用儒释道三教为统治服务，对正一道教的治世作用持肯定态度，认为道教"以忠孝为道法之宗，自东汉迄今千五百年，法裔相仍，克修绪业，效忠阐教，捍患除灾。盖其精诚所感，实足以通贯幽明，知鬼神之情状。故能常垂宇宙，裨益圣功，福国济人，功验昭著"①。乾隆帝出于安定边境之需要，定黄教（藏传佛教）为国教，正一张天师的爵位由清初的一品降至正五品。乾隆三十一年（1766），第五十七代天师张存义因"祈雨有应"，乘觐见皇上之机，请求恢复故封。乾隆权衡利弊，敕谕："今正一真人既来朝进京，着加恩视正三品秩，永为例。"② 乾隆后，清王朝按例封张天师为三品"通议大夫"。到道光元年（1821），正一道真人第五十九代天师张钰停止朝觐，正一道完全失去与上层统治者的联系，社会地位逐渐衰落，活动方式开始转向民间。这一时期，正一道在民间的影响较大，开始走上世俗化的道路。

第二节　正一道的长生成仙思想空间

张道陵一派在创教之初就确立了以长生成仙为最高目标，其突出特点

---

① 《道藏辑要》，吉林人民出版社1995年影印版，第14页。
② 《清高宗实录》卷760，中华书局1986年影印版，载于《清实录》第18册，第365页。

是追求肉体长生，白日升天，永享欢乐生活。

一、以长生成仙为最高目标

东汉末年，疾疫流行，张道陵面对需要治病救人的现实，用禁咒符水和传统的中医方法，从心理上、生理上治疗人民的疾病，但并没有放弃修道成仙的最高目标。对于这一点，陆修静的追求可作旁证、参考，其《道门科略》云："若疾病之人，不胜汤药针灸，惟服药饮水，及首生年所犯罪过，罪应死者，皆为原赦，积疾困病，莫不生全。故上德神仙，中德倍寿，下德延年。"[①] 长生成仙的途径是由神仙除去死籍，消灭三尸，不让魂魄远离人身，或节禁魂魄不弃人身。这暗示魂魄可以脱离人身，还可以回到肉体中，复生如初。先秦的招魂仪式就是希望死者灵魂回到死者身上，使之重新获得生命。张道陵接受了上古这种将精神实体化，并视精神可以独立于肉体之外的传统观念。另外，《正一法文经章官品》透露出通过服仙药以求长生的某些迹象。如"玉女医疾"条："东明大夫君五人官将一百二十人、治天帝宫，主操持炼药治男女当使服之。山周君一人官将一百二十人，治始生室、玉女素女五童，致仙药神方，为小儿黄衣，即命玉女月玄玉女千二百人，白衣持神方典治男女被病人差愈。上清太仙明堂玉女千二百人，主致神药，一合下典治某身中所苦消灭，天医官医太医、五官治病医吏各十二人，一合下诣某处，入某身中五脏六腑十二宫室，布流一百二十关节、行神布黑，典治痛处，重劫某身治病功曹，为所请官将医吏，共案行某身、从头至足、治肺察熙，六脉浮沉，沉处为安，浮处为散、涤除五脏、安稳六腑、辟斥故黑，饮食鬼贼，精妖疾疫，使杀兵寒灾散，与人相远离，得蒙恩祈，苦除愈以为效信。"既然求仙药、神药，就很难排除张道陵炼丹成仙的可能，故葛洪《神仙传》提及张道陵炼丹服丹事："陵乃七度试，升（赵升）皆过，乃受升丹经"，"初，陵入蜀山，合丹半剂，虽未冲举，已成地仙"[②]。这也印证了早期道教长生成仙的一种理论，即认为药物不仅治病、养生、延年益寿，如果服用金丹大药就可长生成仙。

---

① 《道藏》第24卷，文物出版社、上海书店、天津古籍出版社1988年版，第779～780页。
② 葛洪《神仙传》，谢青云译注，中华书局2017年版，第175、178页。

二、神仙的共同特点

道教的诸神仙共有的特点是具有长久的寿命和"神通"的能力。这需要实现两个超越：一是对生命有限的超越，即追求"长生"。早期天师道追求长生的理论根据主要来自服食，认为服食（包括医药、金丹、符箓等）可以治病，还可以养生和延年益寿。所以，葛洪曾总结说，道教之"至秘而重者，莫过乎长生之方也"①。二是对人能力之局限的超越，即获得各种"神通"，也就是说成仙者已超越了常人的能力局限，能够"神灵变化，隐显莫测"（《净明忠孝全书》卷六）；"或竦身入云，无翅而飞；或驾龙虎，上造太阶；或为鸟兽，浮游青霄；或潜行江海，翱翔名山"（《墉城集仙录》卷六）。要实现这种"神通"，需要坚持不懈的修炼，除了外修外养，也要内炼内养，张道陵当年就内外兼修："吞玉英而漱金醴，内养丹元。"② 内修还包括修性，如葛洪说，"欲求仙者，要当以忠孝和顺仁信为本，若德行不修而但务方术，皆不得长生也"，"积善事未满虽服仙药亦无益也"③。《八素真经·三五行化妙诀》也说"上士高才，先立善行，然后方术"。

当然，正一道对修炼的认识有一个发展、演变的过程，由于前期主张的服食外丹以求肉体不死在现实中暴露出其荒谬性，唐以前上清派的《大洞真经》《黄庭经》都强调对精气神的修炼，注重存思存神，通过炼神达到炼形的目的；唐以后道教在修炼方法和成仙方式上也有了根本性的改变，多主张进行"内丹"修炼，正如张伯端所说"人人自有长生药"，并要求人们"穷取生身处"以求"返本还元"、得道成仙（《悟真篇》），强调修心、修精气神、性命双修。全真道把精神解脱、阳气飞升视为长生成仙，这比肉体成仙说更进一步。至明代，正一天师张宇初也认为心性是道的本体，"心为道之宗"④，继承道教"修道即修心，修心即修道"的观点，受佛教禅宗和儒家心学的影响，提出了"观心知道"的思想。清代以

---

① 王明《抱朴子内篇校释》卷十四，中华书局 1985 年版，第 252 页。
② 《龙虎山志》，江西科学技术出版社 2007 年版，第 293 页。
③ 王明《抱朴子内篇校释》卷三，中华书局 1985 年版，第 53~54 页。
④ 《元始无量度人上品妙经通义》（卷一），载于《道藏》（第 2 册），文物出版社、上海书店、天津古籍出版社 1988 年版，第 297 页。

后长生成仙说走向衰落，在学说理论上没有大的发展。

总之，修道成仙思想乃是道教思想的核心，如卿希泰所言，道教"其他的教理教义和各种修炼方术，都是围绕这个核心而展开的"[①]。早期正一道的长生成仙说，在肯定生命的现实意义的基础上，引导人们追求更高、更自由的生活，从而超越自然对人类的种种限制和人身能力的有限性。大量的神仙故事和众多的灵迹说也应运而生，以向人们宣传神仙世界的真实性和长生成仙的可能性。如专记神仙的书就有《神仙传》（葛洪）、《博物志》（张华）、《搜神记》（干宝）、《搜神后记》（陶潜）、《拾遗记》（王嘉撰，萧绮录）、《墉城集仙录》（杜光庭）、《云笈七签》（张君房）、《太平广记》（由李昉、扈蒙等人奉宋太宗之命编纂，前七十卷专录仙人）以及《道藏》等。

第三节　道修方术空间

正一道教追求的最高目标是长生成仙，为了达到这一目标，按照众生均可修道成仙的思想，提出了一系列道功、道术，或者叫作修炼方术，如服食、行气、辟谷、房中、守一、外丹、内丹以及斋醮、符箓、禁咒、守庚申等。道修方术的空间拓展面宽广，形形色色，本书主要介绍服食、辟谷、服气、服符、服药等类别。

一、服食

服食是道教的一种养生技术，1979 年台湾巨流图书公司印行的李叔还主编的《道教大辞典》"服食"条载："道家养生之一，谓服食丹药也。"1994 年华夏出版社出版的中国道教协会、苏州道教协会主编的《道教大辞典》"服食"条解释道："方术名词。泛指一切服用草木、矿石药物等以求长生。也作'服饵'。"1995 年中国社会科学出版社出版的胡孚琛主编的《中华道教大辞典》"服食"条："指服食药饵以求长生的一套方法。其中药是指丹药和草木药，包括膏丹、丸、散、汤剂、酒

---

① 卿希泰《道教文化新探》，四川人民出版社 1988 年版，第 19 页。

方。饵是指糕饼一类，泛指各种营养品，其材料大概可分为血肉品、草木品、菜蔬品、灵芝品、香料品、金玉品六大类，其做法大致包括糕点、酥酪、膏露、清蒸、红烩、粉蒸、烤炸、熘炒、腌熏、焖炖十大项目，这是一套丰富多彩、价值颇高的营养学和烹饪术。"由上可知，"服食"的外延相当广泛。

（一）饮食尚素意识

道教的饮食无论是正一派道士还是全真派道士基本上都茹素。透过一些道教经典，可以发现道门中的日常饮食，除药用、炼养，真正的道教徒都"尚素"，即推崇素食。陶弘景《养性延命录》卷上《教诫篇第一》称："《神农经》曰：食谷者智慧聪明。"[1] 主张饮食自然，《黄庭经》就说："玉池清水灌灵根，审能修之可长存。名曰饮食自然。"[2] 少食荤腥，粗茶淡饭总相宜。《正统道藏》"洞真部玉诀类"《胎息秘要歌诀》就言及"淡粥朝夕渴自销，油麻润喉足津液，就中粳米饭偏宜，淡缅缚托也相益"。道教宣称食粥能延年，敦煌文书 P.3810 号《呼吸静功妙诀》是唐末五代养生文献的写本，后附有"神仙粥"食方："神仙粥：山药蒸熟，去皮一斤。鸡头实半斤，煮熟去壳捣为末，入粳半升。慢火煮成粥，空心食之。或韭子末二三两在内，尤妙。食粥后，用好热酒，饮三杯妙。此粥，善补虚劳，益气强志，壮元阳、止泄精。神妙。"神仙粥的主要成分是山药和鸡头实（又名芡实），它们被《神农本草经》列为补虚益气的佳品，有养生保健的作用。同时《胎息秘要歌诀》也强调肉食的害处："禽兽爪头支，此等血肉食，皆能致命危。荤茹既败气，饥饱也如斯。生硬玲须慎，酸咸辛不宜。"对于五味的选择，不能偏多，多则伤身，葛洪《抱朴子内篇》卷十三《极言》云："五味入口，不欲偏多，故酸多伤脾，苦多伤肺，辛多伤肝，咸多则伤心，甘多则伤肾，此五行自然之理也。"[3] 而唐宋道经《修真秘录·食宜篇》则指出根据四时节令的变化选择适当的口味，是有益于身心健康的，该经引《八

---

① 《道藏》第 18 册，文物出版社、上海书店、天津古籍出版社 1988 年版，第 475 页。
② 《道藏》第 18 册，文物出版社、上海书店、天津古籍出版社 1988 年版，第 476 页。
③ 王明《抱朴子内篇校释》，中华书局 1985 年版，第 245 页。

素》说："春宜食辛,辛能散也。夏宜食咸,咸能润也。长夏宜食酸,酸能收也。秋宜食苦,苦能坚也。冬宜食甘肥,甘能缓中而长肌肉,肥能密理而补中。皆益五藏而散邪气矣。此四时之味,随所宜加之,食皆能益藏而除于邪,养生之道,可不移矣。"① 《修真秘录·食宜篇》还列举适宜食用的肉、果、谷、菜诸类食物百余种,并注明各自的性能:"橘子,味酸寒。主下气,开胸膈痰疾结气,止渴。久服,除口臭,轻身长年。皮陈久者良。……蒲桃,味甘平。主益气,倍力强志,耐饥寒,去肠间水,调中。久服之,轻身延年。"② 总之,道门对食素的观念是旗帜鲜明的,《云笈七签》卷九十四《仙籍语论要记·坐忘论·简事》曰:"蔬食弊衣,足延性命,岂待酒食罗绮,然后为生哉!是故于生无要用者,并须去之;于生虽用,有余者,亦须舍之。"③

(二) 饮食养生观念

饮食养生是道教通过修炼实现长生成仙的途径之一。饮食是人类生存保命的根本,刘词《混俗颐生录》卷上《饮食消息第一》就指出"食为命之基,不可斯须去之也"④。道教有一整套对于饮食守则的观念,包括节食、清肠、择食和味等。葛洪《抱朴子内篇》卷十三《极言》谈及饮食要节制的问题:"不欲极饥而食,食不过饱;不欲极渴而饮,饮不过多。凡食过则结积聚,饮过则成痰癖。"⑤ 曾慥《道枢》卷七《黄庭篇》也强调:"子欲不死,肠中无滓;子欲长生,肠中常清。"⑥ 陈抟《陈先生内丹诀》则说明了饮食养和五藏的重要性:"行持下手之初,先须以饮食养和五藏,不可失饥过饱,心田安静,无忧无愁,乃可入道也。"⑦ 道家十分重视依时摄养,以顺应四时变化的自然规律。陶弘景《养性延命录》卷上《食诫篇第二》说:"春宜食辛,夏宜食酸,秋宜食苦,冬宜食咸,此皆助五藏,

---

① 《道藏》第 18 册,文物出版社、上海书店、天津古籍出版社 1988 年版,第 522 页。
② 《道藏》第 18 册,文物出版社、上海书店、天津古籍出版社 1988 年版,第 524 页。
③ 《道藏》第 22 册,文物出版社、上海书店、天津古籍出版社 1988 年版,第 645 页。
④ 《道藏》第 18 册,文物出版社、上海书店、天津古籍出版社 1988 年版,第 512 页。
⑤ 王明《抱朴子内篇校释》,中华书局 1985 年版,第 245 页。
⑥ 《道藏》第 20 册,文物出版社、上海书店、天津古籍出版社 1988 年版,第 645 页。
⑦ 《道藏》第 24 册,文物出版社、上海书店、天津古籍出版社 1988 年版,第 226 页。

益血气，辟诸病。食酸咸甜苦，即不得过分食。"① 选择食物注重和五味，益五脏。即使有疾病，懂得宜食之道，也有利于改善或治愈病情。如《修真秘录·食宜篇》云："肝病者，宜食麻、麦、犬肉、李、韭。心病者，宜食麦、羊肉、杏、薤。脾病者，宜食粳米、牛肉、枣、葵。肺病者，宜食黄黍、鸡肉、桃、葱。肾病者，宜食大豆、黄黍、猪肉、栗、藿。"② 调养五脏的方法很多，明人息斋居士的《摄养五脏歌》介绍了五法，即"饮食有节，脾土不泄。调息寡言，肺金自全。动静以敬，心火自定。宠辱不惊，肝木以宁。恬然无欲，肾水自足"③。除了饮食得当，调养修持也非常关键。所以道教主张在日常的起居、修炼、饮食养生中，要注意遵循天人合一、五行（金、木、水、火、土）与五脏（肺、肝、肾、心、脾）相生相克的变化规律。

宋郑樵《通志》卷六十七《艺文略第五道家》收录道教服饵类经书四十八部，其中涉及饮食养生的经书有《神仙服食经》十二卷、《神仙服食经》一卷、《太清经诸药草木方集要》一卷、《黑发酒方》一卷（葛洪）、《大道静神论》一卷、《枕中记》一卷（孙思邈）、《摄生药忌法》一卷、《摄生服食禁忌》一卷、《服饵保真要诀》一卷、《太清神仙服食经》五卷、《炼花露仙�法》一卷、《李八百方》一卷、《服玉法并禁忌》一卷、《服食神秘方》一卷、《神仙金柜服食方》二卷、《古今服食药方》三卷、《集录古今服食道养方》三卷、《孟氏补养方》三卷等，这些探讨饮食养生的经书，虽然明修《正统道藏》多未收录，但道教重视饮食养生的历史贡献是不可忽视的。

二、辟谷

辟谷是一种不食五谷杂粮以求长生的方法，道教认为食用谷物容易产生渣滓沉积体内，导致人不得长寿，因而探索出通过调整呼吸和食用其他食材来替代五谷的方术。对日常饮食养生功效的不满足，催生了辟谷技术的出现。王悬河《三洞珠囊》卷三《服食品》引《大有经》曰："五谷是

① 《道藏》第 18 册，文物出版社、上海书店、天津古籍出版社 1988 年版，第 478 页。
② 《道藏》第 18 册，文物出版社、上海书店、天津古籍出版社 1988 年版，第 523 页。
③ 马大品、程方平、沈望舒《中国佛道诗歌总汇》，中国书店 1993 年版，第 670 页。

刿命之鉴，腐臭五藏，致命促缩。此粮入口，无希久寿，汝欲不死，肠中无滓也。"这是说五谷会腐臭，人如果食用它们，就会被同化，以至于"致命促缩"，无法久寿不死，所以要辟谷。辟谷或成长寿之因，唐代王悬河所修之《三洞珠囊》卷三《服食品》引《天文上经》称"玄古之人所以寿考者，造次之间不食谷也"①。辟谷并非绝食，不食一物，而是以药饵、符水、玉石等食物代替五谷，其中，药饵包括含有淀粉、糖、维生素等成分的山药、人参、麦门冬、茯苓、地黄、黄芪等根茎类或菌类，含有丰富植物油的柏子仁、松子、火麻仁等。孙思邈《枕中记》说："凡人从少及长，体习五谷，不可一朝而遣。凡药为益迟微，无充饥之验，唯积之不已，方令骨髓填实，则五谷居然而自断也"②，也就是说辟谷的过程是渐进的，非一蹴而就。刚开始先逐步减食，饥饿时或饮用一些流质，或选择诸如大枣、大豆、大麦、黍米、粳米、栗、蜂蜜、橡子、松根、灵芝、黄精、茯苓、巨胜、胡麻子、桑葚、地黄、成治术、天门冬等这些高营养的物品来取代日常五谷。

三、服气

"服气"是道教中一种以气息吐纳为主，辅以导引、按摩的养生修炼方法。服气又有"行气""食气""调息""吐纳""胎息"等称呼，服气的目的就是以意念控制呼吸吐纳或内气运行，起到梳理气脉，使人体气血舒畅、脏腑通利的作用。服气经认为气是养人之根本，"人在气中，如鱼在水中。水以养鱼而鱼不知，气以养人而人不觉"③。张道陵早知"行气、服食"的神仙法④，上清派在修行方术上也很重视服气，注重个体精、气、神的修炼。

服气有服外气和服内气两大类：服外气指服五牙、八方、四时、日月星辰等炁，服内气以服"内食太和，元炁为首"。服外气"思自顶鼻而入，虽古经所载，为之少见成遂，亦非食谷者所能行致尔。是以修炁者多不得

---

① 《道藏》第 25 册，文物出版社、上海书店、天津古籍出版社 1988 年版，第 308 页。
② 《道藏》第 18 册，文物出版社、上海书店、天津古籍出版社 1988 年版，第 469 页。
③ 《道藏》第 35 册，文物出版社、上海书店、天津古籍出版社 1988 年版，第 400 页。
④ 葛洪《神仙传》，谢青云译注，中华书局 2017 年版，第 173 页。

其诀，虚精勤矣"①。唐代司马承祯的著作《服气精义论》和《导引论》，对服气的方法进行了有益探索。他说："夫气者，胎之元也，形之本也。胎既诞矣，而元精已散；形既动矣，而本质渐弊。是故须纳气以凝精，保气以炼形，精满而神全，形休而命延，元本既实，可以固存耳。观夫万物，未有有气而无形者，未有有形而无气者。摄生之子，可不专气而致柔乎!"（《服气精义论》）他指出"气"为人体的根本，强调"保气以炼形"的重要性。关于服气的方法，司马承祯认为："凡服气，皆取天景明澄之时为好。若恒风雨晦雾之时，皆不可引吸外气。但入密室，闭服内气，加以诸药也。"并提出服五牙之气法：

> 服真五牙法，每以清旦，密咒曰（经文不言面当宜各向其方，平坐握固，闭目，即叩齿三通，而祝中央向四维）：东方青牙，服食青牙，饮以朝华。祝毕，舌料上齿表，舐唇漱口，满而咽之三；南方朱丹，服食朱丹，饮以丹池。祝毕，舌料下齿表，舐唇漱口，满而咽之三；中央戊己，昂昂太山，服食精气，饮以醴泉。祝毕，舌料上玄，应取玉水，舐唇漱口，满而咽之三；西方明石，服食明石，饮以灵液。祝毕，舌料上齿内，舐唇漱口，满而咽之三；北方玄滋，服食玄滋，饮以玉饴。祝毕，舌料下齿内，舐唇漱口，满而咽之三；都数毕，以鼻内气，极而徐徐放之，令五过已，上真道毕矣（意调诸方，亦宜纳气，各依其数。即东方九、南方三、中央十二、西方七、北方五）。……凡服气，皆先行五牙，以通五脏，然后依常法，乃佳。东方青色，入通于肝，开窍于目，在形为脉；南方赤色，入通于心，开窍于舌，在形为血；中央黄色，入通于脾，开窍于口，在形为肉；西方白色，入通于肺，开窍于鼻，在形为皮；北方黑色，入通于肾，开窍于耳，在形为骨。（《服气精义论》）

此外司马承祯还列举了服六戊气法、服三五七九气法等方法。

而服内气则"清净自炼，忘身放体。志无念虑，安定藏府。洞极太

---

① 《道藏》第18册，文物出版社、上海书店、天津古籍出版社1988年版，第445页。

和，长生久视"①。

四、服符

　　符是道教表达对鬼神、自然事物等神秘力量的敬畏，并试图达到天人感应效应的一种文图语言。其内容为图、篆文或图文结合，并被赋予神圣力量。《灵宝无量度人上经大法》卷三十六曰："符者，上天之合契也，群真随符摄召下降。"作为一种修炼方术，传说画符可驱邪避灾、化符水治病，开始于正一道创始人张道陵。《三国志·张鲁传》载，张道陵"学道鹄鸣山（即鹤鸣山）中，造作符书"②，以符水为人治病。

　　符的种类繁多，就书符人及影响力而言，有老君符、天师符、壶公符等；以功用来分，有治病符、护身符、镇妖符、召风符、致雨符等。另外，在超度亡灵的法事中使用的符称为阴符，在延寿、祈嗣一类法事中使用的符称为阳符。画符用的是毛笔、墨、清水、朱砂、五色土纸，或者绢、木、竹简等，少量符被镌刻于玉石、钱、镜及某些饰件之上，符文多用大篆、小篆、虫书、云篆书写，象形画以及文字变体等结合使用。魏晋南北朝以后，符文被道教各派采用。

　　道符的用法通常是佩带、沉水、埋入地下、贴挂、点涂以及吞服、烧灰服用等。道教信徒普遍信奉符的无为之功效，认为道符既能呼风唤雨又能驱鬼避邪；既能保佑人安全健康，又能成为沟通神仙与凡人的桥梁。就服符而言其方法大致有两种。一是直接吞服。《世说新语·术解》载："郗愔信道甚精勤，常患腹内恶，诸医不可疗，于法开为合一剂汤，与之一服。"③ 二是将符化于水中冲服，即饮符水。北宋徽宗时，天下瘟疫流行，第三十代天师张继先入朝京师，以符法镇灾，以医道救民。至正二十一年（1361），朱元璋为吴王时取江西，发榜命有司访求招聘天师，张正常遣使者上征笺陈"天运有归"之符，1365 年入觐，朱元璋召见，大悦："瞳枢电转，法貌昂然，真汉天师苗裔也。"1366 年张正常"复入觐，求符者日以千百计，侍吏不暇给，闭门拒之不能止，乃录巨符，投朝天宫井中，人

---

　　① 《道藏》第 18 册，文物出版社、上海书店、天津古籍出版社 1988 年版，第 445 页。
　　② 陈寿《三国志·魏书八》，崇文书局 2010 年版，第 121 页。
　　③ 刘义庆《世说新语》，刘孝标注，中华书局 1999 年版，第 444 页。

争汲之，须臾水竭土见，犹弗已"①。1368 年朱元璋登皇帝位，诰授张正常"正一教主嗣汉四十二代天师护国阐祖通诚崇道弘德大真人领道教事"。

五、服药

服药主要包括服食外丹药、草木药。早期的正一道夸大了服药的作用，认为服"上药令人身安命延，升为天神"②，"服神丹令人寿无穷已，与天地相毕，乘云驾鹤，上下太清"③。葛洪《神仙传》载，张道陵在创教之前就得"黄帝九鼎丹法"④，并重视炼丹服食。《正统道藏》存有《黄帝九鼎神丹经诀》凡二十卷，作为外丹经典著作，"黄帝九鼎神丹法"以记述外丹烧炼为主，包括炼丹选址、炼丹器具制作、药物配合与烧炼过程等需要具备的化学知识。据说张道陵先在江西省贵溪云锦山采药炼丹，丹成龙现，故云锦山改称龙虎山。陈乔的《新建信州龙虎山张天师庙碑》说天师"吞玉英而漱金醴"⑤，清世宗《御制大上清宫碑文》提及"汉天师张道陵炼丹成道，得神授秘文，被除阴慝，通灵变化，享寿百二十"⑥。张道陵"以市其药合丹，丹成，服半剂，不愿即升天也"，服丹后还能分身，"乃能分形，作数十人"⑦。炼丹服丹应该是早期道教追求长生成仙的主要法术之一。

（一）外丹药

外丹药是指用炉鼎烧炼铅、汞等药物以制成的金丹。烧炼外丹的常用药物有铅、汞、金、铜、银、锡、矾石、赤石脂、芒硝、硫黄、砒霜、硝石、石炭、朱砂、雄黄、石棉、雌黄、曾青、云母、戎盐等，除了矿物药，还有很多草木类药，如茯苓、麦冬、黄连、地黄、枸杞子、淫羊藿、天门冬、白术、黄精、地骨皮等。单纯的金属矿物有剧毒，唐代张九垓《张真人金石灵砂论》中说："金生山石中，积太阳之气，熏蒸而成，性大

---

① 《龙虎山志》，江西科学技术出版社 2007 年版，第 169 页。
② 王明《抱朴子内篇校释》，中华书局 1985 年版，第 196 页。
③ 王明《抱朴子内篇校释》，中华书局 1985 年版，第 74 页。
④ 葛洪《神仙传》，谢青云译注，中华书局 2017 年版，第 173 页。
⑤ 《龙虎山志》，江西科学技术出版社 2007 年版，第 293 页。
⑥ 《龙虎山志》，江西科学技术出版社 2007 年版，第 303 页。
⑦ 葛洪《神仙传》，谢青云译注，中华书局 2017 年版，第 173 页。

热，有大毒，旁蒸数尺，石皆尽黄，化为金色，况锻炼服之者乎？……若以此金做粉屑服之，销人骨髓，焦缩而死也。"① 类似的记述很多，所以炼制丹药时，采用金属矿物与植物混合熔炼的方法，主要目的之一就是去毒，虽然实践证明不能完全消除毒性，但可以降低毒性。

炼制外丹，除需要多种药物，具备炉、鼎等工具，炼制方法也很讲究，烧炼的方法主要有炼（加热）、锻（高温加热）、养（低温加热）、炙（局部加热）、抽（蒸馏）、飞升（升华）、淋（过滤）、浇（冷却）、煮（加水加热）等。魏伯阳的《周易参同契》、葛洪的《抱朴子内篇》、陶弘景的《太清诸丹集要》《合丹药诸法式节度》《集金丹黄白方》《炼化杂术》、孙思邈的《太清丹经要诀》等都是炼制丹药的著作，张君房的《云笈七签·方药》不仅介绍了多种炼制丹药的方法，如九转炼铅法、金丹法、伏火北亭法、化庚粉法、伏药成制汞为庚法、四壁柜朱砂法、大洞西华玉堂仙母金丹法等，还介绍了一些矿物药和草药服用的技巧方法，如南岳真人郑披云传授五行七味丸方、九真中经四镇丸、黄帝四扇散方、王母四童散方、萤火丸方、真人驻年藕华方、老君益寿散方等②。

丹药的种类名目繁多，如九鼎丹、九光丹、太清神丹、还魂丹等。丹药之所以能广泛流传，与其具有一定药效和诱惑力有关。道教认为，服用某些丹药可以祛疾、强身、延年却老，以及在男女之道上的效应。"夫金丹之为物，烧之愈久，变化愈妙。黄金入火，百炼不消，埋之，毕天不朽。服此二物，炼人身体，故能令人不老不死。"③ 所以道教认为，人服用了丹砂和黄金炼制而成的丹药，即可长生不死。

（二）草木药

草木药原材料主要是植物和动物，种类繁多，诸如苣胜实、蒲韭根、松脂、松实（子）、茯苓、天门冬、桂芝、蓬藁根、地黄、当归、菊花、菖蒲、干姜、灵芝等。动物身上入药的成分有牛胆、猪脂等。早期正一道徒大多服食草木药物。《神仙传》载张道陵宣教时，语诸人曰："尔辈多俗

---

① 《道藏》第19册，文物出版社、上海书店、天津古籍出版社1988年版，第5页。
② 张君房《云笈七签》第四册，中华书局2003年版，第1729~1752页。
③ 王明《抱朴子内篇校释》卷四，中华书局1985年版，第71页。

态未除，不能弃世……或可得服食草木数百岁之方耳。"① 道教徒所服食的草木药灵芝草、苍术、黄精、白术、松柏、胡麻、柏实、杏仁、地黄、肉桂、枸杞根、甘菊、黄连、山药、黄芪等，直至今天仍是重要的中药材。《抱朴子内篇》详细地介绍了服食方法，而其地仙服食也以草木方居多，如"松树枝三千岁者……尽十斤，得五百岁也""又有樊桃枝……尽一株得五千岁也""桂……（服）七年，能步行水上，长生不死也""《小神方》……旦服如麻子十九，未一年，发白更黑，齿堕更生，身体润泽，长服之，老翁还成少年，常服长生不死也"等。后来，人们发现了草木药的局限性后，更倾向于金石丹药的神奇，草木药大多加入金石丹药中烧炼，单服草木药者逐渐减少。据《黄帝九鼎神丹经诀》卷十三《明丹砂功力能人长生之道用》：

> 草木之药，可以攻疗疾病，不可以致长生也。金石之药，可以必获延年，而亦兼能除百邪也。夫草药之为物也，虚脆危软，不堪而久，煮之即烂，埋之则腐，烧之则灰，停之则朽，不能自坚，岂能坚人乎？不能自生，岂能生人乎？若丹砂之为物也，是称奇石，最为上药。细理红润，其质贞固坚秘，积转逾久，变化逾妙。能飞为粉，能精为雪，能为真汞，能为还丹，能拒火，能化水，消之可以不耗，埋之可以不坏，灵异奇秘，我难以称然，而得要则全生，失法则伤寿。②

将草木药物与金石丹药比较，突出草木药的脆弱和局限性，极力宣扬金石丹药的神奇和稳定性，而且服之自然同化，长寿飞升，这在一定程度上影响了人们服食观念的变化。随着炼丹实践的发展，炼丹家为了制伏丹药毒性，常常在炼丹时加入一些动植物药，或者在服丹之前、之后要服食一些动植物药来解毒。服食金石丹药需要一定的技巧，它与服本草药存在必然的联系，可以说金石丹药无法完全避开植物药，南北朝《太极真人九转还丹经要诀》提及饵丹之前要先服食黄帝四扇散，这种"黄帝四扇散"

---

① 葛洪《神仙传》，谢青云译注，中华书局 2017 年版，第 173 页。
② 《道藏》第 18 册，文物出版社、上海书店、天津古籍出版社 1988 年版，第 834 页。

用的药材主要就来源于植物：

> 松脂、泽泻、山术、干姜、云母、干地黄、石上菖蒲、桂。凡八物精治，令分等，合捣四万杵，盛以密器中，勿令女子六畜、诸俺秽者见之。旦以酒饵三方匕，亦可水服之，亦可以蜜，丸如大豆许。旦饵二十九，至三十九，半季则可去浊炁，除百病耳，然可绝谷饵丹也。此黄帝所受风后神方，却老还童之道也。①

六、服食经书一览

唐代王悬河修的《三洞珠囊·服食品》和宋代李昉编的《太平御览·道部·服饵》都引用了有关道教饮食、辟谷、服气、服符、服药的道教经籍文献。

《三洞珠囊》卷三《服食品》所引有关道教饮食、辟谷、服气、服符、服药之经书一览②：

服食类型	引用经书目录
饮食	《大真科下》《太上黄素四十方经》《太一洞玄经》《太平经第一百一十四》《登真隐诀第七》《上元宝经》《大洞经》《真诰第五》《真诰》
辟谷	《列仙传下》《天文上经》《大有经》《道学传第七》《灵宝斋戒威仪经诀下》《神仙传第九》《登真隐诀第二》《登真隐诀第四》《登真隐诀第七》《金简玉字经》《太一洞玄经》《上清消魔经》《玄母八门经》《真诰第五》《七星移度经》《道学传第二》《道学传第三》《列仙传上》
服气	《内音玉字上》《大真科下》《九华经》《三皇斋仪》《洞玄五符经》《太平经第一百一十四》《登真隐诀第七》《上清消魔经》《八素经》《三道顺行经》《登真隐诀第四》《金根经》《大有上经》《太一帝君洞真玄经》《大洞经》《真诰第五》《真诰第九》《紫度炎光经》《道基吐纳经》《玉诀经下》《道引三光经》《真诰·甄命第四》《真诰第七》《本行经》《空洞灵章》《奔日月二景隐文》

---

① 《道藏》第19册，文物出版社、上海书店、天津古籍出版社1988年版，第12页。
② 《道藏》第25册，文物出版社、上海书店、天津古籍出版社1988年版，第308～317页。

服食类型	引用经书目录
服符	《太平经第一百一十四》《登真隐诀第七》
服药（包括金石丹药、草木药）	《登真隐诀第七》《上清消魔经》《三元真一经》《宝剑上经》《玄母八门经》《真诰第五》《真诰第九》《后圣道君列纪》《八素阳歌九章》《道学传第三》《清虚真人王君内传》

《太平御览·道部·服饵》所引道书涉及饮食、辟谷、服气、服符、服药一览[①]：

服食类型	引文
饮食	《道学传》曰：上清左卿黄观子学道，服金丹，读《太洞经》得道。东府左卿白玉生有煮石方，文德石仙监张叔隐授青精方。太清右公李抱祖，岷山人，授青精饭方。（第613页）
辟谷	《集仙录》曰：夫茂实者，翘春之明珠也；巨胜者，玄秋之沉灵也；丹枣者，盛阳之云芝也；伏苓者，绛神之伏胎也。五华含烟，三气陶精，调安六气，养魄护神。 又曰：南阳文氏说其先祖，汉末大乱，逃壶山中，饥困殆绝。有一人教食术，遂不饥。十年来归乡里，颜色更少。身轻欲飞，履险不倦，行冰雪内，了不知寒。术一名山蓟，一名山精。 又曰：玉姜者，毛女也。居华山，自言秦人。始学食松叶，不饥寒。止岩中，其行如飞。今号其处为毛女峰。（第616~617页）
服气	《吐纳经》曰：八公有言，食草者力，食肉者勇，食谷者智，食气者神。（第611页）
服符	《太平经第一百一十四》《登真隐诀第七》
服药	《神农经》曰：上药令人身安命延。又云：饵五芝、丹砂、曾青、云母、太一、禹余粮，各以单服，令人长生。中药养性，下药除病，此上圣之至言，方术之实录也。仙药之上者丹砂，次者黄金、白银、众芝、五玉、五云、明珠也。黄精与术，饵之却粒。或遇凶年，可以绝粒，谓之米脯。（第610页）

注：以上二表参考了黄永锋《"服食"新诠》一文，《宗教学研究》2007年第4期。

正一道根植于华夏文化沃土，关注普通民众作为个体的存在价值，尊重甚至鼓励人生肉体与精神的各种感受，并提供旨在延长生命过程的养生之道，其中的长生成仙思想和服食术对于芸芸众生，特别是对于处于不同境况中的文人具有无穷的魅力和诱惑力，最容易激发他们丰富的想象、创

---

① 张继禹《中华道藏》第28册，华夏出版社2004年版，第610~617页。

作的灵感和实践经验的积累，极大地拓展了中国文学题材的领域和艺术表现的维度。同时，在对待民俗文化与民间信仰问题上，道教文化也是不可忽视的重要一环。作为一个开放包容的信仰体系，道教对自然崇拜、图腾崇拜、祖先崇拜以及其他地方神灵崇拜均予以接纳，对地域性、分散性、自发性、民间性的非制度化自然宗教及其相关信仰习俗，有着天然的亲和力。

第四节　正一道充实和丰富了中华文化空间

正一道诞生于巴蜀大地，辐射九州，为充实和丰富中华文化的空间做出了历史性的贡献。正如米歇尔·福柯所言："知识也是一种空间，在这个空间里，主体可以占一席之地，可以在自己的话语中谈论它所涉及的对象。"① 正一道在宗教传播的空间里发挥着不可替代的作用，主要包括树立本土宗教的正信地位，将宗教制度化与社会礼仪、伦理道德融为一体，开拓疗救生命的新方法，充实丰富了文学艺术的创作题材和表现手法等。

一、树立本土宗教的正信地位

正一道诞生之前，中国古代社会充斥着驳杂混合的宗教信仰，自然崇拜、图腾崇拜、祖先崇拜与神仙崇拜、鬼神崇拜以及各种巫术相交融，人们对宗教的态度非常复杂：如果一神灵验，信徒就会很多；一旦神灵不灵验，庙宇前则门可罗雀。"人们很少坚持信奉某一特定神灵，每个人都有一个'万神殿'。同样的道理，人们的宗教实践也可以综合各种宗教传统仪式和活动，并将它们糅合一起。"② 正一道诞生的意义在于把古代的神仙思想、道家学说、鬼神祭祀以及占卜、符箓、禁咒等巫术综合起来，以治病济民、净化心灵、肃风普世为宗旨，以长生成仙为最高目标，坚持有神论，并建立一整套行为规范和信仰原则。东汉末年，社会动荡不安，政治生态凋敝，社会伦理道德沦丧，"汉政陵迟，赋敛无度，难于自安……

---

① 米歇尔·福柯《知识考古学》，三联书店 1998 年版，第 236 页。
② 胡安宁《宗教社会学》，社会科学文献出版社 2013 年版，前言第 2 页。

文道凋丧，不足以拯危佐世"①。为了拯救苍生，改良社会风气，张道陵以巴蜀大地作为传教场所，采取了"阴阳有别，各有司存"的措施，注重整肃民风，"以廉耻治人，不喜施刑罚，乃立条制，使有疾病者皆疏记生身已来所犯之辜，乃手书投水中，与神明共盟约，不得复犯法，当以身死为约。于是，百姓计愈，邂逅疾病，辄当首过，一则得愈，二使羞惭，不敢重犯，且畏天地而致。……皆改为善矣"②。张道陵创立"正一盟威之道"，整合古代各种弥散性的宗教资源，坚持有神论，并以神的名义来教人净化自己的心灵，使得社会能够形成一套符合生命法则的行为规范，树立了正一道教的正信地位。

二、将宗教制度与社会礼仪、伦理道德融为一体

张道陵的正一道创始之初就形成了自己的神明信仰、科仪典章、授度礼仪，建立了二十四治、三十六靖庐的教区管理体系。

（一）用正教取代"淫祀"，制定一套能够为道民遵循的"禁戒律科"，辨别善恶之别，祸福之由，以改恶从善。

南北朝正一道士陆修静在《道门科略》里说：

三五失统，人鬼错乱，六天故气，称官上号，构合百精及五伤之鬼、败军死将，乱军死兵，女称呼夫人，导从鬼兵，军行师止，游放天地，擅行威福，责人庙舍，求人飨祠，扰乱人民，宰杀三牲，费用万计，倾财竭产，不蒙其祐，反受其患，枉死横天，不可称数。太上患其若此，故授天师正一盟威之道，禁戒律科，检示万民逆顺、祸福功过，令知好恶。置二十四治、三十六靖庐，内外道士二千四百人，下《千二百官章文》万通，诛符伐庙，杀鬼生人，荡涤宇宙，明正三五，周天匝地，不得复有淫邪之鬼，罢诸禁心，清约治民，神不欲食，师不受钱，使民内修慈孝，外行敬让，佐时理化，助国扶命。唯天子祭天，三公祭五

---

① 葛洪《神仙传》，谢青云译注，中华书局 2017 年版，第 169 页。
② 葛洪《神仙传》，谢青云译注，中华书局 2017 年版，第 172—173 页。

岳，诸侯祭山川，民人五腊吉日祠先人、二月八月祭社灶，自此以外，不得有所祭。若非五腊吉日而祠先人，非春秋社日而祭社灶，皆犯淫祀。①

文中的"三五"当指三辰五星，"六天故气"指的是六大区间的恶气。因"六天故气"横行，妖魔出没，道民祭祀十分混乱，"道民不识逆顺……上下俱失，无复依承。相与意断暗斫，动则乖丧，以真为伪，以伪为真，以是为非，以非为是，千端万绪，何事不僻，颠倒乱杂，永不自觉"②。正是在这种情况下，"三天正法"应运而生。三天者，清微天、禹余天、大赤天也。正一盟威之道以"三天"代替六天，就是要以正教取代"淫祀"。创造"二十四治""三十六靖庐"的宗教修行与行政管理合一的制度，保证了"禁戒律科"的落实。

（二）借授箓传戒让信徒道民能够遵守起码的社会伦理道德，维护正常的社会秩序。

"箓"本指天赐的符命文书，后来道教用以作为道士入道的凭信。正一道认为，"箓"由自然之炁凝聚而成，是道门仙真传法的见证，故而特别重视授箓仪式。早在张道陵时代就有"正一盟威箓"二十四品，形成了一套完备的授箓仪轨。表面看，这只是一种入道资格与品阶，但深层次里却贯彻着修身养性、劝善成仙的文化精神。《太上正一盟威法箓》之《太上一官童子箓》谓：

> 素被新出老君太上高皇帝王神气在身，不能自分别，今赍信诣三洞法师臣某，请受太上一官童子箓，自实悉言，被君召，即日听署之后，要当扶助天师医治百姓疾病，不得轻泄淫盗，冐庚妬，行不正之事，自作一法，诽笑师主者，此魔鬼所嫉；但当慈仁育孝，敬老爱少，父母兄弟，更相承奉，常以五腊吉日于堂上祝家亲九祖，二月八月同日祀社灶，其余不得私祀他鬼神，一旦

---

① 《道藏》第 24 卷，文物出版社、上海书店、天津古籍出版社 1988 年版，第 779 页。
② 《道藏》第 24 卷，文物出版社、上海书店、天津古籍出版社 1988 年版，第 779 页。

违犯，坐见中伤，不得怨道咎师，一如律令。

这段文字是正一道信徒授"箓"时的宣誓词，其中有警戒，也有倡导，基本导向是要信徒们遵守社会伦理道德。对照一下同卷的《太上十官童子箓》《太上七十五官童子箓》《太上三五赤官斩邪箓》《太上护身将军箓》等一系列的授箓盟誓文，可知"正一盟威法箓"有统一格式。后来正一道的授箓仪式虽然有所变化发展，但始终注重人的品德修养。如明代《太上三五正一盟威箓》的核心理念就是劝善守约。

三、寻找疗救生命的新方法

正一道从诞生起就以救治疾病为基本目标，以延年益寿、羽化登仙为长远目标。为了治病救人，正一道的领袖积极学习传统医疗理论与技术。葛洪《神仙传》言张道陵"治病事，皆采取元素，但改易其大较，转其首尾，而大途犹同归也"[①]。所谓"元素"就是遵循基本医理，采取天然材料。"改易其大较"是指在配方上有所变通，其医疗方式基本遵循自然疗法的大原则。魏晋以后的灵宝派、上清派等道派也很重视自然疗法，如《古今图书集成·医部·医术名流列传》中就列有道医董奉、徐熙、葛仙公、封君达、徐嗣伯、鄞邵、蔡谟、殷仲堪、徐秋夫、葛洪、负局先生、顾欢、徐骞、许逊、羊欣、张远游、刘涓子等人。他们的疗法虽然多样，但最常规的仍然是自然疗法。

同时，也出现符咒和精神心理方面的疗法。符咒疗法即是用"符水咒说"治病的方法。"符水"就是将画好的符箓烧后溶入水中，成为一种治病的特异水。"咒说"是一种特殊音频气流形态。根据《后汉书》《三国志》的描述以及道教经典的记载，"符水咒说"有疗病功效。张道陵是以符水为人治病的创始人（《三国志·张鲁传》载，张道陵"学道鹄鸣山中，造作符书"[②]）。

而精神心理疗法主要侧重以信仰的立场态度和道德反省的角度来疗治。据《三国志·张鲁传》载，早期正一道除了教病人饮符水外，还"教

---

① 葛洪《神仙传》，谢青云译注，中华书局 2017 年版，第 173 页。
② 陈寿《三国志·魏书八》，崇文书局 2010 年版，第 121 页。

以诚信不欺诈，有病自首其过"①。"自首其过"，便是一种道德反省。通过反省释放积压于心的不良情绪，产生特殊治疗效果，是有可能的。许多道教经典和官修史书言及此等疗法，《后汉书·皇甫嵩朱儁列传》中有"奉事黄老道，畜养弟子，跪拜首过，符水咒说以疗病，病者颇愈，百姓信向之"② 之说，足以佐证道德疗法切实有效。就救治疾病与健康的需要而言，道教信仰也具有治疗作用。因为信仰神明意味着信奉者承认神明存在，而道教神明正是作为宇宙伦理和人间美善品德的象征。通过信仰进行道德聚合和圣化，使自己在道德践行中体悟到人生的尊严和神圣，故而有益于健康。正因如此，正一道形成了系统的礼拜神明、超度鬼魂的斋醮科仪体制。《道藏》里有大量斋醮科仪方面的文献，如《正一威仪经》《正一解厄醮仪》《正一出官章仪》《太上三五正一盟威阅箓醮仪》《太上正一阅箓仪》《正一指教斋仪》《正一指教斋清旦行道仪》《正一敕坛仪》《正一醮宅仪》《正一醮墓仪》《太上正一朝天三八谢罪法忏》《正一瘟司辟毒神灯仪》《正一法文十禄召仪》《醮三洞真文五法正一盟威箓立成仪》等。斋醮科仪本是用以礼敬神明、超度鬼魂的，但对于驱除疾病、保障健康也有裨益。因为斋醮时不食荤酒，不居内室，有助于调整自我的内在机能，培养精诚意念；斋醮过程中礼拜、上章、步虚、散花、施食等环节以及伴奏的音乐，营造神圣、纯洁的礼仪气氛，引导信者进入一种专注忘我的境界。而斋醮中的祝祷辞、咒语的使用，也能够对病人产生心理疏导作用。

四、充实丰富了中国文学艺术的创作题材和表现手法

在长期发展过程中，正一道在中国古代诗歌、小说、戏曲、音乐、绘画等文学艺术领域产生了极为广泛而深刻的影响，留下了丰富的经典作品。就诗歌而论，道教经典中包含很多诗词曲赋作品。如《三十代天师虚靖真君语录》七卷，收录其文、五言古诗、五言律诗、五言绝句、六言绝句、七言绝句、七言律诗、歌行、联句、词颂等多种体裁。正一道门中很多道士满腹诗才，是名副其实的诗人。除了张继先，白玉蟾、王文卿、张

---

① 陈寿《三国志·魏书八》，崇文书局 2010 年版，第 121 页。
② 范晔《后汉书》卷七十一《皇甫嵩朱儁列传》，中华书局 1999 年版，第 1553 页。

景先、吴全节等都有诗作留世。正一道的长生成仙观念、服食养生观念、隐居避世意识，吸引着历朝历代文人士大夫关注、追随，这种审美风向的转变，为中国诗歌题材的多样性和丰富性提供了新的思考范畴。自汉末至清朝，无数诗人慕仙、学仙，拜访仙踪圣迹，创作大量的神仙题材诗、服食题材诗和宫观题材诗，这些诗占据着中国古代诗坛的一方空域，闪亮而神圣。

自正一道教诞生后，中国社会掀起了持久的学仙、奉仙、造仙、记仙运动。专记神仙的文献就有《列仙传》（刘向，记有 72 位仙人）、《十洲记》（东方朔）、《神仙传》（葛洪，记有 92 位仙人）、《博物志》（张华）、《搜神记》（干宝）、《搜神后记》（陶潜）、《拾遗记》（王嘉撰，萧绮录）、《云笈七签》（张君房）、《太平广记》等，可谓林林总总，瀚海无极。

正一道的神仙思想和服食理论对古代小说的立意以及表现手法具有鲜明的启示意义。从晚唐传奇中的仙道题材和虚实相生的结构特点能看到道教的身影；特别是明清小说所受的影响更大、更明显，《水浒传》《西游记》《封神榜》《聊斋志异》等小说堪称代表。在《水浒传》中，道教发挥着扭转故事发展方向和格局的作用：第一是仁宗朝请张天师祈禳瘟疫。小说第一回记述大宋仁宗嘉祐年间的灾情：京师瘟疫盛行，民不聊生，参知政事范仲淹奏请仁宗天子宣嗣汉天师禳保民间瘟疫，仁宗准奏，并派太尉洪信前往江西龙虎山宣请张天师临朝禳疫。这里的张天师真人即第二十六代天师张嗣宗。由于洪太尉坚持要开伏魔殿，掘开碑碣，导致殿内镇锁着的一百单八个魔君出世。第二是九天玄女授予宋江三卷天书和法旨。九天玄女是道教神仙。小说第四十二回记写宋江被赵能、赵得追赶，无路可逃，只得躲进还道村中一古庙的神厨里，梦入仙境，受到九天玄女娘娘召见，并授予三卷天书和法旨，指引宋江全忠仗义，辅国安民，去邪归正。后来宋江就是沿着这条路引领梁山事业走向的。第三是表现飞行、速行术和斗法术的。道教中的神仙都可以自由飞行，不受地域限制。《神仙传》中的班孟"或云女子也。能飞行终日，又能坐空虚之中，与人言语"[1]。王方平访问蔡经时，"乘羽盖之车，驾五龙……从天上下来，悬集，不从

---

① 葛洪《神仙传》，谢青云译注，中华书局 2017 年版，第 421 页。

人道行也"①。《水浒传》中的戴宗"有一等惊人的道术:但出路时,赍书飞报紧急军情事,把两个甲马拴在两只腿上,作起神行法来,一日能行五百里;把四个甲马拴在腿上,便一日能行八百里。因此人都称作神行太保"②。梁山军在高唐州遭遇高廉的神术妖法,宋江在九天玄女的天书第三卷中找到了"回风返火的破阵之法",就立马教戴宗等人去蓟州请公孙胜来破法。公孙胜被称为"清道人",居九宫县二仙山修道,其师罗真人讲说不死之法,被州人视为活神仙。由于李逵斧劈罗真人(因修道境界高没有被杀),还杀死一道童,小说有一段罗真人用法术折磨惩罚李逵的情节,充满了戏剧色彩。真人先诱李逵踏上一白手帕,"喝声'去',一阵恶风,把李逵吹入云端里。只见两个黄巾力士押着,李逵耳边只听得风雨之声,不觉径到蓟州地界,唬得魂不着体,手脚摇战。忽听得刮刺刺地响一声,却从蓟州府厅屋上骨碌碌滚将下来"③。后来罗真人授予公孙胜五雷天罡正法,破得高廉阵法。《西游记》中有浓郁的道教情怀,包括很多典型的道教人物,如玉皇大帝、太上老君、菩提祖师、镇元大仙、太白金星等;有着庞大的道教神仙系统,从西王母到南方南极观音、东方崇恩圣帝、十洲三岛仙翁、北方北极玄灵、中央黄极黄角大仙,从五斗星君、上八洞三清、四帝、太乙天仙到中八洞玉皇、九垒、海岳神仙再到下八洞幽冥教主、注世地仙等。小说用笔亦真亦幻,其内涵在一定程度上有扬佛抑道、讥讽道教的意味,如小说中的国王多为宠信道士的昏君,让人很容易联想到明世宗崇道的历史;孙悟空在地府勾销生死簿上的姓名,在天宫偷太上老君的金丹,在五庄观偷人参果以及所有的妖魔都想吃唐僧肉,都与道教宣扬长生不死的思想有关;孙悟空"腾云驾雾"的本领实际上就是飞行道术的文学写照。总之,正一道教的洞天福地理论、服食理论、法术、修炼原理在《西游记》中得到了完美的演绎。而《封神榜》则是聚道教神仙和法术最多的一部神魔小说。此外,还有吴元泰的《东游记》、余象斗的《北游记》、邓志谟的《铁树记》《飞剑记》《咒枣记》等,都不同程度受到了道教思想的影响。

---

① 张君房《云笈七签》第二册,中华书局 2003 年版,第 598 页。
② 施耐庵、罗贯中《水浒传》(100 回本),人民文学出版社 1975 年版,第 513 页。
③ 施耐庵、罗贯中《水浒传》(100 回本),人民文学出版社 1975 年版,第 747 页。

在戏曲方面，有一大批以道教神仙人物为题材的作品。如马致远的《黄粱梦》《陈抟高卧》、谷子敬的《吕洞宾三度城南柳》《邯郸道卢生枕中记》、周宪王朱有燉的《吕洞宾花月神仙会》《紫阳仙三度常棒寺》、贾仲明的《吕洞宾桃柳升仙梦》《铁拐李度金童玉女》《丘长春三度碧桃花》、陆进之的《韩湘子引度升仙会》、杨纳的《王祖师三化刘行首》、宁献王朱权的《淮南王白日飞升》《瑶天笙鹤》《周武帝辨三教》《冲漠子独步大罗天》等等。

至于诗歌、音乐、绘画方面，不仅作品众多，更为重要的是道教的信仰理论对作者的精神修养、审美情趣的深刻影响。

五、对中国早期某些科技领域进行了有益的探索

正一道在长期传播和发展中，对中国早期一些科技领域进行了有益的探索，对中国古代科技文化影响较大。以医学、化学、药物学为例，正一道将调息、按摩、导引、行气等养生术纳入医疗领域，把炼丹术、服食术作为制药手段。外丹术为医学积累了知识，引导人们认识铅丹、铅白、石灰、丹砂等矿物的特性与用途，总结了鉴别钠硝石、芒硝等矿物的简易可行的方法。炼丹方法和中医实践相结合，推动了古代化学制药技术的发展，晋之后，利用化学变化制作的膏剂大量出现。《正统道藏》中存有《黄帝九鼎神丹经诀》凡二十卷，主要讲述外丹烧炼方法技巧，从炼丹器具的具备、选址到药物搭配与烧炼，既需要基本的化学知识，也需要敬业精神和科学态度。历史上许多著名的炼丹家也是杰出的中医大师，如葛洪、陶弘景、孙思邈等。服食术主张在丹药烧炼中加入草木，使药物种类从矿物扩大到草木。除此之外，正一道也重视天文、历法、农业等学科知识的应用，并且在具体的宗教实践中，发展了众多学科的知识系统。

六、为增强中华民族的凝聚力做出了历史性的贡献

人文初祖黄帝作为中华文化的一面旗帜，几千年来一直备受敬仰和崇尚。在先秦诸子百家中，高举"黄帝"这面光辉旗帜的，不是儒家，而是道家。《列子》专列《黄帝篇》叙述黄帝梦游华胥氏国之事，至于《庄子》中的《天地》《天道》《天运》《大宗师》《知北游》《在宥》《山木》《刻意》

《至乐》《徐无鬼》《田子方》《寓言》《盗跖》《天下》等十四篇都涉及黄帝。后来道教继承这一传统。张道陵创立的正一道先以老子《道德经》为主要经典教授门徒，随着组织的壮大，《列子》《庄子》也进入道教的经典系列。张道陵用以指导炼丹的《黄帝九鼎丹经》也冠以黄帝之名，该书讲述黄帝得玄女传授还丹至道。《正统道藏》等道教丛书中，冠以"黄帝"之名的经书很多，如《广黄帝本行纪》《黄帝内经》《黄帝宅经》《黄帝阴符经》《黄帝龙首经》《黄帝授三子玄女经》《黄帝金匮玉衡经》《黄帝太一八门逆顺生死诀》《黄帝九鼎神丹经诀》《黄帝太一八门入式秘诀》《黄帝太乙八门入式诀》《轩辕黄帝水经药法》《黄帝八十一难经纂图句解》等多达数十部，至于在经典行文中出现"黄帝"名称的，则数不胜数。总之，以张道陵为代表的制度道教对于维系中华民族以黄帝为大宗的文化传统，发挥了巨大作用，做出了历史性的贡献。①

---

① 本节文字部分观点参考借鉴了詹石窗《论正一道的文化贡献和历史地位》一文。

第二编　宋代以前的神仙、服食 与宫观题材诗

　　所谓语境是指使用语言的环境。正一道营造的神圣空间为古代诗歌提供了独特的语言表达模式和抒情环境，为古代诗歌题材的拓展提供了一片新天地。正一道的最高目标就是长生成仙。张道陵在撰写《老子想尔注》（关于此书的作者，有争议，亦云张鲁，或云刘表）时，将《道德经》中的"道大、天大、地大、王大"改为"道大、天大、地大、生大"，强调了"重人贵生"的传统思想，认为"生"比"王"重要，并以此作为道教宗旨之一。追求肉体长生、升天成仙，永远享受欢乐生活，这种以生命的现实为基础，引导人们超越自然对人类的种种限制，追求更高、更自由的生活境界，不仅给生命注入神圣的目标，表征着人们对终极关怀的渴望，也试图解释人类存在和未来的前景，特别是种种观念和法术，让人们看到救赎和解脱的力量，甚至能获得某种现世的幸福和现实的利益。同时，追求修道成仙的道士闲散避世，隐居山林，怡神养性，清虚自守，自由逍遥的生活情调，给处于不同人生境况的文人提供了认识的新境界，即在世俗社会的顺意通达或是蹇缠失意、怀才不遇，能在道教的神圣空间里找到某种满足和慰藉。这种由信仰到实用的观念转变，改变了文人的书写语境，激发了他们对神仙题材、服食题材和宫观题材的好奇和选择的热情，为中国诗歌题材的多样性和丰富性提供了新的思考范畴。很多入蜀、寓蜀的文人在道风的熏陶之下，也成为传播巴蜀文化的先锋。神仙题材诗不仅指写仙人漫游的诗，也包括仙凡同游，或凡人漫游仙境以及探访仙踪圣迹所作的诗；服食题材诗的内涵不仅包括书写采药、炼药、服药方面的诗，也指探访炼丹遗迹，追忆、怀念前人制炼丹药或种药往事的诗；宫观诗指书写

与宫观有关的诗，主要包括题壁、描写环境景物、书写游仙体验、表现宫观道人修行境界、纪念在宫观修真的仙人或道人、寄寓人生感慨等方面，宫观诗中有的涉及神仙方面，与神仙题材诗有交叉重合的地方。

　　从汉末至清末，在一千七百多年的岁月里，正一道的思想精神作为一个宗教总体，被中国古代诗人赋予了虚幻的特殊性空间，即写作与想象的，以文本为基础的亲历经验所施展的空间。他们用生花妙笔不遗余力地描述仙境的超验性和神圣性，表达一种性命和心身的拯救与超越，使道教的神仙思想和精神在诗的世界里得到了较广阔的书写和诠释。

第一章　先秦至唐代神仙题材诗

第一节　先秦两汉：神仙题材诗初现

一、"神仙"的含义

"神仙"一词的核心内涵指的是"仙""仙人"。对于"仙"的解释，刘熙《释名》："老而不死曰仙。"《说文》："仙，长生迁去也。"这意味着"仙"的意义特征是长生不死，升天而去。关于"神"，《说文》解释是"天神，引出万物者也"。《广韵》："神，灵也。"这些都是超自然力人格化的体现，是宗教观念的基本内容之一。所以"神仙"的意义强调的是"人"，是一种出于想象的特殊人。闻一多认为："神仙是随灵魂不死观念逐渐具体化而产生的一种想象的或半想象的人物……是一种宗教的理想。"① 日本学者窪德忠说："自公元前四世纪至今，中国人一直无限向往神仙。这恐怕有下列几个原因：神仙能永远年轻不死，即不老不死；神仙能实现凡人可望不可得的一切愿望；神仙能永远享受现世的快乐等等。正因为神仙能即刻实现人类的一切梦想，所以在人们心目中神仙成了实现人类梦想的偶像。"② 所以神仙观念、神仙信仰的影响遍及中国人精神生活的许多领域。

二、先秦神仙题材诗初现端倪

从现有的文献看，中国人的神仙观念由来已久，可以追溯到战国时

---

① 闻一多《神仙考》，生活·读书·新知三联书店1982年版，第151、161页。

② 窪德忠《道教史》，萧坤华译，上海译文出版社1987年版，第52页。

期。庄子（约公元前369年—约公元前286年）的"神人""至人""圣人""大人"，已经具有后来神仙的品格，如神人："藐姑射之山，有神人居焉，肌肤若冰雪，淖约若处子。不食五谷，吸风饮露，乘云气，御飞龙，而游乎四海之外。其神凝，使物不疵疠而年谷熟。"（内篇《逍遥游》第一）她美丽、高洁，不食人间烟火，具有无比高超的能力。而圣人具有"德""位"两重性："夫圣人，鹑居而鷇食，鸟行而无彰；天下有道，则与物皆昌；天下无道，则修德就闲；千岁厌世，去而上迁；乘彼白云，至于帝乡；三患莫至，身常无殃。"（外篇《天地》）"入于不死不生。"（外篇《大宗师》）圣人作为"道"在人间的重要体现，应该保持天性的完整，不会受到损害。

至于"至人""大人"，都具有神性和神气。至人："神矣！大泽焚而不能热，河汉冱而不能寒，疾雷破山、飘风振海而不能惊。若然者，乘云气，骑日月，而游乎四海之外。死生无变于己。"（内篇《齐物论》）"夫至人者，上窥青天，下潜黄泉，挥斥八极，神气不变。"（外篇《田子方》）大人："有问而应之，尽其所怀，为天下配。处乎无响，行乎无方。挈汝适，复之挠挠，以游无端；出入无旁，与日无始；颂论形躯，合于大同，大同而无己。"（外篇《在宥》）

无论是"神人""至人"，还是"圣人""大人"，他们都有超越时空、长生不死的特性，也是中国人神仙观念和神仙信仰的源头。

与神仙有关的最早的诗歌作品是《诗经》，《诗经·大雅·云汉》叙写天下大旱，周宣王祭神祈雨。为了祈雨，"靡神不举""靡神不宗"，祭祀四方神。而最早记录有神仙名字的是《楚辞》，《楚辞》中已出现神仙和"不死"观念。屈原（约公元前340年—公元前278年）《离骚》中两次飞升的描写，都有神游的意味。其中"县圃之游"成功展现了神话般的天宫仙境和主人公乘龙御风，指使各路神仙的豪迈情怀：

朝发轫于苍梧兮，夕余至乎县圃。欲少留此灵琐兮，日忽忽其将暮。

吾令羲和弭节兮，望崦嵫而勿迫。路漫漫其修远兮，吾将上下而求索。

饮余马于咸池兮，总余辔乎扶桑。折若木以拂日兮，聊逍遥以相羊。

前望舒使先驱兮，后飞廉使奔属。鸾皇为余先戒兮，雷师告余以未具。

吾令凤鸟飞腾兮，继之以日夜。飘风屯其相离兮，帅云霓而来御。

纷总总其离合兮，斑陆离其上下。

其中，"羲和"是神话中的太阳神，"崦嵫"是神话中太阳所入之山，"咸池"是太阳沐浴的神池，"扶桑""若木"都是神树，"望舒"是月神，"飞廉"是风神，"雷师"是雷神，"鸾凤"是神鸟，"云霓"是云神。

而《离骚》中所写的三次求女，所求的都是神女。宓妃是中国神话里伏羲的女儿，简狄吞卵而孕育商的祖先契，有虞之二姚嫁于夏少康。托名屈原作品的《远游》写飞升天际、遨游方外的奇幻之思与《离骚》相似，并列举了赤松、傅说、韩众、轩辕黄帝、王子乔等仙人的名字，还提及丹丘、旸谷、昆仑等仙境。

闻赤松之清尘兮，愿承风乎遗则。贵真人之休德兮，美往世之登仙；与化去而不见兮，名声著而日延。奇傅说之讬辰星兮，美韩众之得一。形穆穆以浸远兮，离人群而遁逸。因气变而遂曾举兮，忽神奔而鬼怪。时仿佛以遥见兮，精皎皎以往来。超氛埃而淑邮兮，终不反其故都。免众患而不惧兮，世莫知其所如。

恐天时之代序兮，耀灵晔而西征。微霜降而下沦兮，悼芳草之先零。聊仿佯而逍遥兮，永历年而无成。谁可与玩斯遗芳兮？长向风而舒情。高阳邈以远兮，余将焉所程？重曰：春秋忽其不淹兮，奚久留此故居。轩辕不可攀援兮，吾将从王乔而娱戏。餐六气而饮沆瀣兮，漱正阳而含朝霞。保神明之清澄兮，精气入而粗秽除。顺凯风以从游兮，至南巢而壹息。见王子而宿之兮，审壹气之和德。

诗的开头表明远游的原因："悲时俗之迫厄兮，愿轻举而远游。"通过神游来超越人间，寻求思想情感的寄托，是后世游仙诗的先声。

《天问》叙事虽庞杂，但有关嫦娥与不死之药的传说已见其中。对于"白蜺婴茀，胡为此堂？安得夫良药，不能固臧"之说，近人傅斯年、郭镂冰、童书业都以嫦娥偷药事说此问。言姮娥化为白蜺，曲绕于堂上，因窃药以去。闻一多认为："'夜光何德，死则又育？厥利维何，而顾菟在腹？'亦与此事有关。……问月何所得，乃能死而复生，其意盖即谓月精嫦娥尝得不死之药，故能死而复生也。下二句即承此意而问白菟捣药事。"①

三、两汉文人对神仙的迷狂

汉初由于帝王迷仙，文学作品中也出现了对仙界的迷狂。众多辞赋通过游历仙界的幻想表达真挚、热烈的思想矛盾和追求。如东方朔《七谏》中的《自悲》、王褒《九怀》中的《匡机》、刘向的《九叹》、司马相如的《大人赋》、扬雄的《太玄赋》《甘泉赋》、冯衍的《显志赋》、张衡的《思玄赋》《二京赋》等，以夸饰、玄想的风调将秦汉以来统治者热衷的神仙追求与那些宫室园囿、山川动植物融合一起，成为中国文学恢宏艺术表现的一部分。在这迷狂的追逐中，两汉乐府诗也挺身而出，写游仙境、采仙药、求神仙内容的就有《长歌行》《水仙操》《艳歌》《王子乔》《陇西行》《上陵》《董逃行》《练时日》《华烨烨》等篇。其中《艳歌》写漫游仙界：

> 今日乐上乐，相从步云衢。天公出美酒，河伯出鲤鱼。青龙前铺席，白虎持榼壶。南斗工鼓瑟，北斗吹笙竽。姮娥垂明珰，织女奉瑛琚。苍霞扬东讴，清风流西歈。垂露成帏幄，奔星扶轮舆。

神界仙乡的各种神灵为迎接自己的到来而忙碌，天公河伯、青龙白虎、南斗北极、嫦娥织女都殷勤备至，流霞清风、垂露奔星载歌载舞，张帏扶轮，热情服务。

《长歌行》写采仙药，祈愿主人延年寿命长：

---

① 闻一多《神仙考》，载于《神话与诗》，华东师范大学出版社 1997 年版，第 183～184 页。

仙人骑白鹿，发短耳何长。导我上太华，揽芝获赤幢。来到
主人门，奉药一玉箱。主人服此药，身体日康强。发白复更黑，
延年寿命长。

在仙人引导下，"我"上太华山采灵芝，将仙药奉送给主人，祈愿主
人身体健康延年益寿。

《董逃行》写长生之仙山和皇帝教敕凡吏采仙药、求神仙：

吾欲上谒从高山。山头危险道路难。遥望五岳端。
黄金为阙班璘。但见芝草叶落纷纷。
百鸟集来如烟。山兽纷纶麟辟邪其端。鹍鸡声鸣。
但见山兽援戏相拘攀。小复前行。
玉堂未心怀流还。传教出门来。门外人何求所言。
欲从圣道。求一得命延。教敕凡吏受言。
采取神药若木端。玉兔长跪捣药虾蟆丸。
奉上陛下一玉柈。服此药可得神仙。服尔神药。
莫不欢喜。陛下长生老寿。四面肃肃稽首。
天神拥护左右。陛下长与天相保守。

此诗印证了汉武帝求仙的狂热。《史记·封禅书》载，汉武帝十分热
衷求仙，虽遭方士少翁欺骗，仍不醒悟，在长安建蜚廉桂观，在甘泉宫建
益延寿观，并造通天台。"其后又作柏梁、铜柱、承露、仙人掌之属"，制
仙药，求长生成仙。但汉武帝煞费苦心求仙，终究没有得到神仙的眷顾。

《上陵》中的仙人来自水中，以桂树为船，青丝为笮，木兰为棹，黄
金交错，超凡脱俗：

上陵何美美，下津风以寒。
问客从何来，言从水中央。
桂树为君船，青丝为君笮，木兰为君棹，黄金错其间。
沧海之雀赤翅鸿，白雁随。
山林乍开乍合，曾不知日月明。

醴泉之水，光泽何蔚蔚。

芝为车，龙为马，览遨游，四海外。

甘露初二年，芝生铜池中，仙人下来饮，延寿千万岁。

此外，《练时日》《华烨烨》都写神灵降临世间。《练时日》通过对灵之斿、灵之车、灵之下、灵之来、灵之至、灵已坐、灵安留等多方面的依次铺陈，展示出神灵逐渐向自己趋近的过程、风采，以及自己得以和神灵交接的喜悦心情。《华烨烨》在写法上和《练时日》极其相似，诗中描写了神的出游、来临、受享及赐福等幻想的情节。

两汉乐府诗通过人的神仙化、神仙的世俗化，表达作者沟通天人的理想。

对于汉代人们所趋骛的神仙世界，李泽厚认为："这里没有苦难的呻吟，而是愉快的渴望，是对生前死后都有永恒幸福的祈求。他所企慕的是长生不死、羽化登仙。从秦皇汉武多次派人寻仙和求不死之药以来，这个历史时期的人们并没有舍弃或否定现实人生的观念（如后代的佛教）。相反，而是希求这个人生能够永恒延续，是对它的全面肯定和爱恋。所以，这里的神仙世界就不是与现实苦难相对峙的难及的彼岸，而是好像就存在于与现实人间相距不远的此岸之中……这是一个古代风味的浪漫王国。"① 东汉末年正一道教诞生后，有关仙界、学仙成仙的幻想广泛流行，中国社会掀起了持久的造仙、崇仙、奉仙运动。

第二节　魏晋南北朝：神仙题材诗的兴盛

魏晋时期是文学自觉的时代，随着道教的兴盛，仙人故事、仙界传说被文人带着人生感受和审美情趣而进行大量演绎和阐释，游仙主题成为魏晋南北朝文学中一个不可忽视的主题。除了神仙传、志怪、笔记类，在以抒情言志为主要表现形式的诗歌中也经常呈现神游仙境的画面。

---

① 李泽厚《美的历程》，安徽文艺出版社 1999 年版，第 78 页。

一、忧生叹苦短，求仙梦长生

东汉建安时期社会动乱，生灵涂炭，疾疫流行，人多短寿，因而建安诗坛的神仙题材诗有一个主题就是对人生苦短的忧叹，企求长生，幻想在神仙世界得到解脱。如曹操的《气出唱》《陌上桑》《秋胡行》《精列》表现游仙，曹植的《飞龙篇》《升天行》《五游咏》《远游篇》《游仙》《仙人篇》都是典型的游仙诗，其《游仙》是诗歌史上最早以"游仙"为题的作品：

> 人生不满百，戚戚少欢娱。意欲奋六翮，排雾陵紫虚。蝉蜕同松乔，翻迹登鼎湖。翱翔九天上，骋辔远行游。东观扶桑曜，西临弱水流。北极玄天渚，南翔陟丹丘。

诗人幻想自己生出翅膀，飞上九天，和神仙一样自由翱翔到天地四方。

《远游篇》写幻想去神仙世界：

> 远游临四海，俯仰观洪波。大鱼若曲陵，承浪相经过。灵鳌戴方丈，神岳俨嵯峨。仙人翔其隅，玉女戏其阿。琼蕊可疗饥，仰漱吸朝霞。昆仑本吾宅，中州非我家。将归谒东父，一举超流沙。鼓翼舞时风，长啸激清歌。金石固易弊，日月同光华。齐年与天地，万乘安足多。

诗人到蓬莱、方丈、昆仑等仙岛、仙山，看见仙人飞翔，玉女嬉戏，食琼蕊，吸朝霞，这是游仙诗常见的表现模式。诗中描绘的神仙世界明净、高洁，实际上是诗人理想世界的象征。《仙人篇》描写仙界景象以及仙人自由自在的生活，生动形象：

> 仙人揽六箸，对博太山隅。湘娥拊琴瑟，秦女吹笙竽。玉樽盈桂酒，河伯献神鱼。四海一何局，九州安所如？韩终与王乔，要我于天衢。万里不足步，轻举凌太虚。飞腾逾景云，高风吹我

49

躯。回驾观紫薇，与帝合灵符。阊阖正嵯峨，双阙万丈余。玉树扶道生，白虎夹门枢。驱风游四海，东过王母庐。俯观五岳间，人生如寄居。潜光养羽翼，进趋且徐徐。不见轩辕氏，乘龙出鼎湖。徘徊九天上，与尔长相须。

该诗描绘了仙人们拊琴吹笙、把酒盈樽，以及自己受仙人之邀上天衢、凌太虚、飞腾逾景云的情景，也写了观紫薇宫、过王母庐的所见所感。想象丰富，意象恢宏，笔调瑰丽。

二、诗人杂仙心，超然乐遗身

魏晋之际，剧烈的社会动荡必然带来思想意识领域的大动荡。《魏略》云："从初平之元，至建安之末，天下分崩，人怀苟且，纲纪既衰，儒道尤甚。"[1] 伴随佛、道逐渐兴盛，各种异端思想纷起。这当中，在涉及神仙思想和神仙信仰方面，嵇康、阮籍在观念和创作实践上比较突出，其诗歌表现上的重要特点之一是书写神仙内容。正如刘勰所言："正始明道，诗杂仙心，何晏之徒，率多浮浅。唯嵇志清峻，阮旨遥深，故能标焉。"[2] 嵇康相信神仙实有，因而其诗充满了对神仙世界的向往。如《兄秀才公穆入军赠诗十九首》其七：

> 人生寿促，天地长久。百年之期，孰云其寿？思欲登仙，以济不朽。揽辔踟蹰，仰顾我友。

对于宇宙永恒和人生短促的矛盾，诗人想通过登仙、追求不朽来实现解脱的愿望。

而《兄秀才公穆入军赠诗十九首》第十七、十八首则写幻想与神仙结好：

---

① 《三国志·魏书》卷一三《王肃传》注引《魏略·儒宗传序》，中华书局 1959 年标点本，第 420 页。

② 范文澜《文心雕龙注》卷二《明诗》上册，人民文学出版社 1961 年版，第 67 页。

乘风高游，远登灵丘。托好松、乔，携手俱游。朝发太华，夕宿神州。弹琴咏诗，聊以忘忧。琴诗自乐，远游可珍。含道独往，弃智遗身。寂乎无累，何求于人。长寄灵岳，怡志养神。

诗人所祈慕的神仙生活，是与仙人携手同游，弹琴咏诗以自乐，弃智遗身以忘忧，在寂寞中保养清净自性。他的《重作四言诗七首》第六、七首表现自生羽翼，乘云游八极，凌五岳，得神药，受道王母，逍遥天衢，千载长生的成仙内涵：

思与王乔，乘云游八极；思与王乔，乘云游八极。凌厉五岳，忽行万亿，授我神药，自生羽翼。呼吸太和，炼形易色，歌以言之，思行游八极。

徘徊钟山，息驾于层城；徘徊钟山，息驾于层城。上荫华盖，下采若英，受道王母，遂升紫庭。逍遥天衢，千载长生，歌以言之，徘徊于层城。

第六首描写与仙人王乔同游八极，得神药，呼吸太和，炼形易色的风神。王乔是下洞八仙之一，相传在邢台为柏人（今隆尧柏人城）县令数年，后弃官在邢台隆尧的宣务山修炼道术，得道后骑白鹤升天。第七首则表露自驾仙乡，乘云车，采若英，受道王母，飞升紫庭，逍遥天界，千载长生的希冀。"层城"是古代神话中昆仑山上的高城，泛指仙乡。

嵇康是曹植、曹丕之后以"游仙"为题作诗的诗人，其诗虽大多写仙境和追随仙人遨游的幻想，但基于自己的神仙观念，其幻想常常映射着现实情境。如《游仙诗》：

遥望山上松，隆谷郁青葱。自遇一何高，独立迥无双。愿想游其下，蹊路绝不通。王乔弃我去，乘云驾六龙。飘飘戏玄圃，黄老路相逢。授我自然道，旷若发童蒙。采药钟山隅，服食改姿容。蝉蜕弃秽累，结友家板桐。临觞奏《九韶》，雅歌何邕邕。长与俗人别，谁能睹其踪！

诗中描绘的不是天界仙境,所遇见的也不是"天仙",所接受的是黄老之道,是采药服食的养生术,这是一种仙隐的境界,是遗世独立的人生境界。

总之,嵇康诗中的"仙心"将隐逸、养生与神仙世界的幻想结合起来,蕴含着深刻的现实意味。这种立意构思的方式影响了后来郭璞的游仙诗,推动了神仙题材的诗向现实人生之境的转化。

阮籍的《咏怀诗》中出现大量的游仙内容,呈现一种清远、淡雅的风格。有描写仙境的:"焉见王子乔,乘云翔邓林。"(其十)"东南有射山,汾水出其阳。六龙服气舆,云盖切天纲。仙者四五人,逍遥晏兰房。寝息一纯和,呼吸成露霜。沐浴丹渊中,照耀日月光。岂安通灵台,游漾去高翔。"(其二十三)"三芝延瀛洲,远游可长生。"(其二十四)"濯发旸谷滨,远游昆岳傍。登彼列仙岨,采此秋兰芳。"(其三十五)"竟知忧无益,岂若归太清。"(其四十五)其中的"邓林""射山""瀛洲""昆岳""太清",都是道教中的仙境。有写仙人的,《咏怀诗》中至少有十五六首都提到王乔、赤松、西王母等神仙人物,流露出对他们的追慕之情。如"王子好箫管,世世相追寻。谁言不可见,青鸟明我心"(《咏怀诗》其二十二),"愿登太华山,上与松子游"(《咏怀诗》其三十二),大有超尘脱俗与仙人游之气象。总体来看,阮籍的游仙诗有玄理化倾向,由于他不相信长生不死的神仙,因而他以仙人为题材入诗,实际上是对玄学的理想人格——"长与俗人别"的追求。

三、结仙同游趣,鄙世也忘忧

在晋代诗坛上,郭璞的《游仙诗》无论在思想内容上,还是在艺术表现上,都有独创性。其诗一方面表现了道教的神仙观念,"会合道家之言而韵之"[①];另一方面有"坎壈咏怀,非列仙之趣"[②],给游仙诗注入了新鲜元素,使之具有独立的艺术价值。正如李善所言:"凡游仙之篇,皆所以滓秽尘网,锱铢缨绂,餐霞倒景,饵玉玄都。而璞之制文多自叙,虽志

---

① 刘义庆《世说新语·文学》注引《续晋阳秋》,余嘉锡《世说新语笺疏》,中华书局 2007 年版,第 262 页。

② 钟嵘《诗品注》,陈延杰注,人民文学出版社 1961 年版,第 38~39 页。

狭中区，而辞无俗累，见非前识，良有以哉！"① 郭璞的《游仙诗》现存十首，其中八首以仙隐为题材。这些诗将仙、隐结合起来，当作遗世独立的途径，使鄙弃现世和对神仙世界的向往追求相一致。如第一首：

> 京华游侠窟，山林隐遁栖。朱门何足荣，未若托蓬莱。临源挹清波，陵冈掇丹荑。灵溪可潜盘，安事登云梯。漆园有傲吏，莱氏有逸妻。进则保龙见，退为触藩羝。高蹈风尘外，长揖谢夷齐。

诗中表达了对"朱门"的鄙视和对蓬莱的向往之情，并以庄周和老莱子作为榜样，表明了"寒士"的孤傲立场。结尾直接阐释高蹈超世的志向。诗人在对仙界的憧憬中显然流露出对现实的激愤，反映魏晋时代知识分子的苦闷、无奈和精神自信，为了摆脱现实的压迫而追求精神自由，选择仙隐之路，是权宜的智慧之举。正因如此，郭璞执着地书写着仙隐以及与神仙交游的幻想。如第三首：

> 翡翠戏兰苕，容色更相鲜。绿萝结高林，蒙笼盖一山。中有冥寂士，静啸抚清弦。放情凌霄外，嚼蕊挹飞泉。赤松临上游，驾鸿乘紫烟。左挹浮丘袖，右拍洪崖肩。借问蜉蝣辈，宁知龟鹤年。

诗中描写了仙隐之士与仙人同游，放情凌霄，俯仰自得，悠然心会的境界，将仙隐视为求仙之径，表露出诚挚的信仰之心。日本学者兴膳宏曾说："郭璞不是如《古诗十九首》的作者那样以快乐去消解求仙不得的悲哀。他也不是如嵇康、阮籍那样在游仙中寄托形而上的意义。他相信作为神仙家的一般常识，以栖隐为阶梯可能实现仙化乃是人间的一般命题。"② 这一信念也坚定了郭璞对于神仙境界永恒的认同，所以诗的结句借蜉蝣辈

---

① 范之麟、吴庚舜《全唐诗典故辞典》，湖北辞书出版社 1989 年版，第 1730 页。

② 兴膳宏《诗人としての郭璞》，载于《中国文学报》第十九册，京都大学文学部，1968年。

的短促直接表达对朝生暮死的现实人生的否定。

郭璞的《游仙诗》善于创造鲜明的境界，刘勰说"景纯艳逸，足冠中兴"①，明人王世贞也说"景纯游仙，晔晔佳丽，第少玄旨"②。如第二首：

> 青溪千余仞，中有一道士。云生梁栋间，风出窗户里。借问此何谁，云是鬼谷子。翘迹企颍阳，临河思洗耳。阊阖西南来，潜波涣鳞起。灵妃顾我笑，粲然启玉齿。蹇修时不存，要之将谁使。

该诗运用艺术想象描绘了一幅生动的仙境图，抒发追求仙道的情怀。"鬼谷子""灵妃"都是仙人，诗人通过"临河洗耳""顾我笑""启玉齿"，传神地表现了仙人现实化的景象和超越境界。又如第六首：

> 杂县寓鲁门，风暖将为灾。吞舟涌海底，高浪驾蓬莱。神仙排云出，但见金银台。陵阳挹丹溜，容成挥玉杯。姮娥扬妙音，洪崖领其颐。升降随长烟，飘飘戏九垓。奇龄迈五龙，千岁方婴孩。燕昭无灵气，汉武非仙才。

这首诗前十四句描写仙境，人物形象鲜明。云雾中的金银台上，仙人们纷纭而出，一一亮相：陵阳子明拿着石脂，容成子举起玉杯，嫦娥唱响妙曲，洪崖聆听中时不时点头微笑，宁封子正随烟飘于九垓，五龙无忧无虑，虽已千岁，还如孩童一般。呈现一派热闹欢娱而又安详的景象。结尾两句生发议论，表达对君王求仙的否定。与这些仙人相比，燕昭王缺少那种灵气，汉武帝虽寻求长生却不是成仙的材料。《拾遗记》载："燕昭王召其臣甘需曰：'寡人志于仙道，可得遂乎？'需曰：'上仙之人去滞欲而离嗜爱，洗神灭念，游于太极之内。今大王所爱之容，恐不及玉，织腰皓齿，患不如神，而欲却老云游，何异挽圭爵以量沧海乎？'"③又据《汉武

---

① 刘勰《文心雕龙选译·才略》，周振甫译注，中华书局1980年版，第293页。
② 丁福保《历代诗话续编·艺苑卮言》卷三（中册），中华书局1983年版，第993页。
③ 王嘉《拾遗记》，王兴芬译注，中华书局2019年版，第152～153页。

帝内传》："西王母曰：'刘彻好道，然形慢神秽……殆恐非仙才也。'"诗人借轶事传说表明爱憎。

郭璞用游仙诗创造了一个特殊的文学领域，体现了一代知识阶层神仙信仰的新内容，其中反映的道教思想新潮流具有普遍的宗教史意义。

此外，陆机的《前缓声歌》描绘仙人聚会的场景，形象又细致：

> 游仙聚灵族，高会层城阿。长风万里举，庆云郁嵯峨。宓妃兴洛浦，王韩起太华。北征瑶台女，南要湘川娥。肃肃霄驾动，翩翩翠盖罗。羽旗栖琼鸾，玉衡吐鸣和。太容挥高弦，洪崖发清歌。献酬既已周，轻举乘紫霞。揔辔扶桑枝，濯足旸谷波。清辉溢天门，垂庆惠皇家。

诗人运用丰富的想象力描写各路神仙纷纷登场欢聚的盛大场面，乐师弹琴，神仙高歌，觥筹交错，将聚会的欢悦推向高潮。聚宴结束后，群仙便"轻举乘紫霞"，一一离去。整个场景热烈大气，有似人间的真实性。

南北朝时期关注道教神仙题材的诗人中，沈约（441—513）堪称代表。沈约所处的时代正是上清派道教兴盛时期，陆修静是上清派的第七代宗师，其弟子孙游岳于南齐永明二年（484）为茅山兴世馆主，"一时名士沈约、陆景真、陈宝识等咸学焉，弟子百余人"[①]。孙游岳为东阳人，东阳是道教兴盛之地，沈约出任东阳太守（后受朝廷政争的牵连被罢黜）时就与孙相识，并热衷于道教信仰，在东阳的三年是沈约沉湎道教甚深的时期。这从他的《游金华山》诗就能看出：

> 远策追夙心，灵山协久要。天倪临紫阙，地道通丹窍。未乘琴高鲤，且纵严陵钓。若蒙羽驾迎，得奉金书召。高驰入阊阖，方睹灵妃笑。

此诗写登山怀仙。金华山是赤松子得道处，琴高、严子陵、灵妃都是

---

① 《茅山志》卷十一《上清品》，载于《道藏》第5册，文物出版社、上海书店、天津古籍出版社1988年版，第599页。

仙人，诗人借此表达游仙的幻想。谢朓《酬德赋》中说"闻夫君之东守，地隐蓄而怀仙。登金华以问道，得石室之名篇"，指的就是沈约倾心道教及其《游金华山》诗。

总体来看，魏晋南北朝时期的游仙诗一是写神仙生活，二是写诗人成仙、避世的理想。不论哪一种，一般都写得很严肃，很认真。特别是这类诗歌中的神仙，一个个高高在上，凛然不可侵犯，他们大多以救星或贤师的身份出现，缺乏世俗情感。

第三节 唐代：神仙题材诗的丰富多样

唐代文人的神仙题材诗不仅扩大了范围空间，表现形式也丰富多样。除了描写游仙、仙境、寻仙、会仙，还写步虚词。唐代诗人直接以"游仙"为题的作品并不多，只有王绩的《游仙四首》、窦巩的《游仙词》、王勃的《忽梦游仙》《怀仙》《观内怀仙》《八仙径》、卢照邻的《怀仙引》、李白的《怀仙歌》、李贺的《仙人》、张籍的《寻仙》、鲍溶的《会仙歌》《怀仙二首》、杨衡的《仙女词》、孟郊的《列仙文》、许浑的《学仙二首》、曹唐的《大游仙诗》《小游仙诗》等，但表现神仙题材的诗则相当多，由于唐代帝王提倡神仙崇拜，一时形成时尚，文人入道、学仙和求仙成为一种风气。先后入道的诗人就有李白、刘商、顾况、陈陶、贺知章、张志和、戴叔伦、吉中孚、韦渠牟、阎宷、曹唐、蒋曙等，这种羡仙、求仙的意识催生大量的神仙题材诗。与魏晋南北朝神仙诗比，唐代的游仙诗更有人情味。

一、游仙羡仙抒怀志，求道热情感慨多

隋末唐初的王绩（585—644）生当乱世，隐居乐道。不过他的《游仙四首》只是借神仙题材抒发身世之慨罢了。如第一、三首：

> 暂出东陂路，过访北岩前。蔡经新学道，王烈旧成仙。驾鹤
> 来无日，乘龙去几年。三山银作地，八洞玉为天。金精飞欲尽，
> 石髓溜应坚。自悲生世促，无暇待桑田。（其一）

　　　　结衣寻野路，负杖入山门。道士言无宅，仙人更有村。斜溪
　　横桂渚，小径入桃源。玉床尘稍冷，金炉火尚温。心疑游北极，
　　望似陟西昆。逆愁归旧里，萧条访子孙。（其三）

　　诗中所及的学道成仙以及仙人仙事只是诗人用以书写个人情志的
手段。

　　窦巩（约762—831）的《游仙词》完全从虚处着笔：

　　　　海上神山绿，溪边杏树红。不知何处去，月照玉楼空。

　　此诗描绘仙山美景，令人神往，但仙人不知何处去，有人去楼空的迷
离感。

　　"初唐四杰"的道教神仙观念比较强烈，他们中的王勃、杨炯、卢照
邻都曾到过蜀地，无疑会受诞生于蜀地的正一道风的熏染，他们的诗歌都
表达了对神仙生活的向往之情。王勃曾于高宗总章二年（669）夏漫游蜀
中，喜欢写神仙题材诗，先后写有《怀仙》《观内怀仙》《八仙径》《忽梦
游仙》等诗作，其中《忽梦游仙》描绘了梦幻中的神仙世界：

　　　　仆本江上客，牵迹在方内。窘窜霄汉间，居然有灵对。翕尔
　　登霞首，依然蹑云背。电策驱龙光，烟途俨鸾态。乘月披金帔，
　　连星解琼珮。浮识俄易归，真游邈难再。寥廓沉遐想，周遑奉遗
　　诲。流俗非我乡，何当释尘昧。

　　这是一首游仙诗，书写对仙境的向往与喜爱，同时也道出终究不能脱
离尘俗的遗憾。

　　杨炯因其从弟参与徐敬业起兵事受牵连，于武则天垂拱元年（685）
被贬为梓州（今四川省三台县）司法参军，其《游废观》借游道观流露学
仙之愿：

　　　　青幢倚丹田，荒凉数百年。独知小山桂，尚识大罗天。药败

金炉火，苔昏玉女泉。岁时无壁画，朝夕有阶烟。花柳三春节，
江山四望悬。悠然出尘网，从此狎神仙。

此诗直接表现神仙幻想。道观虽然荒凉，但从修炼之地的炉灶尚知这
里曾是三十六天之仙境。面对云雾缭绕无岁月，三春花柳静江山，诗人想
脱离尘网学神仙。

卢照邻曾于高宗麟德二年（665）底出任益州新都尉。其求道的热情
高，曾先后向孙思邈、李元兴、李荣等人求道。由于患风疾，备受病痛折
磨，仕途又不顺畅，他羡慕神仙世界显然是为了寻求解脱：

……形骸寄文墨，意气托神仙。我有壶中要，题为物外篇。
将以贻好道，道远莫致旃。相思劳日夜，相望阻风烟。坐惜春华
晚，徒令客思悬。水去东南地，气凝西北天。关山悲蜀道，花鸟
忆秦川。天子何时问，公卿本亦怜。自哀还自乐，归薮复归田。
海屋银为栋，云车电作鞭。倘遇鸾将鹤，谁论貂与蝉。莱洲频度
浅，桃实几成圆。寄言飞凫舄，岁晏同联翩。（《于时春也慨然有
江湖之思寄赠柳九陇》）

此诗当为作者在蜀地为官时所作，书写怀才不遇的感慨和追求神仙的
志趣。诗人倾心于神仙生活，而又感慨人世沧桑。悠闲中有怨情，逸乐中
含隐痛。这是典型的文人气息。他的《怀仙引》中所写的仙境完全不同于
道教经典的描述，只是理想化了的自然山水。

陈子昂本为梓州射洪人，早年在蜀中就已习神仙之术，其《晖上人房
饯齐少府使入京府序》曾自述"林岭吾栖，学神仙未毕"[1]，相传他与卢
藏用、宋之问、王适、毕构、李白、孟浩然、王维、贺知章、司马承祯结
为"仙宗十友"，尽管这是后人的附会，却反映了当时文人好道尚仙的社
会环境和情趣倾向。

宋之问、沈佺期、张说、张九龄都与当时著名的道士司马承祯有交
往，或有诗唱和。司马承祯是隋末道士潘师正的弟子，为王远知的再传弟

---

[1] 《陈子昂集》卷七，徐鹏校点，中华书局1960年版，第162页。

子，曾言"我自陶隐居传正一之法"，先后多次受武后、睿宗、玄宗礼重、征召。张说写有《寄天台司马道士》诗，表达了对神仙之说的羡慕之意：

> 世上求真客，天台去不还。传闻有仙要，梦寐在兹山。朱阙青霞断，瑶堂紫月闲。何时柱飞鹤，笙吹接人间。

王维虽然奉佛，但早年曾倾心道教，也写过一些神仙诗，如《鱼山神女祠歌》二首，描写鱼山神女智琼祠迎神、送神的情景，表现了倾心神仙神秘的心态。他的《桃源行》表达了对神仙生活的特殊理解：

> 渔舟逐水爱山春，两岸桃花夹古津。坐看红树不知远，行尽青溪不见人。山口潜行始隈隩，山开旷望旋平陆。遥看一处攒云树，近入千家散花竹。樵客初传汉姓名，居人未改秦衣服。居人共住武陵源，还从物外起田园。月明松下房栊静，日出云中鸡犬喧。惊闻俗客争来集，竞引还家问都邑。平明闾巷扫花开，薄暮渔樵乘水入。初因避地去人间，及至成仙遂不还。峡里谁知有人事，世中遥望空云山。不疑灵境难闻见，尘心未尽思乡县。出洞无论隔山水，辞家终拟长游衍。自谓经过旧不迷，安知峰壑今来变。当时只记入山深，青溪几度到云林。春来遍是桃花水，不辨仙源何处寻。

诗中将陶渊明所幻想的桃花源描绘成仙境，实际上从云树、花竹、鸡犬、房舍到闾巷、田园，处处洋溢着人间社会生活的气息。

边塞诗人李颀"慕神仙，服饵丹砂，期轻举之道，结好尘喧之外"①，曾从张果学过仙，他的《谒张果先生》诗描写张果的神仙风姿：

> 先生谷神者，甲子焉能计。自说轩辕师，于今几千岁。寓游城郭里，浪迹希夷际。应物云无心，逢时身不系。餐霞断火粒，野服兼荷制。白雪净肌肤，青松养身世。韬精殊豹隐，炼骨同蝉

---

① 傅璇琮《唐才子传校笺》第1册，中华书局1987年版，第356页。

蜕。忽去不知谁,偶来宁有契。二仪齐寿考,六合随休憩。彭聃
犹婴孩,松期且微细。尝闻穆天子,更忆汉皇帝。亲屈万乘尊,
将穷四海裔。车徒遍草木,锦帛招谈说。八骏空往还,三山转亏
蔽。吾君感至德,玄老欣来诣。受箓金殿开,清斋玉堂闭。笙歌
迎拜首,羽帐崇严卫。禁柳垂香炉,宫花拂仙袂。祈年宝祚广,
致福苍生惠。何必待龙髯,鼎成方取济。

在诗人看来张果就是"谷神",浪迹虚寂玄妙之境,餐霞野服,肌肤
雪白,躯体如青松,炼形炼性,脱胎换骨。在他的眼里,彭祖、老聃犹如
婴孩,赤松子、安期生微不足道。曾经听说穆天子,就想起汉皇帝求仙
事。诗的最后描写了张果受箓金殿,笙歌迎拜,宫花仙袂的情形,并将他
为朝廷"祈年""致福"当作仙术内容。

二、李白好道怀仙歌,激发杜甫和李贺

李白长于巴蜀大地,其家附近的紫云山是道教圣地,青城山是道教十
大洞天之一,环境对他的神仙信仰思想影响至大。所以他"十五游神仙,
仙游未曾歇"(《感兴八首》之五),于745年秋天在齐州(今山东济南)
紫极宫正式受道箓,从此归入道籍,并倾其一生好道求仙。他写了许多神
仙题材的诗,蕴含了他对理想生活境界和精神自由的赞美讴歌。如《怀仙
歌》:

> 一鹤东飞过沧海,放心散漫知何在。仙人浩歌望我来,应攀
> 玉树长相待。尧舜之事不足惊,自余嚣嚣直可轻。巨鳌莫戴三山
> 去,我欲蓬莱顶上行。

诗写梦中游仙,诗人怀恋的不是仙境里的琼楼玉宇,而是仙人随性浩
歌的自由生活,"尧舜之事"不过是古代士人的理想,比起神仙来是不足
重的。

对于徒有壮志、才不得施的李白而言,向往仙境、迷恋仙境是解脱困
境的一条出路。如《古风》之二十:

　　昔我游齐都，登华不注峰。兹山何峻秀，绿翠如芙蓉。萧飒古仙人，了知是赤松。借予一白鹿，自挟两青龙。含笑凌倒景，欣然愿相从。泣与亲友别，欲语再三咽。勖君青松心，努力保霜雪。世路多险艰，白日欺红颜。分手各千里，去去何时还。在世复几时，倏如飘风度。空闻紫金经，白首愁相误。抚己忽自笑，沉吟为谁故。名利徒煎熬，安得闲余步。终留赤玉舄，东上蓬莱路。秦帝如我求，苍苍但烟雾。

　　此诗描述诗人细致的心路历程：人生苦短，环境艰险，没有自由，所以要追随仙人去。诗中的仙山、仙境其实就是诗人幻想的理想世界。正因如此，李白笔下的自然山川都被赋予"仙山"观念，体现出特殊的思想意义。又如《寄王屋山人孟大融》诗：

　　我昔东海上，劳山餐紫霞。亲见安期公，食枣大如瓜。中年谒汉主，不惬还归家。朱颜谢春晖，白发见生涯。所期就金液，飞步登云车。愿随夫子天坛上，闲与仙人扫落花。

　　开元年间，唐玄宗在王屋山为上清派宗师司马承祯敕建阳台观。杜甫是李白的诗友，可能是应司马承祯之邀，李白于744年的冬天同杜甫一起渡过黄河，前往王屋山，他们本想寻访道士华盖君，但没有遇到。这时他们见到了一个叫孟大融的人，志趣相投，李白就挥笔写下了这首诗。诗人将劳（崂）山仙境化，写自己在崂山亲见仙人安期生，因入朝"不惬"，人已老大，于是幻想求仙飞升，乘云车，上天坛，跟仙人们一起扫落花。其《古风》十九首写上莲花山游神仙世界，并借游仙的形式表现对国事的隐忧。诗云：

　　西岳莲花山，迢迢见明星。素手把芙蓉，虚步蹑太清。霓裳曳广带，飘拂升天行。邀我登云台，高揖卫叔卿。恍恍与之去，驾鸿凌紫冥。俯视洛阳川，茫茫走胡兵。流血涂野草，豺狼尽冠缨。

61

　　诗人登上西岳莲花山，看见明星仙女。她雪白的手拈着木芙蓉花，凌空款步，霓裳曳着宽衣带，迎风飘舞，升向天际。还邀请诗人登云台，拜会仙人卫叔卿，享受天界的融和快乐，而诗人也感觉恍惚之间与仙人同去，驾着鸿雁飞入高空。天上是多么美好，这不正是自己一生追求的理想境界吗？真令人流连忘返。然而，猛一低头，看看自己热恋着的故土——被胡兵占据的洛阳一带，一股战争的血腥气卷地而来。到处生灵涂炭，血流遍野。作者虚构了一个虚无缥缈的仙境，以此反衬中原地带叛军横行，人民遭难的残酷景象，表达了对安史之乱的谴责。

　　而《庐山谣寄卢侍御虚舟》把山水描写与游仙访道结合起来，表现诗人对不受约束、自由自在生活的憧憬：

　　　　我本楚狂人，凤歌笑孔丘。手持绿玉杖，朝别黄鹤楼。五岳寻仙不辞远，一生好入名山游。庐山秀出南斗傍，屏风九叠云锦张。影落明湖青黛光，金阙前开二峰长，银河倒挂三石梁。香炉瀑布遥相望，回崖沓嶂凌苍苍。翠影红霞映朝日，鸟飞不到吴天长。登高壮观天地间，大江茫茫去不还。黄云万里动风色，白波九道流雪山。好为庐山谣，兴因庐山发。闲窥石镜清我心，谢公行处苍苔没。早服还丹无世情，琴心三叠道初成。遥见仙人彩云里，手把芙蓉朝玉京。先期汗漫九垓上，愿接卢敖游太清。

　　这首诗咏叹庐山风景的奇绝，游览的飘然以及学道成仙之欲望。"我本楚狂人"六句，以"楚狂"自比，透露寻仙访道隐逸之心。"庐山"九句，以仰视角度写庐山"瀑布相望""银河倒挂""翠影映月""鸟飞不到"的雄奇风光。"登高"八句，以俯视角度写长江"茫茫东去""黄云万里""九道流雪"的雄伟气势，并以谢灵运故事抒发浮生若梦，盛事难再，寄隐求仙访道，超脱现实的心情。"早服"六句，想象自己能早服仙丹，修炼升仙，到达向往的自由仙界。并以卢敖故事，邀卢虚舟同游。整首诗表现了诗人寄情山水、纵情遨游、狂放不羁的情怀，表达了诗人想在名山胜景中得到寄托，在神仙境界中逍遥的愿望，流露了诗人因政治失意而避世求仙的愤世之情。

　　至于名作《梦游天姥吟留别》则将仙境写得迷离恍惚，奇幻多姿：

"青冥浩荡不见底，日月照耀金银台。霓为衣兮风为马，云之君兮纷纷而来下。虎鼓瑟兮鸾回车，仙之人兮列如麻"，在梦游的神仙世界里求得一时快乐，而梦醒后面对现实，就"不得开心颜"了。感觉世间的荣华富贵和神仙幻想一样，都是虚幻不实的，诗的结尾以归隐名山、学道求仙，表达不屈于权贵，对污浊现实的鄙视和否定。

寓蜀诗人杜甫曾亲自求仙访道，这显然有受李白影响的因素，二人有梁宋之游，曾同登王屋山，采仙草，访仙人，从他的《忆昔行》可见其对神仙术的倾心：

> 忆昔北寻小有洞，洪河怒涛过轻舸。辛勤不见华盖君，艮岑青辉惨幺么。千崖无人万壑静，三步回头五步坐。秋山眼冷魂未归，仙赏心违泪交堕。弟子谁依白茅室，卢老独启青铜锁。巾拂香余捣药尘，阶除灰死烧丹火。悬圃沧洲莽空阔，金节羽衣飘婀娜。落日初霞闪余映，倏忽东西无不可。松风涧水声合时，青儿黄熊啼向我。徒然咨嗟抚遗迹，至今梦想仍犹佐。秘诀隐文须内教，晚岁何功使愿果。更讨衡阳董炼师，南浮早鼓潇湘舵。

诗人拟访道士华盖君，至小有洞天寻觅，才知华盖君已死，只好"咨嗟抚遗迹"。为了求得"秘诀隐文"，使心愿有果报，后又访道董炼师。其《寄司马山人十二韵》所言皆神仙家事：

> 关内昔分袂，天边今转蓬。驱驰不可说，谈笑偶然同。道术曾留意，先生早击蒙。家家迎蓟子，处处识壶公。长啸峨嵋北，潜行玉垒东。有时骑猛虎，虚室使仙童。发少何劳白，颜衰肯更红。望云悲辚轲，毕景羡冲融。丧乱形仍役，凄凉信不通。悬旌要路口，倚剑短亭中。永作殊方客，残生一老翁。相哀骨可换，亦遣驭清风。

该诗前半部分叙述聚散交情和山人行迹。交代自己曾留意道术神仙，但山人早受道教。"蓟子"指得道的人；"壶公"乃传说中仙人，葛洪《神仙传》记其事迹。"骑猛虎"二句是说山人道法高。后半部分自述衰老丧

63

乱，表达向道的愿望。

李贺不是虔诚的道教徒，也不是坚定的神仙信仰者，但神仙观念、仙界幻想能激发他对于人生前途和生命意义的思考。在李贺看来，仙界美好而长久，却是缥缈的幻境，人生苦短，时光易逝，好景难以持久，道教宣扬的长生久视不可求。所以其诗常常表现出对神仙世界的怀疑或否定。如《马诗二十三首》之二十三讽刺汉武帝求神仙："武帝爱神仙，烧金得紫烟。厩中皆肉马，不解上青天。"《官街鼓》也对秦皇、汉武求仙加以批判，揭露求仙的愚妄，并发出"几回天上葬神仙"的追问。又如他的《浩歌》诗：

> 南风吹山作平地，帝遣天吴移海水。王母桃花千遍红，彭祖巫咸几回死？青毛骢马参差钱，娇春杨柳含细烟。筝人劝我金屈卮，神血未凝身问谁？不须浪饮《丁都护》，世上英雄本无主。买丝绣作平原君，有酒惟浇赵州土。漏催水咽玉蟾蜍，卫娘发薄不胜梳。看见秋眉换新绿，二十男儿那刺促。

诗中表达了对长生的神仙和短促人生的认识理解。世事沧桑，像彭祖、巫咸也有死的时候，至于短暂的人生更是无常、前景渺茫，"世上英雄本无主""有酒惟浇赵州土"，不仅道出了功业难成，任何欢娱都难以永续的无奈，也流露出对生命价值不可逆转的绝望。明李维桢言："唐人已慕之为仙矣，贺自言则曰：'几回天上葬神仙？'又曰：'彭祖巫咸几回死？'是谓仙亦必死也。"（《昌谷诗解序》）揭示了李贺书写神仙内容时的矛盾心情。

不过，李贺有的诗则将神仙世界写得十分神奇瑰丽，如《天上谣》：

> 天河夜转漂回星，银浦流云学水声。玉宫桂树花未落，仙妾采香垂佩缨。秦妃卷帘北窗晓，窗前植桐青凤小。王子吹笙鹅管长，呼龙耕烟种瑶草。粉霞红绶藕丝裙，青洲步拾兰苕春。东指羲和能走马，海尘新生石山下。

此诗描述天庭的美丽神奇景象，陆续展示了四个各自独立的画面：月宫里的桂树花枝招展；秦妃当窗眺望晓色；神奇的耕牧图景；穿着艳丽服装的仙女，漫步青洲，寻芳拾翠。末句却道出人世沧桑巨变不可抵御的现实，抒发对于生命流逝的感慨。

又如《李凭箜篌引》本是赞颂乐师李凭的高超技艺，诗人却描绘了美丽动人的仙界景象：

> 吴丝蜀桐张高秋，空山凝云颓不流。江娥啼竹素女愁，李凭中国弹箜篌。昆山玉碎凤凰叫，芙蓉泣露香兰笑。十二门前融冷光，二十三丝动紫皇。女娲炼石补天处，石破天惊逗秋雨。梦入神山教神妪，老鱼跳波瘦蛟舞。吴质不眠倚桂树，露脚斜飞湿寒兔。

诗人运用烘托、影射、形容等多种技巧，渲染乐曲惊天地、泣鬼神的动人效果。通过大量的联想、想象和神仙典事，使作品充满浪漫主义气息。

三、韦鲍孟张追仙愿，梦得桃源一百韵

韦应物慕道好仙，他的《清都观答幼遐》诗，不仅表达羡慕仙家清幽生活之情，也表明投身践行的愿望：

> 逍遥仙家子，日夕朝玉皇。兴高清露没，渴饮琼华浆。解组一来款，披衣拂天香。粲然顾我笑，绿简发新章。泠泠如玉音，馥馥若兰芳。浩意坐盈此，月华殊未央。却念喧哗日，何由得清凉。疏松抗高殿，密竹阴长廊。荣名等粪土，携手随风翔。

诗中记写幼遐向韦应物传授道箓之事，充分说明其追仙的热忱。韦氏喜欢读道典："怀仙阅《真诰》，贻友题幽素。"（《休暇东斋》）这里的《真诰》是陶弘景整理、辑录，反映上清派神仙思想（教义）的经典，主要内容是记录群仙降临传授经诰事。韦应物写过《学仙》《萼绿华歌》《王母歌》《马明生遇神女歌》等与神仙有关的诗，其中《学仙》二首隐括《真诰·甄命授》里刘伟道和周氏三兄弟学仙的故事，《萼绿华歌》描写《真诰》里出现的女仙萼绿华，《王母歌》演绎《汉武帝内传》故事，《马明生遇神女歌》记述的是马明生遇神女的故事。这些诗都是根据诗人熟悉的道

典，发挥艺术想象力创作出来的。

鲍溶写有多首神仙诗，有表现昆仑仙山和西王母、麻姑仙女的，如《怀仙二首》之一：

> 昆仑九层台，台上宫城峻。西母持地图，东来献虞舜。虞宫礼成后，回驾仙风顺。十二楼上人，笙歌沸天引。裴回扶桑路，白日生离恨。青鸟更不来，麻姑断书信。乃知东海水，清浅谁能问。

此诗叙述西王母献图故事，用语隐晦，似借以表达留恋之情和离愁别恨。有描写学道者与神仙相会的，如歌行体诗《会仙歌》：

> 轻轻濛濛，龙言凤语何从容，耳有响兮目无踪。杳杳默默，花张锦织，王母初自昆仑来，茅盈王方平在侧。青毛仙鸟衔锦符，谨上阿环起居王母书，始知仙事亦多故。一隔绛河千岁余，详玉字，多喜气，瑶台明月来堕地。冠剑低昂蹈舞频，礼容尽若君臣事。愿言小仙艺，姓名许飞琼，洞阴玉磬敲天声。乐王母，一送玉杯长命酒。碧花醉，灵扬扬，笑赐二子长生方。二子未及伸拜谢，苍苍上兮皇皇下。

该诗叙写西王母降临和茅盈、王方平赐以长生仙方事。为西王母传信的青鸟衔来锦符，侍女许飞琼敲玉磬奏天乐。会仙时"冠剑低昂蹈舞频，礼容尽若君臣事"，一派喜气洋洋的景象。

孟郊的神仙诗有歌咏上清仙真的，如《清虚真人》《安度明》《方诸青童君》《金母飞空歌》等。《清虚真人》云：

> 欻驾空清虚，徘徊西华馆。琼轮暨晨抄，虎骑逐烟散。惠风振丹旌，明烛朗八焕。解襟墉房内，神铃鸣璀璨。栖景若林柯，九弦空中弹。遗我积世忧，释此千载叹。怡眄无极已，终夜复待旦。

此诗写魏夫人之师王褒降临的情景：琼轮虎骑逐，丹旌迎风飘，明烛照天朗，神铃鸣璀璨，九弦空中弹。《金母飞空歌》则描写西王母降临：

> 驾我八景舆，欻然入玉清。龙群拂霄上，虎旗摄朱兵。逍遥三弦际，万流无暂停。哀此去留会，劫尽天地倾。当寻无中景，不死亦不生。体彼自然道，寂观合大冥。南岳挺直干，玉英曜颖精。有任靡期事，无心自虚灵。嘉会绛河内，相与乐朱英。

"金母"指西王母。此诗描写了西王母升空的情景，气势宏大，后面的文字重在体道说教。孟郊的神仙诗基本上采用传统游仙诗的写法，以仙语、仙典叙仙事，并宣扬上清派的思想观念。

张籍的《寻仙》诗只是借用神仙题目来抒发诗情："溪头一径入青崖，处处仙居隔杏花。更见峰西幽客说，云中犹有两三家。"诗中描绘的是诗人向往的人生情景，与宗教信仰没有关联。

刘禹锡是中唐时期的政治家和具有唯物主义思想的文人，在贬官至朗州（今湖南常德）时，深受当地道教神仙信仰传统的影响，他游历武陵桃源，作《游桃源一百韵》纪行诗，诗的开头写观览所见：沅江清悠，连山岑寂，回流绝巘，皎镜虚碧，烟岚委积，"香蔓垂绿潭，暴龙照孤碛"。诗人自然想起陶渊明、刘子骥之事，感叹"绵绵五百载，市朝几迁革"，而不变的是壶中天地和神秘地脉。于是登高纵目，生发对神仙世界的联想：

> 遂登最高顶，纵目还楚泽。平湖见草青，远岸连霞赤。幽寻如梦想，绵思属空阒。夤缘且忘疲，耽玩近成癖。清猿伺晓发，瑶草凌寒圻。祥禽舞蓊茏，珠树摇玓瓅，羽人顾我笑，劝我税归轫。霓裳何飘飖，童颜洁白皙。重岩是藩屏，驯鹿受羁靮，楼居弥清霄，萝茑成翠帟。仙翁遗竹杖，王母留桃核。姹女飞丹砂，青童护金液。

接着叙述瞿童升仙故事：

> 因话近世仙，耸然心神惕。乃言瞿氏子，骨状非凡格。往事

黄先生，群儿多侮剧。謷然不屑意，元气贮肝膈。往往游不归，洞中观博弈。言高未易信，犹复加诃责。一旦前致辞，自云仙期迫。言师有道骨，前事常被谪。如今三山上，名字在真籍。悠然谢主人，后岁当来觌。言毕依庭树，如烟去无迹。观者皆失次，惊追纷络绎。

据符载《黄仙师瞿童记》，瞿童于大历四年（769）自辰溪至武陵，师从黄洞元（亦作"源"），多显灵迹，并在大历八年（773）飞升仙去。刘禹锡在转述瞿童升仙后的灵迹后，联想到自己的身世经历，发出了"倘伏夷平人，誓将依羽客"的誓愿。诗人的神仙幻想成为解脱现实困境的一种精神慰藉。

四、蜀地才女有薛涛，慕仙追仙自超然

中唐蜀地才女薛涛以其传奇的人生、多方面的艺术才情、聪颖睿智的大方行举、清秀雅正的诗歌风格以及隐秘的内心世界成为大唐女性诗人中一颗耀眼的流星。《全唐诗》言其"暮年屏居浣花溪，著女冠服。好制松花小笺，时号薛涛笺"[1]，清人熊斌说她"晚岁度为女冠，居碧鸡坊"（《鸿雪偶存》下册，清道光二十九年刻本），皆言薛涛出家入道，依据是薛涛作《试新服裁制初成》三首。但唐代道教兴盛，唐人以道服为常服，王勃被贬居蜀，日穿道服；顾况暂居终南山待诏入仕，亦以道服为常服[2]，"所以着女冠服装根本无关于薛涛曾否出家"[3]。但读薛涛的诗，确实能充分感受到其受神仙信仰影响的痕迹，其诗中流露出鲜明的慕仙、追仙信息。如《试新服裁制初成》三首：

紫阳宫里赐红绡，仙雾朦胧隔海遥。霜兔毳寒冰茧净，嫦娥笑指织星桥。（其一）

---

[1] 《全唐诗》卷八百三，中华书局 1960 年版，第 13586 页。
[2] 应克荣《细腻风光我独知》，黄山书社 2014 年版，第 93 页。
[3] 申及甫《凭史实探薛涛身世》，载于《成都大学学报》2000 年第 1 期，第 63 页。

九气分为九色霞，五灵仙驭五云车。春风因过东君舍，偷样人间染百花。（其二）

长裾本是上清仪，曾逐群仙把玉芝。每到宫中歌舞会，折腰齐唱步虚词。（其三）

第一首写游仙境。诗人想象自己穿上在神仙居所紫阳宫裁制的新衣，穿越仙雾游观，看到了朦胧之中的海上仙山，也看到月宫里的玉兔，而自己仿佛成了嫦娥笑语不断。第二首写诗人由仙境回到人间。"嫦娥"从九天之上穿过彩色云霞，乘坐仙人驾的车，途径春神大殿而降落，点染人间百花。第三首写诗人穿着道服在歌舞会上唱《步虚词》，以仙境喻人世活动。这里"长裾本是上清仪"意谓新服是按上清派道服裁制的。"群仙"指众女道士。"玉芝"即芝草，仙草。"步虚词"乃是一种道教举行法事仪式时诵唱辞章的曲调行腔，多描述众仙缥缈升天的美妙景象。《乐府诗集》卷七十八引《乐府解题》称："步虚词，道家曲也，备言众仙缥缈轻举之美。"三首诗充满了浓郁的仙道色彩。此外，薛涛诗中还频繁出现带"仙"的词，或与仙道有关的词语。如"仙舟"（《摩诃池赠萧中丞》）、"仙扃"（《斛石山晓望寄吕侍御》）、"玉皇""紫阳""神仙客"（《寄词》）、"瑶台"（《赋凌云寺二首》其二）、"青冥"（《酬吴随君》）等。

五、乐天只言求仙妄，商隐曹唐仙意浓

白居易和李贺生活的时代大体相同，却坚定地反对神仙之说。他的《新乐府》中《海漫漫》篇题注特别标明"戒求仙"，该诗云：

海漫漫，直下无底旁无边。云涛烟浪最深处，人传中有三神山。山上多生不死药，服之羽化为天仙。秦皇汉武信此语，方士年年采药去。蓬莱今古但闻名，烟水茫茫无觅处。海漫漫，风浩浩，眼穿不见蓬莱岛。不见蓬莱不敢归，童男丱女舟中老。徐福文成多诳诞，上元太一虚祈祷。君看骊山顶上茂陵头，毕竟悲风吹蔓草。何况玄元圣祖五千言，不言药，不言仙，不言白日升青天。

69

诗人借秦始皇、汉武帝求仙的史实，讽刺了他们以求仙博取长生的错误想法，同时表达了"不言药，不言仙，不言白日升青天"的思想。沈德潜《唐诗别裁》："此言求仙之妄也。"《唐宋诗醇》卷一九评曰："神仙之说，世主多为所惑，而方士因得乘其蔽而中之，史策所垂，足为炯戒。宪宗不悟，服柳泌金丹致殒。此诗作于元和初，想尔时已有先见耶？唐室崇奉老子，一结借矛攻盾，极其警快。"白居易不仅以诗揭露帝王求仙的愚妄，也以诗讽刺一般的求仙者。如《梦仙》：

> 人有梦仙者，梦身升上清。坐乘一白鹤，前引双红旌。羽衣忽飘飘，玉鸾俄铮铮。半空直下视，人世尘冥冥。渐失乡国处，才分山水形。东海一片白，列岳五点青。须臾群仙来，相引朝玉京。安期羡门辈，列侍如公卿。仰谒玉皇帝，稽首前致诚。帝言汝仙才，努力勿自轻。却后十五年，期汝不死庭。再拜受斯言，既寤喜且惊。秘之不敢泄，誓志居岩扃。恩爱舍骨肉，饮食断膻腥。朝餐云母散，夜吸沆瀣精。空山三十载，日望辒辌迎。前期过已久，鸾鹤无来声。齿发日衰白，耳目减聪明。一朝同物化，身与粪壤并。神仙信有之，俗力非可营。苟无金骨相，不列丹台名。徒传辟谷法，虚受烧丹经。只自取勤苦，百年终不成。悲哉梦仙人，一梦误一生。

此诗叙写一人被神仙幻想所惑，甚至抛妻弃子而滥行"仙术"，结果致死的悲剧，说明"神仙信有之"，但非人力可成。所以诗人不相信人会超离生死而成神仙。正如他的《赠王山人》诗所言："假使得长生，才能胜天折。松树千年朽，槿花一日歇。毕竟共虚空，何须夸岁月。彭殇徒自异，生死终无别。"

但白居易曾有过一段学习炼丹术的经历，这也促使他写了一些炼丹服药的诗，如《同微之赠别郭虚舟炼师五十韵》《寻王道士药堂因有题赠》《早服云母散》等。晚年任河南尹时，还写有《与诸道者同游二室至九龙潭作》：

　　喜逢二室游仙子，厌作三川守土臣。举手摩挲潭上石，开襟抖薮府中尘。他日终为独往客，今朝未是自由身。若言尹是嵩山主，三十六峰应笑人。

　　诗中表达了欲"为独往客"，入山学道的愿望以及对道教徒清虚自由生活的向往。

　　李商隐与道教因缘深厚，早年有过"学仙玉阳东"（《李肱所遗画松诗书两纸得四十一韵》）的经历，三十七岁时，仍从事养炼，喜欢结交道门中人，包括男道士玄微先生、白道者、孙逸人和女道士宋华阳姊妹等，其《月夜重寄宋华阳姊妹》（"偷桃窃药事难兼，十二城中锁彩蟾。应共三英同夜赏，玉楼仍是水精帘"）诗表达了不能与宋华阳相聚的遗憾。正因如此，其《无题》诗被认为是书写和女道士恋情的。陈贻焮甚至认为李商隐早年学仙，除了信仰或习道举等原因，也有想与女冠发生恋情的打算。[①]在道教盛行的时代，有学仙的经历，对神仙信仰保有持久的兴趣和热情是理所当然的事。

　　李商隐写过不少羡仙、游仙诗，如《玄微先生》《赠白道者》《寄华岳孙逸人》《嫦娥》《一片》《辛末七夕》《玉山》等。《玄微先生》表面上描写仙境，实则也在期盼一种理想的人生境界：

　　仙翁无定数，时入一壶藏。夜夜桂露湿，村村桃水香。醉中抛浩劫，宿处起神光。药裹丹山凤，棋函白石郎。弄河移砥柱，吞日倚扶桑。龙竹裁轻策，鲛绡熨下裳。树栽嗤汉帝，桥板笑秦王。径欲随关令，龙沙万里强。

　　此诗通过道教神仙事典，塑造了一位仙翁的形象：行迹无定，养炼深，法术高，嗤笑王侯，逍遥自在。诗歌字里行间流溢着仙语仙事。又如《一片》诗：

　　一片非烟隔九枝，蓬峦仙仗俨云旗。天泉水暖龙吟细，露畹

_____

　　① 陈贻焮《唐诗论丛》，湖南人民出版社1980年版，第282~324页。

春多凤舞迟。榆荚散来星斗转，桂花寻去月轮移。人间桑海朝朝变，莫遣佳期更后期。

写蓬莱仙境，缥缈、庄严又热烈：似烟非烟的雾气缭绕蓬岛，一千九枝的烛灯于云雾里闪亮，蓬莱山的神仙纷纷前来迎接，其仪仗似云旗飘扬。龙吟凤舞，星移斗转月轮移。人间的沧桑巨变使诗人发出"莫遣佳期更后期"的感慨。有的游仙诗在描写赞美神仙生活之外，往往别有意趣。如《玉山》：

玉山高与阆风齐，玉水清流不贮泥。何处更求回日驭，此中兼有上天梯。珠容百斛龙休睡，桐拂千寻凤要栖。闻道神仙有才子，赤箫吹罢好相携。

有人认为此诗写与女冠的恋情。"珠容百斛龙休睡，桐拂千寻凤要栖"意谓尽管宫观森严，难以接近，自己也要去和意中人相亲相爱；犹如梧桐枝叶摇曳拂动，高达千寻，凤凰也要飞临其上栖息一样（见沈厚塽《李义山诗集辑评》）。孙昌武则认为诗中的玉山即《穆天子传》中的群玉之山，是比喻朝廷，神仙才子是比令狐绹，诗人希望能得到其提携而登天。①

晚唐诗人曹唐的游仙诗最多，艺术成就也相当高。他既有道士的生活体验，又经历了人世间的坎坷，所以他的游仙诗多将道修的感受和人世间的情感融汇一起，别开生面。他写有《大游仙诗》五十首，现存十七首，还有《小游仙诗》九十八首。《大游仙诗》都是七律，表现的内容主要是仙人或仙凡交往故事，包括周穆王游昆仑见西王母、刘（晨）阮（肇）天台遇仙女、西王母降临汉武帝、杜兰香下嫁张硕、萼绿华会许真人、望远会麻姑、萧史携弄玉升仙以及牵牛织女等，这些题材多取自民间传说，通过诗人的艺术创造，呈现出全新的仙人形象和仙界图景。如《玉女杜兰香下嫁于张硕》诗：

天上人间两渺茫，不知谁识杜兰香。来经玉树三山远，去隔

---

① 孙昌武《道教与唐代文学》，中华书局 2019 年版，第 259 页。

银河一水长。怨入清尘愁锦瑟，酒倾玄露醉瑶觞。遗情更说何珍重，擘破云鬟金凤凰。

该诗将人间恋情与仙界的景物事象巧妙结合一起，造成天上人间想混融的情境，既有人世真情，又有仙界的神秘。同样的还有《萧史携弄玉上升》诗：

岂是丹台归路遥，紫鸾烟驾不同飘。一声洛水传幽咽，万片宫花共寂寥。红粉美人愁未散，清华公子笑相邀。缑山碧树青楼月，肠断春风为玉箫。

该诗把人世的相思和离愁别恨移植到仙界，表现了不同凡情的"仙情"。《大游仙诗》中有关刘晨、阮肇故事的诗共有五首：《刘阮洞中遇仙子》《仙子洞中有怀刘阮》《仙子送刘阮出洞》《刘阮游天台》《刘阮再到天台不复见仙子》。其中《仙子洞中有怀刘阮》诗所写的实则是男女间的真挚恋情：

不将清瑟理霓裳，尘梦那知鹤梦长。洞里有天春寂寂，人间无路月茫茫。玉沙瑶草连溪碧，流水桃花满涧香。晓露风灯零落尽，此生无处访刘郎。

该诗借景寓情，将仙、凡的阻隔和无奈表现得缠绵悱恻，真实感人。李丰懋说："晚唐社会，国是日非，世路多艰，神仙道教在此一情况下，常成为心灵的逋逃薮。曹唐特别选用奇遇的神话素材，正是此类心境折射的反映，他表现在诗中的主题，不管是刘阮之误入仙境，还是黄初平之隐居牧羊，常在奇趣中透露出一种向往之情。"① 这种理解很中肯，道出了晚唐文人普遍的社会心理和情趣追求。

曹唐的《小游仙诗》都是用七绝写就的，主要描写仙界情境、神仙灵

---

① 李丰懋《曹唐〈大游仙诗〉与道教传说》，载于《忧与游：六朝隋唐游仙诗论集》，台北学生书局 1996 年版，第 172 页。

迹、仙人交往、仙人的游戏娱乐、世人求仙活动等内容。所写的仙人有西王母、上元夫人、玉皇、九阳君、太一元君、上阳君、麻姑、茅君、壶公、王子晋、旸谷先生、费长房、白石先生、宁封子等。这些诗多表现神仙世界的美好和长久，如：

> 一百年中是一春，不教日月辄移轮。金鳌头上蓬莱殿，唯有人间炼骨人。

> 笑擎云液紫瑶觥，共请云和碧玉笙。花下偶然吹一曲，人间因识董双成。

> 万岁峨眉不解愁，旋弹清瑟旋闲游。忽闻下界笙箫曲，斜倚红鸾笑不休。

诗以对比的方式表现神仙生活的悠闲、快乐，不一而足。

唐代的《步虚词》作为直接描绘神仙和仙界情景之作，是唐代神仙题材诗的组成部分，其宣教的目的十分明确。写《步虚词》的作者中有道士（如吴筠《步虚词十首》等），更多的是文人，如韦渠牟、顾况、刘禹锡、陈羽、苏郁、司空图、陈陶等。

韦渠牟早年学道，做过道士，他的《步虚词十九首》从降神仪式写到仙界景象，广泛反映了宗教生活和信仰态势。如第十四、十五首：

> 珠佩紫霞缨，夫人会八灵。太霄犹有观，绝宅岂无形。暮雨裴回降，仙歌宛转听。谁逢玉妃辇，应检九真经。（第十四首）

> 西海辞金母，东方拜木公。云行疑带雨，星步欲凌风。羽袖挥丹凤，霞巾曳彩虹。飘飘九霄外，下视望仙宫。（第十五首）

这两首诗借神仙事典描写神仙交往的情形，细节生动形象，从侧面反映了当时道观女冠的生活。

又如陈羽《步虚词二首》之二："楼殿层层阿母家，昆仑山顶驻红霞。

笙歌出见穆天子，相引笑看琪树花。"写西王母在昆仑山接见穆天子的情景，气氛热烈、融洽。

《步虚词》的创作也体现了唐代神仙题材创作的大体情况，唐代游仙诗的繁荣与道教的关系是不言而喻的，没有道教所创造出来的神仙意象，就不可能出现游仙诗。

第二章　两汉至唐服食、宫观题材诗

在正一道的宗教观念影响下，汉至唐，采药、炼药、服药的服食之风兴盛。中国古代的服食之风起于战国时期，最初称服"仙药"。《韩非子·说林上》载有方士"向荆王献不死之药"的故事，《淮南子》中有"羿请不死之药于西王母"之说。战国齐威王、燕昭王，以及秦始皇、汉武帝曾先后派人去海上仙山搜求仙药。《楚辞》中的《远游》提及"吾将从王乔而娱戏。餐六气而饮沆瀣兮，漱正阳而含朝霞"。汉武帝时除了服食人造仙药、丹药，某些草木药如芝、菌、术等也作为仙药服食。道教形成后，承袭了服食术，所服药物即为矿物类丹药和草木药两种。从汉至唐，由于文人慕仙、追仙之风日盛，对采药、炼药的关注度日高，记写服食题材的诗也渐渐增多。

宫观是道士修行、供奉并祭祀神灵、做道场、传教等宗教活动和饮食起居的场所，是道宫和道观的合称，也有将庙、祠、台归为宫观系列的情况。唐代文人对宫观的描写，缘于整个社会持久的崇道之风。

第一节　两汉魏晋南北朝服食题材诗

一、两汉时期文人的采药、服药诗

汉代已有服食药物的记载，刘向《列仙传》除了强调仙人长生的特性，也突出服食（服饵）的作用。如务光"服蒲韭根"，彭祖"常食桂芝"，桂父"常服桂及葵，以龟脑和之"，陆通"食橐卢木实及芜菁子"，涓子"好饵术，接食其精，至三百年乃见于齐"，赤斧"能作水倾汞，炼丹与硝石，服之"，任光"善饵丹"，主柱服"饵丹砂"。

汉乐府诗《长歌行》记述采灵芝和服食的效果："仙人骑白鹿，发短耳何长。导我上太华，揽芝获赤幢。来到主人门，奉药一玉箱。主人服此药，身体日康强。发白复又黑，延年寿命长。"这说明灵芝是仙家珍宝，采集灵芝特别是红色的灵芝，服食后可使人身体健康，白发转黑，寿命延长。

《董逃行》写采神药、捣药和服药的情节："采取神药若木端。玉兔长跪捣药虾蟆丸。奉上陛下一玉桮。服此药可得神仙。"《上陵》则写仙人饮甘露、服芝草："甘露初二年，芝生铜池中，仙人下来饮，延寿千万岁。"值得注意的是，到东汉，人们发现了草木药的局限性后，更倾向于金石丹药的神奇，草木药大多加入丹药烧炼，单服草木药者逐渐减少。

这在一定程度上影响了人们的服食观念的变化。

二、魏晋南北朝文人的采药和炼药诗

到魏晋南北朝时，服食情况主要有两种：一种是曹魏西晋时期，以服五石散为主；另一种是东晋南北朝时期，以寻求仙药，炼制金丹为主。五石散又名寒食散，其药方汉代就已出现，但服用的人少，据传何晏服用后有神效，于是大行于世。何晏自称"服五石散，非唯治病，亦觉神明开朗"[①]。五石散，顾名思义，由五种成分构成，据葛洪《抱朴子内篇·金丹》载是"丹砂、雄黄、白矾、曾青、慈（磁）石也"。当时士人中还有王弼、夏侯玄、王戎、嵇康、谢朓等都曾服五石散，以为服食五石散能延年益寿。谢朓的《和纪参军服散得益诗》记述了服散的功效："金液称九转，西山歌五色。炼质乃排云，濯景终不测。云英谁可饵，且驻羲和力。能令长卿卧，暂故遇真识。"[②]

同时，这一时期寻求仙药与炼制金丹之风也很盛行，所谓"仙药"主要包括矿物类和草木类药物。葛洪《抱朴子内篇·仙药》将仙药分上下档次，并进行归类：

> 仙药之上者丹砂，次则黄金，次则白银，次则诸芝，次则五

---

① 徐震堮《世说新语校笺》，中华书局 2001 年版，第 40 页。

② 逯钦立《先秦汉魏晋南北朝诗》，中华书局 1983 年版，第 1447 页。

玉，次则云母，次则明珠，次则雄黄，次则太乙禹余粮，次则石中黄子，次则石桂，次则石英，次则石脑，次则石硫黄，次则石粉，次则曾青，次则松柏脂，茯苓、地黄、麦门冬、木巨胜、重楼、黄连、石韦、楮实、象柴，一名托卢是也。或云仙人杖，或云西王母杖，或名天精，或名却老，或名地骨，或名苟杞也。天门冬，或名地门冬，或名莚门冬，或名颠棘，或名淫羊食，或名管松，其生高地，根短而味甜，气香者善。其生水侧下地者，叶细似蕴而微黄，根长而味多苦，气臭者下，亦可服食。然喜令人下气，为益尤迟也。服之百日，皆丁壮倍驶于术及黄精也，入山便可蒸，若煮啖之，取足可以断谷。①

在这些仙药中被列为上药的以矿物居多，而被列为次的大多是草木药，如茯苓、重楼、地黄、麦冬、黄连、木巨胜、地骨皮、枸杞子、楮实、象柴、天门冬、淫羊藿、白术、黄精等，至今都为中医普遍使用的药材。魏晋南北朝时文人的诗歌中有很多与药物相关的诗题，如庾阐的《采药诗》、吴均的《采药大步山诗》、刘删的《采药游名山诗》、王融的《药名诗》、庾肩吾的《奉和药名诗》、萧纲的《药名诗》等诗，说明当时人们采药、以药养生已成常态，成为一种社会风尚。如庾阐《采药诗》：

采药灵山嵺，结驾登九巘。悬岩溜石髓，芳古挺丹芝。泠泠云珠落，灌灌石蜜滋。鲜景染冰颜，妙气翼冥期。

诗中提到的药物有矿物药"石髓""云珠"，草木药"丹芝"以及野蜂酿的石蜜。石髓即石钟乳，一般呈圆柱或圆锥形，倒垂于溶洞顶。《神农本草经》载："石钟乳，味甘温。主治咳逆上气，明目，益精，安五脏，通百节，利九窍，下乳汁。"② 云珠是云母的一种，葛洪《抱朴子内篇》："云母有五种……五色并具而多赤者名云珠，宜以夏服之。"③ 丹芝是中药

---

① 王明《抱朴子内篇校释》，中华书局 1985 年版，第 196~197 页。
② 尚志钧《神农本草经校注》，学苑出版社 2008 年版，第 101 页。
③ 王明《抱朴子内篇校释》，中华书局 1999 年版，第 202 页。

赤芝的别名。石蜜即崖蜜，是野蜂于山崖上所酿的蜜。

炼丹术在战国时期就已产生[①]，到西汉时，炼丹已发展至相当高的水平了。西汉初年《淮南子·人间训》中就提到铅能炼成丹的问题："铅之与丹异类殊色，而可以为丹者，得其数也。"刘向根据刘安"言神仙黄白之术"的《中篇》（八卷）炼过黄金。汉武帝时的方士李少君可算是当时的炼丹专家，《史记》载，李少君"以祠灶、谷道、却老方见上，上尊之。……少君言上曰：'祠灶则致物，致物而丹沙可化为黄金，黄金成，以为饮食器则益寿，益寿而海中蓬莱仙者乃可见，见之以封禅则不死，黄帝是也'"[②]。东汉晚期题魏伯阳撰的《周易参同契》是一部总结炼丹术成果的书，是"千古丹经王"。至魏晋南北朝时，由于葛玄、郑隐、葛洪、陶弘景等道士的大力提倡，炼丹之风大盛。晋宋以后的数百年间，道士们进行过大量炼丹实践，在药物的采集、药性的认识、合炼器械的制备、合炼技术以及服丹药的禁忌、解毒方法等方面，都积累了丰富的经验，并开始在文人士大夫中间流行，如江淹就写有《赠炼丹法和殷长史》诗：

> 琴高游会稽，灵变竟不还。不还有长意，长意希童颜。身识本烂熳，光曜不可攀。方验《参同契》，金灶炼神丹。顿舍心知爱，永却平生欢。玉牒裁可卷，珠蕊不盈箪。譬如明月色，流采映岁寒。一待黄冶就，青芬迟孤鸾。[③]

此诗借用"琴高"典故，记述依照《周易参同契》介绍的炼丹术炼丹的情形。

沈约《酬华阳陶先生》诗："三清未可觌，一气且空存。所愿回光景，拯难拔危魂。若蒙九丹赠，岂惧六龙奔。"诗中谈及陶弘景赠丹法之事，说明当时炼丹术已在贵族士大夫中间广泛流传。

---

①　孟乃昌《中国炼丹术的基本理论是铅汞论》，载于《周易参同契考辩》，上海古籍出版社1993年版，第205～224页。

②　司马迁《史记》，岳麓书社2007年版，第167页。

③　江淹《赠炼丹法和殷长史》，载于张溥《汉魏六朝百三家集选》，吴汝纶选，吉林人民出版社1998年版，第538页。

第二节　唐代文人对炼丹服丹的痴迷

至唐代，炼丹服丹之风蔚为大观，上自统治阶层下至文人士大夫，都对丹药保有持久的热忱。根据张鷟《朝野佥载》、裴庭裕《东观奏记》、刘昫等《旧唐书》、王钦若等《册府元龟》、司马光《资治通鉴》、郑樵《通志》、董诰等《全唐文》等文献记载，唐代帝王对丹药的迷恋是中国历代王朝中最突出的。唐太宗、高宗、武后、玄宗、肃宗、宪宗、穆宗、敬宗、武宗、宣宗都热心于丹药，大都亲自炼丹或服用金丹。在唐代文人中，炼丹和服丹也成为时尚，书写丹药的诗应运而生。

一、李颀服药炼丹砂，杜甫迷恋作诗夸

李颀常服饵丹砂，结交多位外丹道士，他的《寄焦炼师》写焦炼师"得道凡百岁，烧丹惟一身。悠悠孤峰顶，日见三花春"，表达对焦炼师炼丹术的企羡；《题卢道士房》说卢道士"空坛静白日，神鼎飞丹砂"；《送王道士还山》赞慕王道士"出入彤庭佩金印，承恩赫赫如王侯"。李白一生迷恋仙道，有多首诗涉及服丹、炼丹内容。他的《颍阳别元丹丘之淮阳》中有"当餐黄金药，去为紫阳宾"，《天台晓望》中有"攀条摘朱实，服药炼金骨"，都言服丹事。其《草创大还赠柳官迪》具体描述了合炼丹药的情形：

> 天地为橐籥，周流行太易。造化合元符，交媾腾精魄。自然成妙用，孰知其指的。罗络四季间，绵微无一隙。日月更出没，双光岂云只？蛟女乘河车，黄金充辕轭。执枢相管辖，摧伏伤羽翮。朱鸟张炎威，白虎守本宅。相煎成苦老，消铄凝津液。仿佛明窗尘，死灰同至寂。捣冶入赤色，十二周律历。赫然称大还，与道本无隔。……

该诗先言天地运转，阴阳和合，成就妙用。后具体写药物在鼎炉合炼的情景，用水银、铅、黄金配合，再加丹砂，给鼎炉加热，烧炼成丹药。

接下来对凝结而成的药物进行捣冶掺入赤色，经历十二周律历循环，生成金丹（大还丹）。诗中"姹女"指真汞，"河车""白虎"指铅，"朱鸟"比喻丹砂。他的《秋日炼药院镊白发赠元六兄林宗》等诗也写炼丹。

杜甫也曾热衷于丹药，据郭沫若《李白与杜甫》一书中"杜甫的宗教信仰"一节所述，杜甫表现对丹药热衷的诗作共计 15 篇。[①] 其晚年所作《风疾舟中伏枕书怀三十六韵奉呈湖南亲友》诗中有"家事丹砂诀，无成涕作霖"，表明他迷恋丹药是受家庭因素影响的，同时也流露出终无所成的遗憾。

二、钱起梦想炼丹术，乐天实践法难成

钱起的《登覆釜山遇道人二首》（"花间炼药人，鸡犬和乳窦。散发便迎客，采芝仍满袖"）、《过瑞龙观道士》（"不知谁氏子，炼魄家洞天。鹤待成丹日，人寻种杏田"）都通过写与炼丹道士的交往，显露出对丹药的浓厚兴趣。而《夕游覆釜山道士观登玄元庙》（"倾思丹灶术，愿采玉芝芳。倘把浮丘袂，乘云别旧乡"）、《题嵩阳焦道士石壁》（"彩云不散烧丹灶，白鹿时藏种玉田。幸入桃源因去世，方期丹诀一延年"）则表达学习炼丹方术的念想。李端的《游终南山因寄苏奉礼士尊师苗员外》诗也表白"愿得烧丹诀，流沙永待师"的愿望。

朱放、王建、白居易、韩愈、元稹等诗人都曾服丹且炼过丹药。据传韩愈、元稹都因服丹药致死。白居易《思旧》诗：

> 闲日一思旧，旧游如目前。再思今何在，零落归下泉。退之服硫黄，一病讫不痊。微之炼秋石，未老身溘然。杜子得丹诀，终日断腥膻。崔君夸药力，经冬不衣绵。或疾或暴天，悉不过中年。唯予不服食，老命反迟延。况在少壮时，亦为嗜欲牵。但耽荤与血，不识汞与铅。饥来吞热物，渴来饮寒泉。诗役五藏神，酒汩三丹田。随日合破坏，至今粗完全。齿牙未缺落，肢体尚轻便。已开第七秩，饱食仍安眠。且进杯中物，其余皆付天。

① 郭沫若《李白与杜甫》，人民文学出版社 1971 年版，第 183～185 页。

白居易在元和十年（815）被贬江州后，结识了毛仙翁、王道士、萧炼师、郭炼师（郭虚舟）、韦炼师等道士，对炼丹药表现出十分的热忱。他的《同微之赠别郭虚舟炼师五十韵》诗反映的是他根据《参同契》实践炼丹的体验：

> 我为江司马，君为荆判司。俱当愁悴日，始识虚舟师。师年三十余，白晳好容仪。专心在铅汞，余力工琴棋。……授我参同契，其辞妙且微。六一闭扃镝，子午守雄雌。我读随日悟，心中了无疑。黄芽与紫车，谓其坐致之。自负因自叹，人生号男儿。若不佩金印，即合饵玉芝。高谢人间世，深结山中期。泥坛方合矩，铸鼎圆中规。炉橐一以动，瑞气红辉辉。斋心独叹拜，中夜偷一窥。二物正䜈合，厥状何怪奇。绸缪夫妇体，狪猎鱼龙姿。……先生弹指起，姹女随烟飞。始知缘会间，阴骘不可移。药灶今夕罢，诏书明日追。……

《参同契》又称《周易参同契》，原本为汉时徐从事、淳于叔通和魏伯阳撰写，今本唐时已基本写定。[1] 该书将《周易》原理与炼丹术相契合，强调服丹可以成仙。诗中叙述根据《参同契》的妙辞岁日领悟炼丹的技巧。"六一"指六一泥，用以封闭炼丹炉釜；"雄雌"指铅和汞；"黄芽"与"紫车"都是铅、汞在炉釜里合炼的生成物，就是"还丹"。白居易的《送毛仙翁》诗说"丹华既相付，促景定当延。玄功虽可报，感极惟勤拳"，可见白居易向毛仙翁学过丹法。但其《浔阳岁晚寄元八郎中庾三十二员外》诗说炼丹并没有成功："阅水年将暮，烧金道未成。丹砂不肯死，白发自须生。"

从白居易诗中大致可知，他似乎没有服用金丹类药物，他的《自咏》中有"朱砂贱如土，不解烧为丹"句，对丹药持否定态度。其《早服云母散》《戒药》等诗披露他所服药只是"云母散"类的矿物药。如《早服云母散》中有"晓服云英漱井华，寥然身若在烟霞"，《戒药》中有"暮齿又

---

① 孟乃昌《周易参同契考辨》，载于《周易参同契通考》，上海古籍出版社1993年版，第1～67页。

贪生，服食求不死。朝吞太阳精，夕吸秋石髓。徼福反成灾，药误者多矣"之说，就证明白居易并不相信服丹药能长生不死。元稹《和乐天寻郭道士不遇》诗中有"方瞳应是新烧药，短脚知缘旧施春"句，说明元稹也羡慕郭虚舟的炼丹术。

三、李贺诸人炼丹诗，亦显唐后衰落势

李贺和道士也有交往，他的《南园十三首》之十二写炼丹之事：

> 松溪黑水新龙卵，桂洞生硝旧马牙。谁遣虞卿裁道帔，轻绡一匹染朝霞。

诗中的"龙卵"指紫梢花，一种草木药（《北梦琐言》云"龙生二卵，一名吉了，上岸与鹿交，或遗精枯槎，为紫梢花"）。"生硝旧马牙"是指马牙硝，《本草》："马牙硝，亦名英硝，芒硝。"虞卿是战国时赵国名士，《史记》说他"非穷愁，亦不能著书以自见于后世云"，但他曾注解过《周易参同契》。

此外，迷恋于丹药的还有刘商、施肩吾、刘言史、许浑、陆龟蒙、皮日休等人。施肩吾《洗丹砂词》《自述》诗都有对丹药的描写，其《自述》诗云：

> 箧贮灵砂日日看，欲成仙法脱身难。不知谁向交州去，为谢罗浮葛长官。

施肩吾热衷求仙访道，曾对服食加以批判（其《养生辩疑诀》一文说"……服饵草木金石，以固其形。而不知草木金石之性，不究四时逆顺之宜，久而服之，反伤和气"），但并没有完全否定丹药。

刘言史的《题茅山仙台药院》、许浑的《茅山赠梁尊师》都显示出对求取丹药的热心。陆龟蒙也有过炼丹的经历，他的《秋日遣怀十六韵寄道侣》（"且把灵方试，休凭吉梦占。夜然烧汞火，朝炼洗金盐"）叙述炼丹情景。皮日休借《奉和鲁望四月十五日道室书事》诗表明好丹药的志趣：

> 望朝斋戒是寻常，静启金根第几章。竹叶饮为甘露色，莲花鲊作肉芝香。松膏背日凝云磴，丹粉经年染石床。剩欲与君终此志，顽仙唯恐鬓成霜。

诗中透露斋戒是寻常事，集药炼丹也是寻常事，并表明与陆龟蒙志趣相同，都嗜好丹药。

总之，具有普遍性的服丹炼丹现象是唐代文化史上的一道奇观。在唐代，丹药不单纯用于宗教养炼，而是用作人际交往、精神寄托的普通医药。由于历史发展的演进和各个朝代所面临的紧迫形势，唐以后服食之风渐衰，外丹术也趋衰落。

唐及以前历代所编撰的服食书甚多。《汉书·艺文志》著录《黄帝杂子芝菌》18 卷、《泰一杂子黄冶》31 卷，《隋书·经籍志》著录《神仙服食经》《神仙服食方》等 20 余种，《旧唐书》《新唐书》均有此类书籍之著录，然皆亡佚。《正统道藏》存有《神仙服食灵草菖蒲丸方》《种芝草法》等。

第三节　唐代文人的宫观诗

纵观唐诗，唐人描写宫观并不注重宫观的布局、设置，他们更多的是迷恋清幽静寂的环境，表达投诚入道的愿望，表现游仙的幻想，探访仙踪圣迹以及借写宫观折射某种政治信息。

一、沉迷宫观优美的自然环境

这类宫观诗一部分意在佳景，写景的佳句频现。如"雨涤前山净，风吹去路开。翠屏夹流水，何必羡蓬莱"（蜀太后徐氏《题金华宫》），"鹤归高树静，萤过小池光"（任翻《桐柏观》），"春风开野杏，落日照江涛"（薛能《平盖观》），"临崖松直上，避石水低回"（薛能《通仙洞》）。

大部分借描写宫观的清静美妙的环境，凸显道士赖以传道与起居的场所与山林泉水的天然依存关系，或由此引发的联想、感慨和希望。如綦毋潜的《宿太平观》（"夕到玉京寝，窅冥云汉低。魂交仙室蝶，曙听羽人鸡。滴沥花上露，清泠松下谿。明当访真隐，挥手入无倪")写自己亲身体验感受道观幽静美妙的自然环境，产生"访真隐"的想法。王昌龄的《武陵开元观黄炼师院三首》其三："山观空虚清静门，从官役吏扰尘喧。暂因问俗到真境，便欲投诚依道源。"诗的开头将山观的清静与尘俗官场的喧扰对比，表达对俗世官场的厌倦，道明投身"道源"的愿望。韦应物《雨夜宿清都观》："灵飙动阊阖，微雨洒瑶林。复此新秋夜，高阁正沉沉。旷岁恨殊迹，兹夕一披襟。洞户含凉气，网轩构层阴。况自展良友，芳樽遂盈斟。适悟委前妄，清言怡道心。岂恋腰间绶，如彼笼中禽。"该诗表现了诗人醒悟之后，要跳出牢笼，不恋"腰间绶"，追求"怡道心"的决心。同样，他的《简寂观西涧瀑布下作》："淙流绝壁散，虚烟翠涧深。丛际松风起，飘来洒尘襟。窥萝玩猿鸟，解组傲云林。茶果邀真侣，觞酌洽同心。旷岁怀兹赏，行春始重寻。聊将横吹笛，一写山水音。"大意为瀑布从绝壁上飞下散成片片烟雾，松风阵阵，拂动胸襟。透过丛丛藤萝，窥见猿跳鸟飞。如此壮观生动的大自然，真该辞掉官职来笑傲白云山林。用山中的茶果邀请观中的主人，相互抒发淡远虚无的胸怀。用一支横笛奏出高山流水最美妙的音乐。这些诗句无不流露出辞官向道的热情。

二、借宫观写仙人传说，创造绚丽的神仙境界

有些描写庙、祠、坛的诗是为了纪念或歌咏某位仙人的，典型地体现了诗人的神仙观念。如李商隐的《华山题王母祠》、刘沧的《题王母庙》咏西王母，李群玉的《宿巫山庙二首》、刘沧的《题巫山庙》咏巫山神女，丁仙芝的《阮公啸台》咏天台山遇仙女的阮肇，林杰（831—847）的《王仙坛》、郑畋（825—887）的《题緱山王子晋庙》咏仙人王子晋，李商隐的《重过圣女祠》咏仙女萼绿华。每座庙、祠都有一段动人的神仙传说，留下令人神往的圣迹。

有些宫观诗在"一写山水音"时，有意用虚实相生的手法创造迷人的神仙意境，渲染浓浓的道教气氛，衬托道人的高洁不俗，从而使他们笔下的宫观更能体现道教的神仙信仰和主人的神仙气质。李商隐《九成宫》："十二层城阆苑西，平时避暑拂虹霓。云随夏后双龙尾，风逐周王八骏蹄。吴岳晓光连翠巘，甘泉晚景上丹梯。荔枝卢橘沾恩幸，鸾鹊天书湿紫泥。"九成宫本来是隋代的仁寿宫，在今陕西省宝鸡市麟游县西，贞观间

修之以避暑，因名九成宫。九成即九重，意谓其宫多层，高耸峻拔。李商隐此诗即从遥想九成宫避暑着笔，借丰富的想象将九成宫描绘成天上仙宫，并在其中进行了一番遨游。诗中的夏后双龙、周王八骏以及阆苑、虹霓、丹梯、鸾鹊、天书、紫泥等意象构成一派生龙活现的神仙气象。刘商的《题潘师房》（"渡水傍山寻石壁，白云飞处洞门开。仙人来往行无迹，石径春风长绿苔"）写出了山房既险要壮观又优美静寂的地理环境。正因为险要静谧，仙人在此往往无人能觉察其踪迹，同时用石径长绿苔反衬仙人来往轻盈缥缈，不沾风尘。

三、借参访古观圣迹抒发感慨

有的宫观诗关注景物和遗迹、遗风，抒发感慨。如薛逢《题春台观》："殿前松柏晦苍苍，杏绕仙坛水绕廊。垂露额题精思院，博山炉袅降真香。苔侵古碣迷陈事，云到中峰失上方。便拟寻溪弄花去，洞天谁更待刘郎。"诗中仙坛、香炉、匾额、古碑以一种特有的古韵使诗具有浓厚的道教文化色彩。杜甫《玉台观》："浩劫因王造，平台访古游。彩云萧史驻，文字鲁恭留。宫阙通群帝，乾坤到十洲。人传有笙鹤，时过此山头。"玉台观故址在今四川省阆中市，相传为唐宗室滕王李元婴建。诗写探访古观的所想所感。先点明建造玉台观之人是滕王；接着写玉台观的雄伟壮丽和壁画的生动传神，描绘了仙人、天帝栖居的仙境；结句借传说点染玉台观仙气犹存。张籍的《华山庙》（"金天庙下西京道，巫女纷纷走似烟。手把纸钱迎过客，遣求恩福到神前"）反映的是先民自然崇拜的遗风，说明当时人们崇拜的是某位自然神。温庭筠的《题竹谷神祠》："苍苍松竹晚，一径入荒祠。……寂寞东湖客，空看蒋帝碑。"《题萧山庙》："故道木阴浓，荒祠山影东。杉松一庭雨，幡盖满堂风。"贾岛的《北岳庙》："岩峦叠万重，诡怪浩难测。人来不敢入，祠宇白日黑。"这些诗多写庙宇荒废，慨叹沧桑变迁。

四、借对宫观的观照折射某种政治信息

一些宫观诗见证了官方政治文化和一时的社会风尚。如玉真观、灵都观是玉真公主修道处，华阳观是华阳公主修道处，是皇家对道教崇奉的历史见证。白居易曾写过多首有关华阳观的诗，如《春题华阳观》《华阳观

桃花时招李六拾遗饮》《重到华阳观旧居》等。张籍和李群玉都有描写玉真观的诗。

　　也有的宫观诗蕴含着政治斗争，表现诗人刚毅不屈的性格以及乐观豪迈的情怀。最有代表性的是刘禹锡的《戏赠看花诸君子》和《再游玄都观》。刘禹锡在永贞元年（805）参加王叔文革新失败之后，被贬为连州刺史，未到任所，至荆南时又被贬为朗州（今湖南常德）司马。元和九年十二月（815年2月）被召回长安，游玄都观时，写有《戏赠看花诸君子》诗："紫陌红尘拂面来，无人不道看花回。玄都观里桃千树，尽是刘郎去后栽。"该诗写玄都观道士手植桃树千株，桃花盛开烂若丹霞，赏者不绝于路。诗人由观里的桃花耀眼，想到朝中新贵增多，心怀讥讽（"玄都观里桃千树，尽是刘郎去后栽"），用桃树影射新得势的新贵，有一种鄙夷感。因"语涉讥刺"，刘禹锡先后又被贬至播州、连州。十四年后即文宗大和二年（828）三月被召回京城，任主客郎中，他重游玄都观，写有《再游玄都观》："百亩庭中半是苔，桃花净尽菜花开。种桃道士归何处？前度刘郎今又来。"百亩庭空，殿宇荒废，千桃荡尽，径满青苔，"兔葵燕麦动摇于春风"之中。诗人由花事变迁想到人事变化，"种桃道士归何处？前度刘郎今又来"，显示出诗人不屈的顽强斗志。这两首宫观诗，贯联了诗人二十余年的贬谪生活，表现刘禹锡从未在逆境中向反动的统治集团俯首输诚的刚毅和自信。白居易评此诗时说："其锋森然，少敢当者。"

第三编 宋元明清时期的神仙、
服食与宫观题材诗

第一章　宋元时期的神仙题材诗

　　宋代分北宋和南宋。北宋商业经济发达繁荣，"太平日久，人物繁阜"（孟元老《东京梦华录》）。由于推行"崇文抑武"的国策，重视文人为官，文人治国理政，文人士大夫的社会地位优越，俸禄优厚，享乐之风盛行。"时天下无事，许臣僚择胜燕饮，当时待从文馆士大夫各为燕集，以至市楼酒肆，往往皆供帐为游息之地。"（沈括《梦溪笔谈》卷九）宋太祖劝导诸将"多积金帛田宅以遗子孙，歌儿舞女以终天年"（《宋史·石守信传》）。同时，北宋各位帝王对道教都采取崇奉政策，如陈襄所言："方今释老二氏之法蠱惑天下，上自王公，下逮民庶，莫不崇信。"（《古灵集》卷五《乞止绝臣僚陈乞创造寺观度僧道状》）北宋帝王组织收集道经（如太宗时命徐铉与王禹偁收集道经千余卷）、编修道藏（如真宗时任命张君房为著作佐郎，编成《大宋天宫宝藏》七藏，编《云笈七签》）、礼遇高道（太宗召见陈抟，赐号"希夷先生"；真宗召见龙虎山道士张正随，封其为"虚静先生"），以及儒释道三教并重的社会思潮，促使北宋文人的思想出现复杂化、多元化的倾向。

　　南宋、金、元时期，危机四伏，战乱、天灾、瘟疫以及贪官污吏的横征暴敛给广大下层民众带来贫穷、饥饿和痛苦，社会分裂和民族矛盾相当突出。那些历经沧桑的文人士子，满怀感触，虽然他们的人生路径不尽相同，有的立场游移，有的恪守名节，但他们大都有着相同的家国情怀。在元朝统一全国后，一些文士表现出强烈的"遗民意识"，但随着政局稳定，时间推移，有的逐渐淡化。他们思想情感的复杂性，主要表现为有的拒不出仕新朝，有的时进时退，有的完全弃世，遁入道门，借宗教的力量寻求生命的寄托。

第一节　北宋神仙题材诗反映了
北宋文人神仙观的复杂性

北宋文人对神仙观念表现出比较复杂的心情，或与道士交往频繁，"东城南陌频相见"（张泌《赠韩道士》）；或信奉道教神仙观念，相信有仙境，有凡仙相遇、畅游仙境之事，写神仙题材的诗；但也有些人对神仙世界持质疑的态度；还有人视之为梦幻，追求梦中游仙。

一、信奉神仙固有之

在北宋文人中，信奉神仙固有的人不在少数。作为政治家，范仲淹本来对神仙世界持质疑态度，但他有时也创作游仙诗，在诗中寄托自己的政治抱负，表现他对社会政治的关切。如他的《上汉谣》云：

> 真人累阴德，闻之三十天。一朝鸾鹤来，高举为神仙。冉冉去红尘，飘飘凌紫烟。下有修真者，望拜何拳拳。愿君银台上，侍帝玉案前。当有人间问，请为天下宣。自从混沌死，淳风日衰靡。百王道不同，万物情多诡。尧舜累代仁，弦歌始能治。桀纣一旦非，宗庙自然毁。是非既循环，兴亡亦继轨。福至在朱门，祸来先赤子。尝闻自天意，天意岂如此？何为治乱间。多言历数尔。愿天赐吾君，如天千万春。明与日月久，恩将雨露均。帝力何可见，物情自欣欣。人复不言天，天亦不伤人。天人两相忘，逍遥何有乡。吾当饮且歌，不知羲与黄。

本诗题"上汉谣"，即咏上升天汉的歌谣。诗的开头就描写一位升天的神仙和一位向神仙求教的崇拜者："真人累阴德，闻之三十天。一朝鸾鹤来，高举为神仙。冉冉去红尘，飘飘凌紫烟。下有修真者，望拜何拳拳。"不过，诗后面的内容主要写这个崇拜者请教的有关政治方面的事，表达了对王道不振、是非循环、淳风日衰的忧虑心情。范对道教的养生求仙也十分感兴趣。他在《松风阁》中说："陶景若在仙，千载一相寻。"

"陶景"即南北朝时期的著名道士陶弘景，诗人认为，只要可能，自己会毫不犹豫地投师其门下。

苏轼生于蜀地眉州，年轻时就受道家思想的影响，沐浴道风。故其相信神仙是真实存在的，很想修道成仙，写过不少学仙、游仙方面的诗。如《留题仙都观》：

> 山前江水流浩浩，山上苍苍松柏老。舟中行客去纷纷，古今换易如秋草。空山楼观何峥嵘，真人王远阴长生。飞符御气朝百灵，悟道不复诵《黄庭》。龙车虎驾来下迎，去如旋风抟紫清。真人厌世不回顾，世间生死如朝暮。学仙度世岂无人，餐霞绝粒长辛苦。安得独从逍遥君，泠然乘风驾浮云，超世无有我独行。

此诗从"山前江水"入笔，看水流东去，苍松老柏，行客纷纷，感慨人世沧桑，变换如秋草。接着由仙都观的峥嵘想到汉时修道成仙的仙人王远长生不老，赞美他飞符御气，悟道仙去的风采。最后有感于"世间生死如朝暮"而表达学仙度世的心愿，并认为学仙需要"餐霞绝粒"，付出长久的辛苦，不能只知逍遥。他在《巫山》诗中也说"神仙固有之，难在忘势利"，认为只要忘势利，勤苦练，是可以成仙的。

苏轼的游仙诗《芙蓉城》叙云："世传王迥子高，与仙人周瑶英游芙蓉城。元丰元年三月，余始识子高，问之，信然，乃作此诗。"诗云：

> 芙蓉城中花冥冥，谁其主者石与丁。珠帘玉楼翡翠屏，云舒霞卷千娉婷。中有一人长眉青，炯如微云淡疏星。往来三世空炼形，竟坐误读黄庭经。天门夜开飞爽灵，无复白日乘云轿。俗缘千劫磨不尽，翠被冷落凄余馨。因过缑山朝帝廷，夜闻笙箫弆节听。飘然而来谁使令，皎如明月入窗棂。忽然而去不可执，寒食虚幌风泠泠。仙宫洞房本不扃，梦中同蹑凤凰翎。径度万里如奔霆，玉楼浮空耸亭亭。天书云篆谁所铭，逍楼飞步高伶俜。仙风锵然韵流铃，蘧蘧形开如酒醒。芳卿寄谢空丁宁，一朝覆水不返瓶，罗巾别泪空荧荧。春风花开秋叶零，世间罗绮纷膻腥。此身流浪随沧溟，偶然相值两浮萍。愿君收视观三庭，勿与嘉谷生螟

螟。从渠一念三千龄，下作人间尹与邢。

芙蓉城，乃神仙所居之地。诗中描写作者游历芙蓉城的所见所闻，不仅展现了仙境的云舒霞卷、仙宫洞府、仙风锵然，还使用了道教神仙典故，如王子乔驾鹤升仙、《黄庭经》等。

黄庭坚于绍圣二年（1095）被谪官涪州别驾，黔州（今重庆市彭水县）安置，进入了一向被称为难于上青天的蜀地。到了元符元年（1098），再徙戎州（今四川省宜宾市）。在被流放的六年中，他处逆境而不屈，安然度之。他的名字和号皆有道缘，"黄庭"是道教最常用的术语之一，含义也很多，一般指人的脑中、心中和脾中，有时也指一种所炼的"气"。自号山谷道人，其向道之心可谓旗帜鲜明。其《魏夫人坛》《寿圣观道士黄至明开小隐轩太守徐公为题曰快轩，庭坚集句咏之》《玉京轩》诗作，都表现了一定的神仙观念，以及对神仙世界的认识。如《玉京轩》：

> 苍山其下白玉京，五城十二楼，郁仪结邻常杲杲。紫云黄雾锁玄关，雷驱不祥电挥扫。上有千年来归之白鹤，下有万世不凋之瑶草。野僧云卧对开轩，一钵安巢若飞鸟。北风卷沙过夜窗，枕底鲸波撼蓬岛。个中即是地行仙，但使心闲自难老。

该诗以庐峰之下的玉京山以及山里的寺庙建筑为原型。另外，还引用了《纂异》蜀本中有关"白玉京"仙境的传说。这就说明他诗中的景物描写是暗合道教的天上神仙胜境的理想模式的。开头七句以仙境传说为基本素材，采取集句的方式，把《纂异》蜀本的原句加以改造；后六句则以落星寺僧开轩为蓝本。不过，由于黄庭坚在描述"开轩"时并没有指出面对的白玉京是在庐峰之下，而是承接上述有关仙境的描绘，这就给读者营造了一种朦胧感，仿佛落星寺僧轩正对着仙境中的白玉京，从而使名山实景幻化为仙景。

二、质疑神仙有亦无

北宋大部分文人对于神仙世界是持质疑态度的，代表性的心态是"神仙不知真有无，其术可图不可图"（徐积《求仙》），"神仙渺茫难重论"

(韦骧《武夷游仙咏》)。有的甚至嘲笑、调侃神仙之事。如范仲淹的《拜马涧》："传闻王子仙，涧边遗逸骥。当时青云路，鸡犬亦可致。未必真龙媒，悠悠在平地。"对神仙事有怀疑，有调侃。司马光的诗《友人楚孟德过余，纵言及神仙，余谓之无，孟德谓之有。伊人也，非诞妄者，盖有以知之矣。然余俗士，终疑之，故作〈游仙曲〉五章以佐戏笑云》，从题目就可见作者对神仙的态度。诗云：

> 神仙谓无还似有，秦汉可怜空白首。会须一蹑青云梯，与子同袪千古疑。（其一）

> 仙术有地终未知，眼看白发乱如丝。何时得接浮丘袂，沧海横飞万余里。（其二）

两首诗的开头都对神仙、仙术持怀疑态度。第一首诗嘲笑秦皇、汉武觅仙之事；第二首诗也表明对遇仙、游仙不抱希望，"何时"即谓无时。

欧阳修对神仙的质疑态度也非常明确。他在《感事》诗中写道：

> 空山一道士，辛苦学延龄。一旦随物化，反言仙已成。开坟见空棺，谓已超青冥。尸解如蛇蝉，换骨蜕其形。既云须变化，何不任死生？（其二）

> 仙境不可到，谁知仙有无？或乘九班虯，或驾五云车。朝倚扶桑枝，暮游昆仑墟。往来几万里，谁复遇诸涂？富贵不还乡，安事富贵欤？神仙人不见，魑魅与为徒。人生不免死，魂魄入幽都。仙者得长生，又云超太虚。等为不在世，与鬼亦何殊！得仙犹若此，何况不得乎？寄谢山中人，辛勤一何愚！（其三）

第二首诗中指出明明是衰老死亡，反而说是成仙；开坟看见棺椁是空的，却认为已入仙境。诗人把怀疑的思想倾向融汇于尸解形式之描述中，其语气明显带有讥讽调侃的意味。第三首诗的开头就怀疑：仙境不可到，谁知道有没有神仙。诗中多处表达了对神仙观念的否定，如"神仙人不见";"人生不免死";成仙了却在人世,"与鬼亦何殊";"得仙犹若此,何况不得乎"。诗的最后甚至嘲笑山中道士"辛勤一何愚"。他的《升天桧》进一步表现其怀疑心理:

> 青牛西出关,老聃始著五千言。白鹿去升天,尔来忽已三千年。当时遗迹至今在,隐起苍桧犹依然。惟能乘变化,所以为神仙。驱鸾驾鹤须臾间,飘忽不见如云烟。奈何此鹿起平地,更假草木相攀缘。乃知神仙事茫昧,真伪莫究徒自传。雪霜不改终古色,风雨有声当复寒。境清物老自可爱,何必诡怪穷根源。

该诗从老子骑青牛出关和白鹿升天的传说入题,从遗迹上的苍桧想到"乘变化",为神仙,说明神仙之事的渺茫,真伪难究。北宋时期,从宋太祖到宋真宗朝,崇道的热潮日益高涨,已经发展成了为个人或小集团的政治目的服务的御用手段,对社会的经济、文化、生产和生活带来危害。作为一位务实的政治家,欧阳修通过怀疑否定神仙的存在,表明了自己的政治立场和批评态度。但由于仕途的挫折或其他种种因素,欧阳修晚年也有与道教靠近的迹象。他曾与许多道人交往,甚至还前往太清宫烧香。《太清宫烧香》记录下这一活动的场景:

> 清晨琳阙笋巉岏,弭节斋坊暂整冠。玉案拜时香袅袅,画廊行处佩珊珊。坛场夜雨苍苔古,楼殿春风碧瓦寒。我是蓬莱宫学士,朝真便合列仙官。

随着袅袅香烟,诗人入坛场,拜祷于神案之前。他甚至把自己看作蓬莱胜境里的学士,以为自己的名籍已载入仙册。由于欧阳修直言敢谏,屡遭诬陷和贬斥,尽管在贬官后常常又被起用,但情绪不免受到压抑,所以,他借助道教名山美景来调整自己的心理,通过求神问道,疏导内心压抑的情感。

宋庠的《默记淮南王事》对神仙之事的讽刺意味也很浓,如该诗其一:"室饵初尝渴帝晨,宫中鸡犬亦登真。可怜南面称孤贵,才作仙家守厕人。"讽刺淮南王刘安虽孤贵,成仙后则只为一名守厕神而已。其三:

"二山仙藻郁纷纶，鸿宝于中秘术新。他日铸金多不效，余灾翻及献方人。"诗人把神仙之事作为一种议论的对象，其主题命意大多笑其虚妄。

这种借神仙题材作讽刺之用的诗还有杨亿的《汉武》：

> 蓬莱银阙浪漫漫，弱水回风欲到难。光照竹宫劳夜拜，露浥金掌费朝餐。力通青海求龙种，死讳文成食马肝。待诏先生齿编贝，那教索米向长安。

此诗于怀古咏史中讽刺汉武帝求仙之事。其中，一、二句写武帝求仙海上之虚妄。引用《史记·封禅书》载武帝迷信方士少翁之事，借以形容三神山四周环水，难以到达。"弱水回风"意谓仙山不可求。三、四句写武帝祈求长生之徒劳。引用《汉武帝故事》《三辅黄图》等书中典故例证，"劳""费"暗寓讥讽。五六句写武帝开边求马，迷信方士而不知醒悟。亦用《史记·封禅书》载武帝迷信方士少翁之事，点明统治者明知受骗却不思悔改。

三、追求梦中游仙境

由于不相信神仙真实存在，在一些北宋文人群体中流行写梦仙诗，追求梦中游仙的情趣。梅尧臣就写过《梦登天坛》《梦登河汉》《瘴寐谣》等诗。其中《梦登天坛》诗（"夜梦登天坛，坛上两仙人。来时乘白凤，去时乘白麟。我问不我语，飒飒山中雨"）造语平淡，表意直白，开了北宋文人以梦写游仙的先河。王安国游灵芝仙宫，写《记梦》诗："万顷波涛木叶飞，笙箫宫殿号灵芝。挥毫不似人间世，长乐钟声梦觉时。"此诗描述了梦见海上仙境的情景。海上波涛浩渺，海风呼啸，挟起木叶飞舞。这时但闻笙箫阵阵，诗人凝眸细察，发现宫殿横匾上大书"灵芝宫"三字。可细赏"灵芝宫"三字，不似人间手笔。正流连忘返时，一阵钟声惊醒好梦，定神看窗外，晨曦微明，方是长乐宫的晨钟将其从仙乡唤回。

宋人阮阅《诗话总龟·前集》卷三十五载有王安国游灵芝仙宫逸事：

> 王平甫熙宁癸丑岁直宿崇文院，梦人邀至海上，见宫殿甚盛，其中作乐，箫鼓之伎甚众，其宫曰灵芝，邀平甫俱往，有人

在宫侧隔山水曰："时未至，且令去，他时迎之。"恍然梦觉，时禁中已鸣钟。平甫颇自负非凡，为诗记之曰："万顷波涛木叶飞，笙箫宫殿号灵芝。挥毫不似人间世，长乐钟声梦觉时。"后四年平甫卒，其家哭讯之："尝梦灵芝宫，其信然乎？当兆告我。"是夕暮奠，若有声音接人，其家复卜之，果获兆。昔有人至海上蓬莱，见楼台中有待乐天之室，乐天自为诗以纪其事，与平甫之梦实相似。盖二人皆天才逸发，则其精神所寓必有异者。物理盖有之而不可穷也。①

黄庭坚也从梦仙中获得创作灵感，惠洪《冷斋夜话》卷八记载有一故事：

> 黄鲁直元祐中昼卧蒲池寺，时新秋雨过，凉甚，梦与一道士褰衣升空而去，望见云涛际天，梦中问道士："无舟不可济，且公安之？"道士曰："与公游蓬莱。"即袜而履水。鲁直意欲无行，道士强要之。俄觉大风吹鬓，毛骨为战栗。道士曰："且敛目。"唯闻足底声如万壑松风，有狗吠。开目不见道士，唯见宫殿张开，千门万户。鲁直徐入，有两玉人导升殿，主者降接之。见仙官执玉麈尾，仙女拥侍之。中有一女，方整琵琶。鲁直极爱其风韵。顾之，忘揖主者。主者色庄。故其诗曰："试问琵琶可闻否，灵君色庄伎摇手。"顷与予同宿湘江舟中，亲为言之，与今《山谷集》语不同，盖后更易之耳。

此逸事虽荒诞，却说明北宋文人中流行梦仙和写梦仙诗的文化现象。

苏轼也曾梦中游仙并作诗，朱彧《萍洲可谈》卷一载："东坡自云：尝梦至帝所，见侍女月娥仙，为作裙带诗，其词曰：'百叠漪漪水皱，六铢纚纚云轻。植立广寒深殿，风来环佩微声。'"朱彧与苏轼见过面，所记应不是虚妄之谈。

郑獬有《记梦》诗：

---

① 阮阅《诗话总龟·前集》卷35，人民文学出版社1987年版，第345~346页。

> 赤城老仙翁，面发日月华。独立石岩下，手把蟠桃花。授我
> 碧简文，奇篆蟠桃砂。读之不可晓，翻身凌紫霞。

此诗先写仙人形貌，容光焕发；次言仙人授给诗人道经，是用奇怪的
篆书写成，最后写诗人读经的感受。

而廖融的《梦仙谣》则是"无我之梦"的梦仙诗：

> 琪木扶疏系辟邪，麻姑夜宴紫皇家。银河族节摇波影，珠阁
> 笙箫吸月华。翠凤引游三岛路，赤龙齐驾五云车。星稀犹倚虹桥
> 立，拟就张骞搭汉槎。

梦仙诗在北宋的流行实际上反映了诗人创作心理的变化，这与北宋文
人的宗教观念或者对于道教神仙所持的怀疑态度有着密切的联系。

四、探访仙踪遗迹以抒感慨、寄情怀

北宋文人创作的神仙题材诗，并不都是直接描述神仙事，有的是在游
览道教圣迹之时根据自己的感触对客观物象进行某种程度上的变异性处
理，借物、景感怀。如杨亿的《仙人洲》：

> 寒潭吞别派，孤屿屹中流。昔有骖鸾客，因名坠马洲。洪波
> 长赴海，碧树几经秋。城郭何年变，空闻鹤语愁。

该诗写游孤岛仙人洲所见所感，抒发岁月流逝、沧海桑田的慨叹。诗
人从"寒潭"起笔，由中流孤岛想到骑鸾羽客坠马于水中的传说，因为坠
马洲处于水域之中；又由水流奔赴大海，碧树经秋的自然现象想到城郭的
变迁，抒发沧海桑田之慨。诗中的"寒""愁"，流露出作者在特殊境遇中
的幽微感受。

此外，曾知成都的张咏的《游桃源观》《舟中晚望桃源山》等诗，都
是在游历道教名山宫观过程中创作出来的。林逋的《华阳洞》《宿洞霄宫》
《洞霄宫》等诗，于快意放游之间表达对宦途理想的追求。如《华阳洞》

（"华阳山雨拂轻尘，独步烟霞访隐真。笑傲太平云外客，安闲清世梦中身。金章名重人称贵，布褐才高道不贫。吟罢洞天风正淡，自知凡骨定逢人"）写雨天探访华阳洞，拜访真人，表达慕仙遇仙的愿望。"烟霞"为红尘俗世，"云外客"指仙境里的仙人。后四句自言才高道深，渴望遇仙。

范仲淹也曾漫游道教圣地，写有《拜马涧》《二室道》《自峻极中院步登太室》《玉女窗》《玉女捣衣石》《三醉石》等诗。这些作品在探寻仙踪圣迹的表象下，嵌入诗人自己的思想倾向和情感认知。如《自峻极中院步登太室》：

> 白云随人来，翩翩疾如马。洪崖与浮丘，襟袂安足把？不来峻极游，何能小天下？

诗写参访所悟。诗中的"洪崖""浮丘"都是道教的仙人。前者修道成仙，被尊称为"洪崖先生"，汉朝时仍在，曾与仙人卫叔卿在终南山巅下棋遣兴（王世贞《列仙全传》）；后者相传为周灵王时人士，曾与太子王子晋吹笙，骑鹤游嵩山，修道山中。"峻极"指嵩山寺院名。尾句直抒胸臆，说明此游开阔了眼界，增长了见识。范仲淹在游嵩山时，还写下《听真上人琴歌》一诗，将忧国忧民之思通过对琴歌的描绘传达出来。苏轼的《授经台》（"剑舞有神通草圣，海山无事化琴工。此台一览秦川小，不待传经意已空"）从观赏授经台中悟出了"意空"的道理。

黄庭坚的《魏夫人坛》《寿圣观道士黄至明开小隐轩太守徐公为题曰快轩，庭坚集句咏之》《玉京轩》等诗将圣迹实景与仙境的描绘合为一体。

第二节　南宋神仙题材诗寄托了南宋文人的特殊情感

南宋诗人对神仙的书写，除了祈慕长生长寿，或是对自由逍遥境界的向往，更多地流露出对国家社会的隐忧、不满和绝望，通过崇仙来寻求精神寄托，消解生命的痛苦。特别是宋元之交的汉族知识分子面对山河破碎、仕进受阻、报国无门的局面，弃世入道者比较多。如王重阳、刘德仁、汪元量就如此。文天祥兵败被俘后，也有出家当道士之意，甚至写过与自己平生行事大不相符的诗：

> 功名几灭性，忠孝大劳生。天下惟豪杰，神仙立地成。(《岁
> 祝梨单阏、月赤奋若、日焉逢涒滩，遇异人，指示以大光明正
> 法，于是死生脱然若遗矣。作五言八句》)

汪元量先后两次入蜀到成都，第一次是南宋亡后，他被元世祖选入翰林国史院，并在至元十五年（1278）奉命入蜀降香。第二次到成都的时间大约是至元二十八年（1291），此时他已出家为道士。刘辰翁《湖山类稿序》说他"入名山，著黄冠，据槁梧以终"①。田汝成《西湖游览志余》也载："时汪元量以黄冠放还，少帝（赵㬎）作诗送之云：寄语林和靖，梅花几度开。黄金台下客，应是不归来。"关于其入道的原因，后人自有看法，"半世功名槐梦醒，自骑白鹤上天坛"（方回《题汪水云诗卷》），"黄冠氅服今谁识，前宋遗贤有此儒"（僧永秀《题汪水云诗卷》），在经历国家、社会和人生巨变后，不能不产生幻灭感。汪元量入道后，"数往来匡庐、彭蠡之间，若飘风行云，世莫能测，其去留之迹，江右之人以为神仙，多画其像以祠之，像至今有存者"（迺贤《读汪水云诗集》）。

一、借仙境表达向往之情，以消解苦闷、驱去俗累

"仙境"作为神仙居所，总是被赋予了理想色彩，道经对仙境的描绘绚丽迷人："白玉为京，黄金为阙，七宝玄苑大光明殿具光明座，幢节旛盖，异宝奇花，遍布是处。……钧天妙乐，随光旋转，自然振响。又复见鸾啸凤唱，飞鸣应节，龙戏麟盘，翔舞天端。诸天宝花，零乱散落，遍满道路。"②类似的还有"以黄金铺地，白玉为阶，珠玉珍宝，自然而有""紫薇金阙，七宝骞树，麒麟狮子化生其中"③。有的描写是美幻交叠："有长年之光景，日月不夜之山川，宝盖层台，四时明媚。金壶盛不死之

---

① 《增订湖山类稿》，孔凡礼辑校，中华书局1984年版，第185页。
② 《高上玉皇本行集经》，载于《道藏》第1册，文物出版社、上海书店、天津古籍出版社1988年版，第696页。
③ 胡道静、陈莲笙、陈耀庭《道藏要籍选刊》第1册，上海古籍出版社1989年版，第15～16页。

酒，琉璃藏延寿之丹，桃树花芳，千年一谢，云英珍结，万载圆成。"①
仙境的华丽以及仙人自由舒适的生活，不仅是道教的自我宣传，也勾起了
世俗民众的理想趣味，其中"洞天福地"的设想将遥不可及的仙境拉到凡
世的名山大川，让人间与仙界可以相互沟通，这种观念使人们意识到普通
的平凡人也能访仙、游仙，从而激发普通人的宗教热情，这种现实性和机
遇性给文人士大夫带来豁然开朗的愿景，对神仙世界的好奇和探求自然就
成为一种文学的使命和推手。

在大多数情况下，文人慕仙寻仙，或游仙，都是为了表达对神仙逍遥
洒脱、快乐自在生活的向往，表明不与污浊或混乱的现世尤其是龌龊官场
相融的心志，追求一种"在俗元无俗，居尘不染尘"② 的生活境界。如李
清照的《晓梦》就表露出对仙境的向往，对尘世的厌恶之情：

> 晓梦随疏钟，飘然蹑云霞。因缘安期生，邂逅萼绿华。秋风
> 正无赖，吹尽玉井花。共看藕如船，同食枣如瓜。翩翩坐上客，
> 意妙语也佳。嘲辞斗诡辩，活火分新茶。虽非助帝功，其乐莫可
> 涯。人生能如此，何必归故家。起来敛衣坐，掩耳厌喧哗。心知
> 不可见，念念犹咨嗟。

该诗写诗人梦中随疏钟飞升云霞，邂逅安期生、萼绿华等仙人，欣赏
玉井花、如船的碧藕，同食如瓜大的枣，言语相得，谈笑风生。以至于嘲
笑起人世间那些颠倒是非黑白的议论，在自在的品茗中，享受无边的快
乐。结尾六句表现了诗人对仙境的依恋、向往，对喧闹尘世的厌恶。

洪迈的《上清宫》写梦游仙境的奇遇，但同样能看出诗人对世俗虚荣
的厌恶和决绝：

> 振策冲暮云，携琴宿仙境。松风生夜凉，萝月散秋影。洞远
> 落猿声，溪清鸣鹤顶。中宵梦仙翁，乘车停翠岭。狮子身五色，
> 鸾凤互相引。上有朱幡幢，金表示可省。风吹云璈遍，顾我忽而

---

① 《道藏》第 5 册，文物出版社、上海书店、天津古籍出版社 1988 年版，第 513 页。
② 白玉蟾《修真十书之心远堂记》，载于《中华道藏》，华夏出版社 2004 年版，第 794 页。

哂。遗以丹篆文，再拜豁心领。明当谢浮荣，飘然从结轸。

此诗先写游仙：诗人扬鞭走马，穿云破雾，携带琴瑟夜宿仙境。那里松风阵阵，凉意袭袭，藤萝间的月影婆娑。洞天仙猿声，清溪仙鹤鸣。接着写遇仙：半夜里，诗人于梦中遇仙翁，他乘车停留在翠岭上，身边的狮子毛呈五彩色，由鸾凤引路。车上有红色的旌旗。一阵风吹云过，那仙翁忽然对我微笑，并送给我道书符篆。诗的结句写诗人受道书后，决定谢绝"浮荣"，随仙翁入道门。整首诗充满奇幻色彩，而以游仙寄情的意味很浓。

黎廷瑞是南宋末年的文士，宋亡后幽居山中十年，退隐并更号俟庵，以显其出家之志。他的《偕仲退周南翁登曲岛山分韵得曲字》反映当时知识分子的迷惘和借游仙消解苦闷的心境："会当摆落悠悠谈，八极神游纵吾目。玉井莲花十丈开，瑶池桃子千年熟。廓然天地觇方圆，岂但山川见纡曲。已呼鸾凰作先导，岁晚期君两黄鹄。"在诗人看来，要摆脱尘世上的那些荒谬论说，只有神游八极，纵目仙境，充分感受天地的辽阔、山川的曲折秀丽。让鸾凰作先导，乘黄鹄而逍遥。道教的神仙风光，给乱世文人提供了心灵栖息场所。"心逐世情知龃龉"，经历人生磨难的诗人深知，只有像神仙一样钟情于山水之乐，才能找到最好的归宿。

追慕仙人、描写仙境是文人在乱世中自慰的话语方式，也是现实世界在精神领域的一种延续。周文璞，字晋仙，从其字可以推测其有修道成仙之志。他的《道中望茅山有感》表现了祈求长生成仙，不为俗累的心情：

> 危亭对名岳，毕景扶钩栏。白鹭伺察过，低昂若弓弯。去岁负笈游，最佳元符间。栎林带修竹，清派流珊珊。离留叫昼静，洞天生春寒。伟哉老宗师，作屋云雨端。竟为杀虫蚁，不活升龙鸾。遗体但解蜕，故宫亦烧残。今创已半旧，万柱扶玄坛。遂以两不借，一筇履巉岏。入宅问玉斧，采芝投金环。墨沼篆结字，丹台气成盘。将谓使隐遁，遽尔雁间关。夷甫麈尾堕，荀令香炉闲。再拜望奇秀，恍然神观还。如见大仙伯，被发绿映山。两君控鹤从，俱着汉小冠。俗累当复驰，煮药鼎欲翻。

　　诗中"洞天""龙鸾""玄坛""玉斧""芝""丹台"等意象构成一幅仙境图景。"洞天"指道教的地上仙境,包括十大洞天、三十六小洞天;"玄坛"即道坛、道观;"玉斧"传说为仙人许翙的小字。"芝草"是神草,服之长生;"丹台"本指吕洞宾炼丹处,吕洞宾经受十次考验,终被钟离权授黄白之术,度之成仙。这里指神仙的居处。《艺文类聚》卷七十八《真人周君传》:"紫阳真人周义山,字季通,汝阴人也。闻有栾先生,得道在蒙山,能读龙峤经,乃追寻之。入蒙山,遇羡门子,乘白鹿,执羽盖,佩青毛之节,侍从十余玉女。君乃再拜叩头,乞长生要诀。羡门子曰:'子名在丹台玉室之中,何忧不仙?'"①"大司命"是先秦时代传说中掌管人之寿夭的神。诗的结尾表达愿从仙人游,驱走俗累的愿望。

　　面对国破家亡的现实,爱国的文人都悲天悯人,这种心境需要抚慰、平衡。道教的神仙观念和神仙世界,可以为人们无家可归的灵魂提供避难所和栖息地。汪元量作为南宋遗民,其入道是看破红尘,其咏仙是一种自慰,是以方外的视角表达对过去的深挚缅怀。他的《麻姑仙坛歌》展开丰富的想象,将麻姑的形象与环境融合一体,铺张渲染神仙窟的神奇美妙,以此慰藉心中的迷茫:

　　　　麻姑飘飘出烟雾,红尾凤飞骑不住。青城山高风露寒,佩环挂着山花树。花雾蒙蒙香湿衣,一点柔红泻香露。群仙行酒擘麒麟,玉碗金盘间犀箸。琼墩铁笛含氤氲,二十三弦语幽素。琼台宴罢醉不归,月出昆仑天未曙。青衣结束金丝蕊,鹤扇双行引归路。白云叠叠水潺潺,神仙窟宅知何处。

　　麻姑是道教神仙,葛洪《神仙传》载:"是好女子,年十八九许,于顶中作髻,余发垂至腰,其衣有文章,而非锦绮,光彩耀目,不可名状。"②至于其灵异传说,影响深远。该诗从麻姑女仙的飘逸写起,进而描写群仙行酒,觥筹交错,笛音弥漫,弦语切切,罢醉不归的场景,营造一种仙乐飘风的气氛。结尾两句写回到现实的迷茫感。白云叠叠,水流潺

---

　　①　欧阳询《艺文类聚》,汪绍楹校,中华书1965年版,第1330页。
　　②　葛洪《神仙传》,谢青云译注,中华书局2017年版,第271页。

潺，所谓的神仙洞窟不知在哪里。神仙世界无法被人的现实经验世界证实，神仙世界与现实世界之间始终有遥不可及的距离。

二、借探寻仙踪圣迹寄托情怀，慰藉心灵

宋金战争使家国板荡，人们惯常的生活方式不得不发生改变，议和与反抗、避乱与逃奔、穷窘与思乡成为整个南宋时代的主旋律。无数文士诗人因战争而飘荡他乡，生活无着，穷困无路，亲友无消息，家破人亡，给心灵带来巨大创伤，他们的诗歌中充斥着大量的哀愁、悲泪、苍老、衰颜等词汇，逃避现实，全身远祸，追求高致情怀者有之，"但恨未能与世隔，时闻丧乱空伤神"（朱敦儒《小尽行》）。也有一些诗人寻求宗教慰藉，试图从道教、佛教和儒家思想中寻找心性存养的办法，来疏离现实的悲惨愁苦，所谓"适俗非予好，从人莫己知"（郭印《次韵蒲大受书怀十首》其一），就是一种人生意趣的选择。所以这一时期的文人探寻仙踪圣迹的诗大多是用以抒发情怀、慰藉心灵的。

范成大于淳熙二年（1175）任四川制置使兼知成都府。任职期间曾游览道教圣地青城山，偶遇一奇事，则改变了他本不信神仙的认知：

> 青城观殿前大楼，制作瑰丽，初夜有火炬出殿后峰上，羽衣云："数年前曾一现。"已而如有风吹灭之，比同行诸官至，则无见矣。予默祷之："此灯果为我来者，当再明，使众共观之。"语讫复现。（《玉华楼夜醮》序）

一豆灯火点燃了诗人成仙的希望，正如诗人在诗中所言：

> 知我万里遥相投，暗蜩奏乐锵鸣球，浮黎空歌清夜道。参旗如虹欻下流，化为神灯烛岩幽，火铃洞赤凌空游。谁欤蔽亏黯然收？祷之复然为我留。半生缚尘鹰在韝，岂有骨相肩浮丘？山英发光洗羁愁，行迷未远夫何尤。笙箫上云神欲游，挹我从之骖素虬。

他最后决定修道求仙去。他的《元日》也道出了这种心愿："酒缸幸

有乾坤大，丹鼎何忧日月迟。莫道神仙无可学，学仙犹胜簿书痴。"

郑思肖是宋元之际的诗人，宋亡后改名思肖（思赵，繁体"赵"字中有肖字），改号所南（南宋），汲汲于道修游仙，探访仙迹以自慰。其《四皓图》以题图诗的方式寻求神仙意境：

> 晔晔紫芝岩石隈，避秦有地似蓬莱。可怜白发坐不定，又被汉朝呼出来。

"四皓"指商山四皓，即东园公唐秉、夏黄公崔广、绮里季吴实、甪里先生周术，因避秦之乱而同隐商山，须眉皆白，故称。《史记·留侯世家》《汉书·张良传》皆载其事，他们节操高尚，被道门中人奉为神仙。"蓬莱"乃仙岛。诗人的一赞一叹无不流露出南宋濒临灭亡背景下的精神皈依和寄托。

南宋灭亡后，郑思肖为了怀念故国，写了《一百二十图诗》《三教记》《锦钱余笑》等诗作。其中《一百二十图诗》多有探觅仙踪的意味。如《西王母蟠桃宴图》《张天师飞升图》《巢父洗耳图》《黄帝洞庭张乐图》《吕望垂钓图》《老子度关山图》《夷齐西山图》《秦女吹箫图》《徐福采药图》《皇初平牧羊图》《王列餐石图》《许真君飞升图》《桃源图》《张果老倒骑驴图》《吕洞宾卖墨图》《蓝采和踏歌图》《南柯蚁梦图》等，是诗人寻找心灵慰藉的继续。

陈孟阳的诗《答清江钱大尹问阁皂山中景》于绘景中描述了神仙修炼遗迹，抒发了对仙乡阁皂山的喜爱之情：

> 形如阁皂对清江，吴汉神仙古道场。玉像灵多民受赐，天书岁久墨犹香。绛霞密锁灵仙馆，碧雾轻笼正一堂。苍藓斓斑双鲤石，寒泉澄湛九龙塘。著衣台上三冬暖，鸣水亭前六月凉。捣药鸟声喧夜榻，升天马迹印西冈。葛憩源深生异草，凌云峰峻染瑶光。丹井虽存人杳漠，松巢空见鹤飞翔。屏妆水墨夸陶弼，门断尘埃忆孟昌。风来松桧笙箫地，春入园林锦绣乡。个中自少红尘到，闲里惟知白昼长。景物敢吟成实录，愿凭贤宰一称扬。

　　钱大尹，生平事迹不详。阁皂山，在今江西省宜春市，山形如阁，色如皂，故名。相传为神仙之馆，道书以为第三十六福地。在诗人的描述中，这里是葛玄、张道陵等神仙的道场，神像灵异多受民众敬意，当年张道陵所赐的御书，虽岁月长久犹有墨香。红霞紧紧萦绕着灵仙馆，青色的云雾轻轻笼罩着正一堂。诗中"捣药""升天""丹井""鹤飞翔"以极强的动态感展示修炼成仙的境界，给人想象的空间。诗的最后八句是写诗人身处阁皂山修行的情景，表明自己所"吟"景物都是实录，希望得到钱大尹的称许赞扬。陈孟阳既是道士，也是诗人。道光《清江县志》录此诗时，有题注："钱诗云：传闻仙境果何如？山势言同宅一区。寄语能吟陈道判，可凭诗句说来无？"陈孟阳应答作此诗。

　　境由心造，神仙世界的内涵很多时候都是由文人的心境转换而生发的。南宋文臣张釜《送鹤还齐云》借仙鹤还齐云楼之事，发挥一番想象，仙境的奇妙、诗人心愿在此会通：

　　　　胎仙谁遣到尘寰，尽日清吟伴我闲。不作冲天支遁想，颇疑携箭佐卿还。要追鸾驾烟霞上，肯处鸡群伯仲间。为语齐云好看取，他年我欲访缑山。

　　诗由仙鹤到尘寰起兴，想到精通老庄之说的支遁，又想追寻仙人鸾驾上天与仙鸡为伍，表达欲访仙境缑氏山的心愿。

　　朱熹被道教中人奉为知己，《净明忠孝全书》卷四称："晦庵亦自是武夷洞天神仙出来，扶儒教一遍，晚节盘桓山中，文墨可见。"他对道教圣迹的吟咏，寄托了他对神仙的追索和思念。如《题崇真宫》："磴道千寻风满林，洞门无锁下秋阴。紫台凤去天关远，丹井龙归地轴深。野老寻真浑有意，道人谢客亦何心。一樽底处酬佳节，俯仰山林慨古今。"对景观描述的背后隐藏着一颗虔诚的道心。"紫台"是西王母居所，是仙境的象征；"丹井"即炼丹取水之井，谢灵运《游仙》中有"乳宝既滴沥，丹井复寥泬"；"寻真"意谓寻访神仙。"野老寻真浑有意，道人谢客亦何心"，道出诗人寻仙问道的诚心。他的《登阁皂山》（"叠叠层峦锁闭宫，我来旧地访灵踪。葛仙去后无丹灶，弟子今成白发翁"）写探访葛玄修行的旧地灵踪，表达对仙人的崇敬和怀念。

陈淳的《仙霞岭歌》写登山岭寻幽趣，探究"仙霞"的来历：

> 仙霞何事名仙霞，巅末得之神仙家。此山南来绝高峻，上插云表参天涯。群仙游宴绝顶上，不饮烟火汤与茶。朝餐赤霞吸其英，暮餐黄霞咀其华。日傲烟霞为洞府，不踏尘寰寸泥沙。后躅跻攀不可得，危梯峻级频咨嗟。高人欲解行者疲，掇作好语清而嘉。故取仙霞起人慕，非以仙霞为世夸。流传岁月浸久远，此意零落说又差。谓酌流霞固浅陋，谓著霞衣亦浮葩。我来登陟动幽趣，愧无洒落清襟怀。聊寓数言代岭记，未可例视为南华。

该诗从仙霞之名起笔，揭示出问题的始末与神仙有关，进而描绘山峰高插云表，群仙欢游宴欢，朝餐赤霞，暮餐黄霞的情景以及日傲烟霞的洞天仙境。交代因后人攀登此山寻找仙踪不可得，于是美其名"仙霞"。诗的后半部分强调了"仙霞"不是世人夸出来的，更不能理解为是"酌流霞"或是"著霞衣"而得名的，并说明诗人直到登上山岭才触动寻幽之趣，为自己没有仙家的洒脱襟怀而惭愧。

日本学者窪德忠曾说："中国人一直无限向往神仙。这恐怕有下列几个原因：神仙能永远年轻不死，即不老不死；神仙能实现凡人可望不可得的一切愿望；神仙能永远享受现世的快乐等等。正因为神仙能即刻实现人类的一切梦想，所以在人们心目中神仙成了实现人类梦想的偶像。"① 这种理解是有道理的。自唐以来，道教的世俗化倾向日益明显，道教的宗教观念、宗教意识从教内向教外辐射，对民众的宗教意识和信仰以及社会心理产生深远的影响。这种影响必然通过民众喜闻乐见的形式体现出来，宋诗中的神仙题材折射出道教对民间社会的宗教意识和审美趋向潜移默化的影响力。

---

① 窪德忠《道教史》，萧坤华译，上海译文出版社 1987 年版，第 52 页。

第三节　金元时期的神仙题材诗

在金元争夺天下的纷乱历史时期，少数民族掌握地区政权，多民族的经济、文化相互交流、融合，客观上为趋向统一奠定了基础。同时，战争给广大下层民众带来灾难，社会的分裂和民族矛盾相当突出。那些历经沧桑的文人士子，满怀感触，虽然他们的人生路径不尽相同，有的立场游移，有的恪守晚节，但他们大都有着相同的家国情怀。同时，在这一时期，道教内部宗派纷起，除旧有的龙虎山天师、茅山上清、阁皂山灵宝等三山符箓外，自称独得异传而别立宗派的就有神霄派、清微派、天心正法派、东华派、净明道等，在北方的金朝统治地区，先后出现了太一道、真大道、全真道等道派。在元统一全国后，各种力量较为弱小的道派分别与天师道和全真道相融合，符箓各派融入天师道之后统称为正一派。在这个大变动的时代，一些文士表现出浓烈的"遗民意识"，但随着政局稳定，时间推移，有的逐渐淡化。他们思想情感的复杂性，主要表现为有的拒不出仕新朝，有的时进时退，有的完全弃世，遁入道门，形成士人与道士结合的局面，许多道教领袖人物均有相当高的文化素养，与名士间的交往密切，他们用诗歌表现道情仙趣的风气仍然很兴盛。

一、表达对仙境的迷恋和向往之情

金元诗人描写仙境的用意，不仅仅是追求精神独立和自由洒脱，更多表现出对仙境的迷恋和向往之情。代表诗人有元好问、张天英、袁桷、揭傒斯、萨都剌等。

元好问年少就有报效国家、光宗耀祖之志，但蒙古军的铁蹄踏破了他的美梦，不得已随养父元格举家南迁。金亡后，他"笃守遗民之节，不仕新朝。所念念不忘者，惟故国之典章文物及君臣之奇节伟行"①。其思想陷入老庄和道教思想的幽宫之中，在很多诗中借仙境的想象和描写书写情怀。这类诗有《三仙祠》《阳泉栖云道观》《玄都观桃花》《四皓图》等近

---

① 《元好问全集》附录缪钺《元遗山年谱汇纂》，山西古籍出版社 2004 年版，第 1443 页。

六十首。他的《步虚词》（三首）中的仙境如梦幻般神奇：

> 阆苑仙人白锦袍，海山宫阙醉蟠桃。三更月底鸾声急，万里
> 风头鹤背高。

> 万神朝罢出通明，和气欢声满玉京。见说人间有新异，绿章
> 封事谢升平。

> 琪树明霞碧落宫，歌音袅袅度泠风。人间听得《霓裳》惯，
> 犹恐钧天是梦中。

诗人想象海上仙岛摆盛宴，阆苑群仙乘鸾驾鹤而来，聚会通明殿，他们的欢声笑语弥漫玉京胜境，歌声袅袅回荡于碧落宫中。凡间的人们听惯了这霓裳羽衣曲，尤其是那钧天广乐使人恍若于梦中。诗中千姿百态的物象架构起瑰丽的神仙世界，似真似幻。

张天英，自号石渠居士，"酷志读书，征为国子助教，性刚严不好趋谒。"其《武陵春晓曲》写梦游仙境：

> 武陵春晓烟冥冥，渔歌兰枻摇残星。溪涵山气绿如酒，幽禽
> 啼破松烟青。天上时闻凤凰曲，金门飞梦人初醒。长啸银台月中
> 落，空翠着衣香雾薄。忽见安期蓬海东，剑佩从风降元鹤。阳乌
> 衔火悬扶桑，袖卷红云朝帝旁。手揽龙车睹天光，下睹蚁国空
> 千霜。

诗人由听弄玉吹箫、奏凤凰曲（弄玉和箫史一同乘凤凰登仙）而梦入仙境，巡游仙界，看到弄玉在西王母的居处长啸，安期生驾鹤佩剑降临在蓬莱海以东，太阳鸟衔火悬停于扶桑之上，用衣袖卷着红云飞向天帝身旁。诗人扶着仙车欣赏天光，俯瞰下界凡间千里冰霜，原来不过是南柯一梦。"蚁国"化用唐传奇《南柯太守传》中"蚁穴"典。《南柯太守传》载：淳于棼在槐树下睡觉，梦到自己到了大槐安国，娶公主为妻，任南柯太守，享尽荣华富贵。后遭国王疑忌，被遣还乡。醒后发现大槐安国是槐

树下的蚁穴。诗中用此典表现了一种幻灭感。

袁桷是元代中期著名文士。《四库全书总目》称其"文章博赡，为一时台阁之冠。……文采风流，遂为虞、杨、范、揭等先路之导。其承前启后，称一代文章之巨公，良无愧矣"①。易永姣曾论析其室宇赋的道教思想②，其实，他的诗歌也有对道教神仙境界的表现。如《先天观》：

> 浩浩太古石，雕镂矜嵯峨。琼林化飞甍，宝构穷郁罗。矫首视三光，空青相荡摩。上邻列仙馆，西接瑶池柯。玉蛟亦受令，鞭挞回盘涡。巍巍双华表，飞鸟不敢过。玄鹤时一来，潜鳞静无波。心迹会虚湛，神光隐鸣鼍。缅彼巢居子，凝睇佩女萝。天风入紫京，百灵莫谁何。朗言混沌后，龙马方负河。视之杳不见，嘉名表山阿。冥思有至理，熟视犹摩挲。

诗中先通过写先天观的嵯峨，展示了一派庄严华丽的气象。接着用以实作虚的手法描绘仙境景象：玉树琼林变幻飞动，壮丽的建筑鳞次栉比，香气浓郁，网络天地之大。向上与列位仙人的居所相邻，向西与西王母瑶池的树枝相连接。继而又以"玉蛟""玄鹤""神光""紫京""百灵"等意象高妙点染，烘托神仙胜境的虚湛和缥缈。同时，诗人也从中领悟到一种生命相荡摩的哲理，其味无穷。

揭傒斯生于元朝相对安定的时期，历经元仁宗、英宗、文宗、宁宗、惠宗诸朝，对元代社会有深切了解，他的许多诗歌在揭示现实的同时，表达对民生疾苦的关怀。元代科举考试时行时辍，知识分子失去仕进机会，社会地位下降，相当一部分人或隐逸林泉，或遁入道门。揭傒斯与道中人多有往来，其诗歌中的仙风道景是对时代苦闷最好的注笔。如《春日杂言》：

> 祝融九千丈，潇湘地底流。汹涌洞庭野，崩腾江汉秋。上有

---

① 《四库全书总目》，中华书局 1983 年版，第 601 页。
② 易永姣《袁桷室宇赋道教思想探析》，载于《湖南城市学院学报》2012 年第 6 期，第 13~18 页。

> 飞仙人，身披紫云裘。昔日常相遇，渺若乘丹丘。同歌黄鹤渚，
> 共醉岳阳楼。思之忽不见，独立怅悠悠。

诗人由祝融峰之高而想象其上有仙人身披紫云裘逍遥而飞，似乎以前还经常遇见，渺茫不清像是前往丹丘之所。这里的"祝融"峰乃南岳衡山的主峰，是道教的第三小洞天；"丹丘"为道教中神仙居所。北魏郦道元《水经注·浈水》："于是好道之俦自远方集，或弦琴以歌太一，或覃思以历丹丘，知至德之兆宅，实真人之祖先。"① 诗的结尾处写人仙互动的情景，"同歌""共醉"表现了飘逸的风采。全诗表达了作者对神仙胜境的向往之情。

萨都剌，元代著名诗人。授应奉翰林文字，擢南台御史，以弹劾权贵，左迁镇江录事司达鲁花赤，累迁江南行台侍御史，左迁淮西北道经历，晚年有隐居武林（杭州）、寄情山水而莫知所终之说。其诗歌以游山玩水、归隐赋闲、慕仙礼佛、酬酢应答之类为多。如《三峰》：

> 玉佩丁当下界闻，天风吹动碧霞裙。刘郎跨鹤游三岛，王子
> 吹笙到五云。洞府夜光传玉印，石坛月色礼茅君。若逢天上吴仙
> 子，应问丹砂成几分。②

此诗由下界凡人闻听仙界玉佩的"丁当"声切入，写游仙所见所思。主人公先后看到了风吹碧霞元君衣裙、刘晨跨鹤游三仙岛、王子晋吹笙、洞府夜光和玉印，并设想如果遇上吴刚，应该问问他知不知道太上老君的丹砂已炼成几分了。全诗流露出对仙境的迷恋之意。

凯烈拔实，字彦修，维吾尔族，仕元任翰林学士，后官至太史。他能熟练地运用汉文创作，写景诗较出色。他的《赠集虚宗师》不仅描绘了一幅仙人穿着华丽、丹烟冉起、仙洞花红树碧的仙境图景，也表明自己欲跨仙鹤游三仙山的心愿："路入华阳溪水流，仙人琼佩彩云裘。松阴石灶丹烟煖，洞里桃花碧树幽。嗟我尘中回俗驾，无心方外访瀛洲。何当一假茅

---

① 郦道元《水经注》卷二十三，浙江古籍出版社 2013 年版，第 322 页。
② 刘大彬《茅山志》，江永年增补，王岗点校，上海古籍出版社 2016 年版，第 496 页。

君鹤，复向三山深处游。"

二、借探寻仙踪圣迹，寄托情怀，抒发感慨

在特定的历史和人文背景下，诗人们仍耿耿于远离现世的神仙世界，无疑是对现实世界的一种否定。元好问在《缑山置酒》中将仙境与尘世进行对照，抒发了对仙乡和仙人的向往之情：

> 灵宫肃清晓，细柏含古春。人言王子乔，鹤驭此上宾。白云山苍苍，平田木欣欣。登高览元化，浩荡融心神。西望洛阳城，大路通平津。行人细如蚁，扰扰争红尘。蓬莱风涛深，鬓毛日夜新。殷勤一杯酒，愧尔云间人。

缑山是王子乔升仙的地方，刘向《列仙传》载："王子乔者，周灵王太子晋也。好吹笙作凤凰鸣，游伊洛间，道士浮丘公接以上嵩高山上。三十年后，求之于山上，见桓良，曰：'告我家，七月七日，待我于缑氏山头'。至时，果乘白鹤驻山头。望之不得见，举手谢时人，数日而去。"[1]元好问置酒缑山，自然会想起王子乔。诗中写其驾鹤飞升之事，并举杯表达对王子乔的怀念和敬意。另外，金人周驰的《梦游句曲山二首》（其一）也关涉缑氏山与王子乔事，诗云："三华树下拜青童，语我丹砂九转功。缑氏不逢王子晋，雷平来访郭仙翁。"诗中"青童"指仙人东海青童君；"郭仙翁"指郭璞，正一道教徒，懂易学和术数学，擅长预卜先知和诸多奇异方术。[2]

乱世文人在探访仙迹过程中，心灵得到莫大的慰藉，或"是非荣辱俱休问，只放泉声入耳来"（曾惇《题桐柏石道士院妙声堂》）的沉浸，或表露敬意，或引发感慨，都是为了寻找"隐心"存养的法门。吴澄是元朝大儒、哲学家。南宋灭亡后，隐居家乡，潜心著述，人称"草庐先生"。元武宗至大元年（1308）出任国子监丞，至定元年（1321）任翰林学士。泰定元年（1324），作为经筵讲官，敕修《英宗实录》，参与核定《老子》

---

① 刘向《列仙传》，学苑出版社1998年版，第41页。
② 葛洪《神仙传》，谢青云译注，中华书局2017年版，第370页。

《庄子》《大玄经》《乐律》《八阵图》等。但多"旋进旋退",时间不长,究心于理学,被称为"经学之师"。其《阁皂山》《游葛仙坛》在绘景和对比中传达了探访仙迹的心理感受。如《游葛仙坛》:

> 白云红雾锁仙扉,古木蟠空鹳鹤飞。丹室草湮翁子去,经床香缈道人归。楼台视昔代兴废,城郭如今人是非。独往独回成感慨,西风吹桂冷侵衣。

诗中的"翁子"指代葛仙翁,即葛玄,相传他曾隐居于此炼丹。"城郭如今人是非"化用汉丁令威的典故。《搜神后记》卷一载:"丁令威,本辽东人,学道于灵虚山。后化鹤归辽,集城门华表柱。时有少年,举弓欲射之。鹤乃飞,徘徊空中而言曰:'有鸟有鸟丁令威,去家千年今始归。城郭如故人民非,何不学仙冢累累。'遂高上冲天。"① 诗人探访了葛玄当年隐居炼丹、放经书架处,并由丁令威成仙后化鹤归来之事,引发昔代兴废、物是人非的深沉感慨。这与他亲身经历国破家亡的遗民心境有一定联系。

张珪的《登茅山》写登茅山所见、所思、所感:"久矣厌朝市,心栖岩壑幽。今朝复何朝,陟此苍峰秋。玉宇正寥廓,风籁寒飔飔。平生获壮观,万里供寸眸。烟岚缥缈中,青原间平畴。琳宫一何丽,突出寒岩陬。茅君此仙去,遐想希前修。胡为尘土踪,岁月徒悠悠。何当乘云虹,八表同周流。念念竟忘言,凝神入冥搜。彷佛鸾鹤音,还来故山游。"茅君即是道教茅山派祖师,三茅真君之大茅君茅盈。《神仙传》载其"学道于齐,道成归家",治病救人,有起死回生之术。后登仙盖车而去,"远近为之立庙奉事之"② 诗人由茅君的仙踪被尘土淹埋,感慨岁月悠悠,甚至遐想什么时候也能乘云虹车周游八荒,正在凝神入冥中,仿佛听到仙人乘坐的鸾鹤在叫,他们又回来游故山了。字里行间流露出对茅君的羡慕和忆念之情。

吴全节,元代道士、诗人。十三岁学道于龙虎山上清正一宫之达观

---

① 陶潜《搜神后记》,中华书局1981年版,第1页。
② 葛洪《神仙传》,谢青云译注,中华书局2017年版,第339页。

堂。曾从大宗师张留孙至大都见元世祖，大德（1297—1307）末授玄教嗣师，英宗至治（1321—1323）间留孙卒，授玄教大宗师、崇文弘道玄德真人，总摄江淮、荆襄等处道教，知集贤院道教事。元人刘大彬编《茅山志》收录其吟咏诗十五首。其中《三峰》《延祐元年五月重祀茅山瑞鹤诗》《震灵方丈赠玉虚宗师》诗都提及茅君："客来似觉茅君喜，净扫浮云出好山"，"茅君闻道天香至，先遣西山羽驾迎"，"夜来亲见茅君说，五百年间再世身"，将茅君视为茅山的主人先仙。元明善《京师送玉虚宗师还山》诗则视茅君为神仙初祖："句曲山高奠楚氛，神仙初祖大茅君。"

赵世延的《华阳道院石亭》，由眼前的秀石、峻山、清水，以及云松雪竹掩映的石亭，想到容天地之大的壶公："一壶天地开仙境，百里风烟簇画屏。"壶公乃仙人，《神仙传》载，他卖药口不二价，治百病皆愈。"常悬一空壶于坐上，日入之后，公辄转足跳入壶中，人莫知所在。唯长房于楼上见之，知其非常人也。长房乃日日自扫除公座前地，及供馔物，公受而不谢，如此积久。长房不懈亦不敢有所求，公知长房笃信，语长房曰：'至暮无人时更来。'长房如其言而往，公语长房曰：'卿见我跳入壶中时，卿便随我跳，自当得入。'长房承公言为试，展足不觉已入。既入之后，不复见壶，但见楼观五色，重门阁道，见公左右侍者数十人。公语长房曰：'我仙人也，忝天曹职，所统供事不勤，以此见谪，暂还人间耳，卿可教，故得见我。'"① 诗的尾句"何当借我东偏屋，静掩岩扉学炼形"表达想借壶公石室修炼形体的愿望。

袁桷的《张虚靖圆庵扁曰归鹤次韵》写探访张虚靖的修道遗踪："招仙游馆构亭亭，万叠松寒晓日青。玉局讲残春换劫，石台丹在草通灵。红羊赤马悲沧海，白虎苍龙俨大庭。为爱子乔笙鹤美，月凉时许夜深听。"张虚靖即第三十代天师张继先，宋徽宗赐号"虚靖先生"。诗中"玉局"是道观名，《资治通鉴·后唐庄宗同光元年》："蜀主诏于玉局化设道场。"彭乘《记》曰："后汉永寿元年，李老君与张道陵至此，有局脚玉床自地而出，老君升坐，为道陵说《南北斗经》，既去而坐隐，地中因成洞穴，故以'玉局'名之。"张虚靖曾在此讲经说法，石台旁的丹灶犹在，遍地的青草诉说着当年的灵验。"红羊赤马"指红羊年和赤马年，都是劫难之

年，多有灾祸发生。"白虎苍龙"是道教信奉的神灵，《三辅黄图》载："苍龙、白虎、朱雀、玄武，天之四灵，以正四方。"这里指道观殿堂的摆设。末尾句诗人想象虚靖先生追慕仙人王子乔的情景。

揭傒斯《送张真人归上清》写张真人朝觐南回上清宫观，想象仙人迎归的情景："闭户京城昼懒开，初闻北觐却南回。冯夷击鼓乘龙出，王子吹笙跨鹤来。囊里天书明日月，匣中神剑闭风雷。回瞻魏阙红云拥，应在山中看早梅。"诗中"冯夷"为水仙，《淮南子·齐俗》："昔者冯夷得道，以潜大川。"陆德明《经典释文》卷二六《庄子音义上》："冯夷，华阴潼乡堤首人也。服八石，得水仙，是为河伯。"曹植的《洛神赋》写众神仙出行的阵容，其中有"冯夷鸣鼓，女娲清歌"。"王子"即仙人王子乔，好吹笙作凤凰鸣，后修炼成仙，驾鹤升天而去。"囊里天书明日月，匣中神剑闭风雷"，是赞誉张真人的修持和道术高深。诗的尾句表达对张真人修炼于"魏阙"的羡慕和敬意。

总体来看，金元文人求仙访仙之吟，超于世外而歌，大多是遗民文人拒绝与现实妥协的特殊方式，目的是借神仙世界实现个人的身心俱隐。

第二章　宋金元文人的服食题材诗

正一道从诞生之时起就以益寿长生、羽化登仙为最高目标，除了炼养，服食也是实现益寿长生目标的重要途径和方术。正一道的服药被文人津津乐道、反复写入诗行。葛洪《抱朴子内篇》卷十一"仙药"提道："神农四经曰，上药令人身安命延，升为天神……五芝及饵丹砂、玉札、曾青、雄黄、雌黄、云母、太乙禹余粮，各可单服之，皆令人飞行长生。……中药养性，下药除病，能令毒虫不加，猛兽不犯，恶气不行，众妖并辟。"① 葛洪在《抱朴子内篇》罗列的仙药可分两大类：一类是丹砂、黄金、白银、曾青等金属矿物类药，另一类是松柏脂、茯苓、地黄等草木类药物。

第一节　宋代文人的服食题材诗

宋代推行崇文抑武的国策，重用文臣，不但"宰相须用读书人"，而且主兵的枢密使等职也多由文人担任。这些措施极大增强了士大夫的社会责任感和参政热情，他们普遍关注国家和社会的隐患，主人翁意识十分强烈。同时，宋代的国势不如汉、唐那么强盛。北宋开国之初，北方被石晋割让出去的燕云十六州归辽人统治，而南方曾为唐代流放罪人之地的驩州（今属越南）一带已属于越李朝的版图。到南宋，更是偏安于淮河、秦岭以南的半壁江山。经济虽然相当发达，但由于对内的冗官冗费和对外的巨额岁币，农民负担沉重，财政时有困难。宋代的军力比较孱弱，从北宋开国到南宋灭亡，宋王朝始终处于强敌的威胁之下。北方强大的金、元相继

---

① 王明《抱朴子内篇校释》卷十一，中华书局 1985 年版，第 196 页。

崛起，铁马胡笳不断骚扰边境，直至倾覆了宋室江山。面对严重的内忧外患，有识之士忧心忡忡，深沉的忧患意识使这一时期的文人很少用文学来歌功颂德。在长达一个半世纪的抗金、抗元斗争中，爱国主题成为整个文坛的主导倾向。因此再也看不到像唐代整个社会的上层统治者和贵族文人崇道、服丹和炼丹的狂热现象，而是逐渐走向衰落。信仰道教、服丹炼丹的文人渐趋减少，服食题材诗也无法与大唐比，但仍有部分文人诗对服食学仙抱有热情，借服食题材写自己炼丹药和服食药饵的经历，追忆、怀念前人制炼丹药或种药的往事。

一、借服食题材记写自己服食药饵和炼丹药的经历

道教服食学说中一个重要的理念就是相信人与自然万物一样都能变化，"服食草木数百岁"①，"服神丹令人寿无穷已，与天地相毕，乘云驾鹤，上下太清"②，因而也备受世俗社会的关注和青睐，跟风之习代代相袭。特别是文人的激情和浪漫，促使他们追奉前人。

（一）对服药题材津津乐道

宋代文人在特殊的历史文化语境中，对服药题材也津津乐道。林逋在诗中多次提到"行药"的事，如《隐居秋日》："行药归来即杜门，啸台秋色背人群。"《林间石》："瘦鹤独随行药后，高僧相对试茶间。""行药"又称"行散"，本指服食五石散等金石药物的人，必须漫步以散发药性。林逋既然要"行药"，就说明他平时经常服食金石药。

曾巩对于道教的养生术持欣赏态度，他的《寄舍弟》诗："人生飘零内，何处怀抱宽。已期采芝术，握手青霞端。"表达希望能同弟弟一起高卧青霞、采芝服食的愿望。

苏轼学习过道教服食法。首先表现在对茯苓有很深的研究。李日华《六砚斋二笔》说："东坡作茯苓妙法：取好茯苓，去皮滓，水澄过，曝干，净蜜和匀捏团，装瓦坛中，隔汤煮三炷香，即成团矣。"其次是对松树的药性有深刻的认识，他认为食松（吃松针、松根）不仅可以使人

---

① 葛洪《神仙传》，谢青云译注，中华书局2017年版，第173页。
② 王明《抱朴子内篇校释》卷四，中华书局1985年版，第74页。

长生，而且用不同的调制方法，可以医治不同的疾病（朱弁《曲洧旧闻》）。

苏辙对养生感兴趣，源于他服食茯苓治好了多年的疾病，其《服茯苓赋并序》说："余少而多病，夏则脾不胜食，秋则肺不胜寒。治肺则病脾，治脾则病肺。平居服药，殆不复能愈。年三十有二，官于宛丘，或怜而受之以道士服气法，行之期年，二疾良愈。盖自是始有意养生之说。"接着他谈自己读道经《抱朴子》的感想，认为自己要想找到金丹服之成仙恐怕不太可能，那就只好退而求其次，去服食茯苓了。

范成大早年对道教的服食兴趣不大，他的《次韵施进之惠紫芝术》说："山精媒长生，仙理信可诘。梨枣本寓言，杞菊亦凡质。"对所谓"仙药"颇为怀疑，直到晚年，这种认识才有改变。《元日》："老来百味絮沾泥，期会关身尚火驰。几夜乡心敧枕处，今年脚力上楼时。酒缸幸有乾坤大，丹鼎何忧日月迟。莫道神仙无可学，学仙犹胜簿书痴。"诗人相信服丹学仙胜过书痴。其《体中不佳偶书》（"收拾颓龄加药饵，尚堪风月对婆娑"）、《毛公坛福地》（"道人眸子照秋色，邀我分山筑丹室。驱丁役甲莫儿嬉，渴饮隐泉饥饵术"）、《送遂宁何道士自潭湘归蜀》（"尘埃波浪几东西，归去丹瓢挂杖藜。戊巳炉中真造化，功成分我一刀圭"）等诗也都提及炼丹服食情况。周必大的《贤政殿大学士赠银青光禄大夫范公成大神道碑》记载范成大生病时，皇上"袖丹砂以赐"，并说"上心以公羸疾，赐药无虚岁，至口授导引、修养秘诀，亲厚非群臣比"。

张孝祥本为蜀简州（今四川省简阳市）人，后卜居历阳乌江（今安徽省和县）。张孝祥慕仙之情早已有之，其《山居》诗描写了山居人所处的莺语落花、修竹清泉的幽美环境，表达对"了无官府事，鸡犬慕登仙"的向往之愿。他也相信服食药物可以长生成仙，在《寿芝堂记》中说："盖五芝生五岳，得以和药，皆致神仙，寿千岁。"其诗《朱陵洞》（"神丹吾已必，仙臂真可握。试向静处听，空漾有笙鹤"）表达对于神丹志在必得的自信。《喜归作》（"湖海扁舟去，江淮到处家。扶持两仙伯，丹鼎绚彤霞"）告诉世人，诗人致仕后还练过丹药，"丹鼎绚彤霞"言丹灶中的火光与天上的红霞交相辉映。

周邦彦对道教的信仰很坚定，他在《祷神文》中提出了"操戈逐儒"的主张，表明信道的决心。他曾学过道教的服食法，如其《晚憩杜桥馆》诗：

> ……清浆白羽弃已久，黄菊紫茰看欲香。岁行及此去愈疾，
> 若决积水难堤防。嗟予齿发非故物，念此内热如涫汤。愿见唐朝
> 吕墨客，膝行问道求神方。斋心千日百事毕，消我领雪还韵光。
> 岂饶蒿目忧世事，黄金绾腰埋土囊。

诗中讲明诗人曾服食黄菊、紫茰等草药，也见神效；慨叹现在自己的齿发不再像以前那样充满活力了，心急如沸滚的水，决定抛却"忧世事"，去寻找吕墨仙客（吕洞宾），问道求神方。他的《芝术歌并序》是元祐八年（1093）任溧水知县时，为叔父周邠庆寿所作：

> 道正庐至柔，得芝一本，生于术间，术生石上，根须连络不
> 可解，遇于白鹤庙之侧，樵斧断取之，犹含石也。邦彦请乞于
> 庐，持寿叔父。

> 华阳之天诸洞府，阿穴便门迷处所。三君谒帝不知还，帐冷
> 祠空遗鹤羽。玉津宝气久成腺，灵术神芝时出土。日精潜烛山自
> 明，人力穷搜神不与。前年桡栋作新宫，坎坎空岩响斤斧。君来
> 胎禽舞海雪，君去云山杂川雨。是生朱草示尘寰，故遣樵青入林
> 薮。蕖膏紫漆自坚栗，下附天苏蟠石坞。肉人但恐奇祸作，药笼
> 复忧神物取。庐陵太守蕴仙风，健骨清姿欲飞举。阴功除瘼民已
> 悦，灵药引年天亦许。愿因服饵断膏粱，未让南华《养生主》。

诗序中的"芝""术"均为草药名。"芝"，即白芷，灵芝。"术"，白术，多年生草本植物，根状茎可入药。全诗从华阳洞府入笔，叙写芝术孕育出土、沐浴日月精华到生长示尘寰，最后赞誉庐陵太守的仙风健骨和健朗风姿，表明其为民行善积德之举让民欢悦，就是服灵药延年益寿，上天也是允许的。

（二）对炼丹趋奉不疑

前人对炼丹的执着迷狂和书写之风，自然也给宋人留下想象和发挥的空间。苏轼、张孝祥、陆游堪称是这方面的有力践行者。苏轼曾学过炼丹术，《席上腐谈》载："东坡诗云：'暮年眼力嗟犹在，多病颠毛却未华。故作明窗书小字，更开幽室养丹砂。'黄鲁直注云：'按先生与王定国书云：近有惠丹砂少许，光彩甚奇，固不敢服，然其教以养火，观其变化，聊以悦神度日。'又诗云：'曹南刘夫子，名与子政齐。家有鸿宝书，不铸金袅蹄。促席问道安，遂蒙分刀圭。不忍独不死，尺书肯见梯。'"关于这个刘夫子，《席上腐谈》说："《毗陵后集》赵尧卿注云：'刘安世待制，字器之，曹南人，得养生炼丹术，公尝师之。'"苏轼《朝云诗》也透露出服药、炼丹的信息：

> 不似杨枝别乐天，恰如通德伴伶玄。阿奴络秀不同老，天女维摩总解禅。经卷药炉新活计，舞衫歌扇旧因缘。丹成逐我三山去，不作巫阳云雨仙。

诗以刘伶玄有樊通德相伴，李络秀有儿阿奴一直陪伴到老之事，暗示朝云失去爱子后，万念俱灰，以诵经、服药、炼丹为活计，流露出欲摆脱尘世羁绊的心情。

张孝祥的《洞仙歌·和清虚先生皇甫坦韵》也提及炼丹事：

> 清都绛阙，我自经行惯。璧月带珠星，引钧天，笙箫不断。宝簪瑶佩，玉立拱清班，天一笑，物皆春，结得清虚伴。还丹九转，凡骨亲曾换。携剑到人间，偶相逢，依然青眼。狂歌醉舞，心事有谁知？明月下，好风前，相对纶巾岸。

诗中道明诗人经常出入道观，过道内生活，炼仙丹。"还丹九转"，即九转还丹法。据《云笈七签》卷七十六"方药"载九转炼铅法：

> 取铅十斤、汞一斤，以器微火镕之，用铁匙掠取其黑皮，

直令尽。每一遍倾在地上，复器中镕之。凡如此九遍讫，即下汞，即用猛火熬作青砂。色如不散，即糠醋洒之，即变为青砂矣。更于一铁器中盛醋，倾砂醋中讫，用铁匙研令熟。又醋烹添，取铅黄于瓦上令干。取黄牛粪汁，并小大麦面亦得，和所熬青砂作团如鸡子大，或作饼，日曝干。一本云阴干。于镣炉火上鞴袋吹取铅精，名铅丹，其性濡，更著器熬令至熟，其色尽赤，又出醋中研令至熟，澄著瓦上使干，于器中熬令熟紫色。又别以一器取好酒一升，下赤盐二两和投器中相得，即取紫色丹一时写著酒中，待冷出之，此即名九还铅。丸为丹，名曰九转紫铅丹也。①

陆游也炼过金丹，他写过《金丹》一诗，对服丹长生深信不疑："子有金丹炼即成，人人各自具长生。"又如《烧丹示道流》诗：

> 昔烧大药青牛谷，磊落玉床收箭镞。扶桑朝暾谨火候，仙掌秋露勤沐浴。带间小瓢鬼神卫，异气如虹夜穿屋。点成黄金弃山海，挥手人间一袈足。明年服丹径仙去，洞庭月冷吹横玉。相逢只恐惊倒君，毛发毵毵垂地绿。

此诗叙述了昔日在青牛谷炼丹的经历，表露了服丹成仙的愿望。"大药"是丹家对金丹的别称。陆游通过读道书来了解道教传统修炼方法，而且身体力行之。如他的《道室杂咏》：

> 身是秋风一断蓬，何曾住处限西东。棋枰窗下时闻雹，丹灶岩间夜吐虹。采药不辞千里去，钓鱼曾破十年功。白头始悟颐生纱，尽在《黄庭》两卷中。

诗人通过对自己漂泊不定的生活和访道、炼丹、采药经历的回想，感悟到"颐生"（养生）的重要，也深深体会到"颐生"的奥妙尽在《黄庭

---

① 张君房《云笈七签》第四册，中华书局 2003 年版，第 1729～1730 页。

经》书中。

文天祥很早就与道教有缘，他的《借道冠有赋》应是早年诗作：

> 病中萧散服黄冠，笑倒群儿指为弹。秘监贺君曾道士，翰林
> 苏子亦祠官。酒壶钓具有时乐，茶灶笔床随处安。幸有山阴深密
> 处，他年炼就九还丹。

该诗写病中的自己穿道服、戴道冠的情景，并表示希望能有机会进山炼丹修道。贺知章和苏轼都是名流，都有崇道情怀，诗人举此二人，意在引为楷模，为自己慕道张目。

文天祥的诗也写到服食金精、茯苓等药饵。如《赠老庵廖希说》：

> 山中老去称庵主，天上将来说地仙。面皱不妨筋骨健，舌存
> 何必齿牙全。金精深处苓堪饮，更住人间八百年。

诗中前四句写老道士外貌。虽然脸上布满皱纹，牙齿脱掉不全，但筋骨还硬朗。后两句写服食。"金精"指道教的仙药，"苓"指茯苓，服食药饵能长生。其《赠适庵丹士》：

> 本是儒家子，学为方外事。此身恨焘短，有意求蝉蜕。犹留
> 鼎余药，还授人间世。从君卧山中，共谈弘景秘。

诗题中"丹士"指炼丹的方士。诗人陈述自己本是儒家弟子，因信奉道教而学方外事，有意跟从方士修炼山中，服食丹药，共同交流陶弘景道修的秘密。

二、追忆、怀念前人制炼丹药或种药的往事

还有一些反映炼丹或服食的诗并不写诗人自己的亲历体验，而是写探访仙踪圣迹过程中追忆、怀念前人制炼丹药或种药的往事。

王文卿的多首写景诗都关涉炼药服丹的题材。如《丹灶岩》："丹熟仙翁白日飞，千年云月护岩扉。山中老叟相逢说，夜夜灵光烛紫微。""丹熟

仙翁白日飞"意谓金丹炼成,服食后成仙。"紫微"是道教仙境中的星座。
《杵臼岩》:"捣药功成玉兔沉,白云常锁洞门深。黄粮不似胡麻好,谁得
当时悟道心。"玉兔捣药本是神话传说,见于汉乐府《董逃行》。在道教典
故中,玉兔常常与金乌相对,表示金丹修炼的阴阳协调。"黄粮"即黄粱
梦,唐传奇《枕中记》中卢生黄粱一梦后大彻大悟,不思上京赴考,反入
山修道。

朱熹所游历的名山大川,许多都是道教道人修炼的洞天福地,他的
《武夷七咏·丹灶》("仙人推卦节,炼火守金丹。一上烟霄路,千年亦不
还")显然是有感于仙人炼丹旧事而发的。类似的还有《题崇真宫》诗,
写诗人探访仙踪圣迹,看到的是洞门无锁,紫台凤去,丹井荒废,感慨万
千。其他还有周文璞的《道中望茅山有感》("入宅问玉斧,采芝投金环。
墨沼篆结字,丹台气成盘。……两君控鹄从,俱着汉小冠。俗累当复驰,
煮药鼎欲翻")、赵师秀的《寄温尊师》("鹤改新名呼未至,碑逢断刻打应
难。忆师每欲寻师去,艺术栽成自可餐")。有的诗则只表达诗人服食成仙
的愿望,如毛友的《玉晨鉴义芮公见访》("曾看扁舟下国门,风吹玉袖欲
蜚仙。经过弱水三万里,邂逅长安五百年。投老渐谙随处乐,此生只有未
偿眠。茅山术老堪镵劚,服食相依倘宿缘")等。

第二节　金元时期文人的服食题材诗

金元时期,全真道在北方形成并与南方的金丹派融合,产生广泛的社
会影响。全真道的创始人王重阳精通医药理论,擅长针灸之术。在王重阳
的七大弟子中,丘处机十分重视传统中医药在修道养生中的作用,对服用
外丹药能长生的理论持否定态度。《长春真人西游记》记载,丘处机应元太
祖成吉思汗之召,跋涉万里前去与成吉思汗相会,"(元太祖)问:'真人远
来,有何长生之药以资朕乎?'师(丘处机)曰:'有卫生之道,而无长生
之药。'"意指有保养身体健康及预防疾病的摄生之法,而没有使人长生不
死的丹药。正因如此,这一时期的文人对炼丹药和服食的态度发生根本性
的转变,在他们的诗作中几乎不言自己炼丹和服食的经历,大多是在写探
寻仙迹,或是在题诗、赠诗中关涉前人炼丹、采药、服药之事,抒发感慨。

一、关注丹井、丹房遗迹，回忆仙人炼丹往事

对仙人炼丹遗迹的探访是文人慕仙心结的另一种体现。如金人周驰的《梦游句曲山二首》（其一）实写梦游仙境："三华树下拜青童，语我丹砂九转功。堠氏不逢王子晋，雷平来访郭仙翁。"诗中"丹砂九转功"指道教炼丹术，丹药需经九次提炼，服之才能成仙。吴澄的《游葛仙坛》："白云红雾锁仙扉，古木蟠空鹳鹤飞。丹室草湮翁子去，经床香缈道人归。楼台视昔代兴废，城郭如今人是非。独往独回成感慨，西风吹桂冷侵衣。"此诗写游葛仙坛探访仙踪，提及葛玄炼丹事。如今仙人已去，炼丹室淹没于深草之中，物是人非的感慨油然而生。袁桷的《丹井》："金鼎秘寒泉，真火弥不坏。年深定飞腾，子夜吐光怪。"诗人由眼前的丹井想起往昔仙人炼丹的情景，并断定炼丹服食，年深日久能飞升成仙。其他关涉丹井、丹房遗迹的诗还有赵世延的《出茅山宿青元观》（"白云送我出山蹊，来宿葛公丹井西。莫道归途清兴减，夜来和月饮刀圭"）、吴全节的《牧斋真人华阳道院》（"鳌载三峰拥客槎，采真访古意无涯。云山夜雨棠梨树，宇宙春风棣萼花。龙洞远分丹井水，鹤松高映赤城霞。宗师应帝光前绪，仙馆新开第一家"）、赵孟頫的《玄洲十咏寄张贞居·紫轩》（"林君已仙去，紫轩名尚存。丹光时或现，药鼎夜常温"）、倪瓒的《次韵二首》（"道士朝乘白鹤还，楼台金碧锁空山。半天花雨飞幢节，万壑松风杂佩环。丹井夜寒光剡剡，石坛春静藓斑斑。飘然便欲寻高隐，分我玄洲一半闲"）、凯烈拔实的《呈集虚宗师·元符山房》（"坐对千岩翠，森森万木攒。石函留古剑，药鼎炼还丹。云逼山窗湿，岚开涧树寒。春禽知客意，啼我暂盘桓"）。宋元的《喜虚碧自龙虎归》也提及丹房芝术（"丹房芝术春英长，玉洞烟霞夜梦离"）。

二、借采药、服药事，表达怀念或向往之情

仙人"以药物养身，以术数延命，使内疾不生，外患不入"[①]，体现了修仙可学的主观能动性，正因如此，即使时至金元，在对服外丹长生多持质疑的声浪中，文人对仙人的服药之事仍然兴犹未断，也有意借此话头

---

① 王明《抱朴子内篇校释》卷四，中华书局 1985 年版，第 14 页。

表达怀念或向往之情。如卢挚《壁鲁洞二首》（其一）："南山采药北山棋，把断阆风天不知。试问龛中二三子，烂柯人是向来谁？"此诗借用王质遇仙的典故，既言仙人采药事，也抒人世沧桑、世态变迁之慨。

乃贤，合鲁（葛逻禄）部人，先祖随军入居中原，是位深受中原文化熏陶和影响的西域人士，钦慕道家，迷恋服食和外丹。他的《玄圃为上清周道士赋》写仙境之美，仙人之洒脱，抒发采药学仙之愿：

> 玄圃云深路渺茫，神仙飞佩隔扶桑。碧桃开尽春溪涨，白鹤归来海月凉。岩溜涓涓鸣石窦，松花细细落琴床。明年我亦山中去，胜采瑶芝满药囊。

"玄圃"指仙境，"瑶芝"指仙草灵芝类药物。该诗紧扣云深、路渺茫、碧桃、春水、白鹤、岩溜、松花等景渲染仙境的静谧美好以及仙人的活动，表达对仙境的神往之情。

类似的还有钱惟善的《题龙虎孙希闻尊师为萧泰定所作丹房寓隐图》（"结茅云里万尘空，辟谷相期伴赤松。昼夜常明羽人国，春秋不老蕊仙宫。飞腾舐药容鸡犬，蟠伏成形看虎龙。缩地壶天今有术，愿辞羁绊问参同"）、薛元曦的《送朱本初之玉隆宫》（"西山紫翠簇芙蓉，师住逍遥第一峰。慎勿挽弓思射鹿，只须铸铁学降龙。闲穿晚月锄灵药，醉拂秋风卧古松。应忆京华旧游处，蓬莱坊畔五云重"）等。

再看吴全节的《重登第一峰》诗：

> 重登大峰顶，晓色正苍凉。华构烟霞壮，幽居日月长。碧云浮洞户，清露沁衣裳。水浅玄龙跃，林深黑虎藏。去天疑咫尺，胜地岂寻常。屏俯金峰画，炉分玉案香。会仙犹有市，济世得无方。药圃多春意，丹房耿夜光。何时结茅屋？稽首礼华阳。

此诗前十句抓住"晓色""烟霞""碧云""清露""水浅""林深"以及峰高等景色来写胜地如画之美，接着写"会仙"的设想，描绘仙人种药、炼丹的场景，药圃春意浓，丹房夜夜光。诗的尾句表达隐居学仙的愿望。

第三章　明清文人的神仙题材诗

　　明朝统治者在夺取政权和巩固政权的过程中，曾广泛利用正一道的宗教空间为自己的政治规划服务。早在至正二十一年（1361）朱元璋亲取江南之际，就积极争取正一道首领张正常的支持，登皇帝位后，即命张正常领道教事。洪武五年（1372），明太祖敕令张正常永掌天下道教事，直至明末第五十一代天师张显庸。因而正一道在明代一直受到崇奉，优渥而贵盛，到明世宗时达到顶峰。明世宗朱厚熜不仅宠信道徒方士，斋醮乩仙，建宫筑室，迷信丹药，还自称"灵霄上清统雷元阳妙一飞玄真君""九天弘教普济生灵掌阴阳功过大道思仁紫极仙翁一阳真人元虚玄应开化伏魔忠孝帝君""太上大罗天仙紫极长生圣智昭灵统元证应玉虚总掌五雷大真人玄都境万寿帝君"，为自己和父母加封道号。特别是在嘉靖二十年（1541）后，整个朝政均以崇道奉玄为中心，一切政治举措都围绕这个中心来进行。对大臣的任用选拔，对臣下的功过赏罚，都以是否崇道奉玄为标准。① 但明穆宗继位后，对正一道实施打击和压制政策，革除正一道首领"真人"封号，到明神宗朱翊钧时才得到恢复。在明熹宗、思宗统治期间，明朝大势已去，根本无暇顾及正一道了。

　　清朝初期的统治者信奉萨满教，入关后又接受了佛教，对道教缺乏信仰，但要统治全国，对传统的正一道不得不加以利用，所以顺治、康熙、雍正三朝，对正一道基本上沿用明例，加以保护扶持。其中，雍正是清代最为优待和重视道教的皇帝，主张利用儒释道三教为统治服务，对正一道的治世作用持肯定态度。但从道光元年（1821）正一道真人第五十九代天师张钰停止朝觐开始，正一道完全失去与上层统治者的联系，社会地位彻底衰落，活动方式开始转向民间。民国时期白云观《诸真宗派总簿》记

---

　　① 卿希泰《中外宗教概论》，高等教育出版社 2002 年版，第 244 页。

载，正一、茅山、清微、灵宝、净明等传统符箓道派在民间的传承仍未断绝。又据一些地方志，自乾隆年间废除了僧、道度牒制度以来，一些原来并无道教影响或影响甚微的地方，如东北、新疆、内蒙古、台湾等地，都建立了道教神庙并有了道士。

值得注意的是，兴盛于金元时的全真道，入明后，由于朱元璋扬正一抑全真的态度而遭受冷遇，与整个明代统治者的关系十分疏远，道士大都隐于民间。直至龙门派复苏，王常月取得清顺治帝的信任，被赐为"国师"，全真道才开始迎来发展契机。

正一道从形成之始，就把求仙、成仙当作养炼的目标，道教的特质也从其神仙思想中鲜明地反映出来。而道教发展过程中出现的仙境、仙人、仙游以及仙凡交通等现象，以幻想的大胆、表现的神奇引起古代文人的企慕和向往，代代相因，并通过题材的开拓丰富和诗意的表达，深深影响了中国文学，特别是诗歌的审美形态和艺术境界。纵观中国古代诗歌史，神仙观念、神仙思想、神仙美学是无法回避的题材，所以前人有"学诗如学仙，时至骨自换"（陈师道《次韵答秦少章诗》）之说。

由于道教的世俗化，明清时期文人的神仙题材诗相较于唐宋，出现了一些新变化，主要表现在：一是文人笔下的神仙世界有人间化和世俗化倾向；二是寓仙境于自然山水之间，曲折表达道教仙境不在远方异地，而是隐于自然之中；三是通过游览道观和仙踪圣迹，体会游仙带来的心灵慰藉和对尘世俗念的超越。

第一节 赋予神仙世界人间化和世俗化倾向

中国文学中早期的神仙题材诗都致力将人间神仙化，游离于现实世界之外，以满足一切可望不可得的愿望，实现心中的梦想。那些描写飞升于广阔无垠的天宇之境和主人公对各路神仙指使命令的豪迈，就充分展现了诗人超越现实世界的种种阻碍，实现有志能伸的心灵诉求。当现世人们对人生寿命的短促产生焦虑伤感，就催生了文人对写游仙境、采仙药、求神仙的迷狂。而进入明清时代，随着社会的发展、文明程度的提高，文人们对神仙观的认知视角也多样化。

一、将神仙世界人间化

在道教经书中，仙界分天上和地下两重，天上仙境总是被赋予理想色彩，代表着一种优越的生活和完美景致。如写神仙住处多是富丽堂皇，珠光宝气充溢其间，紫薇金阙，"黄金铺地，白玉为阶，珠玉珍宝，自然而有"①，有"日月不夜之山川，宝盖层台，四时明媚。金壶盛不死之药，琉璃藏延寿之丹，桃树花芳，千年一谢，云英珍结，万载圆成"②。地下仙境多有优美、恬静、祥和的特征，如《太上灵宝五符序》载洞穴仙境的景象：

> 自说初入乃小暗，须火而进，然犹自分，别蒙冥道中，四方上下，皆是青石……或见人马之迹，旁人他道。其隐居所行路，及左右壁似白石。石皆洞照有光，广七八十丈，高二百许丈。转近至洞庭，不复见。上所极仰视如天而日光愈明，明如日盛中时，又不温不凉，和气冲然。闻芳香之气，蓬勃终而不休。及道边有房室亭传，奇玮雕镂，不可目名。既至众道口，周行广狭，隐居迥市相去，可四五十里。四面有玉柱，为揭题曰"九泉洞庭之墟"。其间植林树成行，绿叶紫荣。玄草白华，皆不知其名也。五色自生，七宝光耀，晃晃飞凤翔其巅，龙麟戏其下，斯实天地之灵府，真人之盛馆也。

此处我们看到的是道教仙界与人间美景的重叠，道教的仙境观念开始走出宗教领域，走向世俗生活。明清时期的一些诗歌顺应这一变化，成为这一进程的重要助推力量。

周思得曾从道士张宇初读道书。永乐中应召至京，扈从成祖北征。授履和养崇教弘道高士，管道录司事兼大德观住持。他的《梦游仙词》是人间生活的投影：

---

① 胡道静、陈莲笙、陈耀庭《道藏要籍选刊》第一册，上海古籍出版社 1989 年版，第 15~16 页。

② 《道藏》第 5 册，文物出版社、上海书店、天津古籍出版社 1988 年版，第 513 页。

玉扉双启烂金铺，楼阁玲珑湛玉壶。一曲《霓裳》看未了，又随白鹤下玄都。

云树苍茫月正明，座中还遇董双成。玉箫吹罢桃花落，犹记《霓裳》谱上声。①

第一首写梦境中仙境到处金玉辉煌，灿烂琉璃，楼阁殿宇，精致玲珑，玉壶湛蓝，雕刻精工。这显然是以现实生活中的帝王宫殿和豪门高堂为蓝本的。

第二首写诗人突破现实的束缚，跨越时空的界限，游览梦中仙界。明月高悬，清辉笼罩蓊郁的树木，显得朦胧迷离，似真似幻，空灵缥缈。热情的仙人设宴款待，在席间，诗人幸遇王母的侍女董双成，她还特地用玉箫为诗人吹奏《霓裳羽衣曲》，仙乐飘风令人陶醉，以至于一梦醒来，还在耳畔缭绕。梦中的仙界能满足世俗社会中无法得到的欲望，这种追仙不过是享乐主义的另一种形式的反映。董双成有超凡脱俗的仙气，其实也只是人世间美女魅力的映射。

李攀龙《董逃行》：

吾欲上谒从蓬莱，遨游三山戏九垓。闾阖訣荡开，斑璘宫阙楼台，流光倒景徘徊。但见织女弄杼往来，白榆累累，支机十二枚。河流逶迤，但见丈夫牵牛饮其隈。问尔凡吏所为，客谢主人乐哉。教教酌彼金罍，织女长跪进酒，牵牛陪。桂树一何摧颓，嫦娥端坐颔其颐。白兔抱杵，夏树虾蟆栽。采取甘露一玉杯，服此露，寿以崔嵬。服此甘露，颜色自好。陛下长生不老，坐享万年有道。君臣欢如鱼藻，陛下长与天相保。

该诗写想象中的神仙世界，既表现了仙界固有的富丽豪华、仙人的养生之道，也写世故人情、君臣欢悦之状，显然是融汇了人间社会生活的一种书写，至少是拉近了"仙境"与"凡间"的距离，消减了仙界的神秘

---

① 马大品、程方平、沈望舒《中国佛道诗歌总汇》，中国书店 1993 年版，第 579 页。

性。类似的还有危素的《寄张太乙张时留江浙》：

> 我曾身着芙蓉裳，笞麟游遍蓬莱乡。蓬莱仙人留我住，醉枕大石歌瑶章。高秋及上塵湖顶，下颏八极天茫茫。石林风烟白日静，但有灏气如飞霜。张君独乘紫凤凰，我得霞佩骖翱翔。星官下调奏广乐，众客燕集翻琼浆。曾楼高空不得寝，神飙夜撼金琳琅。归来云林闭户坐，忽忆旧事心飞扬。窃闻三月之初吉，飞车直过东海傍。莫从故乡叹禾黍，定驾大舶穷扶桑。浙山迢迢浙水长，何由寄赠双明玙。①

这首诗用虚幻笔法写诗人曾游蓬莱仙境，仙人留他同住、交游，并伴随张君翱翔天宇，众客燕集的欢乐场景，表达对仙人、仙境的向往和留恋之情。该诗运思转换自然，将天上、人间交错融为一体。或上塵湖顶，或下颏八极；或霞佩翱翔，或星官下谒；或归来闭户坐，忆旧心飞扬，驾舶穷扶桑，充分体现了人间化仙境和世俗化仙境的特点。

二、表现世俗化的情怀

所谓世俗化并不是指神仙信仰在人们心中的削弱、减少或衰落，而是指有的文人士大夫在追奉信仰中融入了个人的理性认知，借消减宗教的神秘性来表现个体的生活处境和社会情绪。袁宏道性好山水，不慕荣利，鄙弃官场，对佛道学说有比较深入的研究，是明代有名的在家居士，他的《升天行》所展示的神仙世界并不那么美好：

> 乘赤雾，鞭鸾辙。路逢王子晋，玉箫吹已折。织女弄机丝，余纬烂霄阙。下土虮虱民，误唤作雌霓。张翁老且耄，举止多媟亵。侍仙三万年，不曾见隆准。真人多窜左，天狐惨余孽。羲御失长鞭，牵牛叹河竭。②

---

① 《全明诗》卷二十二，上海古籍出版社1990年版，第450页。
② 马大品、程方平、沈望舒《中国佛道诗歌总汇》，中国书店1993年版，第648页。

诗人凭借想象乘赤雾，驾鸾车，游历仙境。仙人王子晋本以善吹笙箫、作凤凰鸣而在人世间久传闻名，而今"玉箫吹已折"，已不能吹奏迷人的仙乐了。织女巧弄织机，织出五彩云霞，现在只有残余腐烂的丝线，无法织出光彩来。张道陵修道成仙，世间的人们羡慕不已，但他并没有长生童颜，而是"老且耄"（衰老），举止也有些轻慢不恭。那些得道的真人多逃匿，或被放逐，通天的狐仙成了悲惨的余孽。善驾太阳车的羲和丢失了长鞭，无法驾车，牵牛面对干涸的天河只得唉声叹气。全诗通过对几个神仙进行变形和抽象，让超尘脱俗的神仙黯淡悲愁，投上了浓重的现实阴影。诗人在现实社会找不到出路，本想在虚幻的神仙世界寻求归宿，然而神仙世界也并不理想，同样存在人世社会种种无法逃避的悲剧。游仙的外表下，流露出的是诗人的迷惘、困惑和悲哀。

笪重光，江苏句容人，清顺治九年（1652）进士，官至御史，晚年居茅山学道改名传光、蟾光，亦署逸光，号奉真、始青道人。他的《山中奉怀碧城大真人》表达了对仙境仙人的敬奉、仰慕之情：

> 昔年奉使过仙山，曾遇真人谒帝还。龙虎峰前飞鹤驾，风雷坛畔列神班。桑田几见成沧海，金简频闻锡玉关。回首蓬瀛三万里，犹惭凡骨恋尘寰。[1]

此诗用世俗化的手法写游仙所见所感。先交代诗人曾奉使造访仙山，恰遇真人谒帝返程之事。再写仙境龙虎峰前仙鹤飞驾，风雷坛畔神仙列队活动的情景。最后抒发感慨。世间纷乱，诸多变化如沧海成桑田；回头再见蓬瀛仙境，已远在三万里之遥。诗人不能不为自己一身凡骨还迷恋尘世而惭愧不已。

潘珍，婺源（今江西省上饶市婺源县）人，明弘治十五年（1536）进士，历官右副都御史、兵部左侍郎，廉直有行谊。其诗《壬辰仲冬至茅山上宫》表达了仙境在人世间的观点：

> 冒雨冲寒入此山，分明人世有仙寰。驱驰不问衣衫湿，扪历

---

[1] 《龙虎山志》，江西科学技术出版社 2007 年版，第 336 页。

宁辞步履坚。万里江山怀帝力，满空星斗觐天颜。仙翁乞我长生药，一粒灵丹百炼还。①

诗一开始写入山的感觉，虽然是冒寒雨上山，但进山后感觉如入仙境，不禁感叹这人世间分明就有神仙世界。面对万里江山，诗人仿佛沐浴着浩荡皇恩，在满天星斗下朝觐天子。于是诗人幻想自己真的成了神仙，如果有道官向"我"乞求长生药，"我"就告诉他，一粒灵丹要经过上百次的烧炼才能炼制成功。整首诗用虚实相生的写法，将虚无缥缈的神仙世界世俗化、具体化，并借助丰富的想象力向世人表明修炼成仙的不易。

又如王稚登的《送张心湛真人入觐还山》：

> 暂时骑鹤下仙都，虽在红尘不受污。处处投丹施法水，人人拥辙乞灵符。青天魑魅行来伏，白日雷霆立雪呼。道在无为非异术，好将清静巩皇图。②

此诗赞誉张真人虽在红尘，却不受污染，以法水灵符渡济苍生，降伏妖魔，其道术之高，并非有奇异之处，而是在清静无为的炼养中获得的。以此将真人世俗化。

第二节　寓仙境于自然山水之间

明清时期，许多诗人都表现出在自然山水和田园美景中寻求仙境、体味游仙之乐的倾向。

一、仙境都是山清水秀之地

如前所述，空间的神圣性表现在道人修炼处或道观大都位于深山茂林之中，山清水秀，远离尘嚣，清静幽谧，自成一境，吸引芸芸众生，文人

---

① 刘大彬《茅山志》，江永年增补，王岗点校，上海古籍出版社 2016 年版，第 564 页。
② 刘大彬《茅山志》，江永年增补，王岗点校，上海古籍出版社 2016 年版，第 334 页。

在这里也很容易找到一种神性的超验性，乐于以诗的形式实现对生命的宗教表述。明太祖朱元璋不仅是帝王，也是一位出色的诗人，《全明诗》收录其诗一百五十三首。其《赐和宋璲诗》（"钟阜岳无比，洞府神仙居。江光摇彩色，清溪美芙蕖"）突出钟阜（紫金山）的仙境之美。在朱元璋看来，钟阜是神仙居住的洞府，三山五岳都无法与之媲美，这里江上水光五彩斑斓，清澈的溪水中绽放着美丽的荷花。

吴伯宗，明初金溪新田（今江西省抚州市东乡区红光垦殖场新田分场）人。为人温厚，但外柔内刚，不附权贵，不屈奸邪。才思敏捷，甚得明太祖赞赏，封为太常寺丞，他辞谢不就，改任国子监司业，又不去，因而被贬为金县（今甘肃省榆中县）教授。《游仙岩二首》表现他摆脱俗事纠缠，于幽境里寻找释然的心情：

独喜寻幽境，闲逢采药翁。丹丘知不远，只在碧溪东。

石髓云中现，莲花水上浮。神仙如可得，直到至高头。

此诗将寻幽与仙境里的仙人融为一体，亦真亦幻。诗人在游览中偶遇采药的老人，就设想神仙的住处离此不远，大概在碧溪之东吧！远看石钟乳现于云端，莲花浮在水面上。神仙如果采摘，就要上到最高处。从而将仙人凡人化，将仙境人间化。

魏观的《青田县石门洞天叶道人留宿，明日题二律以遗之。其中有书院居其东，观则居其西也》（其一）：

青牛道士嘉山水，邂逅登临慰所闻。儒道一原同径入，仙凡二致过桥分。瀑声到枕吹成雨，潭气升腾瀹作云。最喜炼师能好客，细将幽致论晨曛。

诗写登临所见、所闻、所感，突出山中仙家世界的神奇之美。诗人善于捕捉独特的感受，烘托超凡脱俗的特质。如写过石门桥，产生由凡界顿升仙境的感觉；描写仙境般景色：瀑布轰鸣，山岚潭气升腾，云雾掩拥，细雨濛濛，寓仙境于自然山水中。曲折表达道教仙境不在远方异地，而隐于自然之中。

张宇初是正一道第四十三代天师，袭掌正一教，入朝奉天殿，明太祖朱元璋笑他"瞳枢电转，绝类乃父"。能诗文，《岘泉集》卷二十，诗居其半，不少涉及神仙题材，宋濂称他"颖悟有文学，人称列仙之儒"。其诗中的神仙世界既有道士想象的天上仙人居所，也有对地上仙境的描写。如《游丹霞洞天》：

> 空洞深藏小有天，旧游遗迹感经年。山回鸟道盘云磴，洞抱
> 龙泓泻石泉。苍藓残碑看落日，疏林雕阁俯寒烟。迟留疑有餐霞
> 侣，不听琼箫到席前。

此诗借游历所见描写了道教洞天福地的仙境，这里空洞深藏，别有天地，山势回绕，山路险绝，盘旋入云；溪涧泉流汇入深潭，流泻石间；雕楼云阁耸立林间。但诗人不敢久逗留，担心会有修仙人设宴款待，而他又不愿赴席听玉箫。全诗将仙境的美好神秘隐藏在对自然山水的描写中，突出洞天福地的宁静、平和，但透过"苍藓""残碑""疏林""寒烟"等词，仍能体味到字里行间蕴含的人世沧桑之感。他的《桐江即事》也曲折表达了仙境不在远方异地，而隐藏于远离尘嚣的自然山水之间的意思：

> 每爱桐江秀，尘襟洗黛螺。水流浑不尽，山静看偏多。
> 秋树连云住，渔篷载雨过。何当无一系，钓濑老烟波。

桐江是东汉名士严子陵隐居之地。深秋时节，这里山清水秀，秋雨洗净了俗尘污垢，山色如黛螺，江水流不尽，山水相互映衬，彼此烘托，宁静默契。秋树连着浮云共住，渔船冒着江雨在烟波中来往。这优美清静的自然之景强烈暗示着一个道理，即仙境不须远求，只要心性明静，人间处处有仙境。

二、仙境的自然之美

道教的自然精神和选择，将自己始终置于与伟大地母的密切联系之中，那道观、洞穴，那山，那树，象征着世外桃源，那山水相依的完美景

色，代表着纯粹自然之美，也代表着一种天堂般的宇宙中心，召唤文人士子参与到这种神秘在力量中，并通过对它（或它们）的冥想，达到天人合一的境界。明人周思得就曾这样冥想过，他的《初晴》借自然的律动找到一种自由、极乐的情感寄托：

> 天街十二正春阳，小草离离雨后香。
> 吹彻瑶笙人更寂，桃花洞里日初长。

春天阳气始生，暖气萌动，万物复苏。雨后的小草浓密茂盛，散发出阵阵清香。这自然回春的欣欣生意，让诗人感觉如入仙境，听那笙箫婉转，神秘的桃花洞似乎存在于人间每个角落。诗人将仙窟桃花洞安放在人间，有意弥合仙凡的界限，让仙界洋溢着自然之气、人间之气。

而王慎中的《游麻姑山》则倾力描绘大自然的纯美：

> 云出本无心，择栖多奇巘。类予慕真胜，涉趣不知远。初缘碧涧行，几傍丹崖转。林迟去虎踪，蹬蹑飞猿践。泉流递浅深，岩谷变阴显。喷瀑遇留憩，石床时仰偃。桂芳洞里秋，霞映山中晚。探异寻前期，入幽忘后反。神游力不惰，理惬情俱遣。天路如可梯，欲以微官免。

传说麻姑山是古代女神麻姑得道成仙之所，也是风景优美的道教圣地。诗人是为"慕真胜"、探寻仙迹而来。沿着碧涧而行，这里曾是麻姑成仙、葛洪炼丹、邓紫阳修道处，诗人仰慕不已，以至于"几傍丹崖转"，精神为之一振，于是追虎踪，蹬猿践，涉流泉，跨岩谷，憩喷瀑，卧石床，陶醉于大自然的纯美仙境之中。当进入幽深石洞，桂花馥郁，倍觉秋浓，出洞时已晚霞满天，暮色满山。面对眼前的世外桃源，诗人流连忘返，世俗的欲念在此得到排解、净化，最后发出想出世成仙的感叹。登上天路，免去微官，脱离尘世，表达了对官场和俗世的厌恶之情。

清人施远恩，是吴山长生房道士，他的《壁鲁洞》也有意将仙境自然化：

窈窕神仙境，深藏竹树间。半空悬石窟，四面绕云山。洞古
遗书杳，风清破衲闲。迟回不忍去，日暮鸟飞还。

诗的一、二句乃点睛之笔，表明诗人的观点：幽静美好的神仙世界，
不在别处，而深藏于竹树之间。因而整首诗都是将自己对神仙世界的向往
之情隐藏在对竹树、石窟、白云、清风、飞鸟的平淡描写中。

第三节　借游仙寻求心灵慰藉和对尘世俗念的超越

宗教具有对人进行心理疗治和精神慰藉的功能，这主要是通过对世俗
价值的贬抑和对神圣价值的推崇来调节心理平衡，使信民在精神上、行为
上和生理上达到有益的适度状态，甚至有巨大的精神收益。

在道教世俗化过程中，传说中仙界的独立性和神圣性无法得到保障，
剩下的唯一的发展趋势就是让与世隔绝的仙境越来越靠近凡世人间。葛洪
《神仙传》中的壶公常在都市活动，他悬挂于市场中的葫芦就是神仙世界。
这也暗示了一个事实：所谓的神仙世界与世俗的城市生活实际上是可以融
合的。明代商品经济的繁荣促进市民阶层的壮大和城市文化的兴盛发展，
城市中的道观成为城市文化活动的重要场所和休闲之地。特别是道教的世
俗化使道教宫观与城市市民的日常生活更为紧密地联系起来。同时，一些
习惯于游山玩水的文士，出于对仙人修道成真的向往和追慕，喜欢探访名
山道观和仙迹，寄寓情怀。因而明清时期以描写"道观"或以探访仙踪圣
迹为题材的诗歌也大量涌现。这些诗通过游览道观和仙踪圣迹，体会游仙
带来心灵上的慰藉和对尘世俗念的超越。

一、借仙道慰藉解释自我的需要

自古以来，文人信奉或倾情一种宗教，都源于存在的需要，当现实的
昏暗，或是阻碍、磨难威胁自己的生存，或是怀才不遇、有志难伸时，就
需要自我解释以博得世人的认可，甚至同情、支持。而在这种解释中，自
己通过反思或反省，反而获得慰藉。明清时期一些诗人借慕仙、游仙进行
自我解释，实现了反省、批判和出世的需要。王冕，字元章，号煮石山

农，元末明初诗人。他的《天台行》书写对仙道和神仙世界的向往之情：

> 东南海阔秋无烟，天台山与天相连。丹霞紫雾互吞吐，重冈复岭青盘旋。怪石长松磊磊兮落落，神芝灵草绵绵兮芊芊。金堂玉室异人世，桃花流水春娟娟。送君此去意何古？幅巾飔飔衣翩翩。檄书初开云五色，不嫌坐上寒无毡。我拟寻真拾瑶草，在家作想三十年。乘风几欲鼓舞去，水流花谢难夤缘。山空无尘明月冷，时复梦里闻清猿。君今登登玉霄近，为我问讯丹丘仙。丹丘仙人如有在，我欲往受《长生篇》，烂煮白石松下眠。①

天台山是道教名山，诗先写诗人行游天台，被仙境美景深深迷住。那里不仅有丹霞紫雾、重冈复岭、怪石长松、神芝不死之草，还有不同于人世间的华丽宏伟居所和桃花流水、春光明媚的环境。接着表白诗人的向往之情。诗人寻仙道、采仙草的想法已有三十年了，甚至想鼓着勇气去践行，虽然水流花谢，山空月冷，无法兑现，但不气馁，有时梦里都听到仙猿啼叫声。诗的结尾表达诗人托"君"问讯仙人以及自己想受道化、修道成仙的愿望。王冕性格孤傲，鄙视世俗权贵，一生拒不为官，轻视功名利禄，故此诗流露出执着的仙道情怀，是对超越污浊现实路径的一种探寻。此外，其《玄真观》同样表现了对仙境的祈慕和热望：

> 青冈直上玄真观，即是人间小洞天。花石掩光龙吐气，芝田散彩玉生烟。莓苔满路缀行屐，杨柳夹堤维钓船。仙客相逢更潇洒，煮茶烧竹夜谈玄。②

玄真观位于浙江省德清县莫干山镇，湖州《归安县志》记载：玄真观始建于明末清初，主奉纯阳祖师吕洞宾。诗人以羡慕之情来描写这个处在人间的"小洞天"，在他看来，花石掩光，芝田散彩，仙气弥漫。即使是满路的莓苔，夹堤的杨柳以及渔船，都带有世外仙境的神韵。诗人甚至设

---

① 《全明诗》卷九，上海古籍出版社1990年版，第199页。
② 《全明诗》卷九，上海古籍出版社1990年版，第95页。

想，这里的仙人相聚会更为潇洒，他们烧竹煮茶，谈玄论道，逍遥自在。整首诗写诗人游洞天仙境带来的心灵上的慰藉和对尘世的超越，获得了出世的快乐和满足。

明初诗人张以宁，经历了元末的大动乱，更多接触到现实生活与民生多艰，他的相当部分诗歌都揭露现实的黑暗，故其《游仙子次韵王子懋县尹》诗，意在通过游仙含蓄地表达对现实的不满和对统治者的批判：

> 白波如山多烈风，海中不见安期翁。十三真君唤我语，拄杖
> 掷作垂天虹。金鸡啼落仙岩月，桃花满地胭脂雪。扶桑晓日见蓬
> 莱，明霞万里红波热。酒酣少住三千春，下视城郭人民新。仙家
> 鸡犬是麟凤，笑杀李白骑苍鳞。瑶台咫尺生烟霭，昆仑不隔青天
> 外。寄声白发老刘郎，辛苦茂陵望东海。①

这首诗写诗人游仙境的所见、所思、所感，诗人以丰富的想象描绘心中仙境绚丽动人的美景：月落金鸡啼，桃花满地铺；晓日扶桑升，明霞万里红。但沧海桑田，诗人仿佛真有王质的那种感受，即在仙境稍住一时，人间已过三千年，城郭人民换一新。同时，也感受到所谓的瑶台近在咫尺，昆仑山也不是远隔青天之外而遥不可及。言外之意，仙境就在人间。所以诗人想托人带话给辛苦求仙、梦想成仙的汉武帝。历史上，汉武帝在位时"好长生之术，常祭名山大泽，以求神仙"（《汉武帝内传》），尤依赖方士求仙，宫廷集中了李少君、齐人少翁、栾大等方士。如李少君诱使汉武帝海上求仙事，《史记》载："少君言上曰：'祠灶则致物，致物而丹沙可化为黄金，黄金成以为饮食器则益寿，益寿而海中蓬莱仙者乃可见，见之以封禅则不死，黄帝是也。臣尝游海上，见安期生，安期生食巨枣，大如瓜。安期生仙者，通蓬莱中，合则见人，不合则隐。'于是天子始亲祠灶，遣方士入海求蓬莱安期生之属。"此外，《大人赋》《博物志》等文献也有记载。诗的开头"海中不见安期翁"，与结句前后呼应，有批判讽刺的意味。

魏观，明代官员，元时隐居蒲山，勤读书，喜吟咏。朱元璋称吴王后，受聘，历任浙东提刑、按察司金事、两淮转运使、太常卿、翰林侍读

---

① 《全明诗》卷七，上海古籍出版社1990版，年第263页。

学士、国子祭酒、苏州知府等职。其《青田县石门洞天叶道人留宿，明日题二律以遗之。其中有书院居其东，观则居其西也》（其二）是有感于洞天的宁静优美而作：

> 石门无锁白云深，洞府神仙费远寻。雨过芝田寻鹤信，月流松涧听龙吟。疏峰未拟登玄圃，杰阁先容豁素襟。曾有天台刘处士，夜分衣露为横琴。[①]

此诗写诗人不辞路遥去寻找芝田仙鹤的故乡，在月流松涧中听虎啸龙吟，领略仙境中迷人的雨景、月色。尾句借凡人刘晨误入仙境采药被仙女挽留的故事表达自己对神仙世界的无限向往之情。诗人的游仙之志在访问道教宫观时得到了激发。

二、借探访仙踪书写超脱情怀

杨慎，四川新都（今成都市新都区）人，被誉为明代三才子（杨慎、解缙及徐渭）之首。其《长生观》是他嘉靖二十年（1541）"返成都，与梓谷黄公峑、珥江刘公大昌游青城"[②]，探访古观时作。诗云：

> 天谷隐者范长生，风御泠然独振缨。避世已高巢父节，让王还并务光名。黄金卤鼎留千载，白玉楼台上五城。古观荒基谁过问，带萝披荔重含情。

诗赞颂了范长生轻妙飘然的行止和守洁去秽、不涉乱世的节操，表达了对神仙世界的怀想和向往。诗人也有意将与世无争的神仙生活与自己厌倦的世俗名利场和官场纷争生活进行对比，体现了清醒的认识。

都市中的道观不仅以风景秀美引人入胜，而且以特有的宗教气氛吸引一般民众，在繁忙的世俗生活中去体会，或是印证游览传说中神仙世界的感受。如明末僧人无著《登毛公坛》写登毛公坛所见所想，抒发了对毛公

[①]《全明诗》卷七，上海古籍出版社1990版，年第543页。
[②] 王文才《杨慎学谱》，四川人民出版社2018年版，第63页。

的景仰之情：

> 黄屋辞仙阙，玄门向北开。驱鸡何处去？跨鹤几时来？残雪
> 窥丹井，清霜肃古台。寒烟纤缥缈，一望一徘徊。

毛公坛位于洞庭西山包山寺内，相传为西汉刘根得道成仙处。刘根成仙后身生绿毛，人称毛公。他曾在此地与七十二弟子聚石为坛，后人称毛公坛。诗中叙写毛公辞官退隐后，遇仙人韩众授修道成仙之术，表露出欲与毛公结仙缘的心迹。如今丹井、古台虽然被残雪、清霜覆盖，仍显威严之态，令人肃然起敬。以至于诗人离山返程之际，不禁对这座蕴含神仙气的包山"一望一徘徊"。

清代沈寿园的《登阁山次考亭韵》写探访期盼已久的仙踪圣迹，抒发沧海桑田之慨：

> 几年矫首望云林，藜杖闲探古洞阴。药白碧苔含雨润，斗坛
> 荒草向秋深。幽岩时有题名客，怪石徒怀控鲤心。莫讶沧田人世
> 变，神仙寥落到于今。

诗写诗人来到矫首能望的阁山次考亭，但见昔日仙人修道的古洞阴暗深沉，捣药的石臼长满了碧绿青苔，斗坛已深埋在荒草丛中，岁月无情，山形依旧，不要惊讶人世间的沧桑巨变，就是神仙如果活在今天，也有衰落之时。

曹雪芹的《访妙玉乞红梅》虽写贾宝玉到如仙境般的栊翠庵乞梅，实则是抒怀咏己之作：

> 酒未开樽句未裁，寻春问腊到蓬莱。不求大士瓶中露，为乞
> 嫦娥槛外梅。入世冷挑红雪去，离尘香割紫云来。槎枒谁惜诗肩
> 瘦，衣上犹沾佛院苔。[1]

---

① 马大品、程方平、沈望舒《中国佛道诗歌总汇》，中国书店 1993 年版，第 683～684 页。

　　此诗出自《红楼梦》第五十回。作者立意极富匠心，一开始表明到犹如蓬莱仙境的栊翠庵，既无饮酒作诗之兴，也无避灾躲难之意，只为寻春问腊向妙玉乞梅。诗的后半部分写内心的感受，作者将栊翠庵比作仙境，折了红梅回去，为"入世"；来到栊翠庵，叫"离尘"；前面又用"嫦娥""大士"比喻妙玉，用意新巧，委婉地表现了妙玉超凡脱俗之气，也流露出宝玉祈慕神仙、追求离尘的心性。

　　此外，还有危素的《寄题大瀛海道院》，通过游道院而生发联想，描写仙人修炼的执着和勤奋以及自己游仙境所见的绚丽又奇异的景象，抒发对"汉使游空返，秦皇去不回"的感慨。[①] 胡翰的《游仙诗》表明自己素有慕仙之志，却无法如愿：

　　　　夙志慕仙术，笑傲人间春。朝陪瑶池燕，暮扬沧海尘。道逢安期生，遨游乘采云。粲然启玉齿，遗我紫金文。天地此中毕，世人不得闻。受之今十年，留待逍遥君。青鸟从西来，飞去扶桑津。寄书久不到，白首悲秦人。[②]

　　诗人一开始就表白自己不仅仅在人间潇洒，优游自得，平素的志愿是修炼成仙。接着写游仙的经历，路遇仙人安期生，送给他一本"紫金文"，他受之至今已十年之久。结句表达想写信联系仙人却无法寄到的悲哀。"白首悲秦人"既讽刺秦始皇执着求仙，至死不悟，也有自嘲的意味。

　　道教的世俗化经历了较长的过程，并非开端于明清，宋元以后这一进程就大大加快。随着这种变化，神仙世界、神仙形象在文人诗歌中也渐渐褪去了神秘色彩，向人世间无限接近，故而在明清诗歌中，神仙世界越来越融入人类活动的自然和社会现象，神仙形象越来越成为情感交流和审美寄托的对象。

---

① 《全明诗》卷二一，上海古籍出版社1990年版，第441页。
② 《全明诗》卷二九，上海古籍出版社1990年版，第653页。

第四章　明清文人的服食题材诗

正一道认为，凡人要成为长生不死之仙，与"道"合一，必须借助一定的技术手段和方法来实现。这是那些向往成仙的普通人最为关注的问题。对于那些不满世俗生活的人，这些法术可以使他们摆脱烦恼，成仙悟道；对于那些满足于世情的人，这些法术可以使他们延年益寿，幸福永远。早期的道教认为神仙为特殊人群所化，后来才出现普通人也能"学而致之"的观点。葛洪就认可凡人可以学仙成仙的观点，他在《抱朴子内篇》中说：

> 凡世人所以不信仙之可学，不许命之可延者，正以秦皇汉武求之不获，以少君栾太为之无验故也。然不可以黔娄原宪之贫，而谓古者无陶朱猗顿之富。不可以无盐宿瘤之丑，而谓在昔无南威西施之美。进趋尤有不达者焉，稼穑犹有不收者焉，商贩或有不利者焉，用兵或有无功者焉。况乎求仙，事之难者，为之者何必皆成哉？①

从其话语中，可知他认同神仙是可学可求的，关键是"修至道，诀在于志，不在于富贵"，并强调借助技术手段的重要性。隋唐以后，"神仙可学"的观念随着道教自身发展的需要而逐渐成为定论，而服食和修道法术则成为神仙信仰中具有重大社会影响的现象。《神仙传》卷二载马鸣生的修道事很有代表性：

> 马鸣生者，齐国临淄人也，本姓和，字君贤。少为县吏，捕

---

① 王明《抱朴子内篇校释》卷二，中华书局 1985 年版，第 17 页。

贼，为贼所伤，当时暂死，忽遇神人，以药救之，便活。呜生无以报之，遂弃职随神。初但欲求治金疮方耳，后知有长生之道，乃久随之，为负笈。西之女几山，北到玄丘，南至泸江，周游天下，勤苦历年，乃受《太清神丹经》三卷归，入山合药服之。不乐升天，但服半剂，为地仙，恒居人间。不过三年，辄易其处，时人不知是仙人也。架屋舍，畜仆从车马，并与俗人皆同。如此展转经历九州五百余年，人多识之，悉怪其不老。后乃白日升天而去。①

　　该故事讲述了道教的服食之术，突出了金丹药在治病和修仙方面的神奇功效：服半剂，能成为地仙，长生不死；服大丹则可白日升天。这显然是在宣传道教服食术的重要性。

　　战国至秦汉时期，方仙道士外服药多为草木药，人们认为自然界许多天然药物具有使人长生不死的功效，如《十洲记》记写祖洲的"不死之草"："祖洲近在东海之中，地方五百里，去西岸七万里，上有不死之草。草形如菰苗，长三四尺，人已死三日者，以草覆之，皆当时活也。服之令人长生。"②记写瀛洲的"神芝仙草"："瀛洲在东海中，地方四千里，大抵是对会稽，去西岸七十万里，上生神芝仙草，又有玉石，高且万丈。出泉如酒，味甘，名之为玉醴泉。饮之数升，辄醉，令人长生。洲上多仙家，风俗似吴人，山川如中国也。"③《列仙传》提及神仙所服天然药物中很多是草木药物，如偓佺食松实、关令尹服精华、吕尚服泽芝地髓、师门食桃李葩、务光服蒲韭根、仇生食松脂、彭祖食桂芝、陆通食橐卢木实及芜菁子、范蠡服桂饮水、寇先食荔枝葩实、桂父服桂及葵、脩羊公服黄精、赤须子好食松实及天门冬、犊子服松子及茯苓饵、鹿皮公食芝草、昌容食蓬蘽根、商丘子胥食菖蒲根、山图服地黄及当归和苦参散等。

　　道教产生后，对金石类药物的长生功效更为重视。以铅汞为主，融入金、银、丹砂、雄黄、石英、云母等矿物合成的"金丹"被奉为仙家"上

---

①　葛洪《神仙传》卷二，谢青山译注，中华书局 2017 年版，第 91 页。
②　《道藏》第 11 册，文物出版社、上海书店、天津古籍出版社 1988 年版，第 151 页。
③　《道藏》第 11 册，文物出版社、上海书店、天津古籍出版社 1988 年版，第 151 页。

药"。《周易参同契》对炼丹的炉鼎、药物配备、火候把握、效果等进行了详细说明，并以《周易》为喻阐明炼丹的基本原理和规则。东晋时期的《抱朴子内篇》不仅对炼丹的药物品种提出了具体要求（涉及的药物有 22 种），详细记录了炼金丹的方法和炼制过程中化学变化的情况以及长生成仙之道。至此，以金丹为主要形式的服食之术成为早期道教的主要修仙方术。此后，以服食方术思想为主体的《服气精义论·服药论》（司马承祯）、《太上肘后玉经方》（卢遵元）、《云笈七签·方药部》（张君房）等著述先后问世。

在明清时期受道教影响的诗歌中，对道教服食术的表现更多的还是宣传其"长生不死"的功能，这也是世俗大众最关注和崇尚的题材。

第一节　明代文人服食题材诗

在经历唐、宋、金、元时期的炼丹、服丹理论和实践后，特别是随着炼丹规模的扩大和参与人群的增加，服食金丹之弊也日益显现。其中有包括帝王在内的众多服食者命丧黄泉的事实，催人警醒，服丹飞升的神话开始受到质疑。宋以后，整个社会对金丹的狂热开始降温，以服丹为中心的服食之道失去了可信度，服食外丹的观念变得淡漠，"道教抛弃了服用外物以求长生的思路，转向探讨人体内部的精、气、神的修炼，并逐步从传统的守一、行气、吐纳、导引、房中、辟谷等养生术中演化出'内丹'修炼术，代替业已没落的金丹服食之道"[1]。到明代，文人反映道教题材的诗歌不再写自己炼丹、服丹的经历和生命感受。纵观《全明诗》可以发现，其中的服食题材诗歌大多关注仙人、道人炼丹的修为。

一、明代帝王对炼丹的关注、赞赏和神往

朱元璋登上皇帝位后，大力扶植道教事业，任命第四十二代天师张正常为正一教教主，秩视正二品。其诗对道教宣扬的仙人仙境充满了赞赏之情。如《仙人》诗（"仙人鹤背几经秋，神出尘寰宇宙游。铁笛横吹天地

---

① 苟波《道教与明清文学》，巴蜀书社 2010 年版，第 342 页。

外，肯将精气浑茫俦"）描绘的仙人能跨越时空限制逍遥天地外，甚至流露出欲与仙人相伴为伍的期待。当然这里不是说朱元璋愿做仙人不做皇帝，也许他对仙人的欣赏是为了倡导别人去向往罢了。其《神乐观道士》诗中"闻说仙人岂等闲"句也有对仙人的敬佩之意。而对炼丹的关注、赞赏和神往，则体现了帝王对修仙持肯定、支持的态度。如《钟子炼丹》：

> 翠微高处渺青烟，知子机藏辟谷坚。丹鼎铅砂勤火候，溪云岩谷傲松年。潭龙掣电深渊底，崖虎风生迥洞边。径已苔蒙人未履，昂霄足蹑斗牛天。①

诗写钟子在青山高处炼丹修道，升天成仙。钟子何许人？不可考。但从"坚""勤""傲""昂霄"等词，可以看出诗人对钟子的赞赏之意。钟子深谙辟谷之道，精通炼丹术，对丹鼎的设置、铅砂的配备、炼丹时火候的把握都能从容自如，这得益于他的勤奋。正因如此，在溪云岩谷之间，他笑傲青松，无视潭龙掣电、崖虎风生，终能在高入云霄的斗牛天上漫步，得道成仙。

又如《群仙古诗》表现金仙弟子炼丹济世之志：

> 匡庐之巅有深谷，金仙弟子岩为屋。炼丹利济几何年，朝耕白云暮种竹。②

"金仙弟子"是玉虚宫元始天尊门下的十二弟子，是广成子、赤精子、玉鼎真人、太乙真人、黄龙真人、文殊广法天尊、普贤真人、慈航道人、灵宝大法师、惧留孙、道行天尊、清虚道德真君的统称。诗写金仙弟子以山岩为屋，炼丹济世度众生，不记年月，不分朝暮。字里行间流露出赞誉之情。

至于《神乐观道士》则涉及内丹术：

---

① 《全明诗》卷四，上海古籍出版社 1990 年版，第 33 页。
② 《全明诗》卷四，上海古籍出版社 1990 年版，第 50 页。

闻说仙人岂等闲，年年辟谷炼金丹。虚心尽却玄中览，特假弦歌谒帝坛。①

"神乐观"原名真武大帝行宫，专供奉道教"真武大帝"。洪武十二年（1379），明太祖敕建为"神乐观"，成为专门从事祭祀天地、日月、山川、祖先、鬼神的音乐舞蹈机构。诗中的"辟谷炼金丹"指的是断谷物而炼内丹术，即将人体作为炉鼎，以精气神为药物，让气按一定的路线在人体经络间有节奏地运行，在运行中不断吐故纳新，使人身永远充满活力，是早期正一道守一、行气、吐纳、导引等养炼功夫的综合发展。

二、明代文人对炼丹修道的赞誉和羡慕

信仰进入精神生命的条件是一定的社会空间和社会氛围，由于帝王的引领作用，明代文人对炼丹修道题材的关注热度也很高。明初诗人钱宰的《方壶小隐》表现了仙境和仙丹的魅力：

方壶之山，上有不死药，可以炼金丹。乃在阆风之东、员峤之西，沧海每岸非人寰。自从秦儿入海去，不许海若通天关。长鲸苍虬互出没，天吴九首扶狂澜。方壶可隐，大药可餐，海水清浅，海路险艰。山人学仙竟欲往，欲往不得空长叹。归来传得壶公术，平地幻作方壶山。一壶颠倒悬药室，日暮竟入壶中间。壶中一宇天地阔，白日不夜长无端。安得相携费长房，同入壶中问大还。②

"方壶"即方壶山，又称方丈山，为仙人所居。《列子》载："渤海之东不知几亿万里，有大壑焉，实惟无底之谷，其下无底，名曰归墟。八纮九野之水，天汉之流，莫不注之，而无增无减焉。其中有五山焉：一曰岱舆，二曰员峤，三曰方壶，四曰瀛洲，五曰蓬莱。"③岱舆、员峤，流入

---

① 《全明诗》卷四，上海古籍出版社 1990 年版，第 42 页。
② 《全明诗》卷十七，上海古籍出版社 1990 年版，第 389 页。
③ 杨伯峻《列子集释》，中华书局 1979 年版，第 158~159 页。

海底。留下方壶、瀛洲、蓬莱仙境,有长生不老药。《史记·封禅书》记载:"自威、宣、燕昭使人入海求蓬莱、方丈、瀛洲三神山者,其传在渤海中,去人不远。患且至则船风引而去。盖尝有至者,诸仙人及不死之药皆在焉。"① 诗人写方壶山仙境可以隐居,可以炼金丹,大药可餐,学仙者欲往不得空长叹,并由此联想到壶公"悬壶济世","一壶颠倒悬药室"以治病救人之事。《神仙传》载:壶公"卖药口不二价,治百病皆愈……其钱日收数万,便施与市中贫乏饥冻者,唯留三五十"②,可谓德行高尚。诗中还写壶公道术的神奇以及对费长房学仙道的看法。费长房是《神仙传》中的人物,遇壶公时为"市掾"(集市管理者),因学仙道不得,最后成为"地上主者,可得寿数百岁"③。"大还"即大还丹,又称九还金丹。这里似讽刺费长房急于成仙之念。其《题崆峒石室》亦写炼丹修道事:

> 洞天琳馆倚江城,一室崆峒昼不扃。白石无粮谁解种,黄金
> 有道炼还成。几时云气生秋雨,长夜丹光动落星。顾我正惭嵇叔
> 夜,素书何处觅黄庭。④

此诗先写崆峒石室福地洞天之仙境,修养炼丹之景象,进而生发议论。洞天仙宫倚靠江城,修炼者在崆峒石室修炼,或以白石为粮,或用黄金炼成金丹。在长夜里,炼丹的火光与陨落的星光交相辉映,别是一番气象。结尾处,写诗人想到嵇康的养炼事,袁颜伯《竹林七贤传》载:"嵇叔夜尝采药山泽,遇之于山,冬以被发自覆,夏则编草为裳,弹一弦琴,而五声和。"诗人在此处为嵇康感到惭愧,因为嵇康不懂得仙人的养炼和服食道术,这就像在《素书》里寻找《黄庭经》,不可得。《素书》相传为秦末黄石公作,民间视为奇书、天书。它以道理为宗旨,同时以道、德、仁、义、礼为立身治国的根本,揆度宇宙万物自然运化的理数,以此认识事物本原。"黄庭"指《黄庭经》,是道教上清派的重要经典,包括《黄庭外景玉经》《黄庭内景玉经》《黄庭中景玉经》,统称《黄庭经》。该书认为

---

① 司马迁《史记》,岳麓书社 2010 年版,第 163 页。
② 葛洪《神仙传》卷五,谢青云译注,中华书局 2017 年版,第 206 页。
③ 葛洪《神仙传》卷五,谢青云译注,中华书局 2017 年版,第 209 页。
④ 《全明诗》卷十九,上海古籍出版社 1990 年版,第 422 页。

人体各处都有神仙，首次提出了三丹田的理论，介绍了许多存思观想的方法。

生于婺源的詹同，平生与多与道士往来，从其《赠碧云徐炼师还句曲山》《赠炼师周微中》《赠龙虎炼师陈真常》等诗可知他与几位炼师有比较深的交情。所谓"炼师"，指懂得"养生""炼丹"之法的道士。他的《赠碧云徐炼师还句曲山》流露出对徐炼师的赞誉、羡慕之意：

> 学仙者流，乃高其风。英英碧云，栖迟岩谷。绀发绿瞳，颜如雪玉。浴丹水池，服气海旭。两臂未翰，有怀靡足。①

诗写徐炼师隐遁碧云山谷修道，绀发绿瞳，颜如白雪，炼丹服气。但深感其不足之处就是未能飞升成仙。"未翰"意谓还没有长出长而硬的羽毛。其《赠炼师周微中》写长淮一别后对周道士的思念之情：

> 道士两鬓点秋霜，邂逅长淮酒一觞。欲问几时还采药，不知何术可休粮。雪留阴洞云犹湿，花落仙岩水亦香。遥想山中清炼处，碧天凉月树苍苍。②

诗中也有道士采药、修炼辟谷术的信息。为了信仰和理想，道士穴居阴洞，独处清炼，不顾月凉树苍，在他的世界里，一切都充满美好，即使花落仙岩流水中，仍然能散发出悠悠香气。

詹同的《题云林丹房为葛元德赋》诗写葛元德于盘龙庵修行，炼丹采药，表达诗人企羡"从君"的愿望：

> 盘龙庵前翠可食，道人凿云开竹房。丹光出林如月白，石髓满山连水香。每闻向此采芝术，欲往从君愁虎狼。展图使我空叹息，三十六峰清梦长。③

---

① 《全明诗》卷二四，上海古籍出版社 1990 年版，第 467 页。
② 《全明诗》卷二五，上海古籍出版社 1990 年版，第 494 页。
③ 《全明诗》卷二五，上海古籍出版社 1990 年版，第 491 页。

该诗从盘龙庵的环境写起，突出道人修炼生活的清寂和执着。"丹光出林""采芝术"暗示道人不仅炼丹服丹，也服食草药，或者二者混服。有感于此，诗人对道人肃然起敬，想跟随修道，又担心山中虎狼出没，只得面对三十六峰空长叹。类似的还有《题洞泉道人诗卷》诗，写洞泉道人结屋石洞，与青山白云为伴，炼丹洗药，自在逍遥：

> 道人结屋石洞口，每爱泉流穿翠微。青山无人玉龙下，白云满地春雷飞。浴丹自笑影在水，洗药不知香染衣。夜来一雨碧通涧，枯槎流过新柴扉。①

陈谟是元明间诗人，江西泰和人，幼能诗文，尤精经学，旁及子史百家。曾隐居不仕，而究心经世之务。其诗作中有多首诗涉及炼丹题材，如《芙蓉仙隐》"丹鼎飞随鹤，松坛暖卧牛"②，《戏和肱道人》"内景新将丹鼎炼，丽词常展锦笺题"③，《葛仙祠留题》"罗浮自爱留丹灶，勾漏空闻有洞天"④，《望蒲涧怀安期生》"花下金丹煎白石，海中瓜枣献清都"⑤等。其中《葛洪丹井》写葛洪炼丹事：

> 岂复风流似葛洪，寻仙还到紫阳宫。遥闻环佩锵云表，尚想丹砂浴井中。白发那能生羽翼，苍生坐待起疲癃。银瓶素绠中宵汲，怕有蟠龙解喷风。⑥

葛洪是东晋道教理论家、著名炼丹家和医药学家，世称小仙翁。《晋书·葛洪传》：

> 以年老，欲炼丹以祈遐寿，闻交阯出丹，求为句漏令。帝以

---

① 《全明诗》卷二五，上海古籍出版社1990年版，第496页。
② 《全明诗》卷二七，上海古籍出版社1990年版，第602页。
③ 《全明诗》卷二八，上海古籍出版社1990年版，第611页。
④ 《全明诗》卷二八，上海古籍出版社1990年版，第612页。
⑤ 《全明诗》卷二八，上海古籍出版社1990年版，第627页。
⑥ 《全明诗》卷二八，上海古籍出版社1990年版，第620页。

洪资高，不许。洪曰："非欲为荣，以有丹耳。"帝从之……至广
州，刺史邓岳留不听去。洪乃止罗浮山炼丹……后忽与岳疏云：
"当远行寻师，刻期便发。"岳得疏，狼狈往别。而洪坐至日中，
兀然若睡而卒。岳至，遂不及见。时年八十一。

　　诗题中的"葛洪丹井"为葛洪炼丹之处。该诗通过探寻仙踪圣迹，展
开联想，生发议论，表明对服丹长生不老持质疑的态度。
　　唐桂芳，歙县人，元末明初著名学者，号白云，又号三峰。元至正
中，授崇安县教谕，南雄路学正。以忧归。朱元璋定徽州，召出仕，辞
不就。寻摄紫阳书院山长。从其号和生平经历，足见其宗教情怀深厚。
其《代送王鹏举之茅山》诗写探访仙踪，回忆茅山君修道炼丹往事：

　　　　茅家兄弟坐三峰，三峰偓寨犹蛇龙。灵源泉香见客笑，丹光
夜夜如金镕。分明英气妙毓物，黄连苍术青重重。美石凝脂白欲
堕，腰围虹玉才枞枞。①

　　"茅家兄弟"即茅盈、茅固、茅衷三人。他们先后隐居句曲山修炼
（葛洪《神仙传》载其"学道于齐，二十年，道成归家"②），得道成仙。
相传他们得道后分别称为大茅君、中茅君、小茅君，后人为了纪念三茅真
君，遂改句曲山为三茅山，简称茅山。据陶弘景《真诰·稽神枢第一》
载，汉代就对三茅君立庙祭祀。该诗以寻茅君遗迹为线索，写山泉见客人
笑相迎，金丹夜夜放光芒。还提及炼丹用的黄连、苍术，以及白石、
美玉。

第二节　明清文人对"三山"炼药圣迹的探访和书写

　　自元成宗大德八年（1304）敕封张陵第三十八代后裔张与材为"正一

---

① 《全明诗》卷三四，上海古籍出版社1993年版，第16页。
② 葛洪《神仙传》卷九，谢青云译注，中华书局2017年版，第336页。

教主","主领三山符箓"① 以来,茅山、龙虎山、阁皂山成为道教的三座名山圣地,为历代文人学士景仰、游访和书写。至明清时期,文人墨客对三山炼丹圣迹的探访和吟咏之风仍未消退。

一、炼制丹药成往事,寻访圣迹茅山来

茅山自"北宋朝廷确认茅山与龙虎山、阁皂山为'三山符箓',即三山授箓宗坛"② 以来,茅山的三宫五观,即九霄宫、元符宫、崇禧宫,乾元观、玉晨观、白云观、德佑观、仁佑观,为历代文人学士所景仰,成为游访圣地。从唐代开始,"茅山为天下道学之所宗"③,游览茅山,或与茅山高道往来赋诗,成为文人们追奉的时尚。如司马承祯是王远知的再传弟子。王远知曾受杨广礼重,在茅山"山门著录三千许人"④。司马承祯自言"我自陶隐居传正一之法"⑤,是唐代道教上清派茅山宗第十二代宗师,个人文学修养极深,他与李峤、宋之问、沈佺期、崔湜、张说、张九龄等文人都有赠诗。唐代文人写茅山题材诗一时云集,如李颀、储光羲、綦毋潜、刘长卿、李端、顾况、权德舆、许浑、陆龟蒙、罗隐、赵嘏、杜荀鹤、徐铉、许坚、李中、窦常、皮日休等人,都书写过茅山,催生了茅山文化现象。这种风气至明清仍未完全消退。在明清时期大量书写茅山诗作中,对探访仙踪圣迹,尤其是对炼丹和服食的关注也不在少数。如胡濙《题月渊堂》"诞生得授茅君术,炼得丹砂火已灰",屠勋《游茅山》"行爱葛洪丹井在,屐痕犹带藓苔斑",王鉴之《辛亥过玉晨》"云里三骈飞白鹄,岩前独虎卧丹台",王守仁《游山二首》"古剑时闻吼,遗丹尚有光",马骕维《登峰》"通明只待还丹熟,来借山人白石床",曾棨《游白云观》"丹房龙虎蟠金鼎,石洞烟霞护玉床",王鏊《中馆望三峰》"云里石床春正暖,日边丹井夜新跑",王溱《清明节游茅山》"落景沉丹灶,华风散紫

---

① 宋濂等《元史·释老传》第 15 册,中华书局 1976 年,第 4526 页。
② 刘大彬《茅山志》,江永年增补,王岗点校,上海古籍出版社 2016 年版,前言第 3 页。
③ 颜真卿《有唐茅山元靖先生广陵李君碑铭》,载于《全唐文》卷三四〇,中华书局 1983 年版,第 3446 页。
④ 江旻《唐国师升真先生王法主真人立观碑》,载于《全唐文》卷九三三,中华书局 1983 年版,第 9618 页。
⑤ 卫凭《唐王屋山中岩台正一先生庙碣》,载于《全唐文》卷三〇六,中华书局 1983 年版,第 3108 页。

芝"，周凤鸣《登山》"闲踪寄天外，丹井曙光迟"，林春泽《游玉晨观》
"展公传法旧时台，长史丹成我复来"，陈铎《登峰》"此行准拟逢真侣，
细问丹炉九转砂"，陈沂《望茅峰止玉晨观》"陶君此地烧丹后，长史何年
跨鹤还"，王镕《游茅山》"茅君犹可遇，丹火夜分明"，潘珍《壬辰仲冬
至茅山上宫》"仙翁乞我长生药，一粒灵丹百炼还"，卢焕《晚登大峰》
"丹灶暖添清夜火，紫芝肥长白云丛"，夏言《游三茅漫句》"石室丹光隐
隐，药坛花气濛濛"，等等。

二、明人倾情龙虎山，远胜清人低迷样

自汉和帝永元二年（90）张道陵入云锦山炼"九天神丹"，改云锦山
为龙虎山起，至献帝建安二十一年（216）张道陵四世孙张盛由汉中返回
龙虎山，得祖师丹灶故址，建传箓坛，奉正一经为经典，创立龙虎宗正一
天师道，正一道的思想体系以及教义教规、典章制度都立足于龙虎山，经
久不衰。在鼎盛时期，龙虎山曾建有 91 座道宫、81 座道观、54 座道院以
及 24 殿、36 坛，被称为"神仙所都""人间福地"。其中天师府、上清
宫、正一观、兜率宫等宫观历史意蕴深厚，宗教影响力经久不衰，为历代
文人、信众探访和神往的圣地。正所谓"道教圣地龙蟠虎踞千古胜，人间
仙境鬼斧神工十分奇"。就明清诗人而言，明人游龙虎山，探访仙踪圣迹
的纷至沓来，趋之若鹜，如宋濂、张宇初、吴伯宗、甘瑾、王崇庆、韩
阳、韩雍、顾应祥、黄应元、邵宝、詹瀚、罗洪先、夏尚朴、李万宝、罗
治、丘云齐、王宗沐、袁炜、顾璘、朱维京、王问卿、梅应春、刘应秋、
袁懋谦、揭重熙等；清代诗人光顾龙虎山的人则寥寥无几，只有夏远应、
施远恩等。此外，还有一些送别、赠别诗也写龙虎山事。但两朝诗人留意
炼丹服食题材的诗则不多。甘瑾是元末明初的官员，其《游龙虎山》仙化
了龙虎山：

> 流水湾回路百盘，化人楼阁倚清寒。枕中鸿宝长生箓，屋外
> 玄都太古坛。金鼎有丹先试犬，玉箫无曲不吹鸾。麻姑未老秋霜
> 鬓，几见扶桑海未干。①

---

① 《龙虎山志》，江西科学技术出版社 2007 年版，第 324 页。

此诗写游山所见，物、景、人在仙境中重叠交融。仙人修炼的踪迹仿佛历历在目：仙人楼阁独倚清寒，枕中的炼丹书上画着长生的符箓，玄都太古台依旧屹立。于是诗人忽发奇想，如果金鼎有丹无人服用，可先让狗试食；如果王子乔的玉箫还在，已无曲可吹，也吹不出凤凰歌唱的声音。麻姑未老已两鬓花白，何曾见过扶桑海未干的景象。"麻姑"，又称寿仙娘娘、麻姑元君、虚寂冲应真人，为道教神仙。据《神仙传》载，其为女性，"年十八九许"，"光彩耀目"，王方平之召降于蔡经家，自谓"已见东海三为桑田"[①]。诗人想象的方式，说玉箫无曲可吹，麻姑未老鬓为霜，明显带有嘲讽的意味。

袁炜才思敏捷，据传嘉靖帝常中夜出片纸，命袁炜作青词，炜举笔立成，深得帝宠。其《游上清宫》写漫步仙宫所见、所感、所想：

> 徐步仙宫里，松筠佛槛齐。潜龙眠古洞，瑞鹤立高枝。药灶香风起，丹台紫雾迷。道人无俗虑，樽酒对枰棋。[②]

在诗人眼里，上清宫周围的松竹、古洞、瑞鹤，仙气弥漫；药灶里香风阵阵，炼丹台紫雾迷蒙。诗的尾句点明道人超然世外的风神。

其他探访仙踪、涉及炼丹或服食题材的诗句，有"神房丹鼎依然在，更有莓苔护秘题"（朱维京《龙虎山仙岩寺》），"丹砂如炼就，共向上清归"（夏远应《雍正癸丑仲春重过上清宫舟伯云锦岩值三山王仙丈见招》），"雷坛树碧当窗出，丹井泉香绕石流"（施远恩《龙虎山早秋》），"虚靖张隐君，旷怀辞天禄。于此得长生，所食芝与菊。野鹤依树巢，丹灶临溪筑"（夏远应《奉选登龙虎山吟》）等。

三、探觅仙踪阁皂山，炼药题材满诗行

阁皂山是道教圣地，也是药山。早在东汉时就有张道陵、丁令威、葛玄等来此修炼，明人俞策编撰，清人施闰章修订、傅义校补的《阁皂山

---

① 葛洪《神仙传》，谢青云译注，中华书局 2017 年版，第 269 页。
② 《龙虎山志》，江西科学技术出版社 2007 年版，第 333 页。

志》，不仅见证了明清时期阁皂山的兴衰和道教的隆替，也记载了大量慕名而来的文人学士诗篇，这些吟咏、记录炼丹服食的仙踪圣迹的诗篇，都有较高的文学价值和社会价值。清人谢天翼的《游阁皂山》开头就表明他是为觅仙踪而来：

> 松风起寒涧，四山皆杳然。我来觅仙踪，丹井如昔年。着衣
> 怅台圮，捣药惟鸟传。攀藤过仄径，摩石跻危巅。萧萧木叶落，
> 片片随清泉。白云能我期，草堂修竹边。①

全诗写诗人游山的所见所感所想，诗人所见丹井依旧在，感叹着丹台已毁，捣药的故事只有请鸟来传了。关于捣药鸟，明人董斯张《广博物志》载："葛仙公尝于西峰石壁上石臼中捣药，因遗一粟许，有飞禽遇而食之，遂得不死。至今夜静月白风清之时，其禽犹作丁当杵臼之声，名之曰捣药鸟。"诗的最后表达诗人要与白云仙乡期约，建草堂于竹边，修炼学仙的愿望。

此外，提及药池、药臼、丹井、丹灶、金丹题材的诗还有顾应祥的《阁皂山》（"著衣亭在云霄外，洗药池存草莽中"）、俞策的《捣药臼》（"绿壁苍岩绀石平，披云丹臼采金英。灵禽啼过前峰月，犹作仙家捣药声"）、喻成龙的《登阁皂》、黄以正的《阁皂山》（"仙翁超举遗丹灶，仁宰来游讯黍麻。药臼藓生封药饵，莲峰卉放胜莲花"）、李明真的《寻见药臼》（"洗杵无时龙问道，成丹有日鹤翔烟"）、裴柳书的《阁皂山晚眺》（"药臼风微仙子杳，梅桥月上道人归"）、黄弘景《阁皂山》（"捣药石臼澄玉液，浴砂金井润胡麻"）、黄邦哲的《阁皂山》（"金井炼丹喧药鸟，石泉吐涧荫胡麻"）、黄松龄的《阁皂山》（"须向道源觅味佳，丹成九转胜餐霞"）、蔡似襄的《阁皂山》（"红尘不到清如许，一粒金丹度岁华"）② 等。

---

① 俞策《阁皂山志》，施闰章修订，傅义校补，江西人民出版社 1996 年版，第 88 页。
② 俞策《阁皂山志》，施闰章修订，傅义校补，江西人民出版社 1996 年版，第 74~77 页。

第五章　宫观与宋元明清文人诗歌的书写语境

如前文所言，宫观是指道士修道、祀神和举行宗教仪式的场所，是道宫和道观的合称，是道教文化的物化形态。

第一节　宫观是道教文化的物化形态

道教的建筑最早的称谓有多种，诸如"草屋""茅室""幽室""静室""靖舍""精舍""治"，后又称为"庐""山房""馆""庵"等。道观的称呼起始于北魏和北周的楼观、通道观、玄都观等。隋唐以后，开始通称道观或道宫。

一、宫观称谓的演变

宫观是随着道教组织的产生、发展而形成的。早期的道教主体建筑叫靖和治，也有称庐、馆的。靖，即静，是奉道之人所设立的静室。《陆先生道门科略》："奉道之家，靖室是致诚之所。其外别绝，不连他屋。其中清虚，不杂余物。开闭门户，不妄触突。洒扫精肃，常若神居。唯置香炉、香灯、章案、书刀四物而已。"这里的静室是与家中其他处隔开的，用以区分道士奉道与一般民众的世俗生活。另外张道陵创立五斗米道（即正一盟威之道）时，设有二十四治。当时的"治"，不仅是道民公共活动的场所，也是领导机构所在地。后来张鲁时又加设游治。《陆先生道门科略》中提到别治、配治、下治等，这些治或游治，显然都是道民集中过宗教生活、接受检察考校的场所。《正一法文外录仪》称"凡男女师皆立治所，贵贱拜敬，进止依科，自往教之轻道，明来学之重真"，强调治所为教化道民遵守仪戒、明学重真之地。治中的静室也可称"馆"。南朝宋刘敬叔《异苑》："杜明师梦人入其馆，是夕谢灵运生会稽。其家以子孙难得，送杜治养之。"此处的"馆"，也就是杜明师（字子恭）的"治"。由此可知，"馆"大约是南朝的习惯叫法。北朝则开始出现道观的称呼。《释名》曰："观者，于上观望也。"这应与道教的神仙观念有关，《洞玄灵宝三洞奉道科戒营始》卷一《置观品》称：

> 夫三清上境及十洲五岳诸名山或洞天，并太空中，皆有圣人治处。或结气为楼阁堂殿，或聚云成台榭宫房，或处星辰日月之门，或居烟云霞霄之内，或自然化出，或神力造成，或累劫营修，或一时建立。其或蓬莱、方丈、圆峤、瀛洲、平圃、阆风、昆仑、玄圃，或玉楼十二，金阙三千，万号千名，不可得数，皆天尊太上化迹，圣真仙品都治，备列诸经不复详载。必使人天归望，贤愚异域，所以法彼上天置兹灵观。既为福地，即是仙居。布设方所，各有轨制。

"仙人好楼居"（《史记》），因而道教的建筑多以楼的形态出现，居楼可以视天文、望气，距离仙人更近。到了唐代，供奉尊神的道观，称为宫。《旧唐书·玄宗本纪下》载，天宝二年，唐玄宗诏改西京玄元庙为太清宫，东京为太微宫，天下诸郡为紫极宫。而金元时期，还出现"庵"。"庵"主要是修道之所："凡出家者，先须投庵。庵者，舍也，一身依倚。身得依倚，心渐得安，气神和畅，入真道矣。"（《重阳立教十五论》）

二、宫观的设计布局

宫观的建筑，大多依山水形势而建，自然得体，在设计上充分体现道教"道法自然"的理念。有的甚至蕴含了阴阳变化之理。如龙虎山天师府的总体建筑设计采用八卦结构，天师府第三省堂正处于该布局的中心，相当于太极的位置。这一建筑布局象征天师府效法、寄寓阴阳变化之理，而天师居于太极的位置正表示天师居于沟通人神、控制阴阳变化的崇高地位。

就宫观内部的布局看，"基本上是一个天界的模型，以灵官殿当首，玉皇殿居中，三清殿压后，其他配殿分置左右前后"①。在这个模式中，灵官镇守天门，玉皇大帝坐镇天中，化生的三清隐藏于背后，是道教宇宙体系的简略图示。但也有宫观的布局与传统范式不同，如常德市桃源县的九龙观，前殿是药王殿、财神殿和谷神殿，之后依次是真武殿、龙王殿、玉皇殿、三清殿。如善德观的第一个大殿是善卷祠，供奉德山善卷真人，之后依次是祖师殿、玉皇楼、三清殿。这些不同的设置，与世俗观念、民间信仰的影响有很大关系。笔者认为这种不同可能有两种原因。一是反映出世俗民众的某些观念和喜好，是正统意识对民间信仰意识的妥协，促进了二者的交融。任何一种道观的建设，离不开官府（政府）、宗教人士与当地民众的合作和协调，从选址、拨款、捐施到布局动工，牵涉方方面面，包括观念、意识、情感，甚至利益，而照顾当地民间信仰显然是一种远见卓识的决定。二是道士在这些互动关系中的自我定位和采取的话语策略。世俗民众的人生观、价值观与道教徒有所不同。民众不在乎世界是如何诞生的，也不想飞升成仙，只是希望可以远离苦难，平安健康，在现实世界中财源滚滚，阖家幸福。并且，受圣人意识的影响，中国人更倾向"功著于人"，即有功于民的神灵才值得优先祭祀。

第二节　宋元明清文人对宫观的书写

道教宫观为文人提供书写语境，成为文人创作的诗材，不仅在于宫观是道士修行、祀神、举行宗教仪式的活动场所，是道教文化的平台和载体，更在于这些宫观多隐身于崇山峻岭，或深山峡谷等风景优美之地，具有天然的佳致魅力和宗教神秘色彩。对于处在不同人生境遇的文人而言，这里很容易成为他们信奉、探求、寄托希冀的神圣空间。

从宋元明清文人宫观诗的书写语境来看，主要包括宫观题壁；描写宫观的环境景物；以游宫观为契机，借助想象营造仙境，书写游仙体验；表现宫观道人修行境界；纪念在宫观修真的仙人或道人；借游宫观，寻求慰藉，寄寓人生感慨等方面。

---

① 段玉明《中国寺庙文化论》，吉林教育出版社1999年版，第178页。

一、宫观题壁诗

所谓宫观题壁诗，主要是指文人游宫观时将诗题写在宫观墙壁或道士所住斋房、亭轩墙壁上的诗。如王安石《题西太一宫壁二首》、赵抃《书道士虞安仁房壁》、李之仪《书崇宁观黄道士火柜壁》、杨亿《题显道人壁》等。其中，有的是抒发内心情愫和感慨的。《题西太一宫壁二首》是王安石在熙宁元年（1068）重游西太一宫时即兴吟成，并题写于该宫墙壁上的诗。诗云：

柳叶鸣蜩绿暗，荷花落日红酣。三十六陂春水，白头想见江南。

三十年前此地，父兄持我东西。今日重来白首，欲寻陈迹都迷。

两首诗都蕴含了落叶归根之意，表达了对韶华易逝的慨叹和日暮乡关的愁绪。第一首诗由眼前的夏日美景联想起江南故乡的风光，抒发了对故乡、亲人的思念。第二首诗回忆初游西太一宫的情景，表现了对当年父兄同游之乐的无限眷恋之情。诗人用情景交融和今昔对比的方式来传达胸臆，含蓄动人。陈衍《宋诗精华录》卷二收录了这两首诗，评曰："绝代销魂，荆公当以此二首压卷。"① 朱熹《题崇真宫》通过描写崇真宫的景物和探访寻真心理，抒发物是人非、沧海桑田的慨叹。

有的题诗是赞颂道士德行的。例如，欧阳修曾送衣给壶公观道士刘道渊，刘道士为怀念欧阳修，终日穿此衣而不易。元祐八年（1093）七月一日，苏辙的女婿曹焕从安陆回京城，途中经过淮西蔡州游壶公观，拜谒八十七岁的老道长刘道渊，道观内墙壁上题满了赞颂刘道士"以不易衣为美"的诗文。苏辙《蔡州壶公观刘道士》诗引言云：

元祐八年七月，彭城曹焕子文至自安陆，为予言："过淮西

---

① 陈衍《宋诗精华录》，上海古籍出版社1999年版，第131页。

入壶公观，观悬壶之木，木老死久矣，环生孙蘖无数。闻有老道士刘道渊，年八十七，非凡人也。谒之，神气甚清，能言语，服细布单衣，缝补殆遍。壁间题者，多以不易衣为美。焕问其意，道渊怅然曰：'此故淮西守欧阳永叔所赠也。世人称永叔工文词，善辩论，忠信笃学而已。君知是人竟何从来耶，公与我有夙契，且齐年也。昔将去吾州，留此以别。吾服之三十年，尝破而补之矣，未尝垢而浣也。比尝得其讯，吾亦去此不久矣。'焕闻之，愕然莫测，徐问其故，皆不答。"予少与兄子瞻皆从公游，究观平生，固尝疑公神仙天人，非世俗之士也。公亦尝自言：昔与谢希深、尹师鲁、梅圣俞数人同游嵩高，见薜书四大字于苍崖绝涧之上，曰"神清之洞"。问同游者，惟师鲁见之。以此亦颇自疑本世外人。今闻道渊言，与曩意合，因作诗以示公子柴叔弼。

刘道士对欧阳修所赠之衣"服之三十年，尝破而补之矣，未尝垢而浣也"的行为代表了一种美德，受到当时来往此宫观文人的题诗褒扬："壁间题者，多以不易衣为美。"苏辙感慨万千中也题诗一首，其诗云："思颍示归今几时，布衣犹在老刘师。龙章旧有世人识，蝉蜕惟应野老知。昔葬衣冠今在否，近传音问不须疑。曾闻圯上逢黄石，久矣留侯不见欺。"

题于道士斋房的题壁诗大多赞颂道士的品行、技艺、法术、性情，表露对道士生活的羡慕与向往。如张奕《游栖霞宫》："尊师乃高道，有意出尘寰。佩剑文垂斗，横琴意在山。灵龟调浩气，醇酒发朱颜。最得时贤许，诗牌满栋间。"诗中的"诗牌"，也称"诗板"，指立于宫观寺庙门墙壁或置于路旁供题诗的木牌。这位尊师高道超尘洒脱，多才有浩气，堪为"时贤"，深得诗人赞许和羡慕。

二、描写宫观的自然景物

文人对宫观的关注，并不留意宫观的建筑、布局，大多将注意力和审美情趣放在宫观所处的自然环境和景物上，以此表现修道人和山林泉水天人合一的关系。如宋人祖无择的《题蔡州壶仙观》："莺老花残过禁烟，杖藜闲步到壶仙。仙家本是无尘地，别有风光一洞天。"写暮春美景，别有风光。张时《崇真宫》："乔木阴阴路欲迷，数声啼鸠野桥西。道人稳闭柴门卧，花落花开总不知。"写乔木阴阴，鸟语花香以及道人的超然心境。元人揭傒斯《题祝道士龙虎山先天观》："闻说先天观，重重绝壁环。鸟啼青涧里，花落白云间。樵子能长啸，居人识大还。洞门无处认，惟有水潺潺。"该诗先写先天观的周遭之景：道观被重重绝壁环绕，鸟常鸣于深涧里，花落飘飞白云间。后写道士修行的境界：修道之人如同樵夫隐没深山，有时也仰天长啸以解寂寞之郁，但不同的是，他能识别九还金丹。因终日幽处，无人能找寻，只有流水潺潺与之相伴。全诗通过对祝道士独立世外、幽寂环境的描写，凸显其淡然的心境和执着的行谊。又如凯烈拔实《元符山房》："坐对千岩翠，森森万木攒。石函留古剑，药鼎炼还丹。云逼山窗湿，岚开涧树寒。春禽知客意，啼我暂盘桓。"整首诗虽然以写环境及景物为主，但这景物和环境中洋溢着浓郁的道教修炼的气象。"石函留古剑，药鼎炼还丹"，点明修道者既炼精气神，也炼丹服药，是内外兼修。山中的道观与千岩葱翠、万木攒聚、云逼岚开、春禽啼跃的勃勃优美的自然之景构成一幅和谐的画图。明人赵贞吉的《白云观》："一丘堪枕白云边，古塔高悬紫柏前。到此心澄思出世，何年丹熟学登仙。花神几度供铺锦，榆影更番佐数钱。谁道暂经潇洒地，绝胜长驻艳阳天。"该诗关注的是白云观的清幽之景。在诗人笔下，观卧白云间，古塔高耸，好像悬于紫柏树前；花神铺锦绣，风摇榆钱落。诗的结句抒发感慨：即使来此短暂停留，也强过长留世上艳阳天。

　　由于诗人耿耿于宫观周围的自然环境，所以在他们描写宫观诗中往往出现许多绘景佳句。如"奔泉流碎月，高树碍行云"（吕江《栖白庵》），"石溜涓涓水脉长，野田冉冉稻花香"（白玉蟾《上清宫二首》其二），"短松耨竹绕幽宅，落花乱茅迷古蹊"（方豪《栖真观》），"疏林行夕照，飞磴蹑层云"（叶良佩《游元符宫》），"楼前积翠凭堪掬，洞口晴云扫未开"（叶良佩《游玉晨观》），"野烟生夕景，霜叶缀秋容"（陈沂《登上宫》），"千年老桧枝尤劲，一脉清泉水自东"（李熙《游玉晨观》）。

三、以游宫观为契机，借助想象书写神仙境界和游仙体验

　　有些文人在描写宫观时追求神奇浪漫的色彩，用虚实相生，甚至以虚作实的想象创造一种神仙境界，渲染游仙的体验，以衬托宫观的神圣性，或是修道人的高洁不俗，这方面的内容与前面神仙题材诗有交叉重合的地

方。如洪迈《上清宫》：

> 振策冲暮云，携琴宿仙境。松风生夜凉，萝月散秋影。洞远落猿声，溪清鸣鹤顶。中宵梦仙翁，乘车停翠岭。狮子身五色，鸾凤互相引。上有朱幡幢，金表示可省。风吹云墩遍，顾我忽而哂。遗以丹篆文，再拜豁心领。明当谢浮荣，飘然从结轸。

诗人以丰富的想象将上清宫写成仙境，表现梦游仙界的体验和领受仙翁道书的心情，表明谢绝浮荣之愿。此诗先写夜宿仙境：那里松风阵阵，藤萝间的明月秋影婆娑。洞天仙猿声，清溪仙鹤鸣。接着写遇仙：诗人于梦中遇仙翁，他乘车停留在翠岭上，身边的狮子毛呈五彩色，由鸾凤引路。一阵风吹云过，那仙翁忽然对我微笑，并送给我道书符箓。诗的结句写诗人受道书后，决定谢绝"浮荣"，随仙翁入道门。整首诗充满奇幻色彩，以游仙寄情的意味很浓。又如袁桷《先天观》：

> 浩浩太古石，雕镂矜嵯峨。琼林化飞鸯，宝构穷郁罗。矫首视三光，空青相荡摩。上邻列仙馆，西接瑶池柯。玉蛟亦受令，鞭挞回盘涡。巍巍双华表，飞鸟不敢过。玄鹤时一来，潜鳞静无波。心迹会虚湛，神光隐鸣鼍。缅彼巢居子，凝睇佩女萝。天风入紫京，百灵莫谁何。朗言混沌后，龙马方负河。视之杳不见，嘉名表山阿。冥思有至理，熟视犹摩挲。

诗中先通过写先天观的嵯峨，展示了一派庄严华丽的气象。接着用以实作虚的手法描绘仙境景象：玉树琼林变幻飞动，壮丽的建筑鳞次栉比，香气浓郁，网络天地之大。向上与列位仙人的居所相邻，向西与西王母瑶池的树枝相连接。继而又以"玉蛟""玄鹤""神光""紫京""百灵"等意象高妙点染，烘托神仙胜境的虚湛和缥缈。同时，诗人也从中领悟到一种生命相荡摩的哲理。

此外，柳贯的《晚泊贵溪游象山招真观》、韩阳的《靖通庵》、罗治的《上清宫》、袁炜的《游上清宫》、叶良佩《游元符宫》等诗，都着意营造仙境的神奇浪漫。其中罗治的《上清宫》由"万壑千峰拥上清"的"实"

到"宫阙同三岛""仙人住五城"的"虚"以及"时时闻驾鹤""往往见吹笙"的"幻"，描绘了仙境的绚丽和神妙。

四、写宫观道人的修行境界

在宋元明清文人群体中，有些诗人的宫观诗表现修道人的执念和修行境界的，流露出对道士和仙观的向往钦慕之情。如陈旅《先天观》：

> 龙虎山南古涧阿，幽人住处白云多。千林总种三珠树，百亩
> 曾收五色禾。丹鼎夜光迎海日，石船秋影接天河。环中异趣知谁
> 会，我欲穷源过碧萝。

此诗描写"幽人"（修道者）辛勤修行，不顾夜日，四季轮回，表达欣赏和向往之情。诗中的"白云多"写其甘于孤独清寂，"总种""曾收"言其勤奋和收获，"夜光""海日""秋影"表明其修行执着，持之以恒。整首诗赞誉之意溢于言表。元人吴全节的宫观诗多写亲身修行体验，如《崇禧观》：

> 曲林古观水西流，天遣皇华驷玉虬。高士远分龙虎派，哲人
> 久伴凤凰游。楼台山色三峰晓，池馆泉声五月秋。云案凝香浮洞
> 府，坐令和气蔼丹丘。

该诗以崇禧观为题，写一位高士修炼的境界。诗中的"远分""久伴""三峰晓""五月秋""和气"等词烘托了修道之人勤奋、虔诚、坚守和修有所得的平和心性。诗人十六岁出家为道，师从正一道张留孙，"得其秘法，祈祷辄应"，因而其诗自然会显现其修行生活的影子。再看他的《繁禧观》：

> 门前流水泛桃花，回首蓬山别一家。曾把金茎餐沆瀣，闲挥
> 玉麈看琵琶。火存丹鼎春长好，卷掩《黄庭》日欲斜。心与江湖
> 天共远，大开瀛海驻吾槎。

诗的中间四句写在道观修行的经历，具有情节性和画面感。

其他，如明人韩阳的《靖通庵》诗前四句："见说仙翁结草亭，亭前七十二峰青。欲知水秀山逾秀，当识人灵地亦灵。"用"人灵地亦灵"表达对仙翁的敬意，赞誉之意溢于言表。

五、表达对在宫观修真的仙人或高道的怀念

有一些宫观为纪念、供奉某位仙人而建，或与某位仙人、高道有关联，因而写这一类宫观诗自然要歌咏仙人、高道，或表达对他们的怀念和崇敬。如曾棨《游白云观》：

> 仙人羽化白云乡，台殿嵯峨锁夕阳。望气几时逢尹喜，看花前度识刘郎。丹房龙虎蟠金鼎，石洞烟霞护玉床。漫说仙家多胜事，蓝桥何处觅璃浆。

白云观在茅山白云峰下，建于南宋绍兴年间（1131—1162），宋时道士王景温退居结庐于此。该诗提及三位仙家事，流露出怀念之意。诗中的"尹喜"，即关尹子，是道教祖师。周灵王时为函谷关令，与老子同时，老子《道德经》五千言，是应他的邀请而撰著。善天文秘纬，仰观俯察，莫不洞彻。后因涉览山水，于雍州终南山周至县神就乡闻仙里结草为楼，精思至道。因以其楼观星望气，故号其宅为楼观。"刘郎"指刘晨。刘义庆《幽明录》载"刘晨阮肇遇仙"事。刘、阮二人"共入天台山取谷皮，迷不得返。经十余日，粮食乏尽，饥馁殆死。遥望山上有一桃树，大有子实，而绝岩邃涧，了无登路，攀葛乃得至，啖数枚而饥止体充"。后下山持杯取水，"见芜菁叶从山眼流出，甚鲜新，复一杯流出，有胡麻糁"，便逆流二三里，遇见两个仙女，姿质妙绝。仙女邀其到家做客，用胡麻饭、山羊脯、牛肉招待他们，酒醑作乐。十日后刘、阮欲还去，仙女遂呼来女子三四十人，奏乐送行。刘、阮回到家，"亲旧零落，邑屋全异，无复相识"[1]。"蓝桥""璃浆"出自裴铏《传奇》中的仙家故事：裴航为唐长庆间秀才，游鄂渚，梦得诗："一饮琼浆百感生，玄霜捣尽见云英。蓝桥便

---

① 刘义庆《幽明录》，文化艺术出版社 1988 年版，第 1~2 页。

是神仙宫，何必崎岖上玉清。"遂买舟还都。后路过蓝桥驿，遇见一织麻老姬，航渴甚求饮，姬呼女子云英捧一瓯水浆饮之，甘如玉液。航见云英姿容绝世，因谓欲娶此女，姬告："昨有神仙与药一刀圭，须玉杵臼捣之。欲娶云英，须以玉杵臼为聘，为捣药百日乃可。"后裴航终于找到月宫中玉兔用的玉杵臼，娶了云英，夫妻双双入玉峰，成仙而去。其他，如方豪的《栖真观》（"栖真观在华阳西，山中宰相曾此栖。短松耨竹绕幽宅，落花乱茅迷古蹊。猿鸟不鸣白日静，仙鸾已去苍云低。煎□炒豆有佳客，却怪风尘吹马蹄"）是怀念陶弘景的。"山中宰相"即南朝道士陶弘景。曾隐居茅山，屡聘不出，梁武帝常向他请教国家大事，"每有吉凶征讨大事，无不前以咨询，时人谓为山中宰相"（《南史·隐逸下》）。杨士奇《游白云观》（其二）中有"闻昔有至士，于此养神丹。飞盖一朝举，翱翔紫霞端。道高用自超，志一功匪难。脱屣当何时，相从命青鸾"，回忆的是宋时道士王景温曾在白云观修炼之事，字里行间充满了赞誉和敬意。

此外，方豪的《玉晨观》是怀念许长史的："落日长吟北镇村，玉晨小阁暂停轩。隐者墓上月何皎，长史井中泉尚温。百岁尽游元有限，三茅愿学恐无门。藤床布被眠还起，此意何人可共论。"诗中的"长史井"指的许长史井。明弘治《句容县志》载："许长史井在茅山玉晨观内，尚书徐铉有铭，赵世延有诗。"井栏铭文曰："晋世真人许长史旧井，天监十四年冬开治，十六年安栏。"铭文记载，许长史原名许谧，东晋时丹阳句容人。曾做过晋朝的"护军长史"等官职，因此称许长史。许长史年少知名，博学有才章，儒雅清素，虽外混俗务，而内修真学，行上道，后为潜心修道归隐茅山。"三茅"指传说中修仙得道的茅君三兄弟。

叶良佩的《游玉晨观》是纪念展公和许长史的："展公传法旧时台，长史丹成我复来。灵检千年遭劫火，龙池六月动雷鸣。楼前积翠凭堪掬，洞口晴云扫未开。野客巾袍原散诞，寄言猿鹤莫相猜。"上古高辛时展上公，晋时许长史父子，都在此得道。清人张琏《游玉晨观》（"雷平山北地长春，展上公曾此炼真。始悟茅君犹近代，山人传自古高辛"）也是纪念展上公的。

这类诗咏的都是登真的仙人和仙地，反映了文人们对道人修行或登真的钟情，对神仙故事津津乐道，也折射出道教文化对文人士大夫的深刻影响。

六、借游宫观寻找慰藉，抒发人生感慨

宫观是道教历史、道教文化的缩影，道教从道家那里继承来的崇尚自然、淡泊宁静、超然物外、返璞归真的人生哲学，在相当程度上被文人士大夫们身体力行着。他们在书写宫观诗中，常常流露出对仙界的向往、对清言道心的追求、对大自然的流连，这也为自己找到了一个逃避荣辱毁誉、升降沉浮烦恼，或是全身远祸的港湾，让心灵在冥思幻想中、在松风月明和鸟啼花艳中得到暂时的解脱。可以说宫观也是文人当朝的官方文化以及时尚、风俗的见证。如南宋诗人谢枋得的《仙隐观》：

> 秋日闲十日，面怀秋山空。烟霞固常态，败叶铺山红。平生五大夫，投老一秃翁。相看各萧索，事付不语中。二轮固代谢，四季弭初终。义霜素凄惨，温律复冲融。相期保岁寒，木末回春风。

全诗借游仙隐观抒发不遇的伤感。诗的前四句描绘秋日萧索之景。秋天来临，水瘦山寒，木脱山空，败叶满山，一派萧瑟之状。中间四句由秋景的衰败生发感慨，抒发临老无官势的落拓感。"五大夫"，爵位名，秦、汉二十等爵的第九级。高于二十等爵中第五、六、七级的大夫、官大夫、公大夫，号为"大夫之尊"。这说明诗人的官位还不算低，但在诗人看来，这种荣华终究要逝去，人老如同秋色的萧条，不需要说出来。最后六句写日月更替、四季轮回的自然规律。"二轮"指日、月。诗人从日月更替、四季轮回的自然规律中悟出一个人生哲理，即有霜风凄紧就有暖气弥漫，寒冬过后，必然是春回大地、万木葱茏的景象。结尾处境界高阔，格调也显得明朗多了。陶弼的《崇真宫》则感叹张、葛事业后继无人："可怜张葛无人继，三级高坛拂杳冥。"

又如元人伯颜子中《十华观》：

> 十载风尘忽白头，春来犹自强追游。香浮素壁云房静，日落青岚石径幽。海内何人扶社稷，天涯有客卧林丘。此心只似长江水，终古悠悠向北流。

　　该诗借游十华观，抒发诗人于纷乱漂泊中对国家的忧思。诗的开头两句交代游观的心境：在动乱中漂泊江湖十年，忽然变得苍老了。面对春天，还是强迫自己寻胜游这十华观。三四句写观中幽静之景。最后六句抒发感慨。如今国家纷乱不堪，不知何人能匡扶社稷，拯济苍生。但也流露出隐居山林、随波逐流的心情。

　　此外，还有蔡南老的《演法观》：

　　　　马蹄蹋残雪，细路穿榛丛。云埋山骨冷，日落村市红。松间有楼观，兴创基址隆。年深屋已老，壁破号悲风。堂堂髯道士，电光闪双瞳。胡为赫斯怒，哆口如虬龙。传是汉法师，家托一亩宫。当年信英伟，霹雳在手中。剑涵秋水涩，鬼穴苍苔封。云车已辽邈，第宅犹穹崇。我来壮其说，举酒豁心胸。嫉邪师所尚，愤世我亦同。今人不甚正，徒使百邪攻。天关呼不闻，此辈尚苟容。英灵傥可致，速为除奸凶。

　　该诗通过描写楼观的失修破败，表达对髯道士的嫉邪愤世之情感同身受，表明对世风日下、邪气百攻的现实不满。结尾发出对敢除奸凶的英雄的呼唤。

　　宫观对宋元明清文学传播做出了历史性的贡献。文人频繁往来宫观，丰富了宫观的文化生活，特别是留下了许多与宫观相关的诗作，不仅受到广泛的接受，加深了宫观的文化底蕴，而且在客观上起到了宣传、提升宫观社会影响力的作用。

第四编　神圣空间与宋元明清文人书写武陵洞天的语境

第一章　正一道在武陵地区传播空间的圣化

　　人类凭借自身性与感觉性、感知与想象、思维与意识形态，通过活动与实践，创造多种空间性语境，从而进入彼此的相互联系。"空间是摇篮，是诞生地，是自然与社会交往和交易的媒介。"[①] 武陵地区很早就沐浴着道教的光辉，《武陵县志》（同治二年刻本）载，早在东汉建武元年（25），就有道士璩拱亨在此建立黄龙观。西晋泰康年间（280—290）有黄道真在高吾山（今湖南省常德市河洑山）修道。就其宗教思想和观念在武陵桃源传播的形态而言，正一道孕育于一个自然空间之中，经过社会空间的粉饰、传说和改造，最后形成一种具有普遍信仰意义的神圣空间。施米德（Christian Schmid）认为："从现象学如梅洛－庞蒂与巴拉什角度来看，空间的三元辩证法分别表现为感知的、构想的与亲历的/活生生三位一体。这个三位一体既是个体的也是社会的，它不仅是为了人的自我生产，而且是为了社会的自我生产而构成。"[②] 横跨湘鄂川黔的武陵山地区在历史上是天师道的发源地之一。武陵桃源形象塑造的历程类似于施米德的空间三元辩证法。桃源仙境空间生产的原材料是自然本身和人类的感知、构想融合与社会的神化。

第一节　武陵桃源自然空间的圣化

　　武陵桃源之地，群峦峭倩，嵯峨蓊郁，笼青掩碧，绿萝尊秀，沅水之阴，本为天成，自古就以优美、神奇的自然景观闻名。

---

　　① 亨利·列斐伏尔《空间的生产》，商务印书馆 2021 年版，第 190 页。
　　② 转引自亨利·列斐伏尔《空间的生产》，中译本代序言第 XVIII 页。

一、文人的妙笔渲染

北魏郦道元的《水经注》对桃源所在沅水区域的描写充满赞叹之意：

> 沅水又东历临沅县西，为明月池、白璧湾。湾状半月，清潭镜澈，上则风籁空传，下则泉响不断。行者莫不拥楫嬉游，徘徊爱玩。沅水又东历三石涧，鼎足均跱，秀若削成。其侧茂竹便娟，致可玩也。又东带绿萝山，绿萝蒙幂，颓岩临水，实钓渚渔咏之胜地，其迭响若钟音，信为神仙之所居。沅水又东经平山西，南临沅水，寒松上荫，清泉下注，栖托者不能自绝于其侧。[1]

郦道元在对武陵山水的探游中，不仅体会到自然的意志，也获得了审美观照。郦道元之后，对桃源胜境的记写和描述络绎不绝。自从瞿童升仙事迹被广泛传播，桃源洞、桃源山、桃花溪等自然景观成为诗文中书写频率最高的佳致。狄中立的《桃源观山界记》提及秦人洞（桃源洞）："秦人洞在障山中峰之阴，厥状如门，巨石屏蔽，灵迹犹存。有水自中，涓涓不绝，竹树阴森……又多奇花奇木，禽兽非凡。"[2] 此后，眷注桃源神丽和仙灵者纷至沓来，如杜维耀的《桃源洞说》、江盈科的《桃花洞天草序》、袁宏道的《由绿萝山至桃源洞记》、阙士琦的《桃源洞引》、陈瑾的《游桃源洞记》、彭心鉴的《游桃花源记》、昼德生《游桃源洞记》，还有文澍的《桃源赋》、姚舜华的《桃花源赋》、曹玉的《过秦人洞赋》、徐谦的《桃花源赋序》等，可谓"名贤于兹奋藻，高士于兹寄想"[3]。对于一个宗教徒而言，自然界绝不仅仅是自然的，它总是洋溢着宗教的价值。释一休《桃源洞天志》专记绿萝、桃源山、秦人古洞（桃源洞）、桃花溪等洞天福地胜景，在他看来："最胜者曰绿萝，古时有松数百株，植其背面，则碧澄百尺，苍翠千寻，蛟龙争窟宅焉。……道书所称为第五十四福地者也。"

---

① 郦道元《水经注》，浙江古籍出版社 2013 年版，第 490 页。
② 唐开韶、胡焯《桃花源志略》，岳麓书社 2008 年版，第 56 页。
③ 唐开韶、胡焯《桃花源志略》，岳麓书社 2008 年版，第 148 页。

写桃源山："群峰环拱，气势雄秀。"写桃源洞："洞前平地二十余步，有仙人棋几……洞左泉从山巅飞落，莫穷其源，至洞门汇为小池，照见白石，斑驳如绣。泉从洞左泻下两峰之间……修竹老树，寿藤异草，丛倚交跗。"释一休还据所历山水之境，绘之为图，并附有图说。"苓风耀世，逸响旁流"，尽情呈现桃源的幽致冲妙、幻类超深之感。正因由此自然之毓秀，武陵桃源成为道家三十六小洞天中的第三十五洞天。

二、道教亲近自然的本色

道教是一种亲近自然的宗教，道教修行的场所多位于名山大川，仙穴洞天，这种抽离现实去观察自然，利用自然，感受天地之大美的意向，更多的是通过参与自然的方式来实现对自然的审美，而并非对自然的破坏。《云笈七签》云：

> 瀛洲在东海中，地方四千里，大抵是对会稽郡，去西岸七十万里，上生神芝仙草，又有玉石，高且千丈，出泉如酒，味甘，名之为玉醴泉。饮之数升，辄醉，令人长生。洲上多仙家，风俗似吴中，山川如中国也。①

在这样的空间中，天、地、仙、人和谐共生，生生不息，这是自然本真的力量。列斐伏尔也说，自然不生产，不劳作，自然空间不是被设计好了的，而是自发观念共生的结果。② 道家投身自然，是为了化身自然，通天地之灵气。如《太上洞玄灵宝天尊说救苦妙经注解》所言：

> 洞者通也，上通于天，下通于地，中有神仙，幽相往来。天下十大洞、三十六小洞，居乎太虚磅礴之中，莫不洞洞相通，惟仙圣聚则成形，散则为气，自然往来虚通，而无窒碍。③

---

① 《道藏》第 22 册，文物出版社、上海书店、天津古籍出版社 1988 年版，第 194 页。
② 亨利·列斐伏尔《空间的生产》，商务印书馆 2021 年，第 105～107 页。
③ 《道藏》第 6 册，文物出版社、上海书店、天津古籍出版社 1988 年版，第 488～489 页。

修道之人的理想，就是要在一个完全未被"人化"的陌生环境中去探寻天机，寻找可通天的地中仙洞，体现出一种将天地同化的意识倾向。而在桃源修炼成仙的瞿童，所寻找到的仙穴，愿意屈归的崖洞，其中不过石室、石扉、石床、石几、山泉溪水、苍松翠柏，或是茯苓芝草（见温造的《瞿柏庭碑记》），这些自然之物、景，构成修道信仰的神圣"自然"之境。瞿童修真成仙的传说在武陵之地产生广泛的社会影响，《大明一统志》卷六十四载，武陵"人气和柔，多淳朴……以黄老自乐，有虞夏遗风"，这种局面的形成与大自然的赋能密切相关。

第二节　武陵桃源社会空间的圣化

空间连接着精神与文化、社会与历史，它可以重构一个复杂的过程，即从发现、生产到创造。这个过程是逐步的、原发性的，但遵循普遍的共时性形式的逻辑。武陵桃源社会空间的圣化就遵循了这种原则。

一、信仰群体的夸饰和社会力量的加持

自陶渊明《桃花源记》言及武陵人避乱桃源，武陵桃源就被道教利用，演绎为"隔人间"的社会空间。道教的长生成仙信仰和人人都可学仙的观念，具有普遍的社会影响效应。《道门经法相承次序》卷上云："若人修行，服食休粮，研精道味，志慕山林，隐形栖遁，餐霞纳气，弃于甘腴，身轻体健，免于老死。"[1] 要实现这一目标，寻找一个永久的世外生活空间场所尤为重要，武陵桃源便成了大众视野中的期待目标。但桃源的"仙化"（神圣化）生产，则与刘义庆的《幽明录》中"刘晨阮肇遇仙"有关。因该故事中有"桃树"，唐人作诗就将刘、阮所到之地与"桃源"联系起来。最早将二者合并的是刘长卿的《过白鹤观寻岑秀才不遇》诗（"不知方外客，何事锁空房。应向桃源里，教他唤阮郎"），之后有权德舆的《桃源篇》：

---

① 转引自刘国忠、黄振萍《中国思想史参考资料集》（隋唐至清卷），清华大学出版社2004年版，第50页。

　　小年尝读桃源记，忽睹良工施绘事。岩径初欣缭绕通，溪风转觉芬芳异。一路鲜云杂彩霞，渔舟远远逐桃花。渐入空濛迷鸟道，宁知掩映有人家。庞眉秀骨争迎客，凿井耕田人世隔。不知汉代有衣冠，犹说秦家变阡陌。石髓云英甘且香，仙翁留饭出青囊。相逢自是松乔侣，良会应殊刘阮郎。内子闲吟倚瑶瑟，玩此沈沈销永日。忽闻丽曲金玉声，便使老夫思阁笔。

　　该诗从陶渊明的《桃花源记》和良工绘制的桃花源图写起，描绘了一个与世隔绝的仙境，并将桃源与刘、阮遇仙事合写。曹唐的《刘晨阮肇游天台》诗（"树入天台石路新，云和草静迥无尘。烟霞不省生前事，水木空疑梦后身。往往鸡鸣岩下月，时时犬吠洞中春。不知此地归何处，须就桃源问主人"）也将桃源与刘、阮入天台遇仙事混合成一事。于是后继者跟风演绎，遂成时尚。同时，武陵之地有在房前屋后栽种桃树的习俗，桃树是一种能避邪、治病和驱鬼的"神树"，这与正一道驱鬼降妖、祈福禳灾等术有高度契合的地方。自此，武陵桃源被披上一层宗教外衣，化作仙府洞天。

　　同时，唐代高道司马承祯对桃源洞圣化的影响功不可没。司马承祯是茅山第十二代宗师，与陈子昂、卢藏用、宋之问、王适、毕构、李白、孟浩然、王维、贺知章为仙宗十友。多次受到玄宗召见，赏赐甚厚。正是他进言于五岳洞府"别立斋祠之所"，玄宗"从其言，因敕五岳各置真君祠一所，其形象制度，皆令承祯推按道经，创意为之"①，这就使道教的圣地信仰与朝廷的天命象征交融在一起。司马承祯的洞天福地观念，具体体现在《天地宫府图》一书中。在这部著作中，桃源山洞成为三十六小洞天中的第三十五洞天，"周回七十里，号曰白马玄光天。在朗州武陵县属，谢真人治之"（杜光庭《洞天福地记》）。天宝七载（748），玄宗皇帝下《册尊号赦》，规定"天下有洞宫山，各置天坛祠宇，每处度道士五人，并取近山三十户，蠲免租税差科，永供洒扫"。《册尊号赦》的实施和桃源观的建立，使人们对桃源的认知已经被塑造为社会化的认识空间。正如列斐伏尔所言："对一个社会来讲，产生（或生产）一种适宜的社会空间，在

---

① 刘昫《旧唐书》第16册，中华书局1975年版，第5128页。

其中社会能够通过自我表征和自我再表征从而取得一种形式，可不是一件能够瞬间完成的事情。……创造的行为事实上是一个过程。为了让创造发生，社会实践能力与至高无上的权力必须（这个必要性恰恰是需要解释的东西）拥有它们自己可以支配的地盘：宗教场所与政治场所。"① 经过宗教宣传影响和政治扶持，桃源洞天走出"传说"和"寓言"，成为拥有道教神仙信仰和社会加持的"现实存在"。

二、两晋以来武陵地区宫观的发展

道教对武陵地区的影响可以追溯到东汉和西晋。《武陵县志》（同治二年刻本）载，西晋泰康年间就有黄道真在高吾山（今河伏山）修道。因而这里的庙宇宫观，有的修建时间可以追溯至两晋，甚至更早的东汉，如黄龙观由道士璩拱享建立于东汉建武元年（25），但大部分建于唐宋道教兴隆之际。宫观的发展无疑是道教圣化的物化形态展示，是道教发展的晴雨表。到明时武陵地区已是"通都大邑，水潆山陬，释老之祠宇殆遍"（《大明一统志》卷六十四）的景象了。当时设有"道纪司"，专管道教事务。② 在整个明代对道教尊奉的背景下，武陵之地的道教也发展隆盛，《大明一统志》《常德市志》《武陵县志》《桃花源志略》等文献载，著名的宫观有灵芝观、玄妙观、报恩观、道德观、真源观、景星观、潜阳观、上天宝观、开元观、清虚观、寮阳观、西观、天庆观、桃川宫、修真庵、神仙观、洞阳观、黄龙观等。

玄妙观，在常德府城以北，唐朝建，初名"乾明"，后晋改名"兴隆"，又名"天庆"，宋祥符年间（1009—1016）改名"玄妙"，元末毁于兵燹，明永乐二十一年（1423）胡有翼重建，驻"道纪司"。明末毁。

报恩观，在常德府东一里，唐朝时建立，宋高宗赐号天宁万寿宫，孝宗改名为报恩光孝观，元朝末时毁于兵火，明朝初由道士李源静重建，正德十年（1515）道士叶常荣修复，内有"道藏经阁"，藏明刻《道藏》5000 余册。

桃川宫，"道书所谓三十五洞白马浪光之天"。在桃源县西南二十八

---

① 亨利·列斐伏尔《空间的生产》，商务印书馆 2021 年版，第 52 页。
② 《常德市志》，中国科学技术出版社 1993 年版，第 729 页。

里，晋人建，唐重建改称"桃花观"，明人印伟《重修桃源万寿宫记》记述了宋明时期桃川宫的修建（重修）经过以及建制规模：

> 至宋政和元年，权发遣广南西路转运副使张庄奏闻，始度龚元正为道士，建景命万年殿及福寿二星经钟楼阁、斋寮、厨库、廊庑、方丈，凡一千三百三十楹。明年，赐"桃川万寿宫"额，设提点掌之，以便釐祝。淳祐元年，龙阳富民文必胜施财谷，增创武当行宫于宫之阴。一时矩度，略与太和比。至元末，遭兵燹，前盛俱废。我朝洪武初，道士龚贵卿沿旧创始，以渐兴复。景泰六年，道士谢智常奉巡抚大中丞李公命，收集制书。立殿宇数楹，为风雨所颓。成化十八年，道士冯信通奉本府同知李公命募缘，循旧址重立三清、龙虎殿各五间，法堂、官厅各三间，并装饰诸神像。弘治十四年，道士谭常仓建山门二层，清风桥一座，惟武当行宫荒废独久，正德十四年，道士曾世显募缘建殿塑像，稍复前日之旧。①

桃川宫乃武陵之胜，明代的何景明、陈还中、江进之、阙士琦、韩阳等文人先后以诗吟咏桃川。

道德观在常德府西二十里，居山绝顶，前俯大江，极目无际，乃武陵登览最胜处。明朝正德十五年（1520）改为太和观。灵芝观，在常德府城北，梁朝时此地出产灵芝，观因此而立。明朝洪武年间道士彭原晖修葺。真源观位于桃源县西，西晋初由道士王浦师正建立，明朝洪武三年（1370）由道士李贵重修。景星观位于龙阳县治南，由宋朝绍兴年间（1131—1162）道士皇甫师王建立，明朝洪武元年（1368）道士赵忠元重新修葺。修真庵在武陵县内珠履坊，宋朝大中祥符年间（1008—1016）建立，明朝初道士田得清重建，嘉靖十二年（1533）由道士彭和琛和梁万松修葺。潜阳观位于武陵东黄花障，明朝成化六年（1470）间建立。上天宝观位于武陵县东金凤山，明朝嘉靖二年（1523）建立。寮阳观位于武陵北三十里，明朝成化三年（1467）建立。神仙观武陵县东北七十里陂村，唐朝时建立，明朝洪

---

① 唐开韶、胡焞《桃花源志略》，刘静、应国斌点校，岳麓书社2008年版，第58~59页。

武（1368—1398）初修葺。黄龙观，在桃源县往北六十里，东汉建武元年（25）由道士璩拱亨建立，明朝洪武七年（1374）道士马道德重修。鸡鸣观，在龙阳县西边文昌坊，由宋朝绍熙年间（1190—1194）道士钟离普惠建立，明朝洪武十一年（1378）道士翁嗣阳重新修复。玉福庵，又名福金山，在龙阳县东边百里安乐总，明朝隆庆（1567—1572）时建立，祭祀关圣帝与文昌帝君。清虚观位于武陵西三十里，开元观在武陵南五里，天庆观位于武陵北五里，西观位于武陵北五十里。洞阳观，在常德府东三十里，宋朝咸淳年间（1265—1274）建立。蟠桃观依据明代人彭飞的《蟠桃观》一诗而知。

清代武陵随常德府隶属湖南布政使司，仍领武陵、桃源、龙阳、沅江四县，在清初宽松政策的呵护下，武陵之地的道教不仅没有衰落，反而有活跃繁盛的迹象，这从宫观大量增加就可见一斑。《武陵县志》《大清一统志·常德府》《桃花源志略》载，清代武陵之地的宫、观、阁、堂共有56座①，著名的有桃川宫、崇仙庵、仙姑庵、土地庵、白衣阁、玉皇阁、玉皇庵、雷祖殿、真武堂、报恩观、镇国观、百胜观、永镇观、洞阳观、紫荆观、潜阳观、上天宝观、下天宝观、灵芝观、元都观、水口观、灵枢观、道德观、空虚观、真武观、开元观、常清观、天庆观、善德观、寮阳观、阳山观、崇福观、西观、神仙观、白云观、修真观、元妙观、天庆观、桃花观等。

桃川宫，据清人僧一休《桃源洞天志》所说桃川宫之建当在唐大历、贞元年间，"碑碣所载，桃源观、桃源新坛俱颓漫不可考"，宋政和二年（1112）宋徽宗赐"桃川万寿宫"额，元末毁于兵燹，明洪武初，渐以兴复，"正德十三年，复建行宫，题曰：元岳。遵太和始额也……明末，流氛犯常，复遭兵燹"，清朝平定后，"住持渐次修补，较前不无远逊云"②。报恩观在提署东北。唐建，宋高宗赐号天宇万寿宫，孝宗改号为报恩光孝观，明赐道藏经，嗣毁于火。清康熙年间镇平将军徐治都重建，乾隆时复修。道德观在武陵县西，平山旁有虚白楼。明朝修建，改名太和，清朝康熙时镇平将军徐治都夫人孔氏重修，乾隆时提督俞金鳌复修。桃花观在桃

---

① 《常德市志》，中国科学技术出版社1993年版，第729页。
② 唐开韶、胡焯《桃花源志略》，刘静、应国斌点校，岳麓书社2008年版，第37页。

源县西南桃源山。宋王玉麟《玉海》："淳化元年，朗州官奉诏修桃源观五百仙人阁成，赐名望仙阁。宋景壁《剧谈录》：'渊明所记桃花源，今鼎州桃花观也。'"

元都观在武陵县治西北半里，唐建，后晋名隆兴，又名天庆；宋朝时改为元妙观，明初重修。元妙观，在武陵县西一里，初名龙兴，宋祥符年间改为今名。唐王昌龄有《龙兴观问易》诗。崇仙庵在武陵县北六十里，仙姑庵在武陵县北大龙坡西附近，土地庵在进阳村，玉皇庵在赵塘村，白衣阁在神鼎门内东城外，玉皇阁在善卷村，雷祖殿在武陵旧卫所东南，真武堂在衣服街，镇国观位于贺八巷内，百胜观位于东城外大街，永镇观位于武陵县东二十里，紫荆观位于武陵县东三十里，水口观位于武陵西五里，灵枢观位于府河驿，真武观位于武陵西三十里，白云观位于武陵北綏紫山，修真观位于武陵西南。天庆观位于武陵西，唐建，初名乾明。洞阳观位于武陵县东三十里，宋朝时建。潜阳观位于武陵东黄花障，明朝时建。上天宝观位于武陵县东金凤山，明朝时建。下天宝观位于武陵县东五十里。灵芝观位于武陵县七十里，梁朝时建，明朝重修。空虚观位于武陵西三十里，明朝时建，清朝雍正时重修。开元观在武陵南五里，宋朝时建，明朝时重修。常清观位于常德府治西北护国巷，清嘉庆年间（1796—1820）道士熊本义修建。天庆观位于武陵北五里，唐时建，明朝时重修，初名乾明，《名胜志》："天庆观碑，白云先生管师复集柳公权书。"善德观位于潜水桥，宋朝时建，清朝康熙时重修，乾隆时修。寮阳观位于武陵北三十里，明朝时建，清朝康熙时修。阳山观位于武陵北四十里，汉朝建。崇福观位于峂巆，汉朝时建。西观位于武陵北五十里，明朝时建。神仙观，唐时建，明朝时修。

此外，释一休《桃源洞天志图说》卷一图中标注的道教宫观还有元武宫、关帝庙、游仙观等。

从明清时期武陵之地宫观的数量，大致可以窥见道教在此地的发展境况。

1. 明代武陵之地道教发展受到一定程度的限制

明代武陵之地的宫观只有 20 所，说明当时这一带的道教发展不繁盛，这无疑与大的政治气候和社会环境有关。

（1）统治者通过制定政策限制宫观数量和道士的发展。

明朝统治者在夺取和巩固政权的过程中，都曾广泛利用道教为自己服务，因而整个明代统治者对道教采取崇奉政策。不过明太祖朱元璋在优礼道教的同时，又对道教发展过程中的一些乱象进行了整治和管理，如设置道录司，作为管理道教的最高机构；制定对道教宫观和道士管理的各种政策性规定。特别是宫观管理上，严格控制宫观数量，严禁私建寺观。[①] 洪武六年（1373）十二月，明太祖以释道二教崇尚太过，徒众日盛，安坐而食，于国家经济有害为由，诏令："府州县止存大寺观一所，并其徒而处之，择有戒行者领其事。"[②] 洪武二十四年（1391）六月又重申："凡各府州县寺观虽多，但存其宽大可容众者一所，并而居之……违者治以重罪。"[③] 七月，诏天下僧、道，有创立庵堂寺非旧额者尽数毁之。同时对道士的数量、道士服装、道籍都有严格的规定。如洪武二十七年（1394）"命礼部榜示天下僧寺道观，凡归并大寺，设砧基道人一人，以主差税。每大观道士编成班次，每班一年高者率之，余僧道俱不许奔走于外，及交构有司"[④]。诏令道录司实施"周知册"制度，将在京和各府州县宫观的道士造成名册。名册内容包括姓名、字行、籍贯、父兄名号，入道年月及度牒字号等，颁行天下宫观，"凡游方行脚至者，以册验之。其不同者，许获送有司，械至京治罪。容隐者，罪如之"[⑤]。到明成祖朱棣统治期间，又对太祖约束道教的各种规章制度进行了增饰，使之更趋完善。正因如此，武陵之地的宫观建设以及数量很受限制，道教事业的发展也受到极大的制约。虽然明代中期道教迎来了发展的贵盛局面（明世宗朱厚熜专以扶持道教为事，道教发展达到了高潮），但明穆宗继位后，对道教实施打击和压制政策，而明熹宗、明思宗继位时，明朝大势已去，无暇顾及道教政策的实施。[⑥]

（2）明末兵乱带来的冲击。

明末农民起义军在一定程度上给武陵之地的社会带来冲击，《明史·本纪·庄烈帝》载：崇祯十六年"冬十月辛酉朔，享太庙。丙寅，李自成陷

---

① 卿希泰、唐大潮《道教史》，江苏人民出版社 2006 年版，第 286、288 页。

② 《明实录》，1962 年影印本，第 1537 页。

③ 《明实录》，1962 年影印本，第 3109 页。

④ 《明实录》，1962 年影印本，第 3372 页。

⑤ 《明实录》，1962 年影印本，第 3269 页。

⑥ 卿希泰《中外宗教概论》，高等教育出版社 2002 年版，第 248 页。

潼关，督师尚书孙传庭死之。贼连陷华州、渭南、临潼。命有司以赎镪充饷。戊辰，李自成屠商州。庚午，张献忠陷常德"。嘉庆《常德府志》卷二《沿革》载："崇祯十六年冬，张献忠陷府城……窃据一月而去。"光绪《龙阳县志》卷三十《纪事》载："（崇祯十六年）冬，张献忠从益阳来，夜半屠城，人死如麻，纵火延烧屋舍，县属皆然。"常德正是武陵之地，起义军所到之处，必然会对当地经济、文化、社会生活等方面带来影响，即使后来起义被镇压了，一些残余势力形成的兵乱仍未消退。龚义龙《明末农民起义军余部在武陵山区的"消失"与身份"暴露"》一文提及"李自成、张献忠死后，其余部先后来到大巴山、巫山、武陵山区"，认为"自明崇祯十七年（1644年）始，巫武山区成为农民起义军往来必经之路，清朝定鼎中原之后，上自万县下至宜昌的巫武山区已成为李自成、张献忠农民起义军扎根多年的根据地"①。兵乱造成的破坏性，从桃川宫的遭遇就能窥见。桃川宫是武陵之地道教标志性建筑，规模宏大，清人僧一休《桃源洞天志》和俞益谟《重修桃川宫碑记》都提到桃川宫遭劫难之事。《桃源洞天志》说桃川宫"明末，流氛犯常，复遭兵燹"。《重修桃川宫碑记》则以今昔对比的方式抒发感慨："近今明末一废，深为可慨，栋楹之华，殆为灰烬；墙砌之丽，尽为焦土。於戏噫嘻！青松落英谁与侣，丹径荒凉徒延伫。归峰岭上夜鹤怨，秦洞麓下晓猿惊。斯时斯景，匪独人有萧条满目之感，即避秦之客，本宫之仙，亦抱冷月残风之憾。"除桃川宫遭遇变易，报恩观在明末也毁于大火，这些只是道教衰落的缩影。这一时期中国道教发展的主要特点是，"逐渐失去了封建统治者的有力支持，再也没有过去那种尊贵显荣了，处境逐渐艰难；道教自身也失去了自我更新的活力，理论教义不再有创新；教团组织日益分散缩小，宫观也日趋破败"②。

2. 清代武陵之地道教发展有一时的活跃之势

清代武陵地区的道教经历了乾隆以后清皇室的贬抑等大困难，但至清同治元年（1862），武陵之地的宫、观、阁、堂竟然达到56座之多③，原

---

① 龚义龙《明末农民起义军余部在武陵山区的"消失"与身份"暴露"》，载于《三峡大学学报（人文社会科学版）》2020年第4期第24、25页。

② 卿希泰《中外宗教概论》，高等教育出版社2002年版，第247页。

③ 《常德市志》，中国科学技术出版社1993年版，第729页。

因有二。

（1）与清初统治者对道教保护有关。

清朝统治者在宗教信仰上信奉萨满教，入关后又接受了佛教，对道教缺乏信仰，但要统治全国，对传统的道教不得不加以利用，所以清初顺治、康熙、雍正三朝，基本沿用明例，对道教加以保护。其中，雍正是清代最为优待和重视道教的皇帝，主张利用儒释道三教为统治服务，对道教的治世作用持肯定态度，认为道教"以忠孝为道法之宗，自东汉迄今千五百年，法裔相仍，克修绪业，效忠阐教，捍患除灾。盖其精诚所感，实足以通贯幽明，知鬼神之情状。故能常垂宇宙，裨益圣功，福国济人，功验昭著"①。武陵之地的道教正在这种特定的政治环境和氛围中，一时活跃起来，得到较好的发展，虽然经历了乾隆以后清皇室对道教的贬抑，但由于地处边远山区，受到的社会影响不是太大，至清同治元年（1862），武陵之地的宫、观、阁、堂的数量有增无减，就是明证。

（2）道教活动转入民间和官员道士的支持。

随着统治阶级对道教的抑制不断加强，道教领导集团的地位不断衰落，道教的活动方式转向民间。这一时期，正一道在民间的影响较大，从民国时期白云观《诸真宗派总簿》的记载看，正一、茅山、清微、灵宝、净明等传统符箓道派传承仍不绝如缕。一些地方志书记载，自乾隆年间废除了僧、道度牒制度以来，一些原来并无道教影响或影响甚微的地方，如东北、新疆、内蒙古、台湾等地，都建立了道教神庙并有了道士。连明朝时没有道观记录的沅江，在清朝时也出现了两所道观。

同时，也有不少官员道士的助力。《重修桃川宫碑记》记载："国初，莅斯土者汤公思桃与周公胜楚，救死不暇，遑曰丕振。至汪公子元，有重兴之志，遭遇吴逆一变，胼胝多艰。迨后清平，事将举而中殒，业未就而厌凡。其徒李永清继之，夙夜匪懈，师将成者，力为告竣；师未遂者，力为拮据。今庙貌少合，宝炬长摇于圣前；羽衣参差，少长森列于堂上。"②其中的汤思桃、汪子元等都是此地的官员。除了桃川宫，还有报恩观，清朝康熙二十三年（1684）镇平将军徐治都重建。道德观，清朝康熙三十四

---

① 《道藏辑要》，吉林人民出版社1995年影印版，第14页。
② 卿希泰、唐大潮《道教史》，江苏人民出版社2006年版第121页。

年（1695），镇平将军徐治都夫人孔氏重新修葺，乾隆五十七年（1792）提督俞金鳌修复。百胜观，清朝乾隆五年（1740）由道纪司杨正高重修。虽然经历了明末的战火、清皇室的抑制，但仍有许多官员道士胸怀重兴之志，为武陵之地道教的发展添砖加瓦。

第三节　武陵桃源是一个神圣化的精神空间

精神空间隐含着逻辑的自洽性、实践的一致性。对于武陵桃源而言，"自洽性"主要指向其神仙信仰和传说体系，"实践的一致性"自然是指虚幻性空间与现实性空间的混合同一。当传说和信仰构成的精神空间与自然、社会空间重合时，一定会产生一种令人愉快的文化现象。

一、武陵桃源神圣化的历史机缘

原名乌头村的桃花源在陶渊明《桃花源记》诞生之前就是道教圣地，诗僧皎然记载（《兵后西日溪行并序》提及《沈羲仙记》），最早在桃川宫修炼成仙的是沈羲。葛洪《神仙传》记有沈羲事迹。[1]《武陵县志》卷四十二"方伎"条载，自汉以来，武陵人修真道士有黄敬、黄道真、宗超、张秉、黄洞源、瞿童、黄悟真、丁方斌等，其中黄洞源、瞿童在桃源观修真。黄洞源为道教茅山宗第十五代宗师，上承韦景昭、李含光、司马承祯等人，下传孙智清、刘得常、王栖霞。而大历八年（773）瞿童在桃源观飞升成仙事件，无疑增强了人们对桃源仙境的信心。瞿童升仙的故事经过情节增改、传说、塑造和社会传播，形成一个极具影响力的桃花仙源神圣空间。据唐人相关资料，瞿童，字柏庭，辰州辰溪人。大历四年（769）西川溃将杨林纵容手下贾子华率千人假道武陵，劫五溪，五溪之人逃难四散。瞿童当时年十四岁，"侍母走武陵，寓居崇义乌头里桃源观道士黄山宝偏宅。柏庭因山宝愿师事上清三洞法师黄洞源"[2]。由于山宝的引见，瞿童成为黄洞源的侍童，"虽处童孺，给侍甚谨。在丑不弄，率性恭默。

---

① 葛洪《神仙传》，谢青云译注，中华书局 2017 年版，第 322～326 页。
② 温造《瞿柏庭碑记》，载于《桃花源志略》，岳麓书社 2008 年版，第 53 页。

每旦暮，谒仙师，修朝拜之礼，摄斋庄之色，焚香捶磬，叩头擎踞，如临君父"①。大历七年（772），瞿童偶"于仙林寻仙穴"，在艺圃中得一秦人棋子，以此作为进入桃源的证据。大历八年（773）瞿童辞洞源归仙洞，在师傅和同门胡清镐、朱神静以及童子陈景昕、潭伯珊等人的见证下飞升仙去。瞿童登仙之传说让唐人在考记中证实了陶渊明《桃花源记》和司马承祯《天地宫府图》中所描述桃源的存在的"客观性"，桃源洞天之门由此向世人打开。

二、桃源仙境的现实意义

值得一提的是，狄中立的《桃源观山界记》记述了瞿童升仙之处，后人立坛醮祭。刘禹锡的《游桃源一百韵》《桃源行》等诗详述了唐玄宗建桃源观、瞿童升天之事，"皆云云中鸡犬、秘宇灵宅，皆以秦人洞为仙窟矣"②。这里，狄中立、刘禹锡从现实建构的角度定位桃花源的原型地。由此，桃源仙境的大门在现实世界中已被正式标识出来，为寻访者指明准确的目的地。宋代洪迈在《容斋随笔》中云："陶渊明作《桃源记》，云源中人自言先世避秦时乱，率妻子邑人来此绝境，不复出焉……自是之后，诗人多赋《桃源行》，不过称赞仙家之乐。"③ 清代王先谦称："《桃花源》章，自陶靖节之记，至唐，乃仙之。"④ 由于不同境遇中的文人视桃源为仙境而游赏，"宗教变成了平凡人的生活内容，已融合到实际生活之中，成了一种精神'享受'，成了安身立命的安慰和寄托"⑤。从这个意义上说，人们对桃源的感知、构想与亲历三位一体的空间推动了道教神仙认知的广延性。当这一空间表象趋向于主导与支配道教仙化桃源的表征性空间，此时的空间已被简化为一种象征性的形象，包括仙界、仙人与信奉崇拜者。而且这样的表征性空间是有生命力的，包含了情感的轨迹、活动的场所以及亲历的情境。⑥

---

① 符载《黄仙师瞿童记》，载于《桃花源志略》，岳麓书社 2008 年版，第 50 页。
② 许缵曾《滇行纪程》，载于《桃花源志略》，岳麓书社 2008 年版，第 32 页。
③ 洪迈《容斋随笔》，上海古籍出版社 1995 年版，第 536~537 页。
④《陶渊明诗文汇编》，中华书局 1961 年版，第 353 页。
⑤ 孙昌武《道教与唐代文学》，人民文学出版社 2019 年版，第 508 页。
⑥ 亨利·列斐伏尔《空间的生产》，商务印书馆 2021 年版，第 64 页。

第二章　宋元明清文人对
武陵桃源洞天仙境的描写

　　武陵桃源（桃花观）是茅山道教的基地之一，仙师黄洞源早年在茅山师事李含光，而李含光又是茅山宗的创始人陶弘景的再传弟子，颜真卿说"茅山为天下道学之所宗"①，因而武陵之地也沾惠于茅山荣光。列斐伏尔认为，一种宗教意识形态"只有通过侵入社会空间及其生产，并且从而接纳那里的身体，才能实现持久存在。意识形态就其本身而论，可以说主要地内在于社会空间的话语之中"②。武陵桃源效应就如此。同治年间的《〈武陵县志〉叙》说武陵之地"疆域广袤，倍蓰于今。自汉以来为用武之国，而壤地沃衍，人物都雅，亦甲于湘西诸郡；名流逸士饰性抒怀，往往人自为集，意其流连景物，眷怀桑梓"。其中，武陵桃源闲旷清雅，是道教的洞天福地，也是文人所指顾之佳地。这里左包洞庭之险，右控五溪之要，列壑争奇，群峰献秀，所谓幽能绝嚣，僻可离俗，妙穷人巧，奥纯天然。因而被历代文人吟咏歌颂。唐人书写武陵桃源之风盛极一时，据统计，《全唐诗》中所涉桃源之诗有 362 首之多。至宋、金、元、明、清，文人对武陵桃源的眷顾有过之无不及。清人唐开韶、胡焞编纂的《桃花源志略》一书收录宋、金、元、明、清文人写武陵桃源诗共有 550 首；而明清时期最多，达 487 首，仅清代就有 272 首。这些诗大多表现性命与身心的拯救与超越，或借探访仙踪遗迹寻幽胜，结仙灵契，证前缘，追求人生的洒脱自在；或借游洞天仙境置身于世外，获得心灵的慰藉，精神的自由，从而以超脱的态度来看待社会和人生，也使对于自身价值的认识进入

---

　　① 《有唐茅山元靖先生广陵李君碑铭》，载于《全唐文》卷三四〇，中华书局 1983 年版，第 3446 页。

　　② 亨利·列斐伏尔《空间的生产》，商务印书馆 2021 年版，第 67~68 页。

新境界。另外，清代文人更关注现实中的武陵桃源，多对仙境持质疑或否定态度。

第一节　访仙境求洒脱、证前缘

宋元明清时代是中国文人最受考验的时代，社会交替变化，矛盾重重，他们中或有仕途蹇舛，宦海浮沉，或有怀才不遇的愤慨，或是有大济苍生的激情与社会现实的反差，这些强烈的失衡已酿成时代的危机，迫切需要救赎。在这个大背景之下，武陵桃源仙境就成了文人寻求精神灵魂的安栖地。因为在他们的心目中，"仙境是一个可以慰藉灵魂、净化心灵、超越现实苦难的梦幻世界，仙人则被赋予无穷的生命，他们飘忽天际，餐霞饮露，不必樵苏于山，不必耕耘于野，既没有情场之乐，也没有宦海之险，他们不必争利于市，也不必争名于朝，他们可以随心所欲的［地］升天入海，在无穷无尽且闲散优雅的岁月中云游四方"①。所以历代文人在追仙的美梦中总是孜孜以求，代代相因。

一、探访仙境仙踪以寻幽胜、追求人生的洒脱自在

梅尧臣是个追求"因事有所激，因物兴以通"（《答韩三子华韩五持国韩六玉汝见赠述诗》）的诗人，他的《武陵行》写因"幽兴"而"玩芳心不已"，描绘了桃源仙境的"景气佳"和"丘壑美"：

　　生事在渔樵，所居亦烟水。野艇一竿丝，朝朝狎清沚。忽自傍藤阴，乘流转山岽。始觉景气佳，潜通小溪里。常时不见春，入谷惊红蕊。幽兴穷绿波，玩芳心莫已。花外一峰明，林间碧洞启。遥闻鸡犬音，渐悟人烟迹。舍舟遂潜行，石径劣容展。豁然有田园，竹果相丛倚。庞眉鬐髻人，倏遇心颜喜。尚作秦衣裳，那知汉名氏。自言逢世乱，避地因居此。来时手种桃，今日开如绮。更看水上花，几度逐风委。竞引饭雕胡，邀饮酌琼醴。复呼

_____

　　① 刘洁《唐诗题材类论》，民族出版社 2005 年版，第 333 页。

童稚前，绿鬓仍皓齿。翻遣念还茅，思归钓鱣鲔。将辞亦赠言，勿道丘壑美。鼓枻出仙源，繁英犹迤逦。薄暮返苍洲，微风吹白芷。他日欲重过，茫茫何处是。

此诗先点明此游的起因——"生事在渔樵"，进而写坐"野艇"乘流而行，始见佳境美景，接着以亲历其境的视角描绘仙源的花林、田园、竹果以及古朴的民风，完美演绎了陶渊明笔下的"桃花源"。

金人张斛，渔阳（今天津市蓟州区）人。辽时南渡，约金太祖天辅（1117—1123）中前后在世。仕宋为武陵守。其《武陵春雪》以想象之笔写武陵春雪：

> 天风吹雪满千山，不见桃花泛碧澜。洞里仙人贪种玉，岂知
> 人世有春寒。

时序已是春天，寒风仍在肆虐，雪盖满山，看不到武陵桃花。诗人见雪满千山，如银装玉砌，便忽发奇想，将这种景象归咎于桃花洞的仙人，认为是他们"贪种玉"的结果，生动形象又合情理，表现诗人享受美景之乐。

黄镇成乃元代山水诗人，一生以圣贤道学自励，向往大自然，过隐居生活。其《题桃花岩》写探访桃花岩的山高水绝之幽趣，描绘之细，形容之真，风格清丽自然：

> 小金山中数块石，上出浮云几千尺。寒泉飞下绝涧响，老树
> 倒挂苍苔壁。巨灵擘断知何年，中有古洞藏神仙。蓬莱宫阙浩杳
> 霭，世外别有壶中天。巉岩磊块相缘入，云雾晦冥光景集。丹房
> 石室净无尘，虎攫龙拏半空湿。山人旧说桃花岩，山高水绝无由
> 探。我来正值岩花发，长啸独倚春风酣。同游雅士贪幽趣，自劚
> 山云烧竹具。

诗写诗人结伴雅士同游桃花岩。但见山高浮云，寒泉飞流，老树倒挂，苍苔满壁，古洞深藏，真乃世外仙境，犹如仙人壶公壶中的仙宫世

界。沿着巉岩石块往深处进入，看到云雾弥漫，光线昏暗的景象。炼丹房的石屋一尘不染，仿佛半空中还散发着药物的湿气。诗的最后六句写自己和同游者不畏山高水绝，啸傲独倚的风姿。

明人刘玑和陈可禹的同名诗《秦人洞》都写寻仙觅胜，表现洒脱意趣。其中，刘玑的《秦人洞》（"采芝深入白云皋，几树桃花覆短茅。欲觅仙人问遗事，一溪流水隔危桥"）交代了诗人因采芝药才深入洞天仙境，本打算找仙人问问秦人遗事，没想到被溪水上的危桥阻隔了去路。陈可禹《秦人洞》（"尽日看山兴不休，归来山月半衔楼。醉邀明月松根外，不信神仙在十洲"）写自己游兴盎然，相信神仙就在洞天，而不是在遥远的十洲。"十洲"是道教的仙境。道书中有《海内十洲记》，称祖洲、瀛洲、玄洲、炎洲、长洲、元洲、流洲、生洲、凤麟洲、聚窟洲为十洲，都是神仙所居之地，也是道士修道成仙的归宿地。同样写秦人洞题材，李可蕃的《秦人洞》则表达寻仙不得的怅惘之情："生长桃花源，不识花源路。仙人杳何之，怅望桃花树。"

马文升，明朝中期名臣、诗人，自号三峰居士、友松道人，以表明其向道之心。其《游桃源洞》写游仙境之乐：

> 桃花源接武陵溪，咫尺仙家路欲迷。翠柏凌霄山鸟下，碧云栖树野猿啼。缆船洲上江风细，白马江头水月低。指点秦人旧踪迹，萧萧方竹断桥西。

诗以行踪为线，关注桃源之景：桃花源与武陵溪紧相连接，咫尺之遥的仙境之路迷失难寻。凌云的翠柏树里山鸟纷纷而下，青云缭绕的树上野猿悲啼。拴在沙洲上的缆船任凭江风习习，白马江边但见水中的月亮离人低近。有人向"我"指示当年秦人隐居的踪迹，就在那片方竹掩映中的断桥西边。全诗写探访仙迹，寻觅心灵感受，韵味悠长。

类似写游乐体味的还有韩伯阳的《过桃川宫》："桃花仙洞远尘寰，洞里仙人尽日闲。花落水流春已老，碧云犹锁万重山。"诗人远距离观照仙人的生活和自在隔世的环境。

文曙，桃源县人，清代康熙癸巳（1713）举人。他任峨眉知县时，创建书院，捐俸修石梁，筑霸陵堰，县人德之，请祀名宦，擢直隶知州后老而致仕回籍，自此优游林泉，放怀寄兴。其《遇仙桥》写探寻仙境之幽，俯仰兴无穷：

> 绝壁沿溪上，危桥一径通。洞回云度影，路险石摇空。谷鸟
> 晴呼雨，山猿晚啸风。仙源足幽境，俯仰兴无穷。

其他的还有何璉诗的《桃源洞》（"彳亍寻仙迹，潺湲听涧流。白云千万片，谷鸟一声幽"）在游洞寻仙迹中感受大自然的幽趣与美好。叶绍楏的《桃花源口占》（"灵山缥缈绝尘寰，洞口闲云自往来。毕竟仙源终不隔，放他流水到人间"）表明仙境虽然缥缈绝尘，但只要有人向往，终究难以与人间隔断。何学林的《过桃源》（"渌萝山映旧桃川，烟景迷离别有天。偏羡此间好仙吏，桑麻鸡犬自年年"）借描写渌萝山的洞天仙境，表达对仙吏的羡慕之意。

清人黄孝伊的《早过桃源》写因受到仙气的熏染，世俗的思想情感顿时消弭殆尽：

> 犬吠白云端，鸡鸣古屋间。从来高士隐，占去大名山。宛尔
> 仙源在，翛然俗虑删。何当成小筑，日晏掩柴关。

此诗从所闻、所感、所想写诗人在桃源里受到的熏陶。诗人探访桃源，听到犬吠鸡鸣，不禁感叹那些追求仙隐的高士都因占据大名山而声誉远播。诗人仿佛置身仙境，无拘无束，超然自在，俗世凡庸的思想感情顿时消散。诗的最后表达诗人欲在此筑舍，过日暮闭柴门的静处无为的生活。

二、觅仙踪，结仙灵契，以证仙缘

文人觅仙踪游仙境慕仙人，不仅仅是满足好奇心，或感受仙风道气的氛围，真正的用意大多是想求得与仙灵的契合，或是修仙的缘分，以激发平淡生活，唤起浪漫情调和精神愉悦。正如俞益谟所言："平生结得仙灵契，归去何烦早著鞭。"（《游桃源洞》）而何如兰更道出了觅仙的真谛："绝好山川成妙境，我来小憩证前缘。"（《游秦人洞》）

189

明人文徵明,久困科场,九次参加乡试均不中,至嘉靖二年(1523),以岁贡生参加吏部考试,被授予翰林院待诏之职。大礼议事件后,辞官归乡,以文墨自娱,不问世事。嘉靖二十三年(1544)三月初七,与诸友出游,作《桃花源》:

> 桑麻鸡犬自成村,天遣渔郎得问津。世上神仙知不远,桃花
> 只待有缘人。

该诗着重写游桃花源的感受,以陶渊明《桃花源诗》的典事为线,描写自己所见之景。结句抒发感慨:对于有缘人来说,神仙世界并不遥远。

明代袁宏道与桃花源颇有缘分,曾游览桃花源后作《游桃源记》,由《由河洑山至桃源县记》《由渌罗山至桃源洞记》《由水溪至水心崖记》三篇组成,记写渌萝、沙萝、倒水岩、渔仙、新湘西、水心崖的奇、险、绝等景致。并在文尾总结游仙源的经验和体会:"游仙源者,当以渌萝为门户,以花源为轩庭,以穿石为堂奥,以沙萝及新湘诸山水为亭榭,而水心崖乃其后户云。大抵诸山之秀雅,非穿石、水心之奇峭,亦无以发其丽,如文中之有波澜,诗中有警策也。"还写有《桃源县》诗:

> 闹处云藏寺,僮来鸟亦随。仙人成邑里,烟水作城池。山有
> 容空地,溪无不怒时。偶然岚翠起,一县绿离离。

诗中将仙人世俗化,将仙境人间化、现实化,有一种证仙缘的意味。又如他的《托龙君超为觅仙源隐居》,书写寻觅仙境、以仙人为邻的心愿:

> 云石村中且卜庐,凭君为买一峰余。全栽芝菊为疆界,尽写
> 云岚入券书。门对仙童浇药地,巷通毛女浣花渠。闲中每爱天台
> 去,好与刘晨闲屋居。

在该诗中,诗人为自己编织一幅理想的生活图景:在云石村选择一处避俗野居的房庐,托龙君买一座山峰,全部种上灵芝、菊花作为与世隔绝的界线,将山中的云雾之气记录进文书。让居处的大门对着仙童浇药的田

地，使所在里巷与仙人毛女的浣花渠相通。不仅如此，悠闲之时还喜欢去天台山，与仙人刘晨一起闲居交游。毛女是传说中的仙人，刘向《列仙传》载："毛女者，字玉姜，在华阴山中，猎师世见之。形体生毛，自言秦始皇宫人也，秦坏，流亡入山避难，遇道士谷春，教食松叶，遂不饥寒，身轻如飞，百七十余年。所止岩中，有鼓琴声云。"① 刘晨是东汉时期仙人。此诗立意的新奇之处在于借构筑仙界来书写结仙灵契的情思。

明人李春熙的《渔仙寺，相传渔郎问津后得道于此。献夫卜隐，改为余山，谓有余之仙也，遂自号方外余山》诗表达对神仙的艳羡之情：

> 深洞元藏二酉书，松间新构草玄庐。相逢漫羡神仙好，比似
> 神仙更有余。

诗中的"二酉"指大酉、小酉二山，在今湖南省沅陵县西北。二山皆有洞穴。相传小酉山洞中有书千卷，秦人曾隐学于此（《太平御览》卷四九引《荆州记》）。诗人在新构的草玄庐里遇得神仙，在羡慕神仙好的心性中感觉自己也像神仙了。

对于那些摆脱羁绊，倾心于大自然的文人来说，神仙有无并不重要，重要的是获得某种契合，追求眼前的自在、美好和快乐。如石庄的《桃花源》写仙人去后，洞里千桃树花开不已（"仙人久飞去，环佩带朝霞。洞里桃千树，还开二月花"）；何鸣凤的《桃源洞》表达逃脱尘网，在仙境度岁华的愿望（"拟逃尘网亲渔棹，可许仙源度岁华"）。又如俞益谟的《游桃源洞》：

> 非访秦人岂觅仙，为寻幽胜向桃川。残诗半剥千年碣，曲径
> 深迷二月烟。游屐任经苔自古，鸣弦不住水常涓。平生结得仙灵
> 契，归去何烦早著鞭。

诗开头就说明此行的目的既不是访秦人也不是觅仙境，而是寻幽胜。那残诗半剥的石碣、深幽的曲径、满路的苍苔和鸣弦似的水流都让诗人流

---

① 刘向《列仙传》，钱卫语释，学苑出版社 1998 年版，第 82 页。

连不已，从中找到与仙灵的契合，沉浸于此，又何必营营于努力进取呢？看似有些消极，实则是一种超然之态。

第二节　寻求精神慰藉

宗教慰藉是一种重要的精神心理现象。梅多和卡霍所著《宗教心理学》提及一个半边身体瘫痪、双目失明的法国退休会计，于1970年在卢尔德访问天主教圣祠时，经历了一次奇异的感觉："几小时之内，他恢复了视力，并且能扔掉拐杖走路了。"① 这件事及现象关涉的虽然是病人从信奉宗教的神秘力量中得到抚慰，但对于有宗教情怀和宗教道德心的人来说，无论是病人，还是身体健康的人，都具有共同的价值和意义。这种通过信仰或崇奉以求得心灵安抚和慰藉的诉求，在中国古代特别是身处逆境中的文人士大夫的世界里，可谓司空见惯。从战国时期屈原因流放作《离骚》《远游》到明清时代的文人学士，因仕途塞舛，宦海浮沉，或是有怀才不遇的愤慨，或是有大济苍生的激情与社会现实的强烈落差，或是俗务劳顿，身心疲惫，厌倦红尘，或是跟风从众，芸芸众生，形形色色，他们有一个共同的情感趋向，即都渴望借游仙境，置身于世外，从而获得心灵的安栖、精神的自由，以超脱的态度来看待社会人生和名利荣辱。所以宋元明清文人面对武陵桃源仙境，就有"悟得桃源真隐意，时间名利不须论"（清杨尚载《桃川》）的共鸣。正是在这种世界观和人生观的大调整中，他们希望能实现了对自身价值的新认识，开启生活的新境界。

一、寻仙只为慰平生

张咏，北宋名宦，一生两次入蜀，分别于太宗、真宗朝知益州，在平息侵乱、恢复经济、规范发行"交子"、救济民生方面，政绩显著；在蜀期间，大兴教育，礼贤下士，革除旧俗，使社会风气大振。写诗重视审美特性，讲究艺术表现，故其诗歌内蕴丰富、意境深远。他的《舟中望桃源

---

① 玛丽·乔·梅多、理查德·德·卡霍《宗教心理学——个人生活中的宗教》，四川人民出版社1990年版，第181页。

山》就具有这种些特点，全诗写由望仙山所见而生发感慨：

> 仙山初指眼初明，倚棹因妨半日程。云里未忘寻去路，世间
> 争合有浮名。岩空暗老松千尺，天静时闻鹤一声。更谢暮霞怜惜
> 别，满坡红影照峥嵘。

诗先写舟中远望桃源山所见。初望仙山，眼目清明，以至于倚桨琢磨
了半天。思想一时间如入仙境云雾之中。接着写所想：诗人没有忘记寻找
前进的道路，并想到世间人为争虚名而营营不休的问题。但诗人没有纠结
此等世俗之争，而是再看风景：那岩壁空隙间的老松已有千尺之高，明静
的天空时而能听见仙鹤鸣叫。更要感谢晚霞依依不舍，不忍离别，把高峻
的山峰照得满坡红影。整首诗貌似以绘景为主，实则表现了诗人渴求沉浸
于仙境而忘俗的心情，内含十分丰富。

汪藻为南宋初文人，为官清廉，"通显三十年，无屋庐以居"。其诗作
多触及时事，寄兴深远。他的《桃源行》与王维、韩愈、刘禹锡、王安石
诗同题，却能别开生面：

> 祖龙门外神传璧，方士犹言仙可得。东行欲与羡门亲，咫尺
> 蓬莱沧海隔。那知平地有青云，只属寻常避世人。关中日月空千
> 古，花下山川长一身。中原别后无消息，闻说胡尘因感昔。谁教
> 晋鼎判东西，却愧秦城限南北。人间万事愈堪怜，此地当时亦偶
> 然。何事区区汉天子，种桃辛苦求长年。

该诗以秦始皇求仙发端：秦始皇统一六国后，妄想长生不老，永久享
受人世间的繁华，于是派人四处寻找长生不老之药，却不知神仙已经留下
玉璧，明确他将在公元前 211 年死亡，而那些方士们也一味地阿谀奉承，
讨好秦始皇，还说能求得长生不老的仙药。"祖龙门外神传璧"出自《史
记·秦始皇本纪》："（三十六年）秋，使者从关东夜过华阴平舒道，有人
持璧遮使者曰：'为吾遗滈池君。'因言曰：'今年祖龙死。'使者问其故，
因忽不见，置其璧去。使者奉璧具以闻。始皇默然良久，曰：'山鬼固不
过知一岁事也。'退言曰：'祖龙者，人之先也。'使御府视璧，乃二十八

年行渡江所沈璧也。"① 诗人接着叙写秦王东行碣石，"东行欲与羡门亲"指的是"三十二年，始皇之碣石，使燕人卢生求羡门、高誓"②事。公元前215年，秦始皇请方士卢生等入海求仙，他们回来报说一眼就望到蓬莱仙山，只可惜中间隔着大海，即诗中所说的"咫尺蓬莱沧海隔"。诗中的"羡门"亦指神仙。《上清太极隐注玉经宝诀》："劫始以来，赤松子、王乔、羡门、轩辕、尹子，并受五千文隐注秘诀，勤行大道，上为真人之长者，实要注之妙矣。"《太极真人敷灵宝斋戒威仪诸经要诀》："贤者欲修无为之大法，是经可转，及诸真人经、传亦善也。唯道德五千文，至尊无上正真之大经也。大无不包，细无不入，道德之大宗矣。历观夫已得道真人，莫不学五千文者也。尹喜、松、羡之徒是也。所谓大乘之经矣。"有鉴于此，诗人的内心也愤愤不平，不禁要发一通议论和感慨：他哪里知道真正的仙境不一定要在所谓蓬莱、方壶、瀛洲等仙山上，只要心中的欲望不求过高，做个寻常避世之人就能达到仙境，此为"平地有青云"。秦皇早已殁，只有日月千古朗照，而桃花源中的山川，才能让人避乱，长期过上与世无争的生活。自从金人大举南侵，将徽钦二帝俘获押往北方，北宋灭亡，宋高宗建立南宋后，恢复中原之计至今也无任何消息，听说金人南侵，兵马凶焰，因而感今思昔。不知是谁用国法判断划分东西，让大宋只保留淮河以南的半壁江山。秦始皇修建长城是为了防御北方匈奴的不断侵扰，但到了北宋长城早已被北方国家长期占有了，幽云十六州这些战略要地也不在北宋的手里。没有了这道屏障，再加上北宋朝廷政事不修，军备废弛，人心涣散，所以金人能长驱直入而没有得到有效抵抗。人间万事越来越值得怜惜，桃源之地与世隔绝，成为人间仙境也是个偶然。是什么事让汉武帝效仿秦始皇而辛苦求仙？这里借汉武喻指宋徽宗不理朝政，不支持抗金，也不顾老百姓的死活，而一味迷恋修仙，追求自身享受。宋徽宗在位时曾大力尊崇扶植道教，利用道教神化皇权，编造"天神下降"神话，以道教教主自居。"种桃辛苦求长年"用典刘歆《西京杂记》载汉武帝有求长生之事："初修上林苑……千年长生树十株。"又旧题班固《汉武帝内传》："……以盘盛桃七枚，大如鸭子，形圆色青，以呈王母。母曰：

---

① 司马迁《史记》，岳麓书社2001年版，第49页。
② 司马迁《史记》，岳麓书社2001年版，第46页。

'此桃三千岁一生实耳。'"该诗以桃源仙境为契机，生发联想，抒发议论。由秦始皇好仙误己误国，想到宋徽宗迷恋神仙误国，分析深刻透辟，入情入理，发挥宋诗长于议论的特点。

胡宏，南宋理学家，一生矢志于道，以振兴道学为己任。其《桃源行》诗写游桃源寻仙气，探究桃源仙境的真伪：

> 北归已过沅湘渡，骑马东风武陵路。山花无限不关心，惟爱桃花古来树。闻说桃花更有源，居人共得仙家趣。之子渔舟安在哉，我欲乘之望源去。江头相逢老渔父，烟水苍苍云日暮。投竿拱手向我言，桃源言说非真然。当时渔子鱼得钱，买酒醉卧桃花边。桃花风吹入梦里，自与人世相周旋。靖节先生绝世人，奈何记伪不考真。先生高步窘末代，雅志不肯为秦民。故作斯文写幽意，要似寰海离风尘。不然山原远近桃花开，宜有一片随水人东来。呜呼，神明通八极，岂特秘示桃源哉？我闻是言发深省，勒马却辞渔父回。及晨遍览三春色，莫使风雨空莓苔。

诗先写诗人北归途中探访桃花源。诗人过武陵路，不关心山花，只爱桃花古树，因为听说桃花源人都有仙人情趣，于是想乘船到桃花源一探究竟。继而写渔父向我言说桃源并非真有其事。因为当时捕鱼人卖鱼得钱，买酒喝醉后躺卧在桃花树下。梦里桃花随风飘飞，自由自在地与人世回旋。渊明先生隔绝世人，为何只记假的人和事而不考求真实情况。先生隐居是衰颓世道使然，其平素的意愿就是不肯做避乱的秦人。所以他作文章书写悠闲的情趣，就是要摆脱平庸的世俗之事。不然的话，在这山原桃花开的时候，一定有人乘船随水东来。最后诗人发感叹：唉，神灵通天地之间，难道只是秘密暗示桃花源吗？渔父的一番话发人深省，我告别渔父调转马头回程。及时游观三春美色，不要让风雨洗尽桃花洗青苔。全诗立意新奇，所探究的问题也发人深思。

元人张天英的《武陵春晓曲》借写梦游武陵仙境，通过遗世升天的能动幻想，获得某种自释的抚慰。

明代理学家薛瑄的《桃花洞》则写为寻幽而探访桃花洞，从中找到"忘机"的门径：

　　松风两袖暖香微，下马寻幽款洞扉。流水有声穿石窦，落花无数点苔衣。岩头树挂玄猿啸，洞底人惊白鹿归。怪得仙家闲岁月，暂时游览也忘机。

　　该诗写诗人游桃花洞所见所闻所感。听流水有声，玄猿长啸；看落花无数，洞底白鹿。诗人这才明悟仙家居此境的妙处，对于世俗人而言，游览此地也能淡泊清净，忘却世俗烦庸。

　　王启茂是明末诗人，与"三袁"中的袁中道交往至深，为人闲雅淹博，有古名士风。他的《对湘楼即事》书写事务烦冗之外的闲适心态，自然清雅：

　　客里仍多事，高楼暂闭关。春随飞絮尽，心与落花闲。树外遥看水，月中犹见山。武陵溪上住，已似隔人间。

　　原作注"楼在德山"。诗的开头说虽然人离乡在外，但仍然有很多事缠身。接着写自己的悠闲心态。春天已去，心却如落花一样闲适，树外看水，山中赏月。人住武陵溪，似处人间仙境。

　　娄镇远的《善卷古坛》表达了"隐德即为仙"的领悟：

　　先生隐德即为仙，遗迹山中盖有年。欲向花开问甲子，莫从身外觅丹铅。

　　善卷，上古尧舜时代的圣贤隐士，武陵地区人，隐居于枉山境内，对自然和善，与邻居和睦相处，以善行教导民众，开化先民。尧帝南巡时闻说善卷品德高尚，便求教善卷并礼其为师。最早提及善卷的文献是战国的《慎子》（刘向编订），《慎子·逸文》篇有"尧让许由，舜让善卷，皆辞为天子而退为匹夫"之语。战国时屈原感慕善卷，留下"朝发枉诸兮，夕宿辰阳"（《涉江》）之词。陈珂在明弘治《武陵县志》序言中说："昔者，董子（董仲舒）称之：尧舜德彰而身尊，善卷德积而名显。善卷在是，则尧舜之道在是。"隋朝朗州刺史樊子盖因感慕善卷高尚的品德，将枉山改名为善德山（《嘉靖常德府志》载"善德山，府东南十五里，一名枉山……隋刺史樊子盖以尧时隐者善卷尝居于此，故名"），将山上祭祀善卷的地方改名为善德坛，并建设善德观（《嘉靖常德府志》）。"常德德山山有德，长沙沙水水无沙"的民谣亦来源于此。唐咸通六年（865），朗州刺史薛廷望重新修葺善德观，并建善德精舍（时称古德禅院），并请人守护善卷牌位与香火，因此常德德山被道教尊为第五十三福地。宋徽宗钦赐"遁世高蹈先生"，以怀念善卷常秉善德之心，后设置常德府。此诗歌颂善卷先生的"隐德"，并从中悟出人的生命价值在于自身的宁静，任其自然，不需要借外丹助力的道理。

查慎行是诗坛"清初六家"之一，他的《再游武陵德山为雨雪所阻宿乾明方丈次石间周益公诗韵二首》（其一）诗写登武陵德山的所见所感，发挥了以诗记史的功能：

> 但令兴到便登山，路转凫鹥第几湾。福地自留苍翠外，闲身偏在乱离间。残碑日月看仍在，前辈风流许再攀。五百年来如转盼，知从何处证无还。

诗的首句交代登山的缘由，只是因为兴致所使，便来游武陵德山。继而写所见所感：真不愧是福地洞天，满眼嫩绿延伸山外，难得闲适轻松，只可惜身处动乱之时。那些残碑虽经岁月风尘的侵蚀，还能看清上面的文字，前辈人的信仰遗风仍然令人艳羡，心生攀附之愿。于是诗人感叹人世沧桑，五百年时光转眼即逝，又能从哪里得到圆满求证呢？诗中的"乱离"指"三藩"之乱。清康熙十二年（1673）冬，吴三桂因反对康熙皇帝撤藩而自云南举兵反清。"传檄入楚，自辰沅北驱。"次年春，吴三桂委派其下总兵杨宝荫自辰溪进犯常德，在杨父（时为驻常德提督）杨明遇的内应下，常德城陷落，知府翁应兆降吴；同时吴三桂派夏国相率前锋吴国贵、马三保拥众十万陷澧州、吴应麒陷岳州，兵锋直抵松滋长江南岸。吴三桂自云南至常德和澧州坐镇指挥，与屯驻荆州长江北岸的清军统帅勒尔锦主力对峙。吴兵在安、澧、石等地"沿乡劫掠，炮烙杀掳，惨同闯贼"（《清同治澧州志·兵难》）。康熙十七年（1678）三月，吴三桂在衡阳匆匆上演称帝闹剧，立国号周，年号昭武。八月，仅过了 5 个月皇帝瘾的吴三

197

桂便在衡阳死去，时年 67 岁。次年二月，清顺承郡王勒尔锦率大军渡过
长江反击败局已定的吴军，克松滋、枝江、宜都及澧州，进取常德。自岳
阳败守常德的吴应麒在清军围城前，下令士兵"火焚全城，庐舍尽毁，钱
货掳掠一空，舟舰先遁"。清绥远将军蔡毓荣督师进驻常德城，招徕居民
复业。查慎行曾跟随从兄查容至荆州共赴同乡贵州巡抚杨雍建的幕府，并
随杨雍建远征云贵，讨伐吴三桂残部①，目睹了接近尾声的三藩之乱在湖
北、湖南地方上造成的惨状。战后不久，特意来到发生过惨烈战事的辰龙
关、清浪滩、北溶驿等战场遗址凭吊。他的不少诗虽不直接描写战事，却
揭示了战后的实情实景，发挥了以诗写史的文学功能。

二、寻真不遇感慨多

宗教心理极其复杂，多数人羡仙，与其说是出于信仰，不如说是向往
的一种"外化"境界，或是理想和幻想的表露，因为"仙"在虚无缥缈
间。所以古代文人借诗歌表达羡仙、学仙或求仙之愿，其实他们或许并不
真的相信神仙的存在，这只是他们艺术创作的产物，是用来表达主观意志
的手段。宋元明清诗人对武陵仙境的书写都符合这种规律。

王十朋，南宋爱国名臣，1165 年曾奉命知蜀地夔州。其间，修筑城
墙、买山植树、重整"义泉"、修建武侯祠，为治理夔州做出历史性贡献。
他的很多诗歌，如《人日游碛》《上元山中百姓出游作三章谕之》《买山》
《种柳》《修垒》等，都是蜀地风土人情和治蜀的实录。王十朋诗才横溢，
凡眼前景物，常常因感而成诗。其《桃川》借寻仙来写心：

> 流水桃花世已非，石林烟草尚芳菲。山中鸡黍聊炊午，眼底
> 风尘且息机。圣世难招秦晋隐，野心独爱芰荷衣。寻真不遇空归
> 去，笑指秋风绕翠微。

该诗先写眼前所见：已不是桃花源的仙境了，但林烟芳草依然。后想
象山中人杀鸡炊黍，情意真率，比照眼前纷乱的尘世社会，即使有机心也
会随之熄灭。再写诗人的感想：在这太平盛世，难以找到隐居避世的人

了，而我好闲散、隐逸，独爱以芰荷为衣。最后写此行的心情：寻求仙道不遇仙人，只好空归去，笑秋风阵阵，缭绕青山，劲吹不止。该诗蕴含丰富，借寻仙表露心迹，也体现了诗人在国家内忧外患的颓势之下觅求精神安慰的心理。

元末诗人周权，磊落负隽才，其诗意度简远，议论雄深，他的《仙源》写寻仙境不得的怅惘：

> 桃花悄无有，仙源渺何许。流水清于铜，松色与崖古。长林暮萧飀，似与幽人语。翛然卧空庵，清猿夜深雨。

诗以桃花起笔，点明桃花悄无踪影，仙境也渺茫不知在哪里。再写眼前所见：水流清澈，色如青铜，松树青翠的颜色与山崖千古长久。傍晚高大茂密的树林中涛声阵阵，像是与隐士交流对话。末尾写静卧空庵的体味：诗人超然躺在空空的小草屋里，夜深时分能清晰地听到凄清的猿鸣声夹杂着山雨声。

郭昂是元朝将领，习刀槊，能挽强弓，稍通经史，尤工于诗。他的《过桃川宫》重在书写沧桑感慨：

> 桃花流水五云间，咫尺仙凡隔往还。白鹤不来华表在，翠鸾飞去玉箫闲。战尘满眼何时了，云驾无由得暂攀。六载苦辛谁与问，瘴烟空染鬓毛斑。

诗前四句写经过桃川宫的所见所感。桃川宫所在桃花流水，仙凡相隔。白鹤不来，华表还在，神鸟已去，玉箫不吹。这里"白鹤""华表"源于道人化鹤立于华表柱的典故。《搜神后记》卷一"丁令威"："本辽东人，学道于灵虚山。后化鹤归辽，集城门华表柱。时有少年，举弓欲射之。鹤乃飞，徘徊空中而言曰：'有鸟有鸟丁令威，去家千年今始归。城郭如故人民非，何不学仙冢累累。'遂高上冲天。"① 弄玉吹箫引凤凰典故出自《列仙传》"萧史"："箫史者，秦穆公时人也。善吹箫，能致孔雀白

---

① 陶潜《搜神后记》，中华书局 1981 年版，第 1 页。

鹤于庭。穆公有女,字弄玉,好之,公遂以女妻焉。日教弄玉作凤鸣。居数年,吹似凤声,凤凰来止其屋。公为作凤台,夫妇止其上,不下数年。一旦,皆随凤凰飞去。故秦人为作凤女祠于雍宫中,时有箫声而已。"①诗人用典意在表明沧海桑田,仙迹犹在,仙人不再。后四句联系现实生发感慨。满眼战争尘埃何时是个了结,没有办法坐上仙人的车驾去攀灵迹。六年来的辛苦谁能知晓,异域瘴气染得我的鬓发斑白。诗人长期任职军中,带兵打仗,降蛮、擒贼、伏盗,故诗中流露出对战争的厌倦,也表达了辛苦操劳,人已老大,不能探寻仙迹的惆怅。

武陵桃源仙境对于身处乱世,或对尘世有几分厌倦的文人来说,无疑具有吸引力和感召力。文人对桃源前赴后继的关注,难免有从众心理的因素在起作用。他们或向往已久,或有幸亲临此地一游,在临时的特定情境中就自然表现出对羡仙、寻仙等占优势的行为方式。同时,对于一部分人而言,"想象上假设的群体优势倾向,也会对人的行为造成压力,使人选择与设想的多数人倾向相一致的行为"②。从众的行为方式对于宋金元明清文人的社会适应意义是非常明显的。以其社会文化延续的角色看,多数人的观念与行为都保持一致,恰恰是他们共同的语言、共同的价值观的体现。只有这样,中国文学的仙话主题才能顺利地传承弘扬,宗教文化的车轮才能正常运转。

李显是湖广桃源人,成化二十年(1484)进士,以清慎著闻。其《桃源洞》写游桃源洞,抒发物是人非之慨:

> 仙源迤逦万山围,不见渔郎旧钓矶。流水落花春自老,石田茅屋昔人非。岩门重掩疑无路,岚风生寒欲湿衣。应与尘寰杳相隔,断桥芳草自菲菲。

该诗先写游仙境所见:桃源的洞天仙境曲折连绵,万山环抱,当年渔郎钓鱼时坐的岩石已不见踪迹。流水送落花,春天悄悄老去;多石的田地,低矮的茅屋仍在,往昔的主人早已更替。岩门重掩,看似无路,山间

① 刘向《列仙传》,学苑出版社 1998 年版,第 51 页。
② 章志光、金盛华《社会心理学》,人民教育出版社 1996 年版,第 420 页。

的雾气，寒意重重，快要湿透衣服。诗的尾句写感触：这里应与尘世遥远阻隔，那断桥边的芳草独自茂盛而美丽，香气浓郁。世事变幻大，仙境也如此。这种沧桑感在陈士本的《探桃洞偶成》中也有体现：

> 偶来探得翠微浓，白石青松翳万重。山鸟似犹啼往事，渔翁无复见前踪。云霞片片飞空谷，薜荔层层护远峰。为访洞门何处是，幽岩惟有碧苔封。

诗以行踪为经，写一路所见之景，并伴有思索和感慨。一、二句写景：偶尔探访桃洞，山光水色青翠浓郁，白石青松层层掩映。三、四句写景中寄寓深深感慨：山鸟好像还在啼说逝去的往事，当年渔人的踪迹再也看不到了。五、六句纯粹绘景：云霞片片漂浮于空旷幽深的山谷，薜荔层层袒护着远处的山峰。七、八句表达怅惘之思：想探访桃源洞门究竟在哪里，结果在深山中看到的是被碧绿的苔藓封得严严实实的幽岩。该诗将写景、议论、抒情融为一体，层次分明，蕴含深厚。

李载阳，湖广蕲黄人，明万历五年（1577）进士。其《桃花源》写游桃源仙境，思古之幽情，寄寓深沉感慨：

> 春山濛濛千万叠，春树霏霏烟霭结。一涧长浮碧玉波，桃花两岸飞红雪。十年梦想来桃源，今见松萝远近村。不遇当时避秦客，白云犹自护柴门。兰桡荡入空波里，仙家殿阁群峰起。汉业秦基烟莽中，悠悠惟有清溪水。

此诗先写桃源春色：阳春三月，远处万山重叠，迷茫不清，树林稠密，云雾浓浓。溪涧清澈碧绿，桃花"飞"红了两岸。再写在松萝仙境的所见所思：十年来做梦都想到桃源一游，如今见到了松萝山远近的村庄。只可惜没有遇上当时避秦时乱的人，白云悠悠护卫着那扇柴门。小舟荡入辽阔的水面，仙人的殿堂楼阁如群峰矗立。秦汉的伟业早已淹没在烟雾笼罩的林莽中，只有一汪清溪水仍悠闲自在地流淌。"汉业秦基"喻指汉武帝和秦始皇求仙之事。尾句寄寓了诗人深沉的历史感慨。

类似的还有赵文明的《游桃源洞》、何景明的《桃花源四首》（其一），都借写游桃源抒发感慨，不同的是赵文明的《游桃源洞》是通过写游仙境，寄寓人生感慨：

> 神宫蠹天起，仙径傍云通。白石流丹液，苍松老翠丛。壶卢
> 吞夜月，铁笛弄秋风。人在烟霞外，浮生总是空。

诗的前六句写游仙境所见所闻：神殿蠹立于高天，仙径在云中延伸。仙人服食的是白石、金丹，青绿色的松树丛丛茂密。壶里容夜月，铁笛吹出的乐音在秋风中飘荡。最后两句抒发感慨：人在红尘俗世之外看人生总是虚幻的，万境皆空，流露出强烈的幻灭感。而《桃花源四首》（其一）则书写探访仙踪的所见所感：

> 神宫蠹飞观，结构倚层丘。上翳万年树，下映千尺流。仙踪
> 久已没，百代传其由。荒途横白云，寥寥安可求。

诗人先写所见仙境奇伟之景：神仙宫殿高耸入云，整个建筑倚靠重叠高耸的土山。上有万年古树遮掩，下有千尺流水与之辉映。后抒感慨：仙人的踪迹早已不见，百代之人还在传说着他们的经历。荒芜的路上白云纵横，眼前一片空旷清虚，哪里能寻得到呢？何景明是明代"前七子"之一，《明史》评价："景明志操耿介，尚节义、鄙荣利，与李梦阳并有国士风。"事实上，何景明的诗以感情真挚、个性俊逸见长。这首诗中之景完全抛开了实境，是被夸大渲染而成的画面，而且诗人不仅从画面中感受到昔日的繁盛化为乌有的悲凉，也有寻仙不得的惆怅。

此外，彭飞的《蟠桃观》诗写游蟠桃观的所见所感，其思路和情感趋向与何景明诗相比，写实感更突出：

> 仙阶残雪冻灵芝，白日难消看弈棋。童子壁间窥远客，老松
> 烟外长新枝。荒凉岩鼎丹何有？怅望寒江棹未移。欲问仙踪人代
> 远，碧阑干外立多时。

此诗先写所见之实景：仙宫台阶还剩有残雪，灵芝草也被冻住了；白

天漫长难以消遣，"我"就观看下棋。道观里的童子在墙角窥看远道客人，烟霭中的老松长出新枝条。后写感慨：荒凉的岩鼎里哪里有金丹？望着寒江里的船桨没有划动惆怅不已。想问仙人的踪迹到底离人世间多远，无从知晓，呆呆地在碧绿的栏杆外站立多时。

第三节　清代文人对武陵桃源洞天仙境的心态

自陶渊明后，特别是道教的渗透和文人的夸虚宣传，武陵桃源成了一个被神化的空间区域，其宗教色彩逐渐投影到世俗民众的心理中，谈仙论道成为社会性题材，"直到渊明传小记，至今渔父尚谈仙"（黄琬《桃川宫》）。到清代乾隆之后，正一道完全失去与上层统治者的联系，社会地位彻底衰落，活动在民间的正一道世俗化倾向更加明显，文人对神仙观念、仙境的认知发生很大变化。清代文人看待武陵源，有否定其仙境说的，但总体上偏于理性思考。"但使耕桑能复业，仙家原自在人间"（查慎行《舟发桃源》），将仙境人间化成为主流认识倾向。从空间的理论看，这种认知的变化是人们对赖以确立的物质现实产生影响的结果。当一种宗教空间的生产真的发生了，它将在相当长的时间内被限定在标志、符号和象征上供人们阅读，而一旦证明这用于阅读的空间是可以想象到的最具欺骗性与修饰性的空间，人们就不再将抽象的事实强加于感觉的、身体的、希望的和欲望的现实之上。①

一、对仙境说持否定态度

由于道教的世俗化，在清代文人群体中，对武陵仙境的态度和心情也比较复杂。其中持否定态度的代表诗人有王岱、董思恭、冯廷櫆等人，他们以诗明意，纠偏求证。如王岱《李吉津索画桃源图并题》（"本为避秦聊复尔，后人妄拟作仙源"）道出武陵源的历史事实。战国时期秦为统一六国，先后发动对魏、燕、齐、赵、韩、楚的战争，故陶渊明《桃花源记》中"先世避秦时乱……来此绝境"的武陵人主要是上述五国，但就地理位

---

① 亨利·列斐伏尔《空间的生产》，商务印书馆 2021 年版，第 207、210 页。

置而言，魏、燕、齐、赵、韩五国都远离武陵地区，因而毗邻武陵的楚国属民迁入武陵山区的可能性较大①。如上文所述，武陵本是群峰献秀、列壑争奇、幽能绝器、僻可离俗之地，经道教仙化和文人渲染后，就成为超尘绝俗的仙源。所以诗人王岱用"妄拟"表明了自己的态度。董思恭的《桃源行》表现出的态度也很鲜明：

> 我来桃源觅神仙，仙人已去留青山。青山依旧青未了，胡为仙人去不还。我来桃源寻洞口，洞口桃花何处有？……三十六天一气通，活水源源沧海阔。忆昔香案侍玉皇，下视尘世意飞扬。俄而谪向人间住，回首蓬莱殊渺茫。寥落江湖百事灰，惟余明月傍灵台。欲问仙源只此是，何必纷纷妄求哉？

诗人首先揭示一种对桃源神仙的错误认识，指出仙人已去，只有青山依旧，为何还说"仙人去不还"？世人都说桃源洞口有桃花，可实地去寻，又哪里有什么桃花？只有源源活水罢了。继而设想桃源神仙的遭遇，并以追忆的方式叙述神仙本住蓬莱，后于香案侍奉玉皇大帝，不久被贬谪到人间住。如今与那灵台相伴的只有一轮明月了。回首这些江湖寥落事，如果是人一定会万念俱灰。诗的尾句生发议论：如果仙境只是这些事，世人何必纷纷来此妄求呢？有直刺崇仙者痛处的意味。

还有李宗瀚的《过桃源》："人心随物变，来者半迷悟。焉知遗世情，不受浊世污。……高风同所契，心迹如相诉。却笑武陵人，还被神仙误。"该诗从人心随物变的角度审视游桃源的人们，说明来探仙迹的人中一半以上者是迷惑不清的，并点明武陵人被神仙误导的事实。

二、对仙境持理性认知

大部分文人对武陵仙境的认知是理性的，代表诗人有艾暹、宁诰、陈士本、范秉秀、杨惺斋、杨先铎等人。艾暹的《春游桃川》写主人公不迷信传说，眼见为实的精神：

---

① 龙兴武《〈桃花源记〉与武陵苗族》，载于《学术月刊》2000年第6期，第39页。

不必寻秦客，登临我亦仙。诗栽芳草地，酒酌碧桃天。石怪
泉飞雨，溪深谷吐烟。洞门何处是？遥认白云边。

该诗起句表明诗人的态度：此次游桃川，不是寻找秦人遗迹的（也找
不到），并宣称只需登临桃川宫，自己就成仙人了。诗的主体部分着重描
绘自然美景，芳草地、碧桃天，还有怪石飞泉、溪谷，构成一个胜境洞
天。在诗人看来，洞门具体在哪里并不紧要。所以末句点出"白云边"，
意即远处那悠悠的白云边就是。整首诗一改前人游仙套路，大开新局，结
尾也韵味无穷。

又如曾做过常德府推官的宁诰，他的《秦人洞》也体现其深刻的
见地：

何处仙源有路通，石门深锁白云中。心清泌水犹堪隐，地僻
商山岂易穷。洞口花留秦代月，溪头人醉楚天风。莫云避世难忘
世，烟外晴空起晓鸿。

诗中描述了诗人游历中的心路变化过程：眼见石门被白云笼罩，诗人
感觉仙境无路可通。但诗人明白了一个道理：只要心灵清澈，没有任何杂
念，即使身在泌水之地也能过隐居生活，即使处于偏僻的商山也不会穷
困。这种认识很有见地，充满了哲理。于是诗人又搜检秦人洞的历史，发
表看法：这秦人洞口的桃花受到了昔日秦时明月的朗照，武陵溪边的人沉
醉于楚天之下。不要说避世人难忘人世，那云烟之外的晴空里又飞来传书
的鸿雁。整首诗用写心的手法写秦人洞，表达对仙隐的独到理解，认为只
有心无杂念，不囿于穷，追求精神富有的人才能仙隐，同时也表达了对
"避世难忘世"的看法。从诗的末句看，诗人认同避世人难忘人世的现实，
而"秦代月"和"楚天风"也透露出楚人避秦时乱的信息。如前文所述，
陶渊明《桃花源记》中的武陵人是楚人的可能性很大。

而范秉秀的《桃源》诗表现出一种客观辩证的认识理路：

自昔说桃源，肘腋生烟雾。便欲学渔郎，鼓棹入山去。今过
武陵溪，艇子堪洄溯。山容殊窈窕，飘然风可御。即谓无神仙，

亦有幽人住。

该诗先写所想再写所见：从前说起桃源，周身都生仙气，烟雾缭绕。于是想学渔郎，划船入山隐居。如今经过武陵溪，小船能逆流而上。山色幽静美好，正是仙家乘风飘飞之佳处。就是没有神仙，也有隐士青睐，在此居住。诗人娓娓道来，不乏情志的流露和心灵的呈现。

至于杨惺斋的疑问，则蕴藏在《桃源》诗的字里行间：

> 流水渺然去，仙源难问津。当年曾一棹，兹事忽千春。渔父非迷渡，桃花自避秦。不知彭泽令，何似武陵人。

支撑桃源仙境的原材料是自然本身和人的构想、感知与神化。当诗人亲历桃源，只有自然本身，仙源之路无法寻找。该诗将历史的记忆与现实的反思交融一起，表达对桃源仙境以及陶渊明笔下的渔父、武陵人之事的看法。考辨的意味比较浓。

我们再看杨先铎的歌行体诗《桃花溪》：

> 武陵溪上桃花山，山环路转幽且闲。欹岩绝磴滑折不易到，三十六洞之外别有天地非人间。先生来自东海上，欲与群仙高会骖虬鸾。大儿黄洞源，小儿瞿童子，呼起桃源洞里避秦人，扁舟同泛桃花水。不必炼炉中丹，不必采山中杞。我曾种桃三百株，看花水上红霞起。红霞在水，白云在衣，空山无人，花月交辉。手持仙人九节方竹杖，朗吟先生遇仙桥上诗，时人疑我学仙去，是仙非仙吾不知，但愿百年三万六千日，长与先生一日一醉桃花溪。

杨先铎曾任桃源教谕，对桃源世界的感受自是不同。该诗以游踪为线，叙写“我”经过环山转路，攀岩爬磴，来到“三十六洞之外别有天地非人间”的桃花溪。接着展现一幅“先生”与群仙高会图，将在桃源修道成仙的黄洞源、瞿童和避世秦人撮合一起，泛游桃花水。诗中的“我”俨然是一位修道学仙的道士。不炼丹，不采药，种桃三百株，白云在衣，看花红如霞、花月交辉，手持仙人方竹杖，吟咏遇仙桥上诗。诗中的"先生"显然是来自东海上的神仙。诗的结尾表明"我"是仙非仙不重要，并表达"长与先生一日一醉桃花溪"的愿望。该诗构思巧妙，想象丰富，营造的活动、感知的空间亦真亦幻，而结句所言全然是世俗人间生活，体现了诗人对桃源仙境独特的认知方式。

第三章　宋元明清文人对武陵炼丹遗迹和修仙话题的书写

　　早期道教强调金石类药物对于长生的作用，以金丹为主要内容的服食之术成为正一道的主要修炼方术，在教内和教外流传，产生了广泛的社会影响。葛洪力推金丹在修仙中的作用，"不死之道，要在神丹"，因而《神仙传》中大部分神仙，如张道陵、北极子、李少君、魏伯阳、绝洞子等，都是通过服食金丹而成仙的。魏伯阳在《参同契》中对炼丹的炉鼎、药物、火候、效果等操作问题进行了详细说明。由于道士的大力宣传、渲染金丹大道对于修仙的意义，金丹也成为世俗信仰中长生成仙的主要方术，这种观念经历代文人的粉饰、改造，代代相传，经久不息，炼丹就成了修仙的象征性题材。自魏晋以来，文人对仙人或修道真人用过的丹灶、丹台、丹井等物象的关注和描写的热情高涨，没有消停过。这里不仅有唐代文人的狂热，更有宋元明清文人的继承和弘扬。他们出入道观，与道士交往，诗词唱和；探访仙踪圣迹，以诗明意，以诗抒怀。武陵之地虽然处于群山连绵、沟壑纵横、荒僻绝世的自然空间，但对于看重情感寄托的文人而言，这恰恰是一片极具吸引力的净土，一个可以信仰、崇奉和感知的精神空间。这种空间表象常常被信奉的观念改造为仙境，以及丹井、丹灶、药臼和仙人栖居之所，还有光辉的天宇。《武陵县志》和《桃花源志略》记载，宋元明清文人书写武陵之地炼丹遗迹的题材诗主要体现为或写炼丹荒迹，寄寓情怀，抒发"台在人去"之慨；或借探访仙踪遗迹，表达修仙之愿。

第一节　描写炼丹遗迹

从有限空间中的某个固定的区域看，道教信众生活的空间可被分为三个部分：自然空间、天宇仙境和被信众崇奉且由仙踪圣迹构想而成的精神空间。而文人关注热度最高的是后者。

由于武陵桃源空间形成的特殊性，宋元明清时期的文人虽然对此地青睐有加，但对以丹井、丹灶等构成的养炼空间的书写在表现手法上常常是虚实结合，写炼丹场景的极少，大多描写炼丹荒址，抒发"台在人去"之慨。

一、描写炼丹场景

题名宋代古汴高士的《炼丹台》是少数描写武陵炼丹场景的诗作之一：

> 洞角丹砂吐锦云，龟毛铅彩瑞氤氲。我来收入悬胎鼎，炼到
> 洪濛未剖分。

诗中的"丹砂""龟毛"和"铅"，都是炼制丹药的原材料。"悬胎鼎"为炼丹器皿，《玉清无极总真文昌大洞仙经注》卷五："悬胎鼎，玄门、牝户、黄庭、真土、金鼎，皆丹房之器皿也。"《周易参同契鼎器歌明镜图》解释："鼎悬于电中，不着地，悬胎鼎是也。"诗的大意是说修道之人在洞的一角炼丹，丹砂吐出五彩云状，龟毛和铅的色彩弥漫，形成吉祥的云气在空中飘荡。"我"来将它们收入悬胎鼎，炼到与辽阔的宇宙混为一体。

此外，曹道冲的《题谢先生白云庵》"丹砂已向坤炉伏，玉汞先从坎鼎烹"对炼丹场景也有简略描绘。

二、描写炼丹荒迹，抒发"台在人去"之慨

写炼丹台荒凉荒芜、台空人去的居多。如明人应履平的《崔婆井》记

写宋道士张虚白成仙事，就提及"丹灶风残""辘轳月落"的荒凉遗迹，抒发世事沧桑之慨：

> 老妪香刍古瓦盆，当时胜入杏花村。天边跨鹤人何在，水底鸣蛙石尚存。丹灶风残吹短绠，辘轳月落照空樽。题诗欲问张虚白，说着青鞋恐断魂。

崔婆井，常德旧志记为卓刀泉。《武陵县志》卷六《地理志·古迹》："卓刀泉、崔婆井俱县西平山下……《一统志》：卓刀泉在崔婆井旁。相传关壮缪过此，渴甚，以刀卓地得泉，故名。后人嘉其甘洌，改名'清胜泉'。《龙志》：河伏山下有关庙，前有卓刀泉。《贺志》：宋道士张虚白尝馆于酒姥崔氏，姥饮以醇酒，经年不责偿。虚白询所欲，姥以江水远不便汲为辞，虚白指宅旁隙地，使为井，掘不数尺，得泉甘洌如酒，人争市之，后虚白仙去，郡人余安期遇之于扬州，以诗寄姥曰：武陵溪畔崔婆酒，天上应无地下有。南来道士饮一斗，醉卧白云深洞口。"诗从老妪开酒馆事说起，点明老妪以土法酿酒名闻一时。这里借用杜牧《清明》诗中"杏花村"的句意意指老妪所经营的是小酒馆。诗的中间四句皆言张虚白修仙圣迹。张虚白，字致祥，北宋徽宗时人，隶籍太一宫道士。《历世真仙体道通鉴》卷五一载其美髯须，性静重。自言前身乃武陵张白，通太一六壬、金丹秘术。"天边跨鹤人何在"指张虚白仙去，《大明一统志》"寺观张虚白祠"条："张虚白累举不第，遂从老氏学，后尸解而去。"如今崔婆井的鸣蛙石还在，残风透过张虚白炼丹的丹灶吹着井上汲水的绳索，辘轳也显得荒凉空寂，只有落月空照。诗的最后两句生发议论和感慨。全诗以写景为主，景中含情，寄寓兴衰之感。

清代汪虬和徐昌源的同名诗《炼丹台》都写探访炼丹台，其感受也基本一致，即"台空人去孤云在"：

> 石磴藤萝缓步攀，瀹池犹听水潺潺。台空人去孤云在，但得丹成看鹤还。（汪虬）

> 孤烟幻作香炉篆，漆火常疑丹灶煤。空有荒台自千古，白云

飞去又飞来。（徐昌源）

不过，汪虬在诗尾流露一丝期待——"但得丹成看鹤还"，即倘若金丹炼成，就能看到仙鹤飞回。而徐昌源的诗自始至终抓住"空""幻"行笔，一、二句中的"幻作""常疑"说明所谓的炼丹炉和丹灶煤是不实之境；只有炼丹台才是真的，但已荒凉很久，围绕它的是飞来飞去的白云。

此外清人毛元炜的《桃花源行》也关情："瞿童丹灶委榛芜，断竭残碑倚丛竹。"陈盘礼《偕唐竹谷游桃源洞，止宿洞旁大士阁》同样表达了"炼丹台圮空惆怅"的失落感。江进之的《桃川宫二首》其一（"白云一片锁孤村，隔岭时时啸断猿。瀹鼎池荒游水蛭，空心杉老长云孙。黄冠只解缘南亩，丹灶何人辟正门。欲学长生无处觅，参同契在共谁论"）写探访桃川宫，也点出丹池荒凉、丹灶荒芜，抒发学仙无门，空有《参同契》一书，也不知能与谁论说的感慨。蒋信的《桃源》诗由桃源丹灶的荒寂和环境的清寥而生发"与世清烦躁"的感想：

初穿草径荒，渐历林峦好。深烟昏洞门，紫蔓缠丹灶。鸟下
各为群，麋游别成道。谁传真隐心，与世清烦躁。

诗中"草径荒""昏洞门""紫蔓缠丹灶"以及鸟为群、麋游成道等景物，共同烘托渲染了一派荒凉、静寂而寥落的气氛。面对此境此景，诗人不禁要问：谁才能传授真正的隐逸思想，好给世间的烦躁清静清静？

第二节　书写修仙话题

"桃花流出武陵洞，梦想仙家云树春。"（刘商《题水洞二首》其一）被仙化的武陵桃源总能令文人神往，因为在那片神圣的空间里，神仙世界虽高远，又能被人们带着热望去参访、探胜，其象征意义可以滋润和支撑文人的精神世界和情感话题。

一、借探访仙踪遗迹，表达修仙之愿

李春熙的《桃川》由眼前景生发联想，表达摆脱尘累和修道成仙的愿望：

> 溪头依旧当年水，溪上无人问落花。野烧只疑丹灶火，山云应忆赤城霞。自怜尘累浑无著，未信神仙别有家。见说空心杉再发，几时藉泛斗牛槎。

诗先写所见：诗人来到当年所见的溪边，水流依旧，落花无人问。接着写所想所感：诗人怀疑眼前的野火是仙人炼丹的灶火，由山上的云幔想起赤城山的云蒸霞蔚。自伤被世俗事牵累，全然没有落脚依靠之处，想投奔仙人，但又不相信神仙另有家居。诗的结尾两句表达修道成仙、升天泛游之愿。"空心杉"，位于桃川宫前，共两株，相传为晋代所植。不但树干空心，而且枝干和连生出来的小杉树也是空心的。宋代姜夔《昔游桃源山》描述空心杉："古杉晋时物，中空野人住，外围十四尺，内可十客聚。"相传瞿童得道升仙时，被众道士从空心杉上扯下一只靴子来。此处借典喻指修道成仙。"斗牛"指二十八星宿中的斗宿和牛宿。"泛斗牛槎"喻指遨游天界仙宫。

林俊是明成化、弘治、正德、嘉靖四朝的老臣，为人刚直敢谏，廉正忠诚，疾恶如仇，爱才如渴，以礼进退，始终一节。其《桃源》诗于绘景中畅想仙人修道往事，流露出欣赏和向往之情：

> 百里人家断复连，烟岚一簇俯晴川。江干渔父坐来见，洞口桃花望里妍。斗雨泉声双槛外，凌秋松色夕阳边。药炉丹灶今如许，可得重论晋魏年。

该诗用连绵的"百里人家"、晴天江面的"烟岚一簇"、江岸渔父的悠闲、洞口桃花的鲜妍以及斗雨泉的声响、夕阳下的凌秋松色编织成一幅桃源仙境画卷。诗的末尾，诗人由药炉丹灶犹在，引发重论晋魏年月的话题。

李侨的《桃川》("洞隐参差树，花留屈曲溪。丹台春卧鹿，翠堃午啼鸡。宿鸟悬松黯，闲云压竹低。秦人如可访，余亦欲岩栖")借游访桃川的秦人洞、炼丹台等遗迹，表达隐修之望。何景明《桃花源四首》(其二)也于写景中抒发炼丹学仙的感想：

> 溪谷多青氛，朝暮不可知。鸡鸣洞中树，轻曝散华池。白石
> 流丹液，灵葩耀朱蕊。谁能学丹术，遂使尘网离。

诗的前六句写桃源仙景：溪谷中清气弥漫，朝朝暮暮，充满了神秘感。在这片洞天世界里，鸡鸣于树，太阳的微光散射着飘落花瓣的水池。仙人服用的白石流溢着长生不老的药汁，珍贵奇异的花展耀着红色的花蕊。尾句发议论：谁能学到炼丹的法术，就能脱离尘世的拘锁，怡然自得。

袁宏道是个性情中人，久慕武陵桃源之胜。在明神宗万历三十二年（1604）买舟遍游善德山、桃花源等名胜，为了使王羲之赞美山阴的声誉止息，让刘禹锡后悔盛称九华山的轻率，大笔写下独抒性灵的《游桃源记》。在武陵（今常德），他受到龙膺、龙襄（字君超）兄弟的热情接待，写下《过龙君超翠微山庄》，该诗借写龙君超幽居修道的行谊，赞美其清寂求仙的风度：

> 买足青山地，幽回构屋居。暮烟慈竹岭，秋水菊花渠。炼石
> 为方药，磨风写道书。丹砂如就得，拔去即仙庐。

诗以赞赏的语气写龙君超买青山为地，构屋幽居，炼石为药，临风写道书，其道心之诚可见一斑。尾句展望前景：如果得到丹砂炼仙丹，就离成仙不远了。"拔去即仙庐"既是龙君超追求的境界，也是诗人美好的祝愿。

二、借探访仙踪遗迹，表达感慨认识，寄寓情怀

古代文人是精神性生产的主体，他们习惯借象征性的意义来唤醒自己的体验，并将其转化为对世界的形而上学的理解。如何景明《桃源二首》（其二）借游桃源所见仙踪遗迹，引发"物是人非"之慨：

桃川道士来相送，指点仙踪玉观西。云锁洞门何处觅，花开溪路几人迷。石桥自发新秋草，丹灶长封旧日泥。落日山中不胜思，松阴竹色冷凄凄。

该诗首先交代桃川宫道士指点仙踪，继而描写所见：在玉观的西边，洞门云锁，溪路花开，无以寻找；只有石桥新秋草，丹灶泥长封。最后抒发感慨：夕阳西下，仙人远去，只见眼前松竹满山，幽静凄冷。类似的还有张时彻的《秦人洞》（"桃花深处即仙山，石室珠林尽日闲。道士空留丹灶穴，渔郎曾叩白云关。满天风雨客初到，绕径烟霞鹤未还。欲问隐沦无处所，隔溪流水自潺湲"）写探访仙山，但见石室、丹灶犹在，神仙无处可寻，抒发"物是人非"的感慨。

清人罗宗玉的《桃川》（"居人闻我至，饷馌助清游。绝景怜尘梦，空青入醉眸。种桃原世业，产药即灵丘。莫羡黄瞿侣，丹砂亦幻沤"）将思绪现实化、世俗化，认为桃川之所以成为仙境，是因为"居人"世代种桃、产药，并否定黄洞源、瞿童以及炼丹服丹成仙事。吴卓斋的《和张忍斋学使经桃源有感韵》（"洞里居人别有天，黄童白叟不知年。驻颜只用桃花好，何必炼丹更学仙"）同样表达了对黄童事的怀疑和对炼丹学仙的否定。

明人俞南金的《秦人洞》则在寻幽探访仙迹之际，寄寓关心人民疾苦之思：

溪上仙宫隐碧桃，寻幽偶过遇仙桥。云封丹灶空杉在，月暗渔梁古径遥。满地流霞吹野烧，半天清磬落林樵。江乡民瘼关情处，愁听泉声送寂寥。

该诗写为寻幽来到遇仙桥所见，溪上仙宫隐于碧桃林后，丹灶台、空杉树、渔梁古径依然在，只是云雾缭绕，月色暗淡。面对仙气满地，清磬满林，诗人想起江南人民遭遇的疾苦，愁绪满怀，任林泉声声，送走眼前的寂静和空旷。

总之，宋元明清时期的文人集宗教情怀和道德境界于一身，用生花妙笔不遗余力地描述武陵桃源的超验性和神圣性，表达一种性命和心身的拯救与超越，使道教的神仙思想和精神在诗的世界里得到了广泛的书写和诠释，为中国神仙系统理论的构建，为充实和丰富古代诗歌的文化内涵做出了历史性的贡献。

附录一　道经选录

一、正一法服天师教戒科经

撰人不详，约出于南北朝。系早期天师道经典《正一法文》残本之一。一卷。底本出处：《正统道藏》洞神部戒律类。

道以冲和为德，以不知相克。是以天地合和，万物萌生，华英熟成。国家合和，天下太平，万姓安宁。室家合和，父慈子孝，天垂福庆。贤者深思念焉，岂可不和！天地不和，阴阳失度，冬雷夏霜，水旱不调，万物乾陆，华叶燃枯。国家不和，君臣相诈，强弱相陵，夷狄侵境，兵锋交错，天下扰攘，民不安居。室家不和，父不慈爱，子无孝心，大小忿错，更相怨望，积怨含毒，鬼乱神错，家致败伤。些二事之怨，皆由不和。天地不和，阴阳错谬，灾害万物。国家不和，豪杰争权，禁令不行，害及万民。室家不和，祸起贪欲财利者，忿怒相加，以致灾殃。诸贤者所以反覆相解，恐人说习非法来久，躬行犯恶，然后得罪，不能发悟，或怀怨望，其过益深，故重丁宁，皆宜用心，转相劝进，除去已往之恶，修今来之善。善积合道，神定体安，喜怒不忿于心，恶言不发于口，丑声不闻于耳，邪色不视于目，贪欲不专于意。修行正身，真气来附，邪恶皆去，故过悉除，新善自著。诸欲奉道，不可不勤；事师，不可不敬；事亲，不可不孝；事君，不可不忠；己身，不可不宝；教戒，不可不从；同志，不可不亲；外行，不可不愚；内实，不可不明；语言，不可不慎；祸患，不可不防；明者，不可不请，愚者，不可不教；仁义，不可不行；施惠，不可不作；孤弱，不可不恤；贫贱，不可不济；厄人，不可不度；生物，不可不杀伐；恶事，不可不避；色欲，不可不绝；贪利，不可不远；酒肉，不可

216

不节；善人，不可不敬；恶人，不可不劝也。贤者深念之焉。为人若不能与法戒相应，身心又无功德，欲求天福，难矣。修善得福，为恶得罪。罪至，不自责先日过，反呼奉道无益，怨咎皇天，犹豫前却，移心他念，群辈翕习，妖惑万端，结党连群，导趣邪伪，陷入奸非，愚人无知，为行如此，去道远矣。道之弘大，方圆无外。天网恢罗，人处其中，如大网捕鱼，鱼为游行网中，岂知表有网也。牵网便得，放网乃脱。人不知真道大神，如鱼之不知网也。而愚人或欲舍真就伪，伪住卒效，登时或能有利，利不久也。叛道者，所以不即受罚，大道含弘，爱惜人命，听咨其意，随其所欲，虽初快心，后自当悔之深远，非愚俗所能明知。道之视人，如人之视蠹蚁；道能杀人，如人能杀虫也。道之好生恶杀，终不杀也。恶人为恶不止，自有司神记其恶事，过积罪满，执杀者自罚之，道终不杀。诸贤者欲除害止恶，当勤奉教戒，戒不可违。道以无为为上，人过积，但坐有为，贪利百端。道然无为，故能长存。天地法道无为，与道相混。真人法天无为，故致神仙。道之无所不为，人能修行执守教戒，善积行者，功德自辅，身与天通，福流子孙。贤者所乐，愚者所不闻，学者勉自殷勤。天师设教施戒，奉道明诀，上德者神仙，中德者倍寿，下德者增年，不横夭也。按戒：为恶者，乃不尽寿而横夭也。恶人痛哉！贤者何不修善，久视长生乎！虽不能及中德，修下德，治身世间，断绝爱欲，反俗所为，则与道合。

一不得淫泆不止，志意邪念，劳神损精，魂魄不守，则痛害人。

二不得情性暴怒，心忿口泄，扬声骂晋，誓盟迟诅，呼天震地，惊神骇鬼，数犯不改，积怨在内，伤损五脏。五脏以伤，病不可治。又奉道者身中有天曹吏兵，数犯瞋恚，其神不守，吏兵上诣天曹，白人罪过，过积罪成，左契除生，右契著死，祸小者罪身，罪多者殃及子孙。

三不得恬毒含害，始赖于人，专怀恶心。心神，五脏之主，而专念恶事，此一神不安，诸神皆怒，怒则刻寿，最不可犯之。不止，其灾害己。

四不得秽身荒浊，饮酒迷乱，变易常性，狂悖无防，不知官禁为忌，不知君父为尊，骂訾溢口，自诅索死，发露阴私，反迷不顺，淫于骨肉，骂天晋地，无底无对，举刃自守，故天遂其殃，自受其患。

五不得贪利财货。财货粪壤，随时而与。下古世薄，以财为宝，专念求利，买贱卖贵，伺候便宜，欺诬百姓。得所欲者，心怀喜悦，不得所欲者，怨恨毒心。或忿争多少，刀兵相贼，违犯天禁，不从教戒，贪欲爱财，财者害身之雠，身没名灭，何用财为？

闻戒者翕然称之言善，谓不可犯。背戒向利不自专者，忽然复动，辄有履险导刃之厄，大命倾矣。临败而欲悔，罪定而称善，事失以过，天道不救。财宝色欲，陷目之锥，害身之灾，贤者远之，愚者乐之。贤者坐起寐卧，举动行止，深用自戒。自戒，身无变动，其福明矣。观今奉道精专者，万无一人。何以言之？下古世薄，时俗使然，竞相高上，贪荣富贵，仁义不行，权诈为智，父子相欺，君臣相绐，转相属托，货赂卖官，黜退忠直，任用佞邪，厚奸结党，阿谀所亲，富贵相追，贫贱弃损，服饰车马，浮华顺俗，君子小人，皆共同然，所以欣欣世间，岂念道乎。此辈愚人，虽先休休，不足愿也。所以者何？愚人浅薄，适有荣显，便骄奢盈溢，施行过度，咨心快意，不慎法节，道之清虚，不受此辈，神明远之，邪鬼侵之。或有协伪背真，祷鬼求请，天网恢恢，其罚未行耳。譬如炊熟，火下以灭，饭中余气未尽，势安得久。恶人虽未遇祸，譬如余气耳。诸贤者，人之所大愿，以生年为贵；人之所大恶，以死终为贱，岂不然乎！天道平正，以生赏善，以死罚恶。此吉凶祸福，从窈冥中来，祸灾，非富贵者求请而可避，非贫贱者守穷而故罚。修善者福至，为恶者祸来。国君虽有无极之宝，临危惜命，倾城量金，求生乞活，岂复可得！贤者贫贱，不须强求富贵，劳人精思，废人所存，傲慢乱志，使人不寿。而人见富贵者，心欲愿之，志欲存之，劳心苦志，得之不弘。若欲所求乞，修身念道，室家大小，和同心意，扫除烧香，清净严洁，然具白开启，说其所欲，道之降伏，何所不消。若愿欲者，实不用金帛货赂，不用人事求请，不用酒肉祭祷，直归心于道，无为而自得。得之随意，则信为鬼立功脆物而已，亦不用多。而欲习效俗人，背道求请，事事反矣。欲得福愿，要当勤身精进，晨暮清净烧香，坐起念之，不废所愿，福无不应。好乐者得福无量，不乐者自随本心。道至宽弘，咨随人耳。唯贤者明焉，念念精进，追之恐不及。愚者忽忽退然，去之恐不远。此贤愚不同也。学者勉自勤请。奉道之家，或遇灾异、疾病、死丧、官符、口舌，以致不利，何以然也？皆由人愚，奉法不勤，虽知道尊而欲奉之，其情性施行，与俗不别，邪伪不除，欲以邪伪干乱真正，终不可也。邪与正，如贼盗恶人见监伺吏，藏窜无住立处，岂可犯尊，其气自然不通。如何欲与邪相通也！诸此人辈，虽系名奉道，冀道当右，道不受也。而自谓属道，遇灾急厄，病痛著身，虽望道拥护，道不救也。精邪恶鬼卒所侵害，道不为摄却。而恶人憧愚，殊不能克心改悔，归诚于道，方更背戾，呼道不神。虽不口言，心内怨望。此辈不庄事，变易心肠，巽懦日月，冀脱灾免害，万不一脱。执性了戾，心肠不改，没命之后，悔复何及。愚人痛哉！

贤者正心守道，不可懈惰，当以勤确愚者。自戒庄事，勤修大道，至尊高而无上，周圆无表里，囊括天地，制御众神，生育万物，娟飞蠕动含气之类，皆道所成所生。道之威神，何所不集，何所不消，何所不伏。把持枢机，驱使百鬼，先天而生，长守无穷。人处其问，年命奄忽，如眼目视瞬间耳。而大道含弘，乃愍人命短促，故教人修善。上备者神仙，中备者地仙，下备者增年。道尊巍巍，何求于人。人不能感存道恩，精勤修善，虽不能及中德之行，下德当备也。而复不及下德，违背真正，不从教戒，但念爱欲、富贵荣禄、色利财宝、饮酒食肉，咨心快意，骄奢盈溢，岂复念道乎。人不念道，道不念人。人之若鱼、道之若水。鱼得水而生，失水而死，道去人虚，何望久生也。要在精进存念。诸贤者欲得保身念行，家居安完，皆去先日所犯过恶，进修后善。若见人有违失之行，转相劝戒，相教改悔，其功报效，应受福无量。勿谓道之无形，不可见为，欲傲慢轻易耳。然欲得恩福，当事精勤，晨夜清静。若有同义遇难，疾病相救，缓急相恤，不得以智欺愚，乘威诈称，假托鬼神，恐吓厄人。不得才有小智，称名自大，轻忽愚人，更相毁告，背向妄论，指摘贤者。不得私情贪狠，敬贵耻贱，乐富弃贫，托望侨气，爱憎二心，欲随情请福，以为惠施，道终不从，鬼不为使，毁败正法耳，反受咎。当同志相求，同法相好。若男女不晓书疏者，专心好道，可请明者，听诵经戒，会在静舍，若堂上扫除，烧香，澡洗洁清，男女别坐，俨然正体安神，精思明听，勿妄华言，倾邪不端，游心他念，玩堕睡寐，劳体自疲，虚苦无益。若能如戒精进不倦，室家受福，天曹吏兵，自来护人，终已无有灾患病痛也。

万物之中以人为贵。人处天地间，皆知生之日而不知死来之日。善人恶人，富贵贫贱，各自谓寿命终年，谁欲先穷者，人人所不乐也。然恶人过积结罪，罪满作病，病成至死，不自知。唯修善者得福。人生受命，制之在天。天实不言，故在圣人。圣人随世恻隐，不以常存，故遗教戒。教戒者，欲令人劝进，长生全身，保命无穷。人皆能奉法不倦，何但保命，乃有延年无穷之福。此非富贵者货赂求请所能得通也，亦非酒肉祭梼鬼神所降致也。道人贤者，奉敬教戒，精专勤身，先苦后报，其福应也。贤愚贵贱皆同，亦愿其所欲耳。唯道人执志，故能以戒自检，行止举动，爱欲之间，守戒不违，心无邪倾。若见色利，以戒掩目；若闻好恶之言，以戒塞耳；若食甘香之美，以戒杜口；若愿想财宝，放情爱欲，以戒挫心；若趣向奸非，意欲恶事，以戒折足。守之不废，可谓明矣。当劝进愚冥者。愚冥者不能承用，无如之何。以道人常欲有好心，善施惠故也，天道授福。

奉道精进，要当勤身，守之当久，治志当坚，精进专念，莫有不先劳后报，度身神仙。故有杨公十五奉道，六十未报，修身不倦，至年八十，功满行著，福报无量。诸贤者奉道，庄事勤身，当如饥渴，欲得饮食；如遇寒暑，欲得易处；如作极，欲得休息；如疲劳，欲眠寐；如愿想，欲有所得。念道奉真，欲得度身，如念此诸所欲，勉身如法不倦，获无灾殃、祸害、病痛、忧患，何愿不得，何福不应也。道出自然，先天地生，号无上玄老太上。三黑混一，为无上正真之道也。道弘大，包含天地，变化万神，微布散在八极之外，内潜毫毛之中，成生万物，制御三天，统三万六千神，大无不覆，小无不入，清虚无为，故能长存，含浊而不秽，故为万物母。天道无亲，惟与善人。善人保之，以致神仙。非富贵者求而能得，贫贱者鄙而无与。能专心好乐，精诚思念，修身行善，则与道合。然世人多愚，好尚浮伪，游身咨欲于群俗之间，须臾之乐，以快腹目，终不能苦身勤念奉道。奉道但当积修功德，谦让行仁义，柔弱行诸善，清正无为，初虽勤苦，终以受福，不与俗同。如人但贪须臾之利，命没之后，身为粪土，魂神同朽。道人与俗相去远矣。何以言之？道人清正，名上属天；俗人秽浊，死属地官，岂不远乎。愚人守俗，不念奉道，可谓大迷也。夫人各有眼目鼻口心意两足，其贤愚之行各异者，目专视利色，耳听言之好恶，鼻悦于甘香之气，口贪五味之美，心专纵咨所欲，两足随意导身趣向奸非。贤者不然，目不视所好，耳不外听邪恶之言，鼻不通臭香之气，口不乐滋味之美，心不想可欲之快，足不趋恶事为非，此道人所行。道人亦知诸所欲为快，以戒制情，故不犯恶。善积行著，与道法相应，受福无极。愚人所知恶速祸，不能专戒，与道相反，何望得福。若欲得福，何不效道人乎！奉道清正无为，惟当精进，修行积善耳。亦无问为限，亦无水火为难，亦无贫贱见逆，亦无豪强相夺，亦无富贵争进，亦无作役负檐之苦，何不壮事专精，奉道勤身乎！道人百行当备，千善当著，虽有九百九十九善，一善未满，中为利动，皆弃前功。治身关念，守戒不废，乃得度世。道人贤者，可勤行焉。

1. 大道家令戒

大道者，包囊天地，系养群生，御万机者也。无形无像，混混沌沌，然生百千万种，非人所能名。自天地以下，皆道所生杀也。道授以微气，其色有三，玄元始气是也。玄青为天，始黄为地，元白为道也。三气之中，制上下，为万物父母，故为至尊至神，自天地以下，无不受此气而生者也。诸长久之物，皆能守道含气，有精神，乃能呼吸阴阳。道生天，天生地，地生人，皆三气而生。吕二如九，故人有九孔九气。九气通则五脏安，五脏安则六府定，六府定则神明，神明则亲道。是故人行善守道，慎无失生道，生道无失德。三三者不离，故能与天地变易。《易》称，有天地，然后有万物；有万物，然后有男女；有男女，然后有夫妇；有夫妇，然后有父子。父子者，欲系百世，使种姓不绝耳。下古世薄，多愚浅，但爱色之乐，淫于邪伪，以成耳目，淫溢女色，精神勃乱，贪惜货赂，沙气发上，自生百病。至于黄帝以来，民多机巧，服牛乘马，货赂为官，稍稍欲薄，尽于五帝。夏商周三代，转见世利。秦始五霸，更相剋害。有贼死者，万亿不可胜数。皆由不信其道。道乃世世为帝王师，而王者不能尊奉，至倾移颠陨之患，临危济厄，万无一存。道重人命，以周之末世始出，奉道于琅琊，以授干吉。太平之道起于东方，东方始欲济民于涂炭，民往往欲信道。初化气微，听得饮食。阴阳化宽，至于父母兄弟酌祭之神。后道气当布四海，转生西关，由以太平不备，悉当须明师口诀，指谪为符命。道复作《五千文》，由神仙之要，其禁转切急，指劲治身养生之要，神仙之说，付关令尹喜略至，而世多愚，心复问问，死者如崩，万无有全。西入胡授以道法，其禁至重，无阴阳之施，不杀生饮食。胡人不能信道，遂乃变为真仙，仙人交与天人，浮游青云之间，故翔弱水之滨。胡人叩头数万，真镜照天，髡头剔须，愿信真人，于是真道兴焉。非但为胡不为秦，秦人不得真道。五霸世衰，赤汉承天，道佐代乱，出黄石之书以授张良。道亦形变，谁能识真。汉世既定，末嗣纵横，民人趣利，强弱忿争，道伤民命，一去难还，故使天授气治民，曰新出老君。古闷鬼者何？

人但畏鬼不信道，故老君授与张道陵为天师，至尊至神，而乃为人之师。汝曹辈足可知之，为尊于天地也，而故闷闷，日一日，月一月，岁一岁，贪纵口腹，放恣耳目，不信道，死者万数，可不痛哉！道以汉安元年五月一日，于蜀郡临邛县渠停赤石城造出正一盟威之道，与天地券要，立二十四治，分布玄元始气治民。汝曹辈复不知道之根本，真伪所出，但竞贪高世，更相贵贱，违道叛德，欲随人意。人意乐乱，使张角黄巾作乱。汝曹知角何人？自是以来，死者为几千万人邪。道使末嗣分气治民，汉中四十余年，道禁真正之元，神仙之说，道所施行，何以《想尔》《妙真》，三灵七言，复不真正，而故谓道欺人，一反哉可伤。至义国损颠，流移死者以万为数，伤人心志。自从流徙以来，分布天下，道乃往往救汝曹之命。或决气相语，或有故臣令相端正，而复不信，甚可哀哉。欲朝当先暮，欲太平当先乱。人恶不能除，当先兵病水旱死。汝曹薄命，正当与此相遇。虽然，吉人无咎。昔时为道，以备今来耳。未至太平而死，子孙当蒙天恩。下世浮薄，持心不坚，新故民户，见世知变，便能改心为善，行仁义，则善矣。可见太平，度脱厄难之中，为后世种民。虽有兵病水害之灾，临危无咎，故曰道也。子念道，道念子；子不念道，道不念子也。故民诸职男女，汝曹辈庄事修身洁己，念师奉道，世薄乃尔，夫妇父子室家相守，当能久。而不能相承事清、贞孝、顺道、敬师、礼鬼、从神乎！今已去天下之扰扰如羊，四方兵病恶气流行，念今日之善，尊天敬神，爱生行道，念为真正，道即爱子，子不念道，道即远子，卒近灾害，慎无复悔，悔当苦在后身。吾晨夜周流四海之内，行于八极之外，欲令君仁、臣忠、父慈、子孝、夫信、妇贞、兄敬、弟顺，天下安静。故民浑浊日久，虽闻神仙之语、长生之言，心迷意惑，更怀不信。或行善未知真正，愚愚相教，邪邪相传，不自屏恶，更相谤讪，君臣争势，父子不亲，夫妇相捅，兄弟生分，因公行私，男女轻淫，违失天地，败乱五常，外是内非，乱道纪纲，至今三天患怒，杀气纵横，五星失度，太白扬光，变风冬雷，彗孛低昂。天垂悬像以示人，人不信道，道志，死者当气在幽谷。《妙真》自吾所作，《黄庭》三灵七言，皆训喻本经，为《道德》之光华。道不欲指形而名之，贤者见一知万，譬如识音者。道在一身之中，岂在他人乎。汝曹学善，夫根本不承经言，邪邪相教，就伪弃真。吾昔皆录短纸，杂说邪文，悉令消之。祭酒无状，故俾挟深藏，于今常存，使今世末学之人，好尚浮说，指伪名真，此皆犯天禁，必当中伤，终不致福也，但劳汝耳。无事自勤苦，不如任心恣意以快。汝不须为天考，不须轻易官法也。化以太平，人当助天为太平之行。天聪明，自我民聪明。中五正则二五定，亦从人为向应耳。诸新故民户，男女老壮，自今正元二年正月七日已去，其能壮事守善，能如要言，臣忠子孝，夫信妇贞，兄敬弟顺，内无二心，便可为善，得种民矣。种民难中亦当助其力，若好生乐道，无老壮端心正意，助国扶命，善恶神明具自知之，不可复为妄想，或以邪伪之人言，言我知道，以道教人。

诸职男女官，昔所拜署，今在无丧。自从太和五年以来，诸职各各自置，置不复由吾气，真气领神选举。或听决气，信内人影梦，或以所奏，或迫不得已，不按旧仪，承信特说。或一治重官，或职治空决。受职者皆滥对天地气候，理三官文书，事身厚食。□奉及诸闲官无文书之职，皆当随时坐起，名荷天官，常处神明之坐，以侨世俗非。忠臣孝子之道，曾不知悉，语闻灾责，已如逢灾遇害，如反怨，妄言奉道无益，此乃有罪三千，从尔如已也。吾昔勤勤忧济汝曹之命，欲令见太平耳，而复求太平耶？昔汉嗣末世，豪杰纵横，强弱相陵，人民诡点，男女轻淫，政不能济，家不相禁，抄盗城市，怨枉小人，更相仆役，蚕食万民，民怨思乱，逆气干天，故令五星失度，彗孛上扫，火星失辅，强臣分争，群奸相将，百有余年。魏氏承天驱除，历使其然，载在河雒，悬象垂天，是吾顺天奉时，以国师命武帝行天下，死者填坑。既得吾国之光，赤子不伤身，重金累紫，得寿遐亡。七子五侯为国之光，将相缘属，侯封不少，银铜数千，父死子系，弟亡兄荣，沐浴圣恩。汝辈岂志德知真所从来乎？昔日开门教之为善，而反不相听，从今吾避世，以汝付魏，清政道治，千里独行，虎狼伏匿，外不闭门。奸臣小坚，不知天命逆顺，强为妖妄，造者辄凶，及于子孙。汝辈岂知其原耶？从比年以来，四方疾病，扫除群凶，但杀恶人耳。其守道乐善，天自护之。如赤子临危度脱，如舌之避齿，汝曹岂复知之耶？诸职自今以后，不得妄自署置为职也。复违吾，中伤勿怨。祭酒治病，病来复差，既差复病，此为恶人，勿复医治之。但当户户自相化以忠孝，父慈子孝，夫信妇贞，兄敬弟顺，朝暮清净，断绝贪心，弃利去欲，改更恶肠，怜贫爱老，好施出让，除去淫拓，喜怒情念，常和同腹目，助国壮命，弃往日之恶，从今日之善行，灾消无病，得为后世种民。民勿怨贫苦，贪富乐尊贵。汝耳目闻见，从古以来，富贵者久乎？财弃于地，身死于市。以此观之，故谚言：死人不如生鼠。得之在命，求之以道。道隐无名，名者伐身之斧。善行无辙边，欲令人不见其踪迹。为道当治身养生求福耳，而教人以纵己，纵己则人见其迹，伐身之斧利矣。伐身之斧利，则福去而祸来，可不慎欤。可不畏欤。天地所以长久者，以其无为。无为者，无不为也，但使人不见其有迹，乃能为奇耳。俗人辈，汝曹状可笑也。才有小善，欲使人知之；才有粉米之异，欲使人贤之。此皆非道之益，已皆犯禁矣。今传吾教令，新故民皆明吾心，勿相负也。

2. 天师教

今故下教作七言，谢诸祭酒男女民。天地混籍气如姻，四时五行转相因。

天地合会无人民，星辰倒错为人先。二十八宿毕参辰，荧惑太白出其间。

若有改变垂象先，太平之基不能眠。是令轴轲不可言，发言出教心意烦。

走气八极周复还，观视百姓夷胡秦。不见人种但尸民，从心恣意劳精神。

五脏虚空为尸人，命不可赎属地官。身为鬼伍入黄泉，思而改悔从吾言。

可得升度为仙人，节慎阴阳保爱神。五脏六府有君臣，积在微微为真人。

神思愁惨不能眠，游戏百姓五脏间。还与真人共语言，心中真人来上天。

绛黄单衣三缝冠，佩天玉符跪吾前。陈说百姓道万民，功过进退有明文。

3. 阳平治

教谢二十四治、五气中气、领神四部行气、左右监神、治头祭酒、别治主者、男女老壮散治民：吾以汉安元年五月一日，从汉始皇帝王神气受道，以五斗米为信，欲令可仙之士皆得升度。汝曹辈乃至尔难教，叵与共语，反是为非，以曲为直，千载之会，当奈汝曹何。吾从太上老君周行八极，按行民间，选索种民，了不可得。百姓，汝曹无有应人种者也。但贪荣富、钱财、谷帛、锦绮、丝绵，以养妻子为务。掠取他民户赋，敛索其钱物，掠使百姓，专作民户，修农锻私，以养妻奴，自是非他，欲得功名，荣身富己，苟贪钱财，室家不和，妒嫉为先，男女老壮更相说道，转相诽谤，溢口盈路，背向异辞，言语不同，转相说妒，不恤鬼神，以忧天道，令气错乱，罪坐在阿谁？各言秘教，推论旧事，吾不能复忍汝辈也。欲持汝辈应文书，颇知与不？祭酒主者、男女老壮，各尔愤愤，与俗无别，口是心非，人头虫心，房室不节，纵恣淫情，男女老壮不相呵整。为尔愤愤，群行混浊，委託师道，老君太上，推论旧事，摄纲举网，前欲推治，诸受任主者、职治祭酒，十人之中诛其三四，名还天曹，考掠治罪，汝辈慎之。气将欲急，远不过一年、二年、三年之中，当令汝曹闻知，当令汝辈眼见，可不慎之。诸祭酒主者中，颇有旧人以不？从建安、黄初元年以来，诸主者祭酒，人人称教，各作一治，不复按旧道法为得尔。不令汝辈按吾阳平、鹿堂、鹤鸣教行之。汝辈所行，举旧事相应与？不吉，吾有何急？急转著治民，次气下教，语汝曹辈，老君太上转相督，欲令汝曹人人用意，勤心努力，复自一劝，为道尽节，劝化百姓。

4．天师五言牵三诗

牵三复牵一，披云朗白日。三灾荡秽累，约当被中出。

牵三复牵二，荣华不足利。若欲入五难，必令精诚至。

牵三复牵三，酒肉不足甘。洗濯素丝质，界苦就朱蓝。

牵三复牵四，妙法冥中秘。希仰神灵降，一心莫有二。

牵三复牵五，道士出蓬户。脱落形骸中，渊玄谁能睹。

牵三复牵六，年往不可逐。虽无骨间分，训之故宜勖。

牵三复牵七，希仰入九室。披衿就灵训，谊然万事毕。

大道妙不远，弘之当由人。忠信成一气，可得脱度身。

三灾运已促，宜早去利欲。中情渐坚固，灾厄便得度。

心罪宜详除，勉力可为则。既得过五难，众愿咸可得。

恨无自然分，缠绵流俗间。仰意归长生，庶得厕群贤。

二、石药尔雅（节选）

唐梅彪撰。一卷。底本出处：《正统道藏》洞神部众术类。

1. 释诸药隐名

玄黄花：一名轻飞，一名铅飞，一名飞流，一名火丹，一名良飞，一名紫粉。

铅黄华：一名黄丹，一名军门，一名金柳，一名铅华，一名华盖，一名龙汁，一名九光丹。

锡精：一名黄精，一名玄黄，一名飞精，一名金公华，一名黄牙，一名伏丹，一名制丹，一名黄轻，一名黄鼍，一名紫粉，一名黄华，一名黄龙，一名黄池，一名河车，一名太阴，一名金精，一名金公河车，一名素丹白豪，一名假公黄。

铅精：一名金公，一名河车，一名水锡，一名太阴，一名素金，一名天玄飞雄，一名几公黄，一名立制太阴，一名虎男，一名黑虎，一名玄武，一名黄男，一名曰虎，一名黑金，一名青金。

水银：一名汞，一名铅精，一名神胶，一名姹女，一名玄水，一名子明，一名流珠，一名玄珠，一名太阴流珠，一名白虎脑，一名长生子，一名玄水龙膏，一名阳明子，一名河上姹女，一名天生，一名玄女，一名青龙，一名神水，一名太阳，一名赤汞，一名沙汞。

水银霜：一名金液，一名吴沙汞金，一名白虎脑，一名金银虎，一名赤帝体雪，越楚名水云银。

丹砂：一名日精，一名真珠，一名仙砂，一名汞砂，一名赤帝，一名太阳，一名朱砂，一名朱鸟，一名降陵朱儿，一名绛宫朱儿，一名赤帝精，一名赤帝髓，一名朱雀。

雄黄：一名朱雀筋，一名白陵，一名黄奴，一名男精，一名石黄，一名太旬首中石，一名天阳石，一名桑黄雄，一名丹山月魂，一名深黄期，一名帝男精，一名帝男血，一名迄利迦。

雌黄：一名帝女血炼者，一名玄台月半炼者，一名黄龙血生，一名黄安炼者，一名赤厨柔。

赤雌：炼者，一名帝女迴，一名帝女署生，帝女血黄，安赤厨柔雌，已上炼者玄台丹半。

石硫黄：一名黄英，一名烦硫，一名硫黄，一名石亭脂，一名九灵黄童，一名黄硇砂，一名山不住。

硇砂：一名金贼，一名赤砂，一名纽砂，一名浓砂，一名白海精，一名纽砂黄，一名黄砂，一名赤纽砂。

曾青：一名朴青，一名赤龙翘，一名青龙血，一名黄云英。

空青：一名青要中女，一名青油羽，一名青神羽。

磁石：一名玄石拾针，一名玄水石，一名处石。不拾针者，一名绿秋，一名伏石母，一名玄武石，一名帝流浆，一名席流浆。

阳起石：中一名白石，一名五精全阳，一名五色芙蕖，一名五精金精，一名五精阴华。

理石：一名立制石，与石胆同名。一名肥石，一名不灰木。

胡桐律：一名胡桐泪，一名屈原苏。

金牙：一名虎脱幽。

石钟乳：一名公乳，一名卢布，一名殷孽，一名姜石，一名乳华，一名通石，一名乳床，一名夏乳根，一名殷孽根，一名孔公孽，一名逆石，一名石华。

胡粉：一名锡粉，一名铅粉，一名丹地黄，一名流丹，一名解锡。

粗者：一名鹊粉，一名流丹白豪，一名白膏。

白玉：一名玉札，一名纯阳主，一名玄真赤玉，一名天妇，一名延妇。

白青：一名鱼目青。

绿青：一名碧青，一名毕石，一名扁青即。

石绿：又名铜勒。

石胆：一名黑石，一名暮石，一名铜勒，一名石液，一名立制石，一名檀摇持，一名制石液。

云母：一名玄石，一名云华五色，一名云末赤，一名云英青，一名云液白，一名云沙青，一名磷石白，一名云胆黑，一名云起，一名泄涿，一名雄黑，一名雨华飞英，一名鸿光，一名石银，一名明石，一名云梁石，一名浮云滓。

消石：一名北帝玄珠，一名昆诗梁，一名河东野，一名化金石，一名化金石生，一名水石。

朴消：一名东野，州名罩丹，一名海末。

白矾石：一名羽泽，一名黄石，又名黄老。

鸡矢矾：一名玄武骨，一名赤龙翘，一名寻不见石赤者。

滑石：一名石液，一名共石，一名脆石，一名番石，一名雷河督子，一名今石，一名留石。

紫石英：一名紫陵文质。

白石脂：一名白素飞龙。

白石英：一名素玉女，一名白素飞龙，一名银华，一名水精，一名官中玉女五色。

青石脂：一名五色赤石味，一名黑石脂，一名黑石。

太一禹余粮：一名石脑，一名余粮，一名天师食，一名山中盈脂，一名石饴饼。

鸡矢礜石：一名青乌，一名齿礜，一名五色山脂。

握雪礜石：一名化公石，持生礜石，一名鼠生母。

太阴玄精：一名监精，一名玄明龙膏，勺汞同名。

太阳玄精：一名无主。

凝水石：一名水石，一名寒水石，一名凌水石，一名冰石。

礜石：一名白虎，一名白龙，一名制石，一名秋石，一名日礜，一名固羊，一名太石，一名仓盐石膏，一名细石。

长石：一名方石，一名土石，一名直石。

青琅玕：一名石味，一名青珠，一名白碧珠。

方解石：一名黄石。

石黛：一名碧城飞华，一名青帝流石，一名碧陵文侯，一名青帝流池，一名帝流青。

牡蛎：一名四海分居，一名石云慈。

金：一名庚辛，一名天真，一名黄金，一名东南阳日，一名男石上火。

银：一名山凝，一名白银，一名女石下水，一名西北堕月。

石：一名黄石。

熟铜：一名丹阳，一名赤铜。

铅白：一名丹地黄，一名金公，一名青金。

白钄：一名昆仑毗。

水精精：一名阴运，一名真珠，一名夜光明，一名蚌精，一名明合景。

紫石英：一名西龙膏，一名浮余，一名上白丹戎盐，一名仙人左水，一名西戎上味，一名西戎淳味，一名石盐，一名寒盐，一名冰石，一名光明盐，一名紫女，一名上味，一名石味，一名倒行神骨。

代赭：一名血师，一名白善，一名白玉。

卤咸：一名青牛落，一名石脾。

大盐：一名石盐，一名印盐，一名海印末盐，一名帝味，一名食盐，一名味盐。

石盐：一名石味。

黑盐：一名黑帝味。一名玄武味，一名玄武脑，一名北帝髓，一名北帝根。

赤盐：一名赤帝味。

白盐：一名白帝味。

青盐：一名青帝味。

右四盐，并合药造作诸物，名圣无知。

乌头：一名黄乌首。

附子：一名乌烟，一名香附子，一名乌头子。

郁金：一名五帝足，一名黄郁，一名乌头。

五牙者：谷、粟、豆、黍、大麦等牙是也。又一本云：粟、黍、荞、豆、麦也。

桑汁：一名帝女液，一名鹄头血。

葱涕：一名空亭液。

覆盆子：一名缺盆，一名龙膏，一名云水，一名白马汁，一名秋胶，一名义物锡。

西龙膏：一名黄龙膏，一名黄泽，一名五穀孽，一名童儿禾。

桑树上露：一名上清。

白露汁：一名白云滋。

蚯蚓屎：一名龙通粉，一名蚓场土，一名地龙粉，一名寒献玉，一名土龙屎。

白茅：一名白羽草。

桑木：一名蚕命食。

苏膏：一名三变柔，一名三变泽生，一名谷釜生。

白项蚯蚓汁：一名玄龙地强汁，一名土龙膏，一名土龙血。

白疆蚕：一名蚁强子，一名白苟。

白狗胆：一名瓠汁，一名阴龙瓠汁，一名阴色白狗粪，一名龙膏。

狗尿：一名阴龙汁。

白狗耳上血：一名白龙柒，一名阴龙膏瓠汁.

黑狗粪汁：一各黑龙，一名阴龙膏。

黑狗血：一名阴龙汁。

牛乳汁：一名蠢蠕浆，一名首男乳。

牛胆：一名阴兽当门。

黄牛粪汁：一名阴兽精汁。

水牛脂：一名乌衣脂，一名黑帝乌脂，一名乌帝肌。

羊脂：一名味物脂。

猪顶上脂：一名负革脂，一名黑龙脂，一名黑帝孙肌，一名玄生脂。

猪脂：一名阴龙膏。

大虫睛：一名山君目，一名王母女爪。

母猪足猴狲头：一名封君，一名二斤石脑。

鹳鹊血：一名阴乌汁。

雨水汁：一名灵光液。

野鹊脑：一名飞骏马。

鲤鱼眼睛：一名水人目。

马粪：一名马通，一名灵薪。

蝟脂：一名猛虎脂。

萤火虫：一名后宫游女，一名夜游好女儿。

蜂子：一名飞军，一名飞粽。

蜂：一名罗叉。

蜜：一名百卉花醴，一名众口华芝。

苇麻火：一名虚消薪。

鳔胶：一名麒鳞竭，一名天筋缝鳔。

暇蟆皮：一名龙子单衣。

蛇脱皮：一名龙子衣，一名脱皮，一名蛇符弓皮。

墙上草：一名土马骏。

揪木耳：一名金酒芝，一名金商芝。

章陆根：一名芬华，一名六甲父母。

桃胶：一名薛侧胶。

竹根：一名恒生骨。

松根：一名千岁老翁脑。

根：一名太阴玉足。

石苔衣：一名长生石。

松脂：一名丹光之母，一名木公脂，一名丹光母，一名波罗脂。

牡丹：一名儿长生。

青牛苔者：一名咸。

西兽衣者：一名驼毛。

石灰：一名五味，一名白灰，一名味灰，一名恶灰，一名希灰，一名染灰，一名散灰。

甘土：一名白单，一名白墡，一名丹道，一名土精。

黄土：一名黄牛母。

赤土：一名赭垩。

黄鹦头：一名黄鸟首。

苋根：一名地筋。

鼎：一名天器，一名登瓦，一名阴华明盖，一名赤色门。

铁釜：一名金匮，一名登日，一名地下釜。

土釜：一名天器，一名神室，一名赤门，一名神釜，一名非赤坚，一名土鼎。

阴华羽盖：一名釜盖，一名登瓦。

阳曹萼：一名釜底。

越灶：一名风炉。

酢：一名左味，一名玄池，一名华池，一名玄明，一名玄水，一名弱水,一名神水,一名苦酒,一名青龙味,一名西海父母,一名醋,一名醢。

　　铜青:一名黄龙勺。

　　五茄皮:一名牙石。

　　地榆:一名豚榆系。

　　蜂:一名蜂精。

　　砌黄:一名黄龙华,一名赤帝华精。

　　井华水:一名五水,一名露霜,一名雪雨。

　　铅丹:一名黄龙肝。

　　烛烬:一名夜光骨。

　　桑寄生:一名木精。

　　地黄:一名土精。

　　黄精:一名重楼,一名兔竹,一名豹格,一名救穷。

　　茯苓:一名天精。

　　天门冬:一名大当门根。

　　蜂子蜜:一名白葩。

　　泽泻:一名万岁。

　　未嫁女子月水:一名童女月。

　　小儿尿:一名水精仙人水。

　　水泡沫:一名海潮抹。

　　五茄地榆灰:一名紫灰。

　　肉苁蓉:一名地精。

　　死人血:一名文龙血。

　　杏人:一名木落子。

　　白昌:一名地心。

　　持子屎:一名摩几。

　　乌头没:一名黄附琴。

　　人粪汁:一名玄精。

　　紫矿:一名尚曰丹。

　　千寻子:一名大调汁。

　　牡荆子:一名梦子。

蝙蝠：一名伏翼。

青蚨：生崔南形女蝉也。

更有子东灰，紫亭脂，此是大丹之事。至药，元君不许妄传，为盟誓重，此不敢载矣。

2. 载诸有法可营造丹名

太一金丹、太一玉粉丹、太一金膏丹、太一小还丹、还魂驻魄丹、召魂丹、太一玉液丹、华阳玉浆丹、华浆太一龙胎丹、太一三史丹、光明丽日丹、热紫粉丹、黄丹、小神丹、安期先生丹、太一足火丹、真人蒸成丹、硫黄液丹、裴君辟祭丹、无忌丹、主君鸡子丹、东方朔银丹、石汤赤乌丹、冷紫粉丹、太一小玉粉丹、太一小金英丹、韩众漆丹、雄黄紫油丹、刘君凤驻年丹、五岳真人小还丹、紫游丹、太一赤车使者八神精起死人仙丹、太一一味磠砂丹、太一八景四紫浆五珠绛生丹、四神丹、根雪丹、八石丹、八神丹、流黄丹、龙珠丹、龙虎丹、龙雀丹、五灵丹、紫盖丹、三奇丹、朝霞丹、肘后丹、凌霄丹、羡门丹、日成丹、谷汁丹、七变丹、太黄丹、菹血丹、日丹、酒丹、枣丹、蜜丹、乳丹、椒丹、太一琅玕丹、杏金丹、紫金小还丹、石脑丹、赤石脂丹、红槿丹、紫霞丹、石胆丹、紫盖丹。

3. 释诸丹中有别名异号

召魂丹：一名返魂丹，一名更生丹，一名皈命丹，一名金生丹。

无忌丹：一名坚骨丹，一名无畏丹，一名凝神丹。

紫游丹：一名步虚丹，一名举轻丹，一名到景丹，一名华景丹，一名凌虚丹。

四神丹：一名太一神丹，一名神变丹，一名神液丹。

艮雪丹：一名水银霜丹，一名流珠白雪丹，一名飞仙英丹，一名流珠素霜丹，一名玄珠绛雪丹，一名太阳红粉丹，一名朝霞散彩丹，一名夕月流光丹，一名倾相珠丹，一名疑阶积雪丹。

五岳真人小还丹：一名金精丹，一名仙葶丹，一名救世丹。

太一小还丹：一名太清丹，一名朝景丹，一名凝霞丹，一名落耀丹，一名绛雪丹。

太一硫黄丹：一名太阳玉粉丹。

八石丹：一名丽日丹，一名度死丹，一名济世丹。

龙珠丹：一名曳虹丹，一名垂露丹，一名金光丹，一名吐耀丹。

还魂驻魄丹：一名驻颜丹，一名朱雀丹，一名定神丹，一名延龄丹。

八神丹：一名昭日丹，一名流霞丹，一名八精丹，一名神光丹。

华阳玉浆丹：一名阳元丹，一名玉髓丹，一名灵寿丹。

太一赤车使者八神精起死人丹：一名还神丹，一名迴命丹。一名通灵丹，一名再生丹。

太一小玉粉丹：一名素绍丹，一名玄鹤丹，一名飞雪丹。

太一小金英丹：一名阳明丹，一名玄珠丹，一名日精丹。

太一金液华丹：一名金华丹，一名天真丹，一名金仙丹，一名蹑云丹。

太一一味雄黄丹：一名赤流珠丹，一名素耀丹，一名赤耀丹，一名红紫相间丹。

太一八景四蕊紫游玉珠生神丹：一名黄老丹，一名虚无丹，一名含浆丹，一名散华丹。

太和龙胎丹：一名持节丹。一名捧香丹，一名献寿丹。

太一三使丹：一名捧香丹，一名持节丹，一名奔云丹，一名控鹤丹，一名本命丹。

五灵丹：一名昇霞丹，一名凌霄丹，一名灵华丹，一名太一使者丹。

五石丹：一名五星丹，一名五精丹，一名五彩丹，一名五帝丹，一名五岳丹，一名五霞丹，一名八仙丹。五石者，空青东，朱砂南，白礜西，磁石北，雄黄中。

太一一味硇砂丹：一名飞翼丹，一名灵粉丹，一名素砂丹，一名定神丹，一名凝华丹。

三、丹房须知

南宋吴悮撰。一卷。底本出处：《正统道藏》洞神部众术类。

高盖山人自然子吴悮述。

予尝遇神仙之道，虽曰功行积累，莫不皆凭大丹。古今得道者，奚啻万人。或今生功行，感遇至人，亲授灵丹。或前世善因，得遇真诀，躬自修炼，率留文字，启迪后人，不拘于文而寓于理，反覆晓谕，靡所不至。若遇之者，亦岂偶然。经遇至人，不得不传。遇非其人，不得妄传矣。既有经诀，则人皆可能，贤愚奚问。惟至人者行与仙合，得见圣书，自达其理，如庖丁之解牛，九方皋之相马，目击而道存，所谓不得不传。至于非人，行与理悖，未晓圣书，先执己见，如老子所谓可得而献，则人莫不献其君。可得而进，则人莫不进其亲。可得而传，则人莫不传其子孙。虽欲传之，可得哉。予幼慕丹灶，遍求师承，多指秦汉以来方氏伪成之书，以盲指盲，所丧不少。及晚遇淮南王先生，授《金碧经》。遂访名山，一历观灵迹，质诸圣人而不悖，合于大道而无疑。因集诸家之要，以为指归，可谓深切著明矣。犹虑学者未悟，复编进真铅真汞，华池沐浴，鼎炉法象，火候次序。凡诸家互说不同者，推载其理，若合符契，谓之须知，皆出古人之传，曾非臆说。凡厥同志，开卷斯有得焉。隆兴癸未中元日书。

1. 择友

《参同录》曰：修炼之士，须上知天文，下知地理，达阴阳，穷卦象，并节气休旺，日时升降，火候进退，鼎炉法则。然后会龙虎法象之门，识铅汞至真之道，兼须内明道德，外施惠慈，心与丹合，自达真境。是知还丹之卫，非一朝一夕可会也。凡炼丹，须是清虚之士三人，共侣同心结愿，惟望丹成。将欲下手，先须斋戒，醮谢穹苍。一人管鼎器，添换水火。一人轮阴阳，更变造化卦象，进退水火，随其节候。三人所管，各不得分毫有差。叶真人云：午夜守卫，三人共虔祷祝，虽然各分所管，逐急须臾更替，夜间递相眠歇。盖有昼夜不停，日月时刻长，恐修丹之人久远困劣，有误修制。

2. 择地

《参同录》云：将欲修炼，先须择地，惟选福德之地，年月吉利洁净之地，方可修炼。若是古墓寺院之基，废井坏灶，战争之地，及女子生产秽污之所，皆不可作，阴真君曰：不得地，不可为也。

3. 丹室

《火龙经》曰：选旺方。司马子微注云：炼丹之室，岁旺之方。择地为静室，不可太大，不可益高。高而不疏，明而不漏，处高顺卑，不闻鸡犬之声，哭泣之音，濑水之响，车驰马走，及刑罚决狱之地，唯是山林宫观净室皆可。

4. 禁秽

青霞子曰：一室东向，勿令女子、僧尼、鸡犬等见入。香烟长令不绝，欲入室，次得换新履衣服，及勿食葱蒜等。《参同录》曰：丹室之内，长令香不绝。仰告上真，除是蔬食，务在精严。

5. 丹井

《参同录》曰：虽得丹地，便寻丹井。井是炼丹之要也。昼夜添换，水火添换，滴漏唯在于井。自古神仙上升之后，尽有丹井，以表井为炼丹之急也。丹井成，勿令秽污，待水脉伏定，须涤去滞滓，然后任露天通，星月照，水既定，土色已收，方可取之。若得石脚泉清白味甘者，是阳脉之水，运丹最灵。若青泥黑壤，黄泉赤脉，铁涩腥味，有此之象，并是水脚交杂，阴阳积滞，不任炼丹。《火龙经》曰：须新水。葛仙翁云：须取泉以备用，不得杂汲使用。若近山有泉清净之水，不须甘水，仍不可杂人用。

6. 取土

《火龙经》曰：葛仙翁云：修炼之器，坛炉之土，并须洁净。司马氏云：神室之土，不可以凡土为之。自古无人迹所践之处，山岩孔穴之内，求之，尝其味不咸苦，黄坚与常土异，乃可用也。

7. 造炭七

《火龙经》曰：葛仙翁云：燔坚于净窖中为炭木，臼杵之万下，糯米拌和，捣丸如鸡子大，晒干，烈炉预焚令通红光，称斤两旋旋进火。若一候用一两者，日一夕常令数足。

8. 添水

《火龙经》曰：司马氏注：用新瓦鑢釜等煮水，常如人体，旋旋添之，不得冷添也。黄氏《金碧经》云：火易勿过度，分两合宜，其上水鼎过火盛，只得温暖，勿令成汤，虑有过失也。

9. 合香

青霞子曰：降真香半斤，丹参五两，苏合香四两，老栢根四两，白檀香四两，沉香半斤，白胶香少许。右七味，以蜜拌和，丸如弹子大，每日只烧一九。

10. 坛式

《参同录》曰：炉下有坛，坛高三层，各分八面，而有八门。

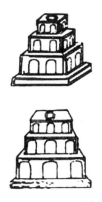

正开八门龙虎丹台

如云子曰：南面去坛一尺，埋生砾一斤，线五寸，醋拌之。北面埋石灰一斤，东面埋生铁一斤，西面埋白银一斤。上去药鼎三尺，垂古镜一面，布二十八宿五星灯前，用纯剑一口。炉前添不食井水一盆，七日一添。用桃木版一片，上安香炉，各处置，昼夜添至第四转，其丹通于神明。恐魔来侵，安心守护，致祈祷之词云：谨启玄元皇帝、太上老君，运合乾坤，众魔莫侵，触吾至药，乾公辟身，东方埋铁，南方烈火，西方藏人，北立胡人，上方悬镜，配合五行，鬼神莫及，土地安宁，真人卫我，至道坚贞。急急如律令。

11. 采铅三法

《火龙经》云：驺虞白髯，元公素发。不经凡火，天生神物，不能备见。求之纯泽，是两法也。驺虞，白虎也，白髯，自然生也。元公，黑石也，银精抱之，状如髯发也，号曰老翁须。不经火毁，天生银也。不得已，乃用纯泽不亲者，投之大海，采之八两。解曰：每银五十两，一日炼取金华之用精十两。偃月炉千鞴之，使沸面清，投白虎二两，鞴之须臾，有物状如云母，黄色，晶光夺目，以铁匙取之。尽，又投二两，如前进十两，得八两净者。此名水虎，又名黄芽，又名金华。老君曰：从红入黑是真修，是为三法。

《参同录》曰：凡采黄芽，须用金旺之时，以白露为首。此谓金黑圆时，蟾光盛满，是炼丹之时候，炼时须八月。许真君曰：冬养子，八月下手，以九鼎取黄芽，至十月之内，全在水火停匀，阴阳得所，自然化出灵芽。若是水火不匀，盗过铅脚，透入灵芽，不堪用也。亦须受气满足，若气不足，丹亦不伏。

抽汞之图

葛仙翁云：飞汞炉木，为床四尺。如灶木足，高一尺已上，避地气，摸圆釜，容二斗，勿去火。八寸床上灶，依釜大小为之。《火龙经》云：飞汞于丹砂之下，有少白砂亦佳。若刚木火之，只可一昼夜，不必三夜也。丹砂之滓，有飞不尽者，再留之。砂无出溪桂辰，若光明者，亦可号曰真汞也。

注云：鼎上盖密泥，勿令泄炁。仍于盖上通一黑管，令引水入盖上盆内，庶汞不走失也。

《参同录》曰：还丹非鼎器不成。故《混元经》曰：坎离为药，乾坤为鼎。四者相抱，谓之橐籥。乾者金也，坎者土也。谓土生金，故号金鼎。非用金为之鼎者，丹之室也。鼎器全备，万物生焉。鼎象中宫，中宫属土，能生万物，故鼎用土。阴真君曰：须向中宫求鼎器。明知用凡土烧瓷为鼎，至于中胎，亦用垍。长短宽窄，临时制造。宽则水火之黑不降，窄则水火之黑不行，更自消停。既得鼎，须置炉，炉是鼎之匡廓也。鼎若无炉，如人无宅舍城郭也，何以安居。故炉以安鼎，收藏火炁。司马氏云：葛仙翁得口诀，予置土火鼎，用鄱阳瓷末为白土，匀之入臼杵万下，为鼎形，如鸡子，高一尺二寸，为盖安物于中，仍固济以法，泥水鼎内，瓦盆坚者作底，容药，乃进鼎三分，入瓦盆中，别以药炉内外了，却以法泥，泥干安炉上也。

12. 药泥

黄土、蚌粉、石灰、赤石脂、食灵，右六味各一两，为末，水调用之，名六一泥。

注云：若以蜜调之，尤紧密不泄。

未济炉

既济炉

后得正本校勘，却只用既济鼎灶，云魏伯阳所谓蒸釜若神者也。青霞子曰：依样造炉下鼎讫，束壁下火，先须祭炉。

清酒三斤，鹿脯十二缸，香一炉，时果十二分。

先须祭炉，然后持咒曰：皇皇上天，黄黄后土。生育万物，万物滋茂。圣舍枢纽，元受宗要。皇帝固鼎，玄女临炉。还符阴阳，以成宝饵。三五神光，邪魔慑伏。直炉童子，卫火将军，六甲统兵，蚩尤护真。谨以某月某日，授弟子某甲，献奠之诚。上请真人洞府群仙，咸宁默运，以奉勿轻。再拜。

13．燠养

葛仙翁曰：至药未炼，先须燠养之法，至妙且玄。夫含育元炁，滋茂至神，苟有不真，失之俄顷，仙凡顿异，可不谨哉。其法坚石或玉石，为乳槌钵，以乳二物各八两，令相制入鼎内，面于东向，研三千遍，讫聚之成块，命曰胚晖元始，现天地未兆之形，燠养太和，显至神潜伏之状。然后入有盖土釜中，法泥。泥干，入灰池，文武火燠七日。冷出之，或紫色，如两数不足，则火候有失。别作灰池，预作文武火燠之，以备用二十一日，顷刻不可离。故炼丹非三人不可燠养。讫再研之，乃入鼎。鼎中先实黄土为基，厚二寸四分，象二十四炁，安二物于中，乃下火。

14．中胎

青霞子曰：药在鼎中，如鸡抱卵，如子在胎，如果在树，但受炁满足，自然成熟。药入中胎，切须固密，恐泄漏真炁。又曰：固济胎不泄，变化在须臾。中胎所制，形圆如天地，收起似蓬壶，闭塞微密，神运其中。《金碧经》曰：炉灶取象，图固周坚，委曲相制，以使无虞。黄真君注云：炉鼎神室，铅汞重重相制，故炉敛火炁以制胎，胎敛火炁以制铅，铅得火炁以制汞，递相制伏，须器圆密，方保无虞。

15. 用火

如云子曰：下火时，用实心石七个，烧令通红，以醋淬之，抛于药房内。夹取桃柳东南枝，各七茎，净火焚香，精心虔祝，安慰百官。云：大道弟子某，谨启玄元皇帝太上老君。今修至道，愿降仙旌灵官，为宗土地安宁，内魔不挠，外恶无侵，速成大药，永保长生。谨辞。安静讫，夜半子时起火，勿令女子鸡犬见。起火时用炭五两，烧令通赤，入炉灰盖之，平旦不可失也。其鼎当如鸡卵，其火取日之火，次楠木火为世败火，堪用九年，并不得用别火，号曰长火水火。

注云：火隔正月起午，水隔正月起戌，并逆行六阳。辰，烧丹起首日，大忌潮生日，及甲戌、甲午、甲辰、甲寅、甲子。

16. 沐浴

丹诀曰：卯酉为沐浴，诸家皆以钵研三千遍，此法至微至妙，非至人不能造也。

压石镇定

古歌云：女子著青衣，郎君披素练。见之不可用，用之不可见。《崔公入药镜》云：研龙使如粉，吸虎自相当。《参同录》云：卯酉二八之门，谓之死炁。前二日半为卯，后二日半为酉。丹家大忌，不进水火。因而语之曰：此理幽微，世人莫测，可谓神圣。若不明此，岂足以语炼丹哉。

17. 火候

古法只是十月。故青霞子云：未尝闻人受胎，年三岁而生者也。其间或三年者，作用不同，理则一也。火之斤两无定，为器有大小，药有多寡，要在临时消详阴阳之理，靡差毫厘。故黄真君解《金碧经》，于火候至为剖露真机。恐后学犹或轻言，乃留诗曰：物因不识翻成贱，言为玄微却被轻。昨夜凭栏几长叹，一轮秋月为谁明。嗟乎，圣人利济之心，如此其功。缘福薄之人，自弃自暴，邪见失正。痛哉惜哉。

18．开炉

《参同录》云：从十月起首，至四月属阳鼎，左旋。

注云：弦望晦朔，乃日月四时也。旦则暗魄中魂生而为明，则曰上弦。上弦之后，魂为体而魄为用，魂中又魂，魂生而曰望矣。望则明魂中魄生而为暗，则曰下弦。下弦之复，魄为体而魂为用，魄中又魄，魄生而月晦矣。一月之中，魂魄往来，不失其度。黄真人托月以为火侯，因此可见矣。

《参同录》云：五月至十月属阴鼎，右转。丹至困极之时，不得暂抛离药室，专听龙吟之声。过此阳极之数，丹已无忧。至十月日全，阳归坤遇，丹成就，色变紫金，光华赫然，九转成阳，五行炁足。如云子曰：开鼎时须斋戒沐浴，各披道衣，顶星冠，面南，跪捧药炉，焚香净身，虔诚祷告，启请大道天尊、太上老君，一切十方上圣真君。奉道弟子某甲，功成丹鼎，法应乾坤，阴风消散，日华赫明，纯阳变体，龙虎持身，上归紫府，永离红尘。凡开鼎取药之时，勿令妇人鸡犬见之，所飞鼎上白者紫金丹，赤为龙虎丹，鼎周四面者为大丹，中间白如鱼鳞片者，名神符白雪。

19．服食

如云子曰：丙黄蜡毬子内闭，入东流水，浸三七日，出火毒。入竹筒内，面贮于甑中，蒸一伏时，去水毒。讫煮汁为丸，如胡麻子大，以祭山。

（以下原阙）

四、修真秘录

宋符度仁撰。一卷。底本出处：《正统道藏》洞神部方法类。

1．食宜篇

思仙问曰：夫修养之士，何物所宜食之充饥得不伤损矣？真人曰：酸咸甘苦食之，各归其时，春夏秋冬顺之，勿逆其藏。所食大过，成疾亦探。节戒作方，延益无限。其伤损之事，前已具言；延益之宜，今为子说。无令脱略，子宜志之。

《八素》云：春宜食辛，辛能散也。夏宜食咸，咸能润也。长夏宜食酸，酸能收也。秋宜食苦，苦能坚也。冬宜食甘肥，甘能缓中而长肌肉，肥能密理而补中。皆益五脏而散邪气矣。此四时之味，随所宜加之，食皆能益脏而除于邪，养生之道，可不移矣。

《礼记·内则》云：凡和春多酸，夏多苦，秋多辛，冬多咸，调以滑甘。注云：多其时味以养其气也。经曰：春无食酸，夏无食苦。四时各减时味者，谓气壮也。减其时味以杀盛气，《内则》所云多其时味，恐气虚羸，故多其时味以养其气也。《内则》云：春宜羔豚膳膏芗，春为木王。膏芗，牛膏也。牛中央土畜，木克土，木盛则土休废，用休废之膏，以节其气，故用牛膏芗也。夏宜腒鱐所留切膳膏臊，腒，干雉也。鱐，干鱼也。臊，犬膏也。犬属西方金也。夏属南方火，火克金，火盛则金休废，故用犬膏，臊以节气也，秋宜犊麛膳膏腥。膏腥，鸡也。鸡属东方木，秋属西方金，金克木，金盛则木休废，故用鸡膏腥也。冬宜鲜羽膳膏膻。膏膻，羊也。羊属南方火，冬属北方水，水克火，水盛则火休废，故用休废膏膻也。郑云：彼羔豚物，生而肥。犊麛物，盛而充。腒鱐膜呼旱切，热而干。鱼雁水涸而性定。此八物得四时之气，尤为人食之不胜。是以用休废之脂膏煎和善之也。凡牛宜稌，羊宜黍，豕宜稷，犬宜粱，鱼宜苽，言其气味相成也。

《周礼·天官》云：凡食齐眡音视春时，饭宜温也。羹齐眡夏时，羹宜热也。酱齐眡秋时，酱宜冻也。饮齐眡冬时。饮宜寒也。

《太素》云：肝色青，宜食甘。粳米饭、牛肉、枣，皆甘。心色赤，宜食酸。麻、犬肉、李，皆酸。脾色黄，宜食咸。大豆、猪肉、栗，皆咸。肺色白，宜食苦。麦、羊肉、杏，皆苦。肾色黑，宜食辛。黄黍、鸡肉、桃，皆辛。

又肝病者，宜食麻、麦、犬肉、李、韭。心病者，宜食麦、羊肉、杏、薤。脾病者，宜食粳米、牛肉、枣、葵。肺病者，宜食黄黍、鸡肉、桃、葱。肾病者，宜食大豆、黄黍、猪肉、栗、藿。

是故谨和五味，则骨正筋柔，气血以流，腠理以密。如是则气骨以精。谨道如法，长有天命。

羊肉大热，羊头肉平，主风眩，疫疾。羊肚，主补胃虚损，小便数，止虚汗。羊乳酪，补肺利大肠。羊肾，补虚弱，益髓。

犬肉，温。主补五脏劳伤。久服，益气力，厚肠胃，实下焦，填骨髓。不可炙食。

牛肉，平。牛乳，甘寒。主补虚羸，止渴。牛酪，主寒热，止渴，除胸中热。牛酥，寒。淘胸其客气，利大小肠。

鹿头肉，主消渴及多梦。鹿肉，主补中，益气力。鹿蹄肉，主骨髓中疼痛。鹿久食令人耐寒。

獐肉，补五脏。从八月到十一月食，胜羊肉。

驴肉，主风狂，忧愁不乐，能安心气。

獾肉，主久水胀垂死，作羹食之大效。

豹肉，温酸。主强筋骨志性。

猬肉，平。食之肥下焦，强胃气，能食。

雄鸡肉，酸温。主下气，去狂邪，安五脏、肠中消渴。

乌雄鸡肉，甘温。主补中，止痛，除心腹恶气。

乌雌鸡肉，味平甘。主除风寒湿痹，五缓六急，安胎及乳痈。

雁肉，味甘平。主益气，轻身。久服长发，耐老不饥。

白鸭肉，平。主补虚羸，消毒热，和脏腑，利水道。黑鸭不可食。

野鸭肉，味咸寒。主补中益气，和脏腑，除客热，消食。九月后好食，消腹中虫，平胃气，调中，轻身。可长食之，胜家鸭。

鹑，温。补五脏，益中续气，实筋骨，耐寒暑，消结实。长食令人不厌，四月已后，八月已前不中食。

干枣，味甘，辛温。主心腹邪气，安中，养脾气，助十二经脉，通九窍，补少津液，大惊强志。久服轻身，延年不饥，成仙。

栗，味咸，温。主益气，厚肠胃，补肾，令人耐饥。生食，治腰脚，不宜蒸食。

柿，味甘寒。补虚劳不足。干者厚肠胃，健脾气，消宿血。红柿，至补肺气，续经络气。

橘子，味酸寒。主下气，开胸膈痰疾结气，止渴。久服，除口臭，轻身长年。皮陈久者良。

乌梅，味苦，平。主下气，除烦热，安心神，支体疼痛，偏枯不仁，

243

止下痢，好睡，口干。

奈，寒。益心气，补中焦不足。

樱桃，平。主调中，益脾气。多食无损，令人好颜色，美志性。

蒲桃，味甘平。主益气，倍力强志，耐饥寒，去肠间水，调中。久服之，轻身延年。

林檎，温。主止消渴，好睡，不可多食。

覆盆子，味甘平。主益气轻身，令人发不白。

甘蔗，味甘平。主益气，补脾气，利大肠，止渴。

豆蔻，味辛温。主温中，止呕吐，口臭。

莲子，寒。主五脏不足，伤中气绝，利益十二经脉、二十五络，益血气，食之心欢，止渴，去热，补中，养神，除百病。久服轻身，耐老延年。

藕，寒，主补中，益气力，养精神，除目病，久服轻身，耐老不饥，延年。

鸡头实，主补中，愈百病，益子精，强志，明目。

菱实，平。主安中，补藏，令人不饥。

芋，平。主宽缓腹胃，除死肌，令人悦泽。

薯，寒。主补五脏，明耳目，利关节，通血脉，益精神。久食不饥，变白发。

枸杞，味苦寒。主五内邪气热中，消胸胁气，除客热风痹，坚筋骨，强阴，利大小肠，补虚损，明目，益精气。久服轻身，耐寒暑。

葵，味甘寒。宜脾。久食利骨气，为百菜主。

竹笋，味甘寒。主消渴，利水道，益气力，不可久食。

苜蓿，味苦寒。利五脏，轻身，去脾胃邪气诸热毒。不可久食，瘦人。

荠，味甘温。主利肝脏，和中，明目。服丹石人，不可多食。

蔓菁，味苦温。主消食下气，利五脏，轻身益气。

萝卜，寒。利五脏，轻身，益气。根，消食下气，除五脏中风，炼五脏中恶气，服之令人白今，细肌理，美颜色，制面毒。

白苣，味苦寒。主补筋力，利五脏，通经脉，令人齿白，聪明，少睡。

葱白，味辛，温平。冬月食之甚益人，不可多食，虚人。葱青叶，温，归肉。除肝邪，安中，利五脏，益目精，杀百药毒。

薤，味苦辛。宜心，归骨。除寒热，去水气，温中，散结气，轻身耐老。学道人长服之，通神安魂，益气力，续筋骨。

韭味辛酸，温。归心，宜肝。可久食，安五脏，不利病人。

荏子，味辛。主咳逆，下气，温中，补髓。叶调中，却臭气。

紫苏，下气，除寒中。

薄荷，味苦，平。却肾气，解劳乏。新病人不宜食。

荆芥，味苦温。辟邪气，除劳。不宜久食。

兰香，温。主消食，去停水，散毒气。

茼蒿，味辛平。主安心气，养脾胃，消饮食。不可频食。

香薷，味辛温。散水肿，止霍乱，去热风。不可多食。

苦菜，味苦寒。主五脏邪气。久服安心，益气，少卧。轻身不老，耐饥。

蓝菜，平。主填骨髓，利五脏，调六府，理经络结气，明耳目，使人骨健少睡，益心力。久食大益人。

生姜，温。去痰下气，去胸中臭气，通神明，散烦闷，开胃口。

水芹，寒。养神益力，令人肥健，杀百药毒。

白蒿今青蒿也，味辛。主补中益气，养五脏，长毛发，令黑。久服轻身不老。

小蓟根，味甘温。主养精保气，令人肥泽。

野苣，寒。久食轻身，少睡，调十二经脉，利五脏虚热气。长食，甚益人。

马芹，温。主心腹满，下气消食，能调味，甘香美。

决明，平。主明目，轻身，利五脏。

牛蒡，寒。主去热风，头面烦满，四支不遂，通十二经脉。久服轻身。

菠薐，寒。主利五脏，通肠胃。服丹石人食之甚良。

朱莒达，平。主补中下气，利五脏。

白黍米，味甘，辛温。宜肺，主补中益气。

秔米，味甘，辛苦。主心烦，止渴，益气，断下利，平胃气，长肌肉。

仓粳米，主补中益气，坚筋骨，通血脉。炊饭水浸令酸，食之，缓五脏六腑气。

白粱米，味甘寒。除胸中客热移易五脏六腑，续筋骨，可长食之。

粟米，味咸寒。主养肾气，去骨痹热中，益气力。陈者止利，压丹石毒。

胡麻，味甘。主益力气，长肌肉，填骨髓，坚筋骨，治金疮，止痛。久服轻身长年。

绿豆，味甘酸。主虚羸，补五内虚乏，益气，安精神，行十二经脉。食之脾厚肚宽，可长食之。

大麦，味咸寒。宜心，主消渴，除烦热，益气调中。久食，头不白。

穬麦，味甘寒。主轻身，除热。久食令人多力健行。五谷之中穬麦为上。

小麦，味甘寒。主养肝气，去寒热，止渴烦，补中益气，和五脏，调经络。

薏苡仁，味甘温。主筋急拘挛，久风湿痹，下气。久服，轻身益气，除筋骨中邪气，利肠胃，消水肿，令人能食。

稗米，味甘平。主益气，补中，利脾胃气。

白豆，平。补五脏，益中，助十二经脉，可长食之。

饴糖，味甘温。主补虚乏，益心力，止渴，治喉咽痛，除唾血。

2. 月宜篇

思仙问曰：尝闻月宿所宜食者，愿赐其法。

真人曰：每月宿下，各有所宜之物，人若择而食之，亦可除其疾疹矣。今传于子，亦可晓示将来。

《养生论》云：正月卯日食鲷鱼，使人无瘟病。二月春分食龟，使人不蛔，子孙蕃息。三月宿毕食鲔鱼，使人不随美色，多气力。送迎各二日。

春三月食犬肉，又先酸麦，无齿病，因甲乙以具。

四月宿昴食鸡，使人目明。

五月夏至食鸣鵙，送迎各二日。食鸥枭，送迎十日。

六月宿房食野稚，使人阳多遂子孙矣。

夏三月食鸡雉及苦，先麦食之，无瘅病，因丙丁以具。

七月食蠹，使人宜子孙，送迎各二日。蠹，木蝎也。

八月秋分食蠹，使人无病淫，众人畏之，送迎二日。

九月宿建星食雁，使人不病瘅。得良辰，美筋骨，送迎二日。

秋三月食马肉及辛，食之无寒病，因庚辛以具。

十月宿营室食诸鸟，使人烁心，益寿美色，送迎二日。

十一月冬至食兔，令人不蛔，利足不僵。

十二月腊夜，令人持椒卧井傍，无与人言，内椒井中，除瘟病。

冬三月食彘及咸，食之无足病，因壬癸以具。常以其月不尽三月，夕半食者无饱。

附录二 宫观与名胜辑录

宫观是中国道教文化形成、发展的一个缩影和载体，它们源于中华早期先民对神灵的敬畏，以及后世文明社会发展进程中为满足普通民众对于宗教信仰强烈的需求，由规模化、组织化的进香、捐施等信仰活动构成的平台。它们分布在中国各个城市、乡镇、村庄，衍生和丰富了多彩的中华文化内涵。每一座宫观都有其产生与发展的历史，它们既是现实肉眼可见的建筑空间，又是容纳社会关系的社会空间。宋元明清文人所探访的仙踪圣迹大多以宫观为载体，这也为他们的神仙题材诗和服食题材诗提供了现实契机。

一、天师府

天师府位于江西省鹰潭市贵溪市上清镇龙虎山上，南北向，门临泸溪河，隔岸桂洲村，即明首辅大学士夏言故里。背靠华山，东距大上清宫1公里。占地面积4.3万平方米，建筑面积2.4万平方米。

天师府始建于北宋崇宁四年（1105），系宋徽宗赐第三十代天师张继先私宅，原建于上清镇关门口（大致位于现在的天师府东侧100米处，旧址已不可考）。元朝至元年间，世祖忽必烈封第三十五代天师张可大和第三十六代天师张宗演为"真君"，圣旨中正式称"嗣汉天师"，天师府遂称"嗣汉天师府"。延祐六年（1319）第三十六代天师张嗣成袭封时，迁建天师府于上清镇"长庆里"静应观西（即今之长庆坊），后又建观东，即今址所在地。明洪武元年（1368）改封第四十二代天师张正常为"正一嗣教大真人"，嗣汉天师府遂改称"正一大真人府"。明宪宗成化三年（1467）赐御书"大真人府"额，二十一年又御旨重建天师府。嘉靖五年（1526）明世宗遣中官吴猷同江西抚按根据天师府的建制进行扩建，从大堂教厅到廊房、仪门、耳房、头门、后堂、厢房以及私第的正厅、厢房、堂屋、家庙、书院、万法宗坛的殿、庑等，共 126 间；庙坛内祀御赐三清、四御、南北斗、二十八宿、三十六天将铜像，共 138 尊。清康熙十三年（1674）"三藩之乱"时，上清宫遭兵火，天师府大堂、穿堂、赞教厅、东西厢房、耳房俱毁，唯存后堂五间。私第后堂、厢房、家庙、后殿、书院、万法宗坛、庑亦毁。乾隆四十三年（1778），第五十七代天师张存义对天师府进行全面整修，在真武殿址建绣像宝阁，供奉御赐宫绣老君像，其余建制如旧。第五十九代天师张钰于嘉庆十三年（1808）修建"敕书阁"，十九年（1827）新修天师府，复立木坊两座，左榜曰"体德尊猷"，右榜曰："翊运宣化"。咸丰七年（1857）遭兵灾，仅余二门东元坛殿三间，东西庑各三间，真武殿后小屋三间。万法宗坛五间、东西庑六间，毁后复建。同治四年（1865），第六十一代天师张仁晸重建二门、敕书阁、灵芝园等。同治六年（1867）建头门一座，东西二间，大堂三间及其他钟鼓楼、宅门、仓房、耳房、保安楼西廊房等。光绪七年（1881）重建三省堂五间，即今之天师殿。1927 年修缮，恢复原名"嗣汉天师府"。新中国成立时，天师府头门、二门、大堂、私第、门屋、三省堂、后堂、元坛殿、书院、万法宗坛、法箓局等建筑基本存在。从 1983 年开始，由国务院和江西省两级拨款进行修复，历时 19 年，至 2002 年，以中轴线为基准的天师府全面修复工程基本完成。

修复一新的天师府，呈八卦型结构，有三进院落，殿堂巍峨，气势壮观。第一进院落头门乃仿木结构，碧瓦红墙，丹楹朱扉，临街耸立，门前有一对石麒麟护卫，红墙的左边书"道尊"，右边书"德贵"。中门上悬"嗣汉天师府"直额，正中两柱有对联曰"麒麟殿上神仙客，龙虎山中宰相家"。进门为宽敞的青石甬道，两边翠柏林立；甬道中有仪门，仪门两侧，东边为钟亭，亭中置放元代铜钟；西侧为小竹林，置凉亭两座。二门前，东边为玄坛殿，正殿为财神殿，分祀武财神赵公明、文财神范蠡、关帝圣君；配殿两间，分祀太乙救苦天尊、吕洞宾、黄大仙、梓潼帝君、葛玄、许逊。东边为法箓局，殿内侧分祀斗姥元君、西王母、皇土后地祇、慈航道人（观音）、何仙姑、碧霞元君、九天玄女、魏存华夫人、妈祖。

天师府二门为三间三门式结构，仿木质建筑。门上方高悬"敕灵旨"竖匾一块。门两边有对联："道教圣地龙盘虎踞千古胜，人间仙乡鬼斧神工十分奇。"门前两边墙上刻有《道德经》书法文字。进入二门为天师府第二进院落。院内古碑石刻琳琅满目。其中《玄教大宗师碑》为元代道士大书法家赵孟頫撰书，碑文详尽记载了上卿玄教大师张留孙的家世及其从事道教活动、皇帝敕赐等内容。二进门中苑为玉皇殿，是重檐歇山式仿古建筑，占地 600 余平方米，是天师府内最高最大的宫殿。殿前甬道中间为"灵泉井"，亦名"法水井"，系南宋高道白玉蟾与第三十五代天师张可大共同开凿。主殿内供奉玉皇大帝神像，金童玉女侍立左右。岳飞、朱彦、苟兴、庞乔、张骄、邓忠、温琼、殷郊、毕环、刘甫、陶荣、辛环等12 将陪祀两边。8 条银龙盘柱楹间。院东为绿化带。

第三进院落是私第门屋，旧称私第门，系同治六年（1866）第六十一代天师张仁晸修建，是前宫后府、前衙后宅的分界线。门首上书"相国仙府"四个大字。门边有对联"南国无双地，西江第一家"。

天师殿（原名"三省堂"），门前立一照壁，内饰飞鹤、走鹿、舞蜂、攀猴四种动物。殿内中祀祖天师张道陵像，王长、赵升立侍左右；右祀第三十代天师张继先像，左祀第四十三代天师张宇初像。殿中央上悬明太祖洪武五年（1372）御赐第四十二代张正常大真人"永掌天下道教事"匾，右悬宋徽宗崇宁四年（1105）赠第三十代天师张继先"道行高洁"匾，左悬清高宗乾隆二十一年（1756）御赐第五十七代张存义大真人"真灵福地"匾。

天师殿后与中厅以天沟搭接，以砖墙石门分开，石门上书"道自清虚"四字。中厅与后厅以天井及东西厢房相连缀，厢房上置楼阁，东西相对，并与中厅、后厅形成天井。后厅是天师的生活食宿厅。厅堂中间，前面悬乾隆七年御书赠第五十六代天师张遇隆的"教演宗传"匾额，后悬"道契崆峒"匾额，为 1914 年袁世凯题赠。经后厅直通"灵芝园"。园前有八卦门，门左右有"八卦涵宇宙，双龙卫乾坤"对联。园内植有金桂银桂，四季飘香。灵芝园北即敕书阁，乃藏经纳籍之所。

私第西边是"万法宗坛"，坐北朝南，自成院落。院门悬"万法宗坛"额，院门东西各有库房三间。院内置三殿，是张天师在私宅的祀神之所。北方正殿五间，殿内祀三清、四御、三官、五老。正殿前分东西两配殿个三间，东祀护法神王灵官，西祀财神赵玄坛。院中碛石甬道，青松、红窗、彤扉交相辉映。

二、大上清宫

大上清宫位于江西省鹰潭市贵溪市龙虎山上清镇东约半公里处，距龙虎山 12 公里。历经宋、元、明、清，是历代正一道天师阐教说法、降妖除魔、传道授箓和举行重大醮仪的重要宫观，是历代天师供祀神仙之所，为中国道教分支正一道原祖庭，素有"神仙所都"之称。

大上清宫建筑布局呈"八卦"形，中轴线布局，自南向北依次是龙虎门、玉皇殿、后土殿、三清阁；东西两侧为各主殿对应的配殿，由连廊及厢房相连，整体建筑主要由龙虎门、玉皇殿、后土殿、三清阁、三官殿、五岳殿、天皇殿、文昌殿、明清碑亭等组成。上清宫的前身是东汉和帝时（89—105）道教祖师张道陵在龙虎山结炉炼丹时所建的"天师草堂"。东汉末年，道教正一道龙虎宗第四代天师张盛自汉中迁还龙虎山，改"天师草堂"为"传箓坛"。唐武宗会昌年间，赐"传箓坛"额曰"真仙观"。北宋真宗大中祥符年间，宋真宗敕改真仙观为上清观。北宋徽宗政和三年（1118），恩准上清观升为"上清正一宫"。南宋理宗时，经扩建，上清宫的规模建制已有门楼（榜书"龙虎福地"）以及六殿（三清殿、真风殿、昊天殿、南斗殿、北斗殿、琼章殿）、三阁（皇帝景命阁、宝奎阁、紫微阁）、一楼（琼音楼）、三馆（宿云、蓬海、云馆）、二堂（斋堂、正一堂）。元武宗时，敕改上清正一宫为"大上清正一万寿宫"。元明时期上清宫先后经历两次火灾，灾后得到修复。至清雍正九年（1731），世宗皇帝恩赐帑银十万两重修大上清宫，次年八月告竣。除将原有殿宇葺修一新，新建了碑亭、斗姥宫、后堂、库房、厢房、斋堂、厨房、虚靖祠及二十四道院等。1930 年上清宫再遭火灾，殿宇楼阁化为灰烬，只存福地们、下马亭、午朝门、钟楼、东隐院等破败建筑。1956 年，江西省人民政府将上清宫遗址列为重点文物保护单位，2000 年启动重建修复工程，至 2005 年 9 月修复完成，大上清宫又恢复为宗教活动场所。

三、正一观

正一观位于江西省鹰潭市贵溪市境内的龙虎山张道陵炼丹处，原名祖天师庙，南距天师府 6 公里。第四代天师张盛自汉中迁还龙虎山之后，曾在此建祠祀祖天师。五代南唐保大八年（943）敕建天师庙。北宋崇宁四年（1105），第三十代天师张继先奉敕修葺，徽宗赐改天师庙为"演法观"。明嘉靖三十四年（1555），世宗赐帑重修，改名"正一观"。明万历七年（1579），遣太监杨辉督修；万历三十九年（1611），第五十代天师张国祥复修，一如旧制。正殿五间，中祀祖天师及王长、赵升二真人，左右两庑各三间，正门三间，殿后玉皇殿五间，丹房六间。清康熙五十二年（1713）朝廷拨帑重修，改玉皇殿为楼。雍正九年（1731）遣官重修，新的建制为：正殿五间，东西庑各十间，元坛殿三间在东庑中，从祀殿三间在西庑中，仪门三间，钟楼两座。凡殿、楼、门、庑、栋俱饰彩绘。正门中额曰"正一观"。

1949年前后，正一观被焚，仅剩残垣。2000年重修，翌年竣工，占地4万多平方米，建筑面积6000多平方米。正门坐东朝西，为仿古歇山式建筑。仪门内有影壁。大院内两边为厢房，钟鼓楼南北而居。正中为祖师殿，高15米，面积876平方米，殿内供奉祖天师张道陵及弟子王长、赵升神像。祖师殿前有南北两个配殿。南配殿为从祀殿，是正一观配祀历代天师和高道之所，塑有第二十四代天师张正随、第四十二代天师张正常神像；北配殿为元坛殿，塑有张盛天师神像。祖师殿后为第二进院落，正殿为玉皇楼，楼下祀玉皇大帝及金童玉女神像，楼上祀西王母神像。玉皇楼北侧为丹房，其中供奉太上老君及其弟子尹喜、徐甲神像，房内有炼丹炉灶模型。

现在的正一观是按宋代建筑风格新建的，占地60余亩，南北对称，主要建筑包括七星池、正门、仪门、钟鼓楼、元坛殿、从祀殿、祖师殿、玉皇楼、丹房、红门、廊庑以及生活用房等。整个建筑群灰瓦白墙，古朴典雅，气势雄伟。

四、仙岩

仙岩又称仙人城，位于江西省鹰潭市贵溪市境内上清河仙水岩段中游的西岸。仙人城为一独立巨峰，海拔281.7米，四面陡峭，只有西面沿山坡开凿的780级台阶盘旋而上，可至山顶，其顶为一平地。自唐以来，历代文人墨客歌咏此地，传颂不衰。主要景点有仙岩景门、仙鼠石（位于开始登山处，该石面朝高山，圆眼、尖嘴、肥身）、仙风门（第二道山门，山门外有"洗心泉"，终年不涸）、仙雨门（第三道山门，是观看龙虎山群峰最佳位置)、仙姑庵(半山腰处依洞穴而建,洞内可容千人,供奉花仙子、观音及文殊、普贤)、仙风桥等。

五、崇真宫

位于江西省樟树市区东南的阁皂山东峰南麓,全称大万寿崇真宫,初为葛玄入山时创建的卧云庵。据周必大《崇真宫记》:"初置灵仙馆,煨烬于隋。至唐,道士程信然掘地得玉石像尺余,覆以铁钟,创草堂居之。先天元年,孙道冲始为台殿,因山名观。"(《阁皂山志》第25页)南唐国主改曰玄都,宋大中祥符五年改景德。崇宁三年(1104),赐万寿。政和八年(1118),赐名崇真,因改观称宫矣。淳祐六年(1246),又加称大,总名之曰:大万寿崇真宫。关于崇真宫的建制布局,《崇真宫记》云:"阁后设传箓坛……次曰金阙寥阳殿,曰昊天殿,曰正一堂,曰靖应堂。其东曰祖师殿,曰藏经殿。最后玉像阁五间,其崇五丈四尺,雄杰冠于一宫。凡殿宇皆翼以修廊,道士数百人,环居其外,争占形胜,治厅馆,总为屋一千五百间。"(《阁皂山志》第25页)明代宣德年间(1426—1435),遭火焚毁。明孝宗弘治十一年(1498年)四月十二日,孝宗皇帝派司礼太监李荣、内宫监太监李兴到兴济督工,正式重修崇真宫。资金来源主要是国库斥款,中宫张皇后也捐资相助。历时一年,于弘治十二年(1499年)五月十九日告成。崇真宫分前、中、后三大殿,俗称"无梁三座殿"。前为三清殿,中为灵应殿,后为普济殿。左三殿为天齐殿、照灵殿、迎晖殿;右三殿为显象殿、广济殿、岁通殿。另外,还建有昭宁祠、保善祠等。崇真宫所祀,除真武大帝,自天帝而下直到道家所载诸神塑像。《兴济县志书》中赞崇真宫曰"规模宏丽,冠绝一时"。

现今大万寿崇真宫为1991年重建,宫宇由正殿、厢房和庭院组成,总建筑面积284平方米。正殿坐北朝南,前对主峰凌云峰,后倚东西两山。正殿顶覆琉璃瓦,彩壁飞檐,内奉葛玄、张道陵、许逊三尊道教仙真坐像。四周青环翠绕,清幽恬静。

六、道德宫

坐落于江西省樟树市区东南的阁皂山骆驼峰南麓,占地面积860平方米。原为砖木结构,现为混合结构,双层楼房。内供奉孔丘、释迦牟尼、李耳神像,以体现奉葛玄为祖师的灵宝派三教合一的思想理念。因朱熹曾两度应邀至此讲学,后人习惯称道德宫为紫阳书院。

七、捣药臼

位于江西省樟树市区东南的阁皂山骆驼峰上,一巨石突出,"中有石洼,周围如碗。仙公尝于西峰石壁上臼中捣药,堕一粟许。有鸟食之,遂不死,长鸣作丁丁杵臼声,世名捣药鸟"(《阁皂山志》第7页)。

八、崇禧万寿宫

俗称红庙,在江苏省句容市与常州市金坛区交界处大茅山丁公山前,隐居华阳下馆。唐贞观九年(635),太宗为王法主建,号"太平观"。天宝七年(748),玄宗敕李玄静取侧近百姓一百户,并免租税、科徭,长充修洒扫。中和间,遭盗火焚毁。天佑间,邓启遐重建。宋改赐"崇禧观"额。建炎复遭火,秦桧再造。宁宗赐高士易如刚"止堂""方丈"二御书榜。理宗御书"玉气凝润,鹤情超辽"八字并"宝珠林"榜,赐司徒师坦。大元延祐六年(1319)奉敕改宫,赐名"崇禧万寿宫"。宫前原有照壁,壁上镶嵌"第八洞天第一福地"八个石刻大字,旁有昭明太子读书台。宫内原有灵官殿、章台、玉皇殿、三清殿、太元宝殿,祀奉三茅真君。宫内道院有复古、威仪、四圣、葆真、三茅、天师、南极、玄坛、东华、三清、七真、三官共十二房。2011年复建崇禧万寿宫工,至2016年8月竣工落成,整个建筑群占地120亩,包括大殿、法堂、三天门、养生谷、法箓院、斋堂等。

九、元符万宁宫

位于江苏省句容市与常州市金坛区交界处茅山积金峰。初有梁道士陶弘景曾于此结庐,唐至德(756—758)年间始造道观。北宋熙宁(1068—1077)初,著名道士刘混康庵居于此。元符元年(1098)秋,哲宗敕于茅山故居重修道观,赐名元符观,并委官督修,于崇宁五年(1106)秋建成,徽宗御题曰"元符万宁宫"。有主要殿宇七座:正中天宁万福殿,祠三茅真君;左为玉册殿;右为九锡殿;东庑景福万年殿,祠皇帝本命宿相;西庑飞天法轮殿,左钟楼,右经阁。天宁殿后为大有堂、东库堂、西云堂。云堂后有宝箓殿。景福殿后为云厨。大有堂后曰众妙堂。左知宫位三素堂，右副知宫位九真堂。北极阁在宝箓殿后。众妙堂后曰震灵堂。又有潜神庵。南宋建炎四年（1130），毁于兵燹。绍兴二十八年（1158），高宗赐金重建，并御书宫额。宋理宗朝（1225—1264），再次敕修元符宫，并御书"上清宗坛""圣德仁祐之殿"二榜。至元代，此宫逐渐倾毁，明初仅存部分殿宇，供奉茅君。明弘治年间（1488—1505），元符宫道士陈真福募款重新修葺，至嘉靖十五年（1536）完工。有东秀、西斋、观云、启明、野隐、勉斋、栖壁、东斋、乐泉、览秀、云林、真隐、监斋十三道院。太平天国时期，元符宫迭遭兵燹，十三房道院仅存四房。至民国时仅存灵官、太元、三清三殿和东秀、西斋、勉斋、聚仙四房道院；抗日战争期间宫内除极少部分道舍，全被日寇烧毁。现有山门、灵官殿、万寿台、太元宝殿及二房道院，均为近年所建。

十、玉晨观

位于江苏省句容市与常州市金坛区交界处茅山雷平山北。高辛时展上公、周有郭四朝真人、秦巴陵侯姜叔茂、汉杜广平、东晋杨真人和许长史父子，都在此得道。宋太始中，道士王举为长沙景王雅所推重，就长史宅东起长沙馆。梁天监十三年（514），敕贸为朱阳馆，为陶真人住止，立昭真台，供养杨、许三真人真迹、经诰。唐太宗为桐柏先生王轨（字洪范）敕建"华阳观"，天宝七年（748），唐玄宗为茅山道士李含光而敕改"紫阳观"，仍敕取侧近百姓二百户，并免租徭，永充修葺。南唐王贞素继居之。宋大中祥符元年（1008）敕改"玉晨观"。观内原有崇真、灵宝、天枢、紫阳、瑞像、雷平、三茅、太玄八房道院。此处有许长史的修道住宅及炼丹井，其井两口共一水源，冬季气分寒燠，故曰"阴阳井"。观左有明代嘉靖十三年（1534）建造的"无梁殿"一座；观东南为雷平山，山前有"雷平池"，传因周时有一雷氏于此养龙，故名；池东北有良常山，据载为秦始皇召李明真人埋玉璧之处，山之东侧有老虎、三官、老君、柏枝四石洞，山之西侧有"降真桥"，桥北苍龙溪，俗呼"冷水涧"，其涧水漱出之石，坚润如玉，人称茅山石。

十一、华阳宫

位于江苏省句容市与常州市金坛区交界处的茅山积金峰西，为陶弘景上馆。天宝七年三月，玄宗从玄静先生受上清经箓，敕度道士焚修，后毁于兵乱。宋政和年间（1111—1118）道士庄慎重建，时陶弘景丹井楼基尚存。后渐被毁。

十二、崇寿观

坐落于江苏省句容市与常州市金坛区交界处的茅山大茅峰下华阳洞南便门前，为晋代真人任敦成道之故宅。南朝宋元嘉十一年（434），路太后始建坛宇；齐建元二年（480），敕立崇元馆。唐贞观初敕改"崇元观"，天宝七年（748），"玄静先生（李含光）奉敕重修，仍取侧近百姓一百户，蠲免租徭，长充修护"。宋大中祥符七年（1014），敕赐今名"崇寿观"。《真诰》："大茅山下亦有泉水，其下可立静舍，近水口处乃佳。"隐居云："今近南大洞口有好流水而多石，少出便平。比世有来居者。齐初，乃敕句容人王文清仍此立馆，号为'崇元'。"则此观是矣。有唐太极元年碑，左拾遗孙处玄文，杨幽经书，余字漫不可识。大元泰定元年，国子司业虞集重撰碑文，隶刻于太极碑阴。后崇寿观渐被毁。今天的茅山崇寿观经复建后位于大茅峰南麓之金牛洞景区，自然风光优美，素有茅山第一灵签之美称。

十三、乾元观

位于江苏省茅山东麓的青龙山上。最初为秦时李明真人炼丹之地，至今尚留一口古井，其水清澈，被人誉为"仙水"。至南朝，陶弘景隐居在此，与梁武帝书信往来，商讨国事，被人誉为"山中宰相"。天宝中，李含光居之，敕建栖真堂，会真、候仙、道德、迎恩、拜表五亭。大中祥符二年（1009），观妙先生（正一派第三十五代天师张可大）筑九层坛行道。天圣三年（1025）赐名"集虚庵"，续敕改"乾元观"额。至元代，规模宏大，殿宇重重，房屋有800多间，周围林茂竹翠，风景幽雅，古迹甚多，如"松风阁""宰相堂""雷接碑""洗心池"等。后几经战乱，日本侵略者放火烧毁了所有殿宇，至今尚存的一块万历年间的《乾元观记》碑刻，成为观内最珍贵的文物。

今天的乾元观是 1993 年恢复重建的，是江苏省的坤道院。

十四、栖真观

在江苏省句容市与常州市金坛区交界处茅山华阳宫之西隐居中馆，桃源黄尊师所居。和州卢士牟撰碑，不存。宣和（1119—1125）中，赐额"栖真观"。

十五、凝神庵

在江苏省句容市与常州市金坛区交界处的茅山黑虎谷。绍兴庚午，祠宇宫道士张椿龄所创。张初名达道。高宗岁遣使降香山中。乙亥岁，中使以达道名闻于上，累召对德寿殿，赐摩衲帔，水精环，紫石茶磨，御书《阴符》《清静》二经，且命图其形于神仙阁。

十六、白云崇福观

在江苏省句容市与常州市金坛区交界处茅山白云峰下。建于南宋绍兴年间（1131—1162），因宋时道士王景温退居结庐于此。当以其名闻德寿宫，敕赐观额"白云崇福观"。简称白云观。原有灵官殿，殿后有表台，台后自东向西是经堂楼、扶祈楼、玉皇殿、太元宝殿、祠堂、北楼等建筑50 余间。1938 年农历八月十四日，茅山白云观惨遭日寇洗劫，殿堂楼阁被烧毁过半，其中灵官殿、经堂楼、北楼等 20 多间均被毁。抗战胜利后，重建十余间。现遗址尚存。

十七、桃川万寿宫

桃川宫位于湖南省常德市桃源县境内，晋人建，唐重建改称"桃花观"。明人印伟《重修桃源万寿宫记》："宋政和元年，权发遣广南西路转运副使张庄奏闻，始度龚元正为道士，建景命万年殿及福寿二星经钟楼阁，斋寮、厨库、廊庑、方丈，凡一千三百三十楹。明年，赐'桃川万寿宫'额，设提点掌之，以便釐祝。淳祐元年，龙阳富民文必胜施财谷，增创武当行宫于宫之阴。一时矩度，略与太和比。至元末，遭兵燹，前盛俱废。我朝洪武初，道士龚贵卿沿旧创始，以渐兴复。景泰六年，道士谢智常奉巡抚大中丞李公命,收集制书。立殿宇数楹,为风雨所颓。成化十八年,道士冯信通奉本府同知李公命募缘,循旧址重立三清、龙虎殿各五间,法堂、官厅各三间,并装饰诸神像。弘治十四年,道士谭常仑建山门二层,清风桥一座,惟武当行宫荒废独久,正德十四年,道士曾世显募缘建殿塑像,稍复前日之旧。"(清唐开韶、胡焯编纂,刘静、应国斌点校《桃花源志略》,岳麓书社 2008 年版,第 59 页)据清人僧一休《桃源洞天志》,"明末,流氛犯常,复遭兵燹",清朝平定后,"住持渐次修补,较前不无远逊云"(清唐开韶、胡焯编纂,刘静、应国斌点校《桃花源志略》,岳麓书社 2008 年版,第 37 页)。1992—2016 年,在原址上重建恢复桃川万寿宫。现今桃川万寿宫的布局由牌楼山门、主殿和配殿组成。过了山门就是灵官殿,灵官殿后便是真武殿,真武殿之后是一片开阔的广场,玉皇殿坐镇中央。三清殿坐落于玉皇殿后,所处略高于玉皇殿。这正好与道教的宇宙体系理念相对应。配殿有慈航殿、财神殿、大罗宝殿、东西行宫以及钟楼、鼓楼等,形成水绕山环、晨钟暮鼓的鼎盛气象。

十八、善德观

善德观位于常德市德山善卷路南面,紧邻德山公园,占地 60 亩。其建制由山门牌楼、善卷殿、真武殿,玉皇殿等组成,气势恢宏。

十九、桃源山

桃源山在湖广常德府桃源县南二十里,西南有桃源洞,一名秦人洞。洞北有桃花溪,源出桃源山,北流入沅水。洞口泉瀑布千丈,落石壁。下流里许,伏地不见,至北三里与桃花溪合,流入沅水。(《明一统志》)

桃源山在桃源县西南三十里沅水之阴,广三十二里,高五里。负土抱石,嵯峨翁郁,群峰环拱,气势雄秀。洞在山之半,由谷口至仙径亭,有"桃源佳致"碑,唐刘禹锡所题也。逦迤而入,至八方亭,倚石为壁,历代碑碣环琦。由亭后攀藤曲折历石磴上,将三盘,乃至洞口。石壁峭立,纵横丈余,双扉宛然,终古长闭,横镌"秦人古洞"四大字。洞前平地二十余步,有仙人棋几,可弈可跌。洞左泉从山巅飞落,莫穷其源,至洞门汇为小池,照见白石,斑驳如绣。泉从洞左泻下两峰之间,大旱不涸,石磴滑筍,仄径如椽。修竹老树,寿藤异草,丛倚交跗,游者足彳亍不可驻。泉如珠箔飞颰，喷溅衣裾，淙淙作环佩声。两山之间有天然桥横驾泉上，曰"遇仙桥"。桥左下为方竹亭。泉从桥下过，至亭下汇为小潭，曰"桃花潭"。伏流南折三里，至桃花溪，入沅水，是为桃源后洞，相传渔郎鼓棹处也。溪北为缆船洲。洞之西，穿竹径走数百步，屋数椽，为僧庐，曰"大士阁"，古桃川宫遗址也。洞之右，历石级里许，为归鹤峰，黄洞源修真处，峰高可望数百里。其西为元武宫，宫之侧，摩顶松、空心杉、炼丹台、瀹鼎池皆在焉。（释一休《桃源洞天志》）

二十、天师洞

青城山是道教的发祥地之一，被道教列为"第五洞天"。东汉顺帝汉安二年（143），"天师"张道陵来到青城山，看中青城山的深幽涵碧，便在此结茅修行传道，被奉为天师道的创始人，故称天师洞。隋大业年间（605—618），改名延庆观。唐朝时改称常道观。唐开元年间（713—741），道观一度被佛教占用，改为寺庙，唐玄宗手敕，令归还道士，观中现存唐玄宗手诏碑。宋时曾称昭庆观。天师洞现存建筑建于清康熙（1662—1722）中叶，由住持陈清觉主持修建。宫观依山势分布在白云溪与海棠溪之间的山坪上，庄严的殿堂与曲折环绕的外廊，随地形高低错落，把殿宇楼阁连成一片，四周峭壁陡岩，群山拱揖，真乃"千崖迤逦藏幽胜，万树凝烟罩峰奇"。天师洞是现今青城山最主要的道观，1983年被确定为全国重点道教宫观。整个青城山的宫观以天师洞为核心，建福宫、上清宫、祖师殿、圆明宫、老君阁、玉清宫、朝阳洞等数十座道教宫观保存完好。天师洞洞窟的最上层有一石龛，其中供奉着隋代雕刻的张天师石像。面有三目，神态威严。左手掌直伸向外，掌中握有天师镇山之宝"阳平治都功印"。洞外还有张道陵三十代孙虚靖天师张继先的塑像。天师洞附近景色幽丽，东有三岛石，巨石矗立。民间传说，张天师降魔时，见此石挡路，遂拔剑劈之，裂成三块，如今石上仍刻有"降魔"两字。三岛石旁泉水环流，浓荫蔽天。沿着石阶逐级而下可至海棠溪边，这里洞深壁陡，藤萝垂挂，无比幽静。天师洞西侧有掷笔槽，是个60多米深的幽谷，民间传说张天师降魔时作符掷笔而成。

主要参考文献

1. 卿希泰《中国道教史》，四川人民出版社 1996 年版。

2. 《周易》，郭彧译注，中华书局 2006 年版。

3. 《道藏》，文物出版社、上海书店、天津古籍出版社 1988 年版。

4. 葛洪《神仙传》，谢青云译注，中华书局 2017 年版。

5. 宋濂等《元史》，中华书局 1976 年版。

6. 王明《太平经合校》，中华书局 1960 年版。

7. 安居香山、中村璋八《纬书集成》，上海古籍出版社 1994 年版。

8. 马卡卡罗、达达里《空间简史》，尹松苑译，四川文艺出版社 2019 年版。

9. 侯斌英《空间问题与文化批评：当代西方马克思主义空间理论》，四川文艺出版社 2010 年版。

10. 祝穆《方舆胜览》，中华书局 2003 年版。

11. 刘大彬《茅山志》，江永年增补，王岗点校，上海古籍出版社 2016 年版。

12. 俞策《阁皂山志》，施闰章修订，傅义校补，江西人民出版社 1996 年版。

13. 姚思廉《梁书》，中华书局 1973 年版。

14. 董诰等《全唐文》，上海古籍出版社 1990 年版。

15. 彭定求《道藏辑要》，吉林人民出版社 1995 年影印版。

16. 《清高宗实录》，中华书局 1986 年影印版。

17. 王明《抱朴子内篇校释》，中华书局 1985 年版。

18. 《龙虎山志》，江西科学技术出版社 2007 年版。

19. 卿希泰《道教文化新探》，四川人民出版社 1988 年版。

20. 马大品、程方平、沈望舒《中国佛道诗歌总汇》，中国书店 1993

年版。

21. 陈寿《三国志》，崇文书局 2010 年版。

22. 刘义庆《世说新语》，刘孝标注，中华书局 1999 年版。

23. 张君房《云笈七签》，李永晟点校，中华书局 2003 年版。

24. 张继禹《中华道藏》，华夏出版社 2004 年版。

25. 胡安宁《宗教社会学：范式转型与中国经验》，社会科学文献出版社 2013 年版。

26. 施耐庵、罗贯中《水浒传》（100 回本），人民文学出版社 1975 年版。

27. 闻一多《闻一多全集》，生活·读书·新知三联书店 1982 年版。

28. 闻一多《神话与诗》，华东师范大学出版社 1997 年版。

29. 窪德忠《道教史》，萧坤华译，上海译文出版社 1987 年版。

30. 刘勰《文心雕龙注》，范文澜注，人民文学出版社 1961 年版。

31. 刘勰《文心雕龙选译》，周振甫译注，中华书局 1980 年版。

32. 丁福保《历代诗话续编》，中华书局 1983 年版。

33. 王嘉《拾遗记》，王兴芬译注，中华书局 2019 年版。

34. 傅璇琮《唐才子传校笺》，中华书局 1987 年版。

35. 彭定求等《全唐诗》，中华书局 1960 年版。

36. 应克荣《细腻风光我独知——中唐女诗人薛涛研究》，黄山书社 2014 年版。

37. 孙昌武《道教与唐代文学》，中华书局 2019 年版。

38. 《先秦汉魏晋南北朝诗》，逯钦立辑校，中华书局 1983 年版。

39. 司马迁《史记》，岳麓书社 2007 年版。

40. 郭沫若《李白与杜甫》，人民文学出版社 1971 年版。

41. 孟乃昌《周易参同契考辩》，上海古籍出版社 1993 年版。

42. 汪元量《增订湖山类稿》，孔凡礼辑校，中华书局 1984 年版。

43. 胡道静、陈莲笙、陈耀庭《道藏要籍选刊》，上海古籍出版社 1989 年版。

44. 徐震堮《世说新语校笺》，刘义庆撰，中华书局 2001 年版。

45. 《神农本草经校注》，尚志钧校注，学苑出版社 2008 年版。

46. 《诗话总龟》，阮阅编，周本淳校点，人民文学出版社 1987 年版。

47. 欧阳询《艺文类聚》，汪绍楹校，中华书局 1965 年版。

48. 元好问《元好问全集》，山西古籍出版社 2004 年版。

49. 永瑢等《四库全书总目》，中华书局 1983 年版。

50. 郦道元《水经注》，陈桥驿注释，浙江古籍出版社 2013 年版。

51. 刘向《列仙传》，钱卫语释，学苑出版社 1998 年版。

52. 陶潜《搜神后记》，汪绍楹校注，中华书局 1981 年版。

53. 卿希泰《中外宗教概论》，高等教育出版社 2002 年版。

54. 《全明诗》，上海古籍出版社 1990 年版。

55. 苟波《道教与明清文学》，巴蜀书社 2010 年版。

56. 杨伯峻《列子集释》，中华书局 1979 年版。

57. 列斐伏尔《空间的生产》，刘怀玉等译，商务印书馆 2021 年版。

58. 唐开韶、胡焯《桃花源志略》，刘静、应国斌校点，岳麓书社 2008 年版。

59. 刘义庆《幽明录》，郑晚晴辑注，文化艺术出版社 1988 年版。

60. 刘昫等《旧唐书》，中华书局 1975 年版。

61. 《常德市志》，中国科学技术出版社 1993 年版。

62. 洪迈《容斋随笔》，上海古籍出版社 1995 年版。

63. 《陶渊明诗文汇评》，中华书局 1961 年版。

64. 刘洁《唐诗题材类论》，民族出版社 2005 年版。

65. 梅多、卡霍《宗教心理学》，陈麟书、陈耀庭、李向阳等译，四川人民出版社 1990 年版。

66. 卿希泰、唐大潮《道教史》，江苏人民出版社 2006 年版。

67. 章志光《社会心理学》，人民教育出版社 1996 年版。

68. 陈衍《宋诗精华录译注》，蔡义江、李梦生撰，上海古籍出版社 1999 年版。

69. 李丰楙《忧与游：六朝隋唐游仙诗论集》，台北学生书局 1996 年版。

70. 兴膳宏《诗人としての郭璞》，《中国文学报》第十九册，京都大学文学部，1968 年。

71. 申及甫《凭史实探薛涛身世》，《成都大学学报》2000 年第 1 期。

72. 易永姣《袁桷室宇赋道教思想探析》，《湖南城市学院学报》2012 年第 6 期。

73. 龚义龙《明末农民起义军余部在武陵山区的"消失"与身份"暴露"》，《三峡大学学报（人文社会科学版）》2020 年第 4 期。

74. 龙兴武《〈桃花源记〉与武陵苗族》，《学术月刊》2000 年第 6 期。